KATHARINA PETERS

HERZ TOD

THRILLER

rütten & loening

ISBN 978-3-352-00864-1

Rütten & Loening ist eine Marke der Aufbau Verlag GmbH & Co. KG

1. Auflage 2013

Einbandgestaltung bürosüd, München
unter Verwendung eines Motivs von bürosüd, München
und © Margie Hurwick/Arcangel Images
Satz Greiner & Reichel, Köln
Druck und Binden CPI – Clausen & Bosse, Leck
Printed in Germany

www.aufbau-verlag.de

für Doris

Prolog

Sie sprachen leise. Kein Flüstern, aber ihre Stimmen klangen gedämpft, und sie waren zu zweit, wie Roman herauszuhören meinte. Er wischte sich mit dem Ärmel den Schweiß von der Stirn, legte die Farbrolle beiseite und schob die Tür vom Waschraum ein Stück auf. Später würde er darüber nachdenken, ob er bereits in diesem Moment darauf achtete, kein Geräusch zu machen, das seine Anwesenheit verraten könnte. Er bekam zunächst nur einzelne Wortfetzen mit, obwohl sein Russisch für den Alltagsgebrauch nach einem guten Dreivierteljahr in Sankt Petersburg ganz passabel war, und ging davon aus, dass die beiden Männer nebenan mit gesenkten Stimmen ein vertrauliches Gespräch führten, dessen Inhalt niemanden etwas anging, und schon gar nicht für die Ohren eines zwanzigjährigen Jungen aus Deutschland bestimmt war, der ein freiwilliges soziales Jahr in Russland absolvierte.

In dem Augenblick, in dem ihn der Gedanke streifte, dass er gut daran täte, sich mit einem höflichen Gruß bemerkbar zu machen und wie selbstverständlich den Schlafsaal des Kinderheims zu betreten, machte einer der Männer – ein Mitarbeiter des Waisenhauses –, dessen Stimme Roman nun als die Igors erkannte, eine deutlich lautere Bemerkung, die er gut verstand und die ihn zögern ließ.

»Alles in Ordnung und wie besprochen«, meinte er, und Stolz schwang in seiner Stimme mit. »Wir kriegen die Papiere, sobald die Namen eingetragen werden können. Mit dem richtigen Stempel natürlich. Zwei Kinder zwischen sechs und acht Jahren für die Vermittlung. Genau so, wie du es wolltest.«

Der zweite Mann lachte. »Sehr gut. Ich wusste doch, dass ich mich auf dich verlassen kann.« Auch er klang plötzlich lauter. Vielleicht hatten die beiden sich in Romans Richtung gedreht.

»Einfach war es nicht, aber jeder hat seinen Preis.«

»Das war schon immer so, und das wird immer so bleiben. Ich melde mich wieder auf dem üblichen Weg, sobald ich Näheres weiß und der Kontakt steht. Dann müssen die Kinder untersucht und ausgewählt werden, und bis dahin: kein Wort zu niemandem.«

»Was denkst du von mir? Natürlich nicht. Komm, ich bring dich hinten raus. Das ist unauffälliger.«

Hinten raus bedeutete, dass die beiden den Weg durch den Waschraum nehmen würden. Roman wich auf leisen Sohlen zurück, ein Anflug von Panik ließ sein Herz erzittern. Er war felsenfest davon überzeugt, dass Igor und sein Gesprächspartner erbost wären, wenn sie feststellten, dass er – wenn auch unfreiwillig – Zeuge ihrer Unterredung geworden war. Jegliche Entschuldigung seinerseits käme entscheidende Minuten zu spät. Außerdem mochte Igor ihn nicht. Er hielt nicht viel von Deutschen, und Romans soziales Engagement war ihm suspekt. Zumindest erweckten manche Bemerkung und Igors häufig zynisches Lächeln diesen Eindruck.

Hinter einer langen Reihe von Waschbecken befand sich eine Abstellkammer, in der Farbeimer, Werkzeug, Leitern und sonstiges Renovierungsmaterial untergebracht waren. Roman schlüpfte, ohne lange nachzudenken, in das Kabuff, löschte das Licht und kauerte sich hinter eine Leiter, über der mehrere Bahnen Abdeckfolie ausgebreitet waren. Sein Puls beschleunigte auf mindestens hundertachtzig Schläge, während er den Schritten der Männer lauschte, die, ohne innezuhalten, an der Kammer vorbeigingen, leiser wurden und schließlich verklangen. Kurz darauf fiel eine Tür ins Schloss.

Roman atmete stoßweise aus und starrte in die Dunkelheit. Seit er seinen Dienst in dem Kinderheim angetreten hatte, um beim Sanieren der Gebäude und beim Betreuen zu helfen, nebenbei an der Uni Russisch zu lernen und seinen Horizont beträchtlich zu erweitern, war es erst einmal vorgekommen, dass ein Kind adoptiert worden war – ein zweijähriges Mädchen, das ein neues Zuhause bei einem Moskauer Ehepaar gefunden hatte. Das seltene Ereignis war gebührend gefeiert worden.

Was immer die heimliche Besprechung bedeuten mochte – mit einem normalen Adoptionsverfahren hatte sie wenig gemein, eigentlich gar nichts. Fragte sich nur, was Roman mit dieser Erkenntnis anfing.

1

Die Umrisse eines Containerschiffs schoben sich durch den Morgennebel. Hannah zog die Schuhe aus und ging hinunter zum Elbufer, während der Schiffsriese still vorüberzog und Wellen über den Strand schickte.

Ausgerechnet in Hamburg würde sie ihren ersten Vermisstenfall bearbeiten – der Stadt, in der sie geboren und aufgewachsen war, ihre Ausbildung zur Kommissarin absolviert hatte und die sie vor zwanzig Jahren nahezu fluchtartig verlassen hatte, um in Berlin Fuß zu fassen. Seitdem hatte es einige Stippvisiten gegeben, wenn die Sehnsucht zu groß geworden war und mit ihr die Hoffnung, dass die alte Wunde vielleicht doch allmählich verheilen könnte. Aber die Begegnung mit den Eltern hatte stets einen schalen Nachgeschmack hinterlassen, erst recht, wenn ihr Sohn Ben dabei gewesen war, und ein ums andere Mal die bittere Erkenntnis hervorgerufen und schließlich gefestigt, dass ihre Erwartung naiv war und sie es eigentlich besser wissen müsste. Es würde nie wieder Normalität zwischen ihnen herrschen. Natürlich nicht. Seitdem Hannahs Schwester Liv von einem Tag auf den anderen spurlos verschwunden war, gab es keine familiäre Normalität mehr.

Die Diskrepanz zwischen Vertrautheit und Wehmut war an diesem frühen Sommermorgen so groß, dass sie für einen Moment ernsthaft überlegte, nach Berlin zurückzukehren und ihrem Vorgesetzten im Bundeskriminalamt mitzuteilen, dass sie völlig ungeeignet, nämlich distanzlos war, die Umstände zu ermitteln, die zum Verschwinden der jungen Frau geführt hatten, die vor gut einer Woche zum letzten Mal in der Nähe des Leuchtturms am Blankeneser Elbufer gesehen worden war.

Wie albern, kommentierte sie im gleichen Augenblick, nicht nur weil sie genau wusste, wie Bernd Krüger reagieren würde – mit schallendem Gelächter, wenn er gut gelaunt war, ansonsten würde er ihr schlicht einen Vogel zeigen. Vor zwei Jahren hatte das BKA die Kriminalpsychologin Hannah Jakob damit beauftragt, Strukturen und Routinen für die Suche nach vermissten Frauen und Kindern zu erarbeiten, um die bundesweite Fahndung auch unter psychologischen Gesichtspunkten zu koordinieren. Ihre Ernennung zur Sonderermittlerin, die darüber hinaus ihre Fühler auch vor Ort ausstreckte, insbesondere wenn die Nachforschungen der örtlichen Polizeibehörden keine oder nur vage Ergebnisse zutage förderten oder aber ein Zusammenhang mit Kapitalverbrechen vermutet wurde, war erst vor kurzem erfolgt. Aufgrund ihrer langjährigen Erfahrung im Bereich der Zeugenvernehmung und Motivforschung, die sie bereits zu Beginn ihrer Polizeilaufbahn beim LKA Berlin zu entwickeln begonnen hatte, und ihrer besonderen Begabung in der Gesprächsführung war sie prädestiniert für diese vielschichtige Aufgabe, das wusste sie nur allzu gut. Und bis gestern war sie sogar in der Lage gewesen, den Schwerpunkt ihrer Arbeit der letzten Jahre und die anstehenden Nachforschungen in Hamburg als Ironie des Schicksals zu werten. Ihre Suche würde genau an dem Ort beginnen, von dem sie geflohen war, weil ein Mensch sich in Luft aufgelöst hatte und die ständige Konfrontation mit dem Geschehen unerträglich für sie gewesen wäre. Und das war nur die halbe Wahrheit.

Aber gestern hatte sie nicht am Elbufer gestanden und den Geruch ihrer Stadt eingeatmet. Gestern hatte sie an ihrem Schreibtisch in Berlin-Treptow gesessen und mit professioneller Distanz die Entscheidung getroffen, dem unerklärlichen Verschwinden der achtundzwanzigjährigen Bibliothekarin Caroline Meisner persönlich auf den Grund zu gehen.

Ein leises Winseln riss sie aus ihren Gedanken. Kotti saß

plötzlich neben ihr und blickte zu ihr hoch. Der Windhundmischling, den Hannah vor zwei Jahren am Kottbusser Tor in Berlin-Kreuzberg aufgegriffen hatte, wich seitdem kaum von ihrer Seite und verbrachte mehr Zeit mit ihr als jeder andere. Hannah wusste, dass ihr Lebensgefährte Achim darüber manchmal ins Grübeln geriet, obwohl er den Hund durchaus schätzte und gernhatte. Doch bei Hannah und Kotti ging es nicht um Sympathie oder Fürsorge oder Aspekte des Tierschutzes. Hunde hatten in ihrem Leben noch nie eine Rolle gespielt, andere Tiere auch nicht. Die Verbindung zwischen ihr und dem zierlichen Hund mit dem beigefarbenen Fell und den leuchtenden Bernsteinaugen war mit dem ersten Blickkontakt entstanden. Hannah sprach nie darüber, aber sie hatte das intensive Déjà-vu-Gefühl, den Hund zu kennen, und ihm schien es ganz ähnlich zu gehen. Es gab nie eine Diskussion, wohin Kotti von nun an gehörte.

»Du hast recht, lass uns frühstücken gehen«, sagte sie nach einem Blick auf die Uhr. Der Termin im Polizeipräsidium in Winterhude war zwar erst in zwei Stunden angesetzt, aber sie frühstückte gerne ausgiebig und in aller Ruhe.

Hannah hatte in einer kleinen Pension in Iserbrook ein Zimmer bezogen. Dort hatte niemand ein Problem mit Kotti, und bis zur Elbe und zur Joggingstrecke war es auch nicht weit. Am ersten Morgen in Hamburg war die übliche Runde, die sie sonst mit ihrem Hund drehte, deutlich kürzer ausgefallen. Kein Wunder, dachte sie – schwere Gedanken, schwere Beine.

Die Wirtin servierte ihr eine Portion Rühreier mit Krabben und knusprigem Bauernbrot, die viele Stunden vorhalten würde. Um halb neun saß sie im Wagen und machte sich auf den Weg ins nördliche Hamburg. Sie war den hochsommerlichen Temperaturen und dem Anlass angemessen, aber dennoch leger gekleidet – helle Leinenhose, blaue Bluse, Weste. Sachlich, locker und klar. Hannah war zierlich, brünett und gerade mal eins fünfundsechzig groß, und sie wählte ihre Kleidung mit Bedacht aus. Achim behauptete stets, dass sie ihm unter Tausenden von Menschen sofort ins Auge stechen würde – egal, wie sie sich kleidete. Doch er trug auch nach fünf Jahren Beziehung häufig noch die rosarote Brille, und Hannah konnte ihre Wirkung ganz gut selbst einschätzen. Sie war kein Blickfang, kein Typ Frau, nach dem sich Männer scharenweise umschauten, und das war ihr recht so. Sie war Beobachterin und Zuhörerin, und was im Gespräch oder bei einer Vernehmung gesagt wurde, vergaß sie nicht – um genau zu sein: nicht ein einziges Wort.

Mit allzu großer Begeisterung würde man sie nicht empfangen, das war schon während ihres Telefonats vor einigen Tagen deutlich geworden. BKA bedeutete aus Sicht der örtlichen Behörden zunächst einmal, dass sich jemand »von oben« einmischte und natürlich alles besser wusste; im Falle von Sonderermittlungen befürchteten die Beamten einen Haufen zusätzlicher Arbeit, für die unter Umständen Kollegen von anderen Einsätzen abgerufen werden mussten, ohne dass die Zuständigkeiten vernünftig geklärt waren und alle Karten auf dem Tisch lagen.

»Wenn sie auf stur schalten, setz einfach deinen Charme ein«, hatte Bernd Krüger ihr geraten und dabei ein Gesicht gezogen, als würde er aus dem reichen Fundus eigener Erfahrungen berichten. Dabei hätte Hannah jede Wette gehalten, dass Bernd das Wort Charme nicht einmal buchstabieren konnte.

Um kurz vor neun betrat sie den sternförmigen Gebäudekomplex am Bruno-Georges-Platz, dicht gefolgt von Kotti, und wenige Minuten später öffnete sie die Tür zum Büro von Detlef Schaubert, Hauptkommissar beim LKA, zuständig für Sondereinsätze und Ermittlungsunterstützung. Schaubert war ein großer massiger Typ mit Schnauzbart, Anfang fünfzig und somit zehn Jahre älter als Hannah. Er trug Jeans und Polohemd und sah ihr mit einem freundlichen Lächeln entgegen, aber sein Blick verriet Wachsamkeit und das übliche Staunen, als er Kotti entdeckte.

»Guten Morgen, Frau Jakob – oder besser Dr. Jakob? Sie sind doch studierte Psychologin, oder?«, fragte er und kam ihr mit ausgestreckter Hand entgegen.

»Ja, aber ohne Doktortitel, dafür bin ich aber auch gelernte Kommissarin«, erwiderte sie. Sie war sicher, dass er genau wusste, wen er vor sich hatte und welche Qualifikationen sie mitbrachte. Sein Händedruck war fest, die Stimme klang selbstbewusst.

»Verstehe, von der Pike auf gelernt.« Schaubert wandte den Kopf und warf Kotti einen amüsierten Blick zu. »Sind das die neuen Berliner Polizeihunde?«, witzelte er.

Hannah erwiderte das Lächeln, während ihr Hund herzhaft gähnte und Schaubert völlig ignorierte. »Ja, die fressen weniger und sind genügsamer als Schäferhunde – es dürfte sich wohl herumgesprochen haben, dass wir in Berlin jeden Euro für den neuen Flughafen brauchen.«

Schaubert grinste und bot ihr einen Platz vor seinem Schreibtisch an, auf dem sich drei Stapel Akten türmten. »Sie kommen also extra aus der Hauptstadt, um sich mit der vermissten Caroline Meisner zu beschäftigen?«, stieg er sofort ins Thema ein. Er ließ sich in seinen Sessel fallen und schob das Telefon und die Computertastatur beiseite.

Hannah nickte. »Sie wissen, dass ich als Sonderermittlerin des BKA in Vermisstenfällen tätig werde …«

»Ja, ich weiß.« Schaubert winkte ab. »Der Kollege, mit dem Sie gesprochen haben, hat mich über Ihre Arbeit informiert. Ich frage mich nur, wo Sie rein ermittlungstechnisch ansetzen wollen. Caroline Meisner ist ein Fall von Tausenden, die jedes Jahr verschwinden, und zwar spurlos und ohne den geringsten Hinweis auf ein Verbrechen, und die dann irgendwann in den nächsten Tagen oder Wochen wieder auftauchen – zu den Statistiken muss ich Ihnen wohl nichts sagen …«

»Nein. Im letzten Jahr wurden über fünftausendfünfhundert vermisste Personen registriert. Gut die Hälfte der Fälle klärt sich innerhalb der ersten Woche, in welcher Weise auch immer«, erläuterte Hannah in sachlichem Ton. »Im Laufe eines Monats steigt die Aufklärungsquote auf ungefähr achtzig Prozent, nur etwa drei Prozent werden länger als ein Jahr vermisst. Doch drei Prozent sind hundertfünfundsechzig Menschen und meist ebenso viele Familien, die stets mit allem rechnen, aber im Ungewissen bleiben müssen, manche für immer.«

Schaubert beugte sich vor und legte die Hände auf den Tisch. »Ich habe Ihren Ansatz schon verstanden, Frau Jakob, aber nach einem Blick in die Akte der Kollegen vom Polizeirevier in Altona frage ich mich, was Sie ausgerechnet an der Frau interessiert.« Er kniff plötzlich die Augen zusammen. »Genauer gesagt: Gibt es da etwas, das ich noch nicht weiß? Steckt unter Umständen mehr hinter Ihrer Entscheidung, sich ausgerechnet mit diesem Vermisstenfall näher zu befassen?«

Hannah war auf die Frage vorbereitet. Sie schüttelte sofort den Kopf. »Nein. Wir ermitteln nicht gegen sie, und sie ist auch keine verdeckte Ermittlerin, von der andere Dienststellen nichts wissen, falls Ihre Frage in diese Richtung zielt, oder sonstwie verdächtig. Sie ist verschwunden und in die BKA-Vermisstendatei aufgenommen worden. Dort hat sie meine Aufmerksamkeit erregt. Nicht mehr, aber auch nicht weniger.«

Schaubert lehnte sich zurück. Er schien beruhigt, wenn auch noch nicht vollständig überzeugt. »Es liegt kein Ansatzpunkt für ein Verbrechen vor. Es ist durchaus möglich, dass die Frau sich aus eigenem Antrieb wohin auch immer zurückgezogen und ihr Handy ausgestellt hat, um ihre Ruhe zu haben. Wie genau wollen Sie vorgehen?«

»Völlig unspektakulär«, antwortete Hannah. »Ich werde mit Angehörigen, Freunden, Kollegen und so weiter reden. Ich mache mich auf die Suche nach Brüchen, nach Missklängen, Merkwürdigkeiten, die sich lohnen, hinterfragt zu werden.

Vielleicht stoße ich dabei auf etwas, das das Verschwinden erklärt, oder ich finde Hinweise, die durchaus einen kriminellen Zusammenhang vermuten lassen …«

»Die Kollegen haben den Fall überprüft, ihren Job gut gemacht und nichts Derartiges festgestellt«, warf Schaubert sofort ein.

»Das ist mir klar«, stimmte Hannah zu. »Ich bin auch nicht hier, um Ihnen oder den Kollegen Versäumnisse unter die Nase zu reiben. Ich agiere als Sonderermittlerin und bringe etwas ganz Entscheidendes mit, was möglicherweise zur Aufklärung beitragen kann und in den alltäglichen Routinen der örtlichen Kommissariate immer zu kurz kommt, und zwar nicht nur in Hamburg, sondern überall.«

Schaubert verschränkte die Arme vor der Brust. »Da bin ich ja mal gespannt.«

»Zeit, Ruhe, Distanz.« Beim letzten Punkt stockte Hannah kurz, aber Schaubert bemerkte es nicht. »Ich werde Sie an der einen oder anderen Stelle um Unterstützung bitten, ansonsten führe ich völlig selbständig viele Gespräche, über deren Inhalt und Verlauf ich Sie natürlich gerne informiere. Ich werde meine Kompetenzen nicht überschreiten, und wenn sich jemand über mich beschweren will, geht das direkt nach Berlin und landet nicht auf Ihrem Schreibtisch. Ich brauche nicht mal einen Stadtführer oder Aufpasser an meiner Seite, weil ich mich gut in Hamburg auskenne. Vielleicht stelle ich nach einigen Tagen fest, dass es keine Spuren gibt, jedenfalls keine, die zu Ergebnissen führen, die es auch nur lohnen, in einer Akte festgehalten zu werden, und mache mich wieder auf den Weg an die Spree. Aber vielleicht entdecke ich doch etwas, und wir lösen den Fall gemeinsam. Zufrieden?«

Schaubert musterte sie einen Moment stumm. »Na schön«, stimmte er schließlich zu. »Damit kann ich leben. Aber ich bitte Sie dringend, keine Alleingänge zu unternehmen, über die wir nicht informiert sind.«

Hannah schüttelte sofort den Kopf, wobei ihr allerdings

bewusst war, dass sie den Ausdruck »Alleingänge« manchmal durchaus eigenwillig definierte.

»Gut. Ich habe Ihnen die Akte zusammengestellt und auch zwei Telefonnummern notiert, unter denen Sie mich und einen Kollegen fast jederzeit erreichen können.«

Hannah lächelte. »Ich danke Ihnen.« Kotti, der neben ihrem Stuhl gelegen hatte, stand auf, streckte sich und ging zur Tür. Für ihn war die Besprechung beendet.

Schaubert nickte ihr zu, als sie sich erhob. Hannah hatte die Hand schon an der Klinke, als er sich räusperte. »Sagen Sie mal, stimmt das wirklich, dass Sie sich jedes Wort merken können, das im Gespräch und auch bei Vernehmungen fällt?«

Hannah unterdrückte ein Seufzen und drehte sich langsam zu dem LKA-Mann um. Irgendwer in Berlin hatte mal wieder nicht den Mund halten können. »Ja, das ist richtig. Ich kann mir Gesprächsverläufe sehr gut merken, so wie andere fehlerlos und schnell im Kopf rechnen oder innerhalb kurzer Zeit kinderleicht Sprachen erlernen können«, erklärte sie beiläufig.

Das war eine famose Untertreibung, aber Hannah ließ sich nicht gerne über ihre spezielle Begabung aus, und sie hatte auch keine Lust, zu Kunststückchen aufgefordert zu werden, frei nach dem Motto: »Ist ja toll! Und was hab ich vor fünf Minuten gesagt?« Wer nicht mehr wusste, was er vor fünf Minuten erzählt hatte, sollte ihrer Ansicht nach unbedingt ein Gedächtnistraining absolvieren, aber mit derartigen Ratschlägen machte man sich auch nicht gerade beliebt. Mit knappem Gruß und einem unverbindlichen Lächeln auf den Lippen verließ sie das Büro.

Vor vier Jahren war sie bei einem Crosslauf im Grunewald schwer gestürzt und hatte sich eine erhebliche Kopfverletzung zugezogen. Die war gut verheilt; zurückgeblieben war jedoch die plötzliche Fähigkeit, Gespräche zitatgenau zu erinnern, und zwar jedes einzelne, dessen sie sich nach dem Unfall konzentriert entsann. Niemand war verblüffter als Hannah. Sie vergaß die Worte nicht mehr, die sie gehört hatte, was zugleich

Segen und Fluch bedeuten konnte, wie sie bald feststellte, und gehörte damit von einem Tag auf den anderen zum Kreis der Savants – Menschen mit sogenannten Inselbegabungen, für die die Forschung inzwischen die unterschiedlichsten Ursachen und Ausprägungen entdeckt hatte. Unter ihnen gab es erstaunliche Gedächtnis-, Sprach- und Mathematikkünstler, Musikgenies und einiges mehr, wie Hannah bei Recherchen herausfand und im Gespräch mit ihrem Arzt erfuhr. Viele Savants waren Autisten und verfügten von Geburt an über ihre außergewöhnliche Fähigkeit, bei anderen entstand sie erst später, zum Beispiel nach einem Unfall mit Hirnschädigung.

Hannah hatte sich entschlossen, nicht mehr über ihre Fähigkeit zu sprechen, als unbedingt nötig war – anfangs weil sie verblüfft war, später um niemanden zu verunsichern oder sich neugierig begaffen zu lassen. Inzwischen nutzte sie ihre Erinnerungsfähigkeit im Beruf wie ein inneres Aufnahmegerät, um im geeigneten Augenblick Zeugen oder Verdächtige mit Einzelheiten ihrer Aussagen zu konfrontieren oder sie miteinander zu vergleichen und Zusammenhänge intuitiv zu erfassen. Privat bemühte sie sich, die Begabung auszublenden und war zugleich fasziniert und amüsiert, wenn sie spürte, wie Achim, der durchaus impulsiv war, in einer heftigen Diskussion oder Auseinandersetzung immer wieder darum rang, die richtigen Worte zu finden. »Nicht zu fassen«, sagte er ein ums andere Mal, »dass du dir wirklich jeden Scheiß merkst, den ich von mir gebe – ob du willst oder nicht.«

Manchmal fragte sie sich, wann ihr Gehirn seine Aufnahmekapazität erreicht haben und anfangen würde, auszusortieren, und ob sie Einfluss darauf hatte, welche Inhalte verblassten. Sie war zutiefst dankbar dafür, dass sie nicht bereits damals, als Liv verschwand, über die Fähigkeit verfügt hatte.

Caroline Meisner war vor zehn Tagen, am Freitag vor einer Woche zum letzten Mal gesehen worden. Ihre Angehörigen hatten sie als vermisst gemeldet, nachdem sie zu einem Familienfest nicht erschienen und nirgendwo erreichbar gewesen war. Die Beschreibung eines Passanten, der sich auf die Vermisstenmeldung in der Zeitung bei der Polizei gemeldet hatte, um auszusagen, dass er die junge Frau am Elbufer in Blankenese gesehen hatte, klang so überzeugend, dass umgehend eine zweite Anzeige mit diesem wichtigen Hinweis geschaltet worden war. Der Mann hatte sogar im Detail beschreiben können, wie Caroline gekleidet gewesen war. Das war ungewöhnlich.

Hannah zog ihr Handy heraus. Sie war auf direktem Weg nach Bergedorf gefahren, wo Carolines Familie lebte, und studierte in einem kleinen Café in der Nähe des Alten Bahnhofs die Akte. Der hilfreiche Zeuge hieß Michael Folk, war jedoch weder unter seiner Festnetznummer noch übers Mobiltelefon erreichbar. Hannah entschloss sich, keine Nachricht zu hinterlassen, sondern es später noch einmal zu versuchen.

Carolines Eltern führten gemeinsam mit der älteren Schwester und deren Lebensgefährten einen alteingesessenen Fahrradladen in Bergedorf, den sie von Meisner senior übernommen hatten, der mit ihnen unter einem Dach lebte. Carolines Großvater, dessen 90. Geburtstag an jenem Freitag gefeiert wurde oder, besser gesagt, gefeiert werden sollte, war besonders aufgebracht gewesen, als seine Enkelin nicht erschien, wie in der Akte vermerkt war. Hannah klappte den Ordner zu, trank ihren Kaffee aus und machte sich mit Kotti an der Seite auf den Weg. Nach Auskunft ihres Smartphone-Navis befand sich das Geschäft in gut vierhundert Metern Entfernung. Also ließ sie den Wagen stehen.

Vor dem Schaufenster des Bikerladens, in dem lebhafter Andrang herrschte, befand sich eine gemütliche Sitzgruppe aus tiefblau gestrichenen Holzbänken und Korbsesseln. In einem von ihnen thronte ein alter Mann mit Mütze und Pfeife und sah ihr entgegen. Auf seinem giftgrünen T-Shirt prangte das Logo des Geschäftes.

»Womit können wir dienen – wollen Sie ein Rad entleihen, benötigt Ihres eine fachmännische Reparatur, oder möchten Sie sich umschauen, um ein neues zu kaufen?«, fragte der Alte, und sein breites Hamburgisch schwallte Hannah selbstbewusst entgegen.

»Nichts von alldem.« Sie lächelte. »Sind Sie Herr Meisner?«

»Ja, der alte Meisner, Rudi.« Er schob seine Mütze in den Nacken. »Kennen wir uns?« Tiefblaue Augen musterten sie.

»Nein, noch nicht. Darf ich mich kurz zu Ihnen setzen?«

»Klar. Braucht der Hund was zu trinken?«

»Danke der Nachfrage. Im Moment nicht.«

Hannah nahm ihm gegenüber Platz und stellte sich vor. Die Miene des Alten verdüsterte sich sofort, aber er unterbrach sie nicht, während sie ihre Rolle als Sonderermittlerin so kurz wie möglich erörterte. Er zog an seiner Pfeife und hob das Kinn. »Es ist was passiert, oder? Natürlich ist was passiert. Ich meine, die schicken doch niemanden los ohne handfesten Verdacht.«

»In diesem Fall schon, Herr Meisner«, betonte Hannah. »Ich weiß nicht mehr als Sie. Ich möchte dem Geschehen im Rahmen meiner Aufgabe beim Bundeskriminalamt auf den Grund gehen, gerade weil nichts auf ein Verbrechen hinweist, aber das Verschwinden Ihrer Enkelin dennoch höchst beunruhigend ist.«

Meisner nickte sofort. »Das können Sie wohl laut sagen.« Seine Unterlippe zitterte, und er wandte rasch den Kopf zur Seite.

»Halten Sie es für ausgeschlossen, dass Caroline spontan beschloss, ein paar Tage zu verreisen und nicht erreichbar zu sein?«

»Natürlich! So ein Blödsinn! Warum sollte sie das tun, noch dazu an meinem Geburtstag? Der sollte groß gefeiert werden …« Er beugte sich vor. »Übrigens, alle wollten das, nur ich nicht. Ist doch völlig egal, ob man neunzig, siebzig, hundert wird. Ich habe gar keinen Wert auf das ganze Theater gelegt, aber …« Er winkte ab. »Caroline war auch dafür. Sie hatte Urlaub und half bei den Vorbereitungen mit, und sie hat sich gefreut, dass die ganze Familie zusammenkommt, Nachbarn,

Freunde …« Er zog die Nase kraus. »Und dann bleibt sie einfach weg? Nee, das passt doch nicht zusammen.«

Hannah teilte seine Meinung. Sie schwiegen einen Moment, während Kunden den Laden verließen und Rudi Meisner grüßte, als würde er jeden einzelnen persönlich kennen, was sehr wahrscheinlich der Fall war.

»Kann man sagen, dass Sie ein gutes, ein vertrauensvolles Verhältnis zu Ihrer Enkelin haben?«, hob Hannah wieder an.

»Ja.«

»Sie kennen sie gut?«

»Besser als ihre Eltern und ihre Schwester.«

»Ja? Warum?«

»Das war immer so«, bekräftigte Rudi Meisner. »Sie war schon als Kind eigenwillig, verschlossen, ließ sich nichts sagen. Bei mir war sie anders. Ich lass mir nicht auf dem Kopf rumtanzen, und gerade die Lütten spüren das.« Er legte seine Pfeife auf den Tisch und starrte eine Weile in die Ferne. »Und ich lasse mir nichts vormachen, von niemandem.«

»Wissen Sie von einem Freund, einer Beziehung?«

Meisner wischte sich über die Nase. »Ich bin nicht sicher. Sie hat nichts erzählt, aber … Sie redet nicht über solche Themen, und ich bin ja auch ein alter Zausel.« Er verzog den Mund zu einem Schmunzeln, wurde dann jedoch sofort wieder ernst. »Jedenfalls gibt es niemanden, den sie in letzter Zeit mitgebracht hat, wenn sie uns besuchte.«

»Wie lange ist es her, dass sie mal jemanden mitbrachte?«, fragte Hannah.

Meisner nahm die Pfeife wieder in die Hand. »Länger als ein Jahr, glaub ich. Sie hat es nicht so mit der Liebe, sagte sie mal.«

»Wie meinte sie das? Spielen andere Dinge eine größere Rolle in ihrem Leben?«

»Ja, kann schon sein. Herzensangelegenheiten nimmt sie nicht so wichtig – Liebe kommt, Liebe geht –, aber als sie die Stelle als Bibliothekarin in der Universitätsklinik Eppendorf bekam, da war sie richtig glücklich.«

»Wann war das?«

»Och, warten Sie mal … letztes Jahr? Nee, das ist schon fast zwei Jahre her. Meine Güte, wie die Zeit vergeht.«

Eine karrierebewusste junge Frau, die sich nicht gerne in die Karten schauen lässt – jedenfalls nicht in der Familie – und ihr Lebensglück abseits einer Beziehung sucht, fasste Hannah im Stillen zusammen. Kotti, der unter dem Tisch lag, hob plötzlich den Kopf und fixierte einen Punkt hinter Hannah, die sich daraufhin langsam umdrehte. Eine großgewachsene Frau stand in der Tür und musterte sie eindringlich. Misstrauen spiegelte sich in ihrer Miene. Die Schwester der Vermissten, Martina Meisner, dachte Hannah sofort, als sie sich die Fotos von Caroline, die der Akte beigefügt waren, in Erinnerung rief – das gleiche volle dunkelblonde Haar, herzförmiges Gesicht, große Augen, vier Jahre älter. Aber ihr Mund war anders, schmallippig streng, und sie wirkte deutlich größer und kräftiger als die jüngere Schwester.

»Wer sind Sie, und was wollen Sie von meinem Großvater?«, richtete sie das Wort an Hannah.

»Nun mal nicht so zackig, Martina!«, mischte der alte Meisner sich sofort ein. »Das hat alles seine Ordnung. Die Frau ist von der Polizei.«

»Schon gut«, wiegelte Hannah freundlich ab und stellte sich vor, während sie ihre Dienstmarke zückte. »Ich versuche herauszufinden, was Caroline widerfahren ist, und Ihr Großvater war so freundlich, mir einige Fragen zu beantworten. Sie sind die Schwester, nicht wahr?«

»Ja.« Martina Meisner nickte, nachdem sie den BKA-Ausweis eingehend geprüft hatte. »Hat man denn immer noch nichts gefunden?« Sie blieb in der Tür stehen. »Keine Hinweise? Weitere Zeugen? Nichts, gar nichts?«

»Nein. Ich suche nach Ansatzpunkten, die uns hoffentlich weiterhelfen und zu einer Spur führen. Haben Sie irgendeine Vorstellung, was passiert sein könnte?«

Martina trat nach einem prüfenden Blick ins Ladeninnere

nach draußen, ließ die Tür behutsam ins Schloss fallen und setzte sich zu Hannah und ihrem Großvater. »Ich habe nicht die geringste Ahnung«, sagte sie halblaut, aber in energischem Tonfall. »Sie wollte noch einige Besorgungen für die Feier machen und mittags hier sein – so hatten wir es zwei Tage vorher jedenfalls vereinbart, aber sie kam nicht.«

»Caroline war mit ihrem eigenen Wagen unterwegs?«

»Ja, natürlich. Sie fährt grundsätzlich mit dem Auto, sie liebt das Autofahren – von dem Wagen fehlt auch jede Spur.« Martina wischte sich mit einer Hand über den Mund. »Meine Eltern sind … fassungslos, wie gelähmt. Sie versuchen sich mit Arbeit abzulenken, hier gibt es immer genug zu tun. Begreifen kann man das gar nicht. Auf einmal ist sie weg, es herrscht Schweigen, und niemand weiß warum … Das ist so unwirklich.«

Hannah spürte den altbekannten Schmerz aufsteigen. »Womit hat sich Ihre Schwester in letzter Zeit beschäftigt?«, fragte sie und schob die eigenen Erinnerungen beiseite. »Entsinnen Sie sich vor dem Hintergrund des Geschehens vielleicht an eine sonderbare Bemerkung, ein Telefonat, das Sie jetzt stutzen lässt?«

Martina schüttelte den Kopf. »Nein, nichts. Es war alles wie immer.« Sie zog die Achseln hoch. »Ich muss allerdings hinzufügen, dass Caroline und ich uns zwar mögen und auch regelmäßig sehen, wenn sie nach Bergedorf kommt, aber ein besonders vertrautes Verhältnis haben wir nicht zueinander. Sie macht immer ihr eigenes Ding und erzählt auch nicht viel von sich selbst. Caroline reist gerne, mag ihren Job, zieht sich ansonsten zurück … Viel mehr kann ich gar nicht zu ihr sagen. Eigentlich traurig, doch nicht zu ändern. Ihre Verschlossenheit hat mit den Jahren eher noch zugenommen. Aber was soll's? Manche Menschen sind eben so.«

»Hat sie Freunde erwähnt, mit denen sie in letzter Zeit viel zusammen war? Gab es neue Bekanntschaften, zu denen sie das eine oder andere berichtete?«

Martina lehnte sich zurück und hob die Hände. »Ich kann mich an keine Namen erinnern. Sie ist eine Einzelgängerin, fährt auch alleine in den Urlaub – jedenfalls klingt es so, weil sie nie jemanden erwähnt. Ich könnte mir allerdings vorstellen …« Sie warf ihrem Großvater einen kurzen Blick zu, bevor sie sich wieder Hannah zuwandte. »Ich glaube, dass sie einen Liebhaber hat, und zwar einen, mit dem es vielleicht nicht ganz so toll läuft – das ist nur ein Gefühl, eine Ahnung. Erzählt hat sie nichts, doch immerhin nimmt sie die Pille.«

»Woher wissen Sie das?«

Martina strich sich eine Haarsträhne aus dem Gesicht. »Wir sind spät abends in ihre Wohnung gefahren …«

»Wer ist wir?«

»Mein Lebensgefährte und ich. Wir wollten nach dem Rechten sehen – die Eltern haben einen Schlüssel zu Carolines Wohnung. Auf ihrem Schreibtisch lag ein Pillen-Rezept.«

Hannah beugte sich vor. »Ist Ihnen in der Wohnung sonst irgendetwas aufgefallen?«

»Nein, aber ich bin auch nur selten dort, die Eltern kümmern sich meist um die Post und die Pflanzen, wenn Caroline verreist ist. Es wirkte, hm, ja, sehr ordentlich, aufgeräumt, aber das muss ja nichts heißen.«

»Haben Sie den Anrufbeantworter abgehört?«

»Er war nicht eingeschaltet.«

Die Ladenglocke schlug an. Ein Kunde verließ das Geschäft und schob ein offensichtlich nagelneues oder zumindest sehr gepflegtes Rad durch die Tür, wobei er darauf achtete, nirgends anzustoßen. Martina wandte den Kopf und grüßte mit einem freundlichen Lächeln.

»Frau Meisner, können Sie sich vorstellen, was Caroline am Freitag am Elbufer in Blankenese vorhatte?«, hob Hannah wieder an. »Ein Zeuge hat sie am Nachmittag in der Nähe der Joggingstrecke auf Höhe des Leuchtturms gesehen.«

»Ich weiß, die Polizei hat uns darüber informiert, und wir haben uns bereits die Köpfe zerbrochen, warum sie dort war, noch dazu zu diesem Zeitpunkt – ohne zu einem Ergebnis zu kommen.« Sie hob die Hände und sah ihren Großvater an. »Wir haben nicht die geringste Ahnung, was sie da wollte, und ich kann mich auch nicht erinnern, dass sie je erwähnt hat, in Blankenese unterwegs gewesen zu sein.«

Der Großvater verzog das Gesicht. »Sie wohnt in Altona und hat's nicht weit bis zur Elbe. Warum sollte sie bis nach Blankenese fahren? Zum Rumrennen oder Joggen, wie das heutzutage alle Welt tut? Caroline ist keine Joggerin!«

»Vielleicht war sie verabredet«, schlug Hannah vor.

»Ja, mit mir! Es war mein Geburtstag, und sie wollte längst hier sein.« Das klang trotzig. Der Alte schob sich die Pfeife in den Mund und starrte in die Ferne.

»Und selbst wenn ihr plötzlich etwas Wichtiges dazwischengekommen sein sollte – warum hatte sie ihr Handy ausgeschaltet?«, gab Martina zu bedenken. »Caroline war nicht der Typ, der sich vor einer klaren Ansage scheut.«

»Können Sie das erläutern?«

»Ganz einfach: Sie hätte angerufen und Bescheid gesagt, dass sie später kommt – und wer damit ein Problem gehabt hätte, wäre selbst schuld gewesen. Sie kann ziemlich direkt sein.«

Hannah nickte nachdenklich. »Ich verstehe. Sie redet nicht lange um den heißen Brei herum.«

»Genau.«

»Danke für Ihre Geduld, Frau Meisner. Ich würde gerne auch noch mit Ihren Eltern reden und …«

»Sie werden Ihnen nicht mehr sagen können als ich, eher weniger, weil sie völlig erschüttert sind.«

Interessante Bemerkung, dachte Hannah. Martina Meisner wirkte besorgt und irritiert, aufgebracht, aber alles andere als zutiefst bestürzt. Die Beziehung der Schwestern war garantiert nicht ungetrübt, doch Geschwisterbeziehungen waren selten ungetrübt – es fanden sich meistens wunde Punkte, wenn man genauer hinsah.

»Trotzdem, es ist wichtig, dass ich Einblick in verschiedene

Sichtweisen erhalte«, meinte Hannah. »Und manchmal sind es die scheinbar nebensächlichen Bemerkungen, die zu einer interessanten Frage führen.«

»Na, wenn Sie meinen.« Überzeugt war Martina nicht. »Mein Vater ist in der Werkstatt, ich bringe Sie zu ihm, und meine Mutter löse ich an der Kasse ab. Aber der Hund muss draußen bleiben.« Sie warf Kotti einen schrägen Blick zu, den der gelassen an sich abperlen ließ.

»Kein Problem, der wartet einfach hier draußen. Vielen Dank.« Sie standen gemeinsam auf. »Eine Frage noch, Frau Meisner. Halten Sie es für möglich, dass Caroline aus Verzweiflung über eine unglückliche Liebe ...«

Martina winkte sofort ab. »Niemals! Der Typ war sie nicht, ist sie nicht!«, korrigierte sie sich rasch.

Hannah blickte den Alten an. »Und was meinen Sie? Trauen Sie Ihrer Enkelin einen Suizid zu?«

Rudi Meisner zuckte zusammen, verneinte aber ebenfalls sofort. »Caroline behält immer einen kühlen Kopf.« Er lauschte der Bemerkung einen Moment nach, dann nickte er zur Bekräftigung. »Ja, so ist das.«

»Und ein kühles Herz«, fügte Martina leise hinzu und drehte sich dann abrupt um.

Carolines Eltern sahen aus wie ein Geschwisterpaar – sie waren von ähnlicher kräftiger Statur, nahezu gleich groß, blass, ernst. Mit fragenden, nein, ängstlichen Augen blickten sie Hannah entgegen, nachdem Martina sie einander vorgestellt und die Werkstatt wieder verlassen hatte. Im Hintergrund werkelten zwei junge Männer, das Radio lief – NDR 2. Herbert Meisner wischte sich schließlich die Hände an einem Lappen ab und bot ihr einen Sitzplatz in einer winzigen Teeküche an, die direkt von der Werkstatt abging.

Etwas Neues erfuhr Hannah zunächst nicht. Beide bestätigten im Wesentlichen die Aussagen von Martina und vom Großvater und zeichneten das Bild einer taffen, zurückgezogen lebenden Frau, die ihren Job mochte, darüber hinaus gerne reiste, aber noch nie allzu viel von sich preisgegeben hatte und sich nicht scheute, ihre Bedürfnisse durchzusetzen, ohne dabei allzu viel auf die Meinung anderer zu geben. Weder Luise noch Herbert Meisner hatten eine Idee, was ihre jüngere Tochter in Blankenese vorgehabt haben könnte, und auch sie wussten nicht mit Bestimmtheit zu sagen, ob es einen Freund oder Liebhaber gab, konnten sich aber vorstellen, dass Caroline lediglich nicht über diesen Bereich ihres Lebens sprach.

Das letzte Mal gehört hatten sie von ihrer Tochter am Vorabend ihres Verschwindens. »Sie hat am Donnerstagabend kurz durchgerufen«, berichtete Luise Meisner. »Noch ein paar Kleinigkeiten wegen Freitag klären. Nichts Besonderes. Sie klang wie immer.« Die Frau schluckte und wich dem Blick der Kommissarin aus.

»Wie würden Sie das Verhältnis der Schwestern zueinander beschreiben?«, fragte Hannah schließlich.

Herbert Meisner blickte seine Frau an. »Normal, würde ich sagen. Sie sind keine dicken Freundinnen, aber …«

Luise Meisner runzelte die Stirn. »Was spielt denn das für eine Rolle?«

»Bei Vermisstenfällen kann alles eine Rolle spielen«, entgegnete Hannah. »Auch Aspekte, die auf den ersten Blick überhaupt nichts mit dem Geschehen zu tun haben, können sich als bedeutungsvoll erweisen – vielleicht nicht sofort, aber unter Umständen in zwei Tagen oder Wochen, wenn sich plötzlich ein Zusammenhang ergibt, an den wir jetzt noch gar nicht denken.«

»Nun gut«, lenkte die Mutter ein. »Wie mein Mann schon sagte, die beiden waren noch nie besonders eng befreundet. Martina kümmert sich mehr, verstehen Sie? Caroline kommt häufig zu Besuch, hat aber sonst nicht viel mit unserem Alltag oder dem Geschäft zu tun.«

Und das nimmt sie der jüngeren Schwester übel, dachte Hannah. Vielleicht würde Martina gerne mal die Rollen tauschen, die Freiheit und Eigenständigkeit genießen, die Caroline sich ganz selbstverständlich herausnimmt; schöne Reisen, toller Job, mal raus aus der Familie, heimlicher Liebhaber … Nicht voreilig bewerten, rief Hannah sich selbst zur Ordnung. »Martinas Freund …«

»Der Daniel – feiner Kerl«, fiel Herbert ihr ins Wort, und ein Lächeln flog über sein Gesicht.

»Er arbeitet auch hier im Geschäft?«

»O ja, der hat noch mal so richtig Schwung in den Laden gebracht – mehr Service, größeres Sortiment, dazu Veranstaltungen …« Carolines Vater klang für Momente fast begeistert, dann brach er ab und sah verlegen beiseite.

»Er ist ihr Lebensgefährte«, betonte Carolines Mutter. »Nächstes Jahr werden die beiden heiraten. Sie wollten sich eigentlich schon in diesem Mai das Jawort geben, aber dann … Martina hatte eine Fehlgeburt, und … aber das gehört gar nicht hierher.«

»Ich verstehe.« Hannah ersparte der Frau eine Vertiefung dieses Themas. »Noch zwei Fragen, wenn Sie erlauben. Ich würde gerne auch mit Daniel sprechen. Ist er hier?« Sie wandte den Kopf in Richtung der beiden Mitarbeiter.

Herbert Meisner schüttelte den Kopf. »Der Junge ist den ganzen Tag mit dem Servicewagen unterwegs, aber ich gebe Ihnen seine Handynummer.«

»Das ist nett, vielen Dank. Könnten Sie sich darüber hinaus vorstellen, mit mir in Carolines Wohnung zu fahren, damit ich mir einen Eindruck verschaffen kann, wie Ihre Tochter lebt?«

»Da ist nichts Ungewöhnliches, alles wie immer«, entgegnete Luise Meisner stockend. Der Vorschlag gefiel ihr nicht. »Ich war vor drei Tagen selbst dort, um nach der Post zu sehen …«

»Ich verstehe Ihr Zögern, Frau Meisner, aber bedenken Sie bitte, dass ich als Außenstehende einen distanzierten Blick werfen kann, der Ihnen naheliegenderweise nicht gelingen kann. Ich achte auf andere Dinge als Sie.«

»Ich weiß nicht … Muss das wirklich sein?«

»Ich habe keinerlei juristische Handhabe«, gab Hannah zu. »Aber ich bin dankbar für jeden Hinweis, aus dem sich ein weiteres schlüssiges Handeln ergeben könnte. Im Moment haben wir nicht den geringsten Anhaltspunkt, und die Wohnung, der private Rahmen kann mir in kurzer Zeit …«

»Einer von uns wird mit Ihnen hinfahren«, unterbrach Herbert sie. Er nestelte eine Visitenkarte aus der Brusttasche seines Overalls. »Vielleicht morgen. Wir haben viel zu tun. Hier sind unsere Nummern, auch die von Daniel. Rufen Sie bitte noch mal an.« Er stand auf. »Ich muss zurück an die Arbeit«, fügte er mit leiser Stimme hinzu. Seine Gesichtsfarbe wechselte plötzlich ins Gräuliche.

Hannah erhob sich ebenfalls. »Ja, natürlich, danke.«

Carolines Vater befürchtete verständlicherweise das Schlimmste. Er hob die Hand und eilte mit abgewandtem Gesicht in die Werkstatt zurück.

Seine Frau sah ihm mit besorgtem Blick nach, bevor sie Hannah durch den Laden begleitete und ihr schließlich die Tür aufhielt. Sekundenlang starrte sie auf den Boden, dann hob sie den Kopf. »Es ist etwas passiert, nicht wahr, Frau Kommissarin?«, flüsterte sie. »Nach zehn Tagen ohne irgendeine Nachricht, ohne den geringsten Hinweis – da muss etwas passiert sein.«

Hannah schwieg. Ihr Sohn war neunzehn und absolvierte zurzeit ein freiwilliges soziales Jahr in Brasilien. Wenn sie nicht mindestens eine Mail pro Woche von ihm erhielt, wurde sie unruhig, und Ben lachte sie dann aus. Neunzehnjährige taten so etwas.

»Werden Sie herausbekommen, was geschehen ist?«

»Genau das ist mein Ziel.«

2

Er schloss die Tür seines Arbeitszimmers hinter sich ab, obwohl er allein im Haus war und in den nächsten Stunden weder seine Frau noch Tochter zurückerwartete. Der Stick hatte in der Post gelegen – in einer unschuldig anmutenden Werbebroschüre, die an ihn persönlich adressiert war, genau wie beim ersten Mal. Oliver fuhr seinen Laptop hoch und steckte den USB-Stick ein. Er benötigte drei Versuche, weil seine Hände unkontrolliert zitterten. Auch das Prozedere war identisch – der Zugriff auf die Daten war erst möglich, als er das Passwort eingegeben hatte, auf das er von einem anonymen Anrufer wenige Minuten zuvor mit blechener Stimme hingewiesen worden war. »Den Namen deiner Liebsten und das aktuelle Datum.«

Oliver öffnete die erste der drei Videodateien. Sein Herz schlug mit scharfer Wucht gegen die Rippen, und er presste die Hände vor den Mund, während die erste Szene aufflackerte: Wieder saß sie auf einem hohen Lehnstuhl und war von drei vermummten, schwarz gekleideten Männern umgeben. Diesmal hielt ihr niemand eine Pistole an den Kopf. Sie war zwar blass, aber ihr Gesicht wies keine Blutflecken auf. Oliver atmete laut aus. Einer der drei Männer löste sich nach wenigen Augenblicken aus der Gruppe und trat näher an die Kamera. Durch zwei schmale Schlitze schien er Oliver direkt anzusehen. Er nickte langsam und hob eine Hand, Daumen und Zeigefinger bildeten einen Ring, den er mit entschlossener Geste hochhielt. Gut gemacht, sollte das wohl bedeuten. Wieder ein Nicken. Alles ist in Ordnung, übersetzte Oliver, und Erleichterung durchflutete ihn für einen langen köstlichen Augenblick.

Der Vermummte bückte sich, hob einen Zettel auf und hielt ihn Oliver entgegen: »Kein Wort zu niemandem. Zerstör den Stick und alle Spuren. Du hörst wieder von uns. Bete für das Kind, dann betest du auch für sie.«

Ein letzter Schwenk erfasste Caroline, die mit unbewegter Miene in die Kamera starrte. Dann wurde das Bild schwarz.

Die beiden anderen Videodateien enthielten trügerisch harmlose Szenen: Olivers Frau Marie auf dem Weg in die Uni, während einer Vorlesung, in der Cafeteria, Töchterchen Amelie auf dem Spielplatz inmitten ihrer Kindergartengruppe, beim Eisessen, während einer Hafenrundfahrt anlässlich einer Geburtstagsfeier – fröhliches Kindergeschrei, im Hintergrund die Köhlbrandbrücke. Und er selbst beim Joggen im Kollegenkreis am Elbufer in Blankenese.

Oliver spürte, wie Übelkeit in ihm aufstieg. »Scheiße«, murmelte er leise. »Scheiße.« Mit fahrigen Händen löschte er die Dateien vom Laptop, den Speicherstick stopfte er später zwischen Kaffeefilter und Essensresten in den Müll. Bis Marie und Amelie nach Hause kamen, blieben ihm einige Stunden – Zeit, die Fassung wiederzugewinnen, Zeit zum Beten.

Carolines Kollegin in der ärztlichen Zentralbibliothek am Universitätsklinikum Eppendorf hieß Annette Pape und war am Telefon sofort bereit gewesen, sich Zeit für ein Gespräch mit Hannah zu nehmen. In der Akte wurde darauf hingewiesen, dass Frau Pape auskunftsfreudig war und mehr zu Caroline zu sagen wusste als andere Mitarbeiter.

Nach einer längeren Mittagspause, die Hannah genutzt hatte, um sich mit einem Imbiss zu versorgen und bei einem Alsterspaziergang die Füße zu vertreten, was Kotti sehr gefreut hatte, war sie in die Klinik gefahren und wartete nun im vierten Stock der Bibliothek in einem der Gruppenarbeitsräume auf die Bibliothekarin. Den Hund hatte sie im Auto zurücklassen müssen – wegen der Wärme mit heruntergelassenen Fensterscheiben. Sie hoffte, dass niemand auf die Idee kam, den zierlichen Kotti mit den sanften Augen zu unterschätzen. Ihr Gefährte konnte sich, wenn es sein musste, innerhalb von Sekundenbruchteilen in eine zähnefletschende Furie verwandeln – zum Beispiel, wenn sich ein Unbefugter Zugang zum Wagen verschaffen wollte. In Berlin war das bereits einige Male passiert.

Hannah blickte hoch, als sich die Tür öffnete. Eine höchstens eins fünfzig große und schwer übergewichtige Frau um die dreißig betrat den Raum mit angesichts ihrer Proportionen auffallend schwungvollen Schritten. Sie balancierte ein Tablett mit zwei Tassen und lächelte Hannah entgegen. »Ich war so frei, Ihnen einen Kaffee mitzubringen, mit geschäumter Milch«, verkündete sie. »Sie mögen doch hoffentlich Kaffee? Oder doch lieber Tee? Ach je, ich hätte wohl besser fragen sollen, bevor ich eigenmächtig eine Wahl treffe und Sie damit nun vielleicht in Verlegenheit bringe, aber …«

»Nein, nein, das ist schon in Ordnung«, entgegnete Hannah. Ihr schwante, was der Kollege mit *auskunftsfreudig* gemeint haben könnte. Annette Pape war klein, drall und rothaarig; ihre Stimme verfügte über eine beachtliche Klangfülle, und sie redete nicht nur gerne, sondern auch laut, hatte aber Mühe, den direkten Blickkontakt länger als einige Sekunden zu halten. Ihre Augen huschten durch den Raum, als säße sie zum ersten Mal hier und befürchtete, ihr könnte irgendein Detail entgehen. In den ersten Minuten war es kaum nötig, ihr Fragen zu stellen. Die Bibliothekarin berichtete in ausschweifender Weise, wie entsetzt sie über Carolines Verschwinden sei und wie sehr sie die sympathische Kollegin schätze. »Wir hätten gar nichts davon mitbekommen, wenn die Polizei letzte Woche nicht hier gewesen wäre«, fügte sie atemlos hinzu. »Caroline hatte ja Urlaub, hat sie immer noch, um genau zu sein, wobei …«

»Ab wann genau?«, unterbrach Hannah sie beherzt, obwohl sie das Datum kannte. Sie mochte impulsive, temperamentvolle Menschen, die aus dem Stand jede Gelegenheit zu nutzen verstanden, eine Bühne für sich zu schaffen und auch zu füllen. Achim konnte das sehr gut, und auch Ben gehörte nicht zu den stillen, nachdenklichen Typen, und die beiden zusammen konnten mühelos eine ganze Gesellschaft unterhalten. Aber Annette Pape strahlte eine derart ansteckende Unruhe und Hektik aus, dass Hannah Mühe hatte, auf professionelle Weise distanziert zu bleiben.

»Die Woche, an deren Ende sie verschwand, war ihre erste Urlaubswoche – sie hatte insgesamt drei Wochen eingereicht und auch genehmigt bekommen. Wissen Sie, das klappt nicht immer, schließlich wollen alle Angestellten im Sommer verreisen, am liebsten länger, was sind schon vierzehn Tage Urlaub? Aber …«

»Haben Sie privaten Kontakt zu Caroline?«

»Ab und zu, könnte man sagen.«

»Könnten Sie konkreter werden?«

Annette Pape nickte und sah auf ihre Hände. »Hin und wieder sind wir mal zusammen einen Kaffee trinken gegangen, auch nach Feierabend. Caroline war … ist nicht so, meine ich.«

»Wie ist sie denn?«, fragte Hannah nach. Dass sich ausgerechnet die einsilbige, introvertierte und zugleich selbstbewusst auftretende Caroline freiwillig Annettes schwallartigen Monologen aussetzte, war schwer vorstellbar.

»Freundlich, hilfsbereit und aufmerksam, aber reserviert, und sie kann gut zuhören.«

Hannah räusperte sich. »Hat sie einen Freund?«

Annette Pape schüttelte den Kopf. »Ich glaube nicht, obwohl … Manchmal hat sie sich kurz vor dem Feierabend noch mal frisch gemacht – Make-up erneuert, Parfum aufgelegt, das riecht man ja gleich, und so weiter. Das wirkte, als sei sie verabredet gewesen.«

Ich glaube, dass sie einen Liebhaber hat, und zwar einen, mit dem es vielleicht nicht ganz so toll läuft – das ist nur ein Gefühl, eine Ahnung. Erzählt hat sie nichts, doch immerhin nimmt sie die Pille, rief Hannah sich die Bemerkung der Schwester in Erinnerung. »Haben Sie nie nachgefragt?«

Annette runzelte die Stirn. »Ich habe mal eine Andeutung gemacht, sollte lustig sein, aber Caroline ging nicht darauf ein – wie gesagt, sie war … sie ist sehr reserviert, was Privates angeht.«

»Caroline reist gerne«, gab Hannah das nächste Stichwort.

»Und ob! Skandinavien mag sie besonders, aber ich glaube, sie war auch schon in Übersee.« Wieder dieses eifrige Nicken. Bevor sie im Einzelnen aufzuzählen begann, wofür Caroline sich auf ihren Reisen ihrer Ansicht nach besonders begeisterte, ließ Hannah den Blick durch den Raum schweifen, an dessen Wänden Luftbildaufnahmen der Klinik hingen, und wechselte das Thema. »Sie will hier Karriere machen, oder?«

Annette lächelte und lehnte sich zurück. Sie faltete die Hände über dem Bauch. »Sie ist ziemlich gut und hat ein Händchen fürs wissenschaftliche Arbeiten. Gut möglich, dass sie bald befördert wird.« Sie zögerte. »In den ersten Monaten hatte ich den Eindruck, dass ihr das elementar wichtig ist – so schnell wie möglich voranzukommen, meine ich. Neuerdings lässt sie es jedoch ruhiger angehen und legt deutlich mehr Wert auf ihre Freizeit.«

»Können Sie diese Veränderung zeitlich eingrenzen?«

Annette nahm ihre Kaffeetasse und drehte sie zwischen ihren auffallend kleinen Händen. Die Fingernägel waren abgekaut. »Vielleicht seit Anfang des Jahres? Ungefähr … Aber bitte zitieren Sie mich nicht. Es ist mehr ein Gefühl.«

Ich werde dich bis zum Ende meines Lebens zitieren können, ob ich will oder nicht, dachte Hannah. Als sie sich wenige Minuten später von ihrer Gesprächspartnerin verabschiedete, wirkte die regelrecht enttäuscht. Ohne Zweifel hätte sie ihre Unterredung gut und gerne um eine Stunde oder auch zwei verlängert. Ihre Miene hellte sich aber wieder auf, als die Kommissarin ihr eine Visitenkarte überreichte und sie bat, sich zu melden, falls ihr noch etwas einfiele. Hannah hätte eine Wette darauf abgeschlossen, dass sie darauf nicht lange würde warten müssen.

Die Unterhaltungen mit zwei anderen Kollegen, die Annette Pape ihr vorstellte, sowie der unmittelbaren Vorgesetzten brachten keine zusätzliche Erhellung oder anderslautende Charakterisierung der Vermissten. Hannah hatte das Büro der Bibliotheksleitung verlassen und befand sich auf dem Weg zum Fahrstuhl, als ihr ein junger Mann auffiel, der einen Rollwagen mit medizinischen Nachschlagewerken erst hinter und schließlich neben ihr herschob. Er neigte den Kopf wie zu einem stillen Gruß und lächelte charmant. Eindrucksvolle Muskeln zeichneten sich unter einem knapp sitzenden T-Shirt ab, wie Hannah mit einem flüchtigen Blick erfasste, die Jeans saß locker auf den Hüften. Der junge Mann war höchstens zweiundzwanzig und trug seinen Dreitagebart, als hätte er die Mode erfunden. Er sah richtig gut aus, und er wusste es.

Hannah erwiderte das Lächeln amüsiert und blieb am Fahrstuhl stehen. Er tat es ihr gleich und taxierte sie erneut. Für einen sonnigen Moment gab sie sich der Phantasie hin, der Bursche hätte tatsächlich Gefallen an ihr gefunden. Es kam schließlich nicht alle Tage vor, dass ein zwanzig Jahre jüngerer Mann, der aussah wie ein Model, ihr schöne Augen machte.

»Sie sind von der Polizei?«, ergriff er schließlich das Wort.

»Ja, woher wissen Sie das?«

»Ich habe gelauscht.«

»Aha.«

»Natürlich rein zufällig.«

»Natürlich.«

»Im Ernst.« Er blies sich eine dunkle Haarsträhne aus dem Gesicht. »Ich hatte neben dem Büro der Chefin zu tun, und die Tür war nur angelehnt. Kommt vor, oder?«

»Unbedingt.«

Die Fahrstuhlglocke schlug an. Hannah machte keine Anstalten, die Tür zu öffnen. »Können Sie mir was zu Caroline sagen?«, fragte sie schließlich.

»Kann ich. Ich muss die Bücher im Lesesaal einsortieren. Kommen Sie mit?«

»Gerne.«

Christoph Thiele arbeitete als studentische Hilfskraft in der Bibliothek und studierte seit zwei Jahren Medizin. Er war der Erste, der Caroline in einem völlig anderen Licht erscheinen ließ.

»Ich bin nicht mehr lange hier«, erklärte er mit leiser Stimme, während er die kiloschweren Wälzer ins Regal wuchtete. »Schon allein deswegen kann es mir völlig egal sein, ob Caroline eventuell erfährt, wie ich mich über sie geäußert habe.«

»Ich behandle unsere Unterredung wie alle anderen Gespräche auch selbstverständlich vertraulich«, entgegnete Hannah.

»Natürlich.« Er grinste. »Sie meinen es, wie Sie sagen, das glaube ich Ihnen gerne, aber irgendwas rutscht immer durch ... Na egal. Ich sag Ihnen mal meine Meinung: Caroline ist schlichtweg arrogant und redet nicht mit jedem. Sie hält sich für was Besseres.«

Hannah stutzte. Das war neu und passte nicht in das bisherige Bild, oder aber Christoph bewertete ihre reservierte Haltung anders. Würde eine arrogante Caroline, die sich für was Besseres hielt, freiwillig Zeit mit Annette Pape verbringen? War es unfair, eine ehrliche Sympathie zwischen den beiden auszuschließen? Oder Carolines Verständnis für die Kollegin von vorne herein nicht in Erwägung zu ziehen? Ja, das war es.

Christoph Thiele verzog den Mund. »Bevor Sie darüber nachdenken, ob ich vielleicht sauer auf sie bin, weil ich mal bei ihr abgeblitzt bin – vergessen Sie es! Caroline ist überhaupt nicht mein Typ, und ihre Nummer zieht nicht bei mir. Das weiß sie. Deswegen verhält sie sich mir gegenüber auch nicht freundlich und hilfsbereit, sondern abweisend. Ich glaube, die zieht 'ne Show ab, eine überzeugende Show übrigens.«

»Warum sollte sie das tun? Um schneller voranzukommen?«

Thiele legte ein weiteres Buch ab und stützte sich mit einer Hand auf dem Rollwagen ab, was sehr lässig aussah. »Glaube ich nicht. Das hat sie gar nicht nötig, denn rein fachlich ist sie richtig gut, das muss ich neidlos anerkennen. Es ist anders. Die hat manchmal eine Art drauf, als würde ihr morgen ohnehin schon die Klinik gehören.«

»Annette Pape ...«

»Annette ist ein armes Schwein«, fiel Thiele ihr ins Wort, ohne eine Miene zu verziehen. »Und das ist kein geschmackloses Wortspiel, Frau Kommissarin. Annette ist glücklich, wenn sich überhaupt mal jemand mit ihr befasst, und das hat nichts mit ihrem Gewicht zu tun – leider weiß sie das nicht. Ihr Talent, den Leuten mit ihrem distanzlosen Gequatsche auf die Nerven zu gehen, ist noch größer als ihr Umfang.«

»Und warum befasst sich Ihrer Ansicht nach Caroline mit ihr?«

»Weil Annette alles über jeden weiß und alles über jeden gerne weitergibt. Es ist praktisch, alles über jeden zu wissen. So was kann zumindest hilfreich sein.«

Thiele verlagerte sein Gewicht von einem Bein aufs andere. »Ich schätze, sie hat was mit einem einflussreichen Typen zu laufen, und das ist ihr zu Kopf gestiegen. Aber«, er hob die Hände, »Näheres weiß ich nicht. Nennen Sie es eine dumpfe Ahnung oder wie immer Sie möchten. Wissen Sie, ich habe Sie nur angesprochen, weil ich es verdammt einseitig finde, was Sie hier über Caroline zu hören kriegen. Die Frau hat durchaus Tiefen – wie wir alle –, aber in ihre möchte ich gar nicht erst hinabblicken. Ist auch nur so ein Gefühl.« Diesmal lächelte er.

Hannah lächelte zurück. »Ich danke Ihnen. Das ist durchaus erhellend. Unter Umständen muss ich noch mal auf Sie zurückkommen. Würden Sie mir Ihre Handynummer geben?«

»Klar.«

Sie schlug den Weg über Winterhude ein und fuhr langsam an der zweistöckigen Villa ihrer Eltern vorbei. Viel hatte sich nicht verändert seit ihrer letzten Stippvisite, soweit von weitem erkennbar – idyllische Gediegenheit zwischen Stadtpark und Alster, wie vor zwanzig Jahren. Das Haus, in dem sie gemeinsam mit Liv aufgewachsen war, behütet und frei von materiellen Sorgen. Die Kanzlei ihres Vaters befand sich im ersten Stock; er war Wirtschaftsjurist – keiner der ganz großen, aber angesehen und erfolgreich, nach wie vor, dessen vergewisserte sich Hannah von Zeit zu Zeit. Dass er ein tendenziell depressiver Mensch war, der seinen dunklen Stimmungen mit Arbeit die Stirn bot, hatte Hannah erst als junge Erwachsene begriffen, als sie ihr Psychologiestudium aufgenommen hatte. Zu einem ähnlichen Zeitpunkt war ihr klargeworden, dass ihre Großmutter väterlicherseits das schwarze Schaf der Familie gewesen war, bevor Hannah diese Rolle übernommen hatte. Liv hatte sich früh entschlossen, in die Fußstapfen des Vaters zu treten und auch Anwältin zu werden. Aber dann war alles ganz anders gekommen.

Hannah wendete am Ende der Straße und fuhr mit starrem Blick zurück. Kotti winselte leise. Sie wollte gerade den Arm nach hinten ausstrecken, um den Hund zu beruhigen, als ihr Handy klingelte. Der Name ihres Chefs leuchtete auf dem Display auf, dazu ein höchst albernes Foto, auf dem er mit breitem Grinsen eine Wasserpistole in die Kamera hielt. Jedes Mal, wenn Krüger sie anrief, nahm sie sich vor, das Bild auszutauschen, um es dann doch wieder zu vergessen. Sie nahm das Gespräch über Lautsprecher an.

»Und? Wie sieht es aus? Haben wir einen Fall oder nicht?«, tönte es ihr grußlos entgegen.

»Viel kann ich noch nicht sagen, dazu ist es einfach zu früh …«

»Na komm, einen ersten Eindruck wirst du wohl bereits gewonnen haben«, drängte Bernd Krüger.

»Nun, es wird von verschiedenen Seiten die Vermutung ausgesprochen, dass es einen Liebhaber geben könnte, aber nichts Genaues weiß keiner, weder in der Familie noch im Kollegenkreis«, begann Hannah zu berichten, da Krüger sich nicht abwimmeln lassen würde. »Ich hoffe, dass ich bald einen Blick in die Wohnung werfen kann und dort auf Hinweise stoße. Lass mir noch ein bisschen Zeit, bevor ich Vermutungen ausspreche, die ein paar Stunden später ohnehin nicht mehr zu halten sind.«

»Hm.«

»Auf jeden Fall ist es sehr merkwürdig, dass sie am Freitagnachmittag in Blankenese gesehen wurde, zu einem Zeitpunkt, zu dem sie längst bei der Familie hätte sein müssen und diese sie vergeblich zu erreichen versuchte«, fuhr Hannah fort. »Es ist nicht ihre Art, einen Termin sausenzulassen und sich nicht zu melden. Ich hoffe, der Zeuge kann mir Genaueres sagen.«

»Na schön. Das klingt noch nicht sehr aufregend.« Im Hintergrund schrillte ein Telefon. »Du meldest dich?«

»Mach ich. Grüß die Hauptstadt.« Hannah unterbrach die Verbindung und wählte, als sie an einer roten Ampel hielt, zunächst Daniel Grubers Nummer, in der Hoffnung, dass sie sich zeitnah mit Carolines Schwager verabreden konnte. Leider meldete sich nur die Mobilbox, wenn auch mit einer fröhlichen, ausgesprochen jugendlichen Stimme sowie der freundlichen Bitte um Nachsicht. Hannah seufzte und versuchte ihr Glück bei Michael Folk. Nach dreimaligem Klingeln vernahm sie eine tiefe Männerstimme. »Ja?«

»Spreche ich mit Michael Folk?«

»Treffer.«

»Schön, dass ich Sie erreiche. Mein Name ist Hannah Jakob. Ich bin Kommissarin des BKA und würde Sie gerne bezüglich Ihrer Zeugenaussage im Falle der vermissten jungen Frau sprechen«, erörterte sie, während die Ampel auf Grün schaltete.

Stille. »Warum? Ich war schon bei der Polizei und habe eine Aussage zu dem Zeitungsfoto der Frau gemacht.« Das klang erstaunt und unwillig.

»Ich weiß. Ihre Angaben waren ausgesprochen detailliert und hilfreich«, betonte Hannah unverändert freundlich. »Ich überprüfe den Fall als externe Sonderermittlerin jedoch noch einmal und spreche mit allen Zeugen, Angehörigen und so weiter.«

»Ach? Hm, na ja, wenn es unbedingt sein muss. Können wir das am Telefon erledigen?«

»Leider nein. Aber ich komme natürlich gerne zu Ihnen,

oder wir treffen uns irgendwo unterwegs«, entgegnete Hannah und steuerte eine Parklücke an.

Erneute Stille. Langsames Durchatmen. »Ist das echt nötig?«

Hannah hörte, dass er sich eine Zigarette anzündete. »Ihre Beschreibungen sind sehr wichtig, Herr Folk.«

»Aber das können wir doch auch …«

»Telefonische Aussagen sind juristisch kaum haltbar«, versicherte sie. Außerdem will ich sehen, mit wem ich spreche und warum du dich plötzlich so zierst, fügte sie in Gedanken hinzu. Unter einem aufmerksamen, auskunftsfreudigen Zeugen hatte sie sich etwas anderes vorgestellt – eher jemanden wie Annette Pape.

Leises Stöhnen. »Na schön. Ich arbeite in einem Coffeeshop am Flughafen Fuhlsbüttel, gleich am Haupteingang. Meine Schicht beginnt in knapp zwei Stunden. Wenn Sie wollen …«

»Gerne, Herr Folk. Ich komme nachher dort vorbei. Danke für Ihr Verständnis.«

Darauf sagte Folk nichts, sondern legte einfach auf. Da es sich nicht lohnte, in die Pension zurückzufahren, bog Hannah an der nächsten Kreuzung in Richtung Fuhlsbüttel ab.

Folk streifte die Asche ab und nahm einen tiefen Zug. Einen Moment starrte er zum Küchenfenster hinaus, bevor er den Rauch ausstieß, ins Bad ging und eine Dose Rasierschaum aus dem Spiegelschrank über dem Waschbecken nahm. Der Boden der Dose ließ sich abschrauben, und Folk zog ein Handy heraus. Über die Kurzwahltaste eins rief er Sascha an. »Was gibt's?«, fragte der nach dem zweiten Läuten.

»Wollte ich dich auch gerade fragen.«

»Komm zur Sache.«

»Eine Tante vom BKA ermittelt – wusstest du das?«

Kurzes Schweigen. »Nein. Was will sie?«

»Mit mir sprechen. Sie ist als Sonderermittlerin unterwegs, sagt sie, und will ein paar Fragen stellen. Wie soll ich mich verhalten?«

Räuspern. »Ganz einfach – so unauffällig wie möglich. Rede mit ihr und beantworte ihre Fragen genauso wie bei deiner Aussage bei den Bullen. Das kriegst du wohl hin, oder?«

»Ja, klar. Ich frag mich nur …«

»Hör auf damit, etwas hinterfragen zu wollen. Vielleicht haben einige ihrer Schnüffler gerade ein bisschen Leerlauf, oder deine Aussage ist im Schredder gelandet, wie und warum auch immer.« Er lachte. »Wär nicht das erste Mal, dass so was passiert.« Er lachte noch lauter. Offensichtlich erheiterte ihn sein eigener Spruch außerordentlich.

»Und dann schicken sie sofort das BKA los?« Folk war nicht zum Lachen zumute. »Wegen einer mickrigen Vermisstenanzeige?«

»Scheißegal – Behörde ist Behörde. Mach dir keine unnötigen Gedanken. Es läuft alles bestens.«

»Wenn du meinst.«

»Das meine ich. Bleib einfach cool. In ein paar Tagen ist alles überstanden, fürs Erste jedenfalls.«

»Na gut, ich melde mich wieder.«

»Du meldest dich nur, wenn es unbedingt nötig ist.«

»Okay.« Folk löschte den Anruf aus der Verbindungsliste und verstaute das Handy wieder an seinem Platz. Er hoffte, dass Sascha recht behalten würde und mit seiner Sorglosigkeit auf dem richtigen Dampfer war. Er hatte keine Lust auf irgendwelchen Stress, geschweige denn eine BKA-Schnüfflerin, die ihm auf den Pelz rückte, gerade jetzt, zu einem Zeitpunkt, zu dem alles so gut lief.

3

Drei Servicekräfte bedienten, zwei junge Frauen und ein Mann, die alle Hände voll zu tun hatten. Der Laden war klein, mit nur wenigen Bistrotischen, aber einer übersichtlichen

Theke ausgestattet, und es duftete köstlich. Die Leute sollten sich ihren Kaffee und einen Snack bestellen und auf den Weg in Richtung Abflugschalter machen, ohne sich lange aufzuhalten. Die Preise waren in Ordnung, die Auswahl war erfreulich groß, ohne Verwirrung zu stiften. Hannah bestellte einen Latte macchiato und einen Schokoladenkuchen und setzte sich an den hintersten freien Tisch, wo Kotti bereits auf sie wartete.

Es war noch über eine Stunde Zeit, bis Michael Folk mit seiner Schicht beginnen würde – jedenfalls laut seiner eigenen Auskunft. Hannah schrieb einige Kurznachrichten, lauschte den Durchsagen zu geänderten Abflug- und Landezeiten und beobachtete vorübereilende Reisende, Urlauber, abgehetzte Geschäftsleute mit dem Handy am Ohr, ein Liebespaar, das sich kaum voneinander lösen konnte, Eltern mit großäugigen Kleinkindern auf dem Arm. Ein junger schlaksiger Mann mit blondem Haar betrat den Shop und schlängelte sich hinter die Theke, wo er rasch einige Worte mit einer der beiden Frauen wechselte, während er in seine Arbeitskleidung – eine kaffeebraune Jacke mit rot-gelber Aufschrift – schlüpfte und sich beiläufig umsah. Hannah spürte, wie sein Blick sie lediglich desinteressiert streifte. Sie hob den Kopf, trank von ihrem Kaffee und lächelte ihn an, als sein Blick wieder bei ihr landete. Er erwiderte das Lächeln zögernd, als sie auf ihr Handy zeigte, um anzudeuten, dass sie miteinander telefoniert hatten, und trat langsam an ihren Tisch.

»Sind Sie die Kommissarin?« Michael Folk war völlig verblüfft.

»Ja, ich bin Hannah Jakob. Sie klingen verwundert. Hatten Sie jemand anderen erwartet?«

Er strich sich durch seinen weizenblonden Haarschopf und nahm neben ihr Platz. »Ich weiß auch nicht. Sie wirken jedenfalls nicht wie eine Polizistin, schon gar nicht wie eine vom BKA.« Er schob ein entschuldigendes Lächeln hinterher und wirkte dabei sehr jungenhaft.

Hannah lächelte. Die Frage, wie er sich eine BKA-Beamtin vorstellte, sparte sie sich an dieser Stelle. Sie war selbst konsterniert – am Telefon hatte Folk abwehrend und unwirsch reagiert, eine gute Stunde später war er überrascht und durchaus charmant. Sie sah kurz auf die Uhr. »Herr Folk, lassen Sie uns einfach anfangen. Beschreiben Sie doch bitte mal die Situation am Freitagnachmittag am Elbufer.«

»Kein Problem«, meinte Folk gut gelaunt. »Die Frau, deren Bild in der Zeitung abgebildet war, stand ungefähr auf Höhe des Leuchtturms. Es sah aus, als wartete sie auf jemanden.«

»Wie spät war es?«

»Halb vier, vier – ungefähr.«

»Hatte sie etwas bei sich, eine Tasche, einen Rucksack oder Ähnliches?«

Er wiegte nachdenklich den Kopf. »Eine kleine Handtasche, glaube ich.«

»Sie konnten die junge Frau sehr gut beschreiben und sogar wiedergeben, welche Kleidung sie trug. Das ist ungewöhnlich.«

Folk lächelte. »Wie gesagt, sie fiel mir auf, wie sie dastand und sich umsah. Außerdem war sie sehr hübsch. Ich habe sie angelächelt, aber sie hat mich gar nicht registriert.«

Hannah nickte. »Wenn ich es richtig verstehe, haben Sie jedoch keine weitere Person in ihrer Nähe wahrgenommen. Es kam niemand, der sie begrüßte?«

»Nein.«

»Telefonierte sie?«

»Nicht zu dem Zeitpunkt, als sie mir auffiel.«

»Ist Ihnen sonst noch etwas aufgefallen, was im Nachhinein bedeutsam sein könnte?«

Er runzelte die Stirn. »Wie meinen Sie das?«

»Haben Sie Leute gesehen, die sich stritten – zum Beispiel – oder merkwürdig verhielten?«, präzisierte Hannah ihre Frage.

»Nein, nichts dergleichen. Es war ein schöner Tag. Alles wirkte sehr entspannt.«

»Ich verstehe. Was hat Sie eigentlich an jenem Nachmittag nach Blankenese geführt?«

Folk hob das Kinn und zog die Brauen zusammen. »Wie?«

»Was haben Sie zu dem Zeitpunkt am Elbufer gemacht? Sie wohnen und arbeiten nicht in Blankenese«, gab Hannah ungerührt zurück. »Waren Sie verabredet?«

»Nein.« Er schüttelte den Kopf. »Es ist sehr schön dort. Ich bin spazieren gegangen. Ich mag die Gegend. Der Blick über die Elbe, die Schiffe, dazu das nette Sommerfeeling, Menschen am Strand, na, Sie wissen schon.«

Das Elbufer ist lang, dachte Hannah, und meine Frage gefällt dir nicht. Warum eigentlich nicht? Es ist eine harmlose Frage, vielleicht ein bisschen neugierig, aber das liegt in der Natur der Sache. Sie sah ihm direkt ins Gesicht. »Ja, ich weiß. Was haben Sie danach gemacht?«

»Danach?«

»Im Anschluss an Ihren Spaziergang und den schönen Blick über die Elbe.«

»Ich bin hierhergefahren. Ich hatte Spätschicht, so wie heute.« Er lehnte sich zurück, und der zierliche Bistrostuhl ächzte leise unter ihm. »Was soll das eigentlich? Ich habe als Zeuge eine Aussage gemacht und die vermisste Frau beschrieben, die in der Zeitung abgebildet war, weil ich sicher bin, sie gesehen zu haben, und hoffte, bei der Suche nach ihr behilflich sein zu können. Das war doch ziemlich nett von mir. Warum muss ich mich jetzt rechtfertigen?«

»Müssen Sie doch gar nicht«, entgegnete Hannah ungerührt. »Ich stelle viele Fragen, in der Hoffnung, auf etwas zu stoßen, das mich dem Geschehen und seinen Hintergründen näher bringt. Es steht Ihnen frei, nicht zu antworten, wobei sich dann natürlich für mich die Frage anschließt, was genau Sie dazu veranlasst – aber das nur so nebenbei.«

Für einen Moment verengten sich seine Augen, und er taxierte sie, während Hannah in aller Seelenruhe ihren Kaffee austrank.

»Na schön, war es das jetzt?«

Sie nickte. »Ich danke Ihnen.« Sie stand auf. »Der Kaffee ist übrigens sehr gut hier.«

»Freut mich.« Seine Miene spiegelte etwas ganz anderes wider. Er erhob sich ebenfalls und überragte Hannah um zwei Kopflängen. Das genießt er, durchfuhr es sie. Kotti stand plötzlich neben ihr.

»Einen schönen Tag noch.« Damit wandte sie sich um und verließ den Flughafen, um auf direktem Weg in die Pension zu fahren.

Nach einer Stunde Schlaf setzte sie sich an den kleinen Schreibtisch unter dem Fenster und schrieb die Aussagen ihrer Gesprächspartner zu zentralen Fragen direkt in ihr Netbook – die Antworten und Beschreibungen der Befragten flossen ihr nach kurzer Konzentrationsphase aus den Fingern, als würde sie die Beiträge von einem inneren Teleprompter ablesen. In einem zweiten Arbeitsgang fügte sie dem Text in einer gesonderten Spalte ihre eigenen Anmerkungen hinzu und hob Auffälligkeiten hervor. Anschließend schickte sie Krüger eine Mail und bat ihn um eine Überprüfung von Michael Folk, weil sie sicher war, dass sie bei Detlef Schaubert kein offenes Ohr für ihr Anliegen finden würde, noch nicht. Zum ersten Mal hatte sie das untrügliche Gefühl, dass es für das Verschwinden von Caroline Meisner einen kriminellen Hintergrund gab, aber ein untrügliches Gefühl bedeutete im Ermittleralltag wenig bis gar nichts. Es war höchstens geeignet, der Staatsanwaltschaft ein genervtes Kopfschütteln zu entlocken, und manchmal machte man sich einfach nur lächerlich damit – als Psychologin ohnehin.

Während der Abendrunde mit Kotti nahm sie ihr Handy mit und versuchte erneut, Daniel Gruber zu erreichen. Große Hoffnung hatte sie nicht, dass er das Gespräch annehmen würde, doch wider Erwarten hatte sie diesmal Glück. Grubers Stimme klang im Original nicht ganz so fröhlich wie auf der Mobilbox, eher abgehetzt und müde.

»Ja, ich weiß, wer Sie sind«, erwiderte er auf Hannahs einleitende Worte. »Die Familie hat mir bereits von Ihnen berichtet. Ich glaube allerdings nicht, dass ich Ihnen viel mehr als die anderen erzählen kann.«

»Vielleicht doch, und Sie wissen es gar nicht. Ich möchte die Gelegenheit jedenfalls nicht ungenutzt verstreichen lassen.«

»Hm. Haben Sie denn inzwischen einen Verdacht, was passiert sein könnte? Oder dürfen Sie nicht darüber sprechen?«

»Ich beantworte beide Fragen mit Nein.« Hannah lächelte. »Wenn ich einem konkreten Hinweis nachginge, dürfte ich Ihnen keine Einzelheiten mitteilen, sofern durch eine Bekanntgabe der Details das Risiko bestünde, die weiteren Untersuchungen zu gefährden oder zu beeinflussen. Ausnahmen bestätigen jedoch die Regel.«

»Ich verstehe.« Er räusperte sich. »Herbert … ich meine, Carolines Vater sagte mir noch, dass Sie in die Wohnung möchten, um sich dort umzusehen.«

Hannah war froh, dass Gruber das Thema selbst anschnitt. »Das wäre eine sehr große Hilfe.«

»Wir wollen nicht, dass Sie alles durchwühlen. Können Sie das verstehen?«

»Und ob. Diese Sorge ist allerdings unbegründet. Ich werde nichts durchwühlen. Ich möchte mir lediglich einen Eindruck verschaffen und werde nichts anrühren, was aus Ihrer Sicht oder nach dem Empfinden von Carolines Eltern unangemessen wäre«, betonte Hannah.

Schweigen.

»Bei allem Verständnis für Ihre Bedenken, dass ich die Intimsphäre von Caroline nicht respektieren könnte – bedenken Sie bitte, dass Ihre Schwägerin seit zehn Tagen spurlos verschwunden ist«, fügte sie schließlich hinzu. »Sollte es Hinweise auf ein Verbrechen geben, so sind diese unter Umständen so gut getarnt, dass sie mit den üblichen Polizeiroutinen bislang nicht aufgespürt werden konnten und auch den Familienangehörigen nicht auffielen – genau darum bin ich hier. Und andersherum: Vielleicht entdecke ich etwas, das alle Sorgen und Ängste zerstreut, weil sich herausstellt, dass es eine banale Erklärung gibt.« Daran glaubte Hannah nicht einen Moment, aber sie wusste, dass derlei immer wieder geschah.

»Ist das Ihr Ernst?«

»Vermisstenfälle sind seit einigen Jahren mein Spezialgebiet, und so etwas passiert tatsächlich relativ häufig.«

»Ich bin morgen wieder mit dem Servicewagen unterwegs«, meinte Gruber nach einer weiteren Pause. »Wir könnten uns vor Carolines Wohnung treffen.«

Hannah atmete tief aus. »Ich hatte gehofft, dass Sie diesen Vorschlag machen würden.«

»Carolines Vater und Großvater sind dafür.«

Schwester und Mutter waren also dagegen. Und Gruber selbst dürfte immer noch unentschlossen sein, wollte ihr aber eine Chance einräumen.

»Ich bin um zehn Uhr dort.«

»Ich werde pünktlich sein, Herr Gruber. Vielen Dank.«

Marie war zart und anmutig wie eine Tänzerin, ein Typ wie Audrey Hepburn. Oliver hatte sich vor zehn Jahren auf den ersten Blick in sie verliebt. Sie hatte zwei, drei Blicke mehr benötigt und ihn immer wieder eindringlich gewarnt. »Ich bin schwierig, und ich bin anders, als du es dir erträumst. Überleg dir gut, ob du dein Leben mit mir verbringen willst.«

»Warum sollte ich lange überlegen? Es gibt nichts, was wir beide nicht zusammen schaffen können«, hatte er stets erwidert – im Brustton der Überzeugung. Strahlend, verliebt, verblendet. Später würde er häufig an ihre Worte zurückdenken und sich fragen, wie er gehandelt hätte, wäre ihm klar gewesen, was sie meinte und wie sich ihre Ehe entwickeln würde.

O ja, sie hatten viel zusammen geschafft. Er hatte seinen zweiten Facharzt gemacht und arbeitete mittlerweile in leitender Position im Klinikum Eppendorf in der Herzchirurgie, wo ihm die ganz große Karriere vorausgesagt wurde, sie war

Dozentin für Romanistik an der Hamburger Universität, und Amelie war ein Wunschkind gewesen. Eine perfekte kleine Familie, zu Hause in einem großzügigen Anwesen in Hamburg-Fischbek, angesehen im Familien- und Freundeskreis, geachtet von Kollegen und Nachbarn.

Es gibt keine perfekten Familien, irgendwo ist immer der Wurm drin, das hatte er schon damals gedacht, ohne dem Gedanken jedoch allzu viel Bedeutung beizumessen. In seiner grenzenlosen Verliebtheit und Selbstüberschätzung war Oliver davon überzeugt gewesen, dass dieser Wurm winziger als eine verkümmerte Made war, die keinerlei Überlebenschance hatte, wenn er sich ihrer erst einmal angenommen hatte. Das war ein folgenschwerer Irrtum gewesen.

Er trat vom Fenster zurück, als Maries Wagen um die Ecke bog. Wenig später klappte unten die Haustür. Oliver hörte Amelies hohe Stimme, sie rief nach ihm, und eine Woge von Zärtlichkeit durchströmte ihn. Er strich sich mit beiden Händen übers Gesicht, bevor er die Tür seines Arbeitszimmers öffnete, auf den Flur trat und zur Treppe ging. Von unten blickten zwei ovale Gesichter mit dunklen Augen zu ihm auf. Die Ähnlichkeit zwischen Mutter und Tochter war frappierend und berührte ihn immer wieder. Amelie klatschte in die Hände und rannte zu ihm hoch. Er zog sie in seine Arme und drückte sie fest an sich.

Marie war am Absatz stehengeblieben, eine Hand in die Hüfte gestemmt, während Oliver ihr mit Amelie auf dem Arm entgegenging. Ihr Lächeln war unergründlich, ein Hauch von Ironie verzog plötzlich ihren Mund. »Und? Hast du etwas Ruhe gefunden und dich von deinem Helsinki-Trip erholt?«

Oliver zuckte unmerklich zusammen, was sie mit einem noch tieferen Lächeln quittierte. Sie hielt ihm die Wange hin und duldete einen flüchtigen Kuss, bevor sie sich umdrehte und in die Küche vorauseilte.

»Zwei Einladungen nach Helsinki im Abstand von wenigen Wochen – das ist doch eine schöne Anerkennung deiner Arbeit, oder?«, plauderte sie munter weiter und öffnete den Kühlschrank. »Was essen wir? Habt ihr Lust auf Fisch?«

Oliver war ihr mit langsamen Schritten gefolgt und setzte sich an den Esstisch. Amelie kuschelte sich an ihn und schlang die Arme um seinen Hals.

»Fisch ist prima«, erwiderte er, obwohl er gar keinen Appetit verspürte.

»Mit Kroketten und Gemüse?«

»Ja. Und Salat wäre schön.«

»Und Eis!«, rief Amelie.

Während Marie Blattsalat, Karotten und Brokkoli putzte und den Fisch filetierte, berichtete er in beiläufigem Ton vom Ärztekongress, beantwortete zwischendurch Amelies Fragen und spürte, wie er sich allmählich entspannte. Alles wird gut, dachte er. Daumen und Zeigefinger zu einem Kreis zusammengefügt heißt, dass alles in Ordnung ist.

»Im Netz habe ich dazu gar nichts gefunden«, unterbrach Marie ihn plötzlich und drehte sich um. »Sonst findet man doch zu allen möglichen Themen immer alles im Internet.«

Oliver gelang es, sein Erschrecken zu verbergen. Er kitzelte Amelie, deren Lachen für einen Moment den Raum erfüllte, als gäbe es nichts anderes auf der Welt. »Für die Veranstaltung sollte gar keine Werbung gemacht werden. Sie war als Fortsetzung für den ersten Kongress im Juli angesetzt, zu der aber nur noch wenige Spezialisten eingeladen waren«, erklärte er so selbstverständlich wie möglich.

»Ach so. Und zu denen gehörst du – das ist ja toll.«

Vielleicht täuschte er sich, vielleicht lag er völlig richtig mit seinem Eindruck, dass Maries Tonfall eine feine Prise Spott enthielt. Er ging nicht darauf ein, sondern deckte mit Amelies Hilfe den Tisch. Eine Viertelstunde später war das Essen fertig, das hervorragend schmeckte, aber Oliver aß rein mechanisch. Seit Beginn der Geschichte hatte er etliche Pfunde verloren, was ihn früher gefreut hätte. Marie bemerkte es kaum, oder zumindest sagte sie nichts dazu.

»Du warst bereits gestern am frühen Abend in Hamburg, nicht wahr?«

Sein Messer schlug an den Tellerrand. Er hob den Blick. »Ja. Ich bin gleich in die Klinik gefahren, um nach meinen Patienten zu sehen, und es wurde später, als ich erwartet hatte. Ich habe dann dort übernachtet, um euch nicht zu stören, und bin erst heute Vormittag nach Hause gekommen.«

»Sehr rücksichtsvoll.«

Oliver stand auf und räumte das Geschirr ab, während Marie seine Bewegungen einen Moment stumm verfolgte und dann mit Amelie nach oben ging – Zähne putzen, duschen, eine halbe Gutenachtgeschichte, den zweiten Teil würde er lesen. Sie waren ein eingespieltes Team. Oliver schloss die Klappe des Geschirrspülers mit einem kraftvollen Ruck und blickte in den Garten. Ich liebe sie immer noch, dachte er, und wir werden einander nie freigeben.

4

Caroline Meisner wohnte in der Nähe des Altonaer Bahnhofs in einer großzügig geschnittenen Altbauwohnung mit Stuckdecken und feinstem Parkett. Hannah staunte nicht schlecht, als sie am nächsten Morgen neben Daniel Gruber, einem Mann Anfang dreißig, dem die Radfahrleidenschaft auf den drahtigen Leib geschrieben war, einen ersten Rundgang durch die Räume machte. Caroline hatte nicht nur einen erlesenen Geschmack, ihre Wohnungseinrichtung spiegelte auch Wohlstand wider. Möbel aus edlen südamerikanischen Baumsorten hatte IKEA nicht im Sortiment, soweit Hannah informiert war, und auch Fernseher und Musikanlage stammten nicht aus einem Discountladen. Außerdem war es auffallend ordentlich. Kein Kleidungsstück lag herum, Herd und Spüle glänzten, und sämtliche Tische wirkten blankgewienert.

»Ist es hier immer so ordentlich?«, fragte Hannah verblüfft.

»Ich glaube schon. Die Male, die ich hier war, sah es auch immer wie geleckt aus«, erwiderte Carolines Schwager.

Hannah öffnete nach einem fragenden Seitenblick, den Daniel nach kurzem Zögern mit stummem Nicken beantwortete, die Schrankwand im Schlafzimmer. Carolines Kleidung war modern und bot für viele Anlässe das passende Outfit, wirkte aber weniger auffällig als die schmucken Möbel.

»Hat sich hier in letzter Zeit Entscheidendes verändert?«, fragte Hannah, während sie die Schranktür wieder schloss.

»Sie hat sich in den vergangenen zwei Jahren nach und nach neu eingerichtet«, antwortete Daniel Gruber mit angedeutetem Achselzucken. »Das weiß ich aber nur so genau, weil Martina mir davon erzählt hat.« Er machte eine raumgreifende Geste. »Meine Schwägerin verdient ganz gut, wie es aussieht – allerdings spricht sie nicht gern darüber, frei nach dem Motto: Über Geld redet man nicht, man hat es.«

Mit dem Gehalt einer Bibliothekarin hätte sich Caroline die Wohnung sicherlich nicht einrichten können, überlegte Hannah – blieb nur die Erklärung, dass sie Schulden gemacht hatte, und zwar private, denn bei der routinemäßigen Überprüfung der Kollegen war kein Hinweis auf einen Bankkredit aufgetaucht. Möglicherweise steckte auch ein reicher Liebhaber dahinter, der sie regelmäßig mit großzügigen Geschenken verwöhnte. Vielleicht sogar beides.

»Wissen Sie, ob Ihre Schwägerin sich Geld geliehen hat, um die Einrichtung zu finanzieren?«, fragte Hannah und wandte sich erneut in Richtung Wohnzimmer.

Gruber blieb neben ihr stehen und zog ein unschlüssiges Gesicht. »Dazu kann ich nichts sagen. Soll ich die Eltern fragen?«

Hannah lächelte erfreut. »Das wäre hilfreich.« Sie steuerte den Sekretär an, der schräg vor ein Erkerfenster gerückt war. Auf der Schreibplatte stand ein Laptop. »Erlauben Sie, dass ich mir in der Zwischenzeit schon mal den Computer genauer ansehe?«

Er zögerte. »Da werden Sie nichts finden. Martina hatte ihn kurz hochgefahren, als wir hier waren … Aber wenn es Ihnen wichtig ist.« Sie nickte, und Gruber ging in den Flur, um Carolines Eltern anzurufen.

Hannah war keine PC-Spezialistin und hatte keine Ahnung, wie man gelöschte Daten wiederherstellte, aber manchmal war es aufschlussreich, Verlauf und Papierkorb zu prüfen und noch so harmlos klingende Mails näher in Augenschein zu nehmen. Sie hörte Daniels Stimme nur noch entfernt und rief kurzerhand das Mailprogramm auf. Die wenigen Mails im Posteingang waren ebenso unauffällig wie langweilig: Einige Nachrichten von Kolleginnen, der Newsletter eines Reiseveranstalters, Mails aus dem Familienkreis und Ähnliches mehr. Der Webbrowser bot keinerlei Hinweise auf Carolines Surfverhalten, während der Ordner für Dokumente und Fotos interessanterweise mit einem Passwort geschützt war.

Hannah blickte hoch, als Daniel den Kopf wieder zur Tür hereinsteckte. »Ihre Mutter weiß nur von einem Kredit, mit dem sie ihren Wagen abgezahlt hat. Das ist aber schon eine ganze Weile her, etliche Jahre. Sie meint, dass Caroline sehr gut verdient, seit sie in der Bibliothek der Uniklinik arbeitet, und über ein Festgeldkonto verfügt.«

Hannah nickte nachdenklich und wies auf den Laptop. »Ihre Schwägerin verwendet ein Passwort für ihre persönlichen Dokumente …«

»Ach ja, richtig – Martina meinte, dass ihre Schwester wie immer ein großes Geheimnis um alles Mögliche mache.« Gruber wandte sich um, als sein Handy klingelte. Seinen Worten nach zu urteilen, handelte es sich um einen Kunden.

Hannah nutzte die Gelegenheit, um sich den Sekretär genauer anzusehen. Die beiden unteren Schubladen waren verschlossen, in den oberen befanden sich Papier, Stifte, Allerweltsbürokram sowie eine Mappe mit alltäglichem Schriftverkehr. Es gab keine Hinweise auf Carolines Bank oder sonstige bedeutsame Dokumente; lediglich zwei Ordner, die in einem zierlichen Regal an der Wand neben dem Erkerfenster standen, enthielten vergleichsweise wichtige Unterlagen: in der Hauptsache Schul- und Abschlusszeugnisse und Schriftverkehr mit Versicherungen. Die Akte enthielt keine Police für eine Lebensversicherung, wie Hannah rasch prüfte. Als sie wieder hochsah, traf Daniels Blick sie. »Ich muss los, Frau Kommissarin«, sagte er höflich, aber bestimmt.

»Könnten Sie sich vorstellen …«

Er schüttelte sofort den Kopf. »Ich habe Carolines Mutter versprochen, dass ich hierbleibe, während Sie sich umsehen. Bitte haben Sie Verständnis dafür.«

»Habe ich«, räumte sie sofort ein. Sie klammern sich an die Hoffnung, dass Caroline plötzlich in der Tür stehen könnte, dachte sie. Eine völlig normale Reaktion. Andererseits gab es Vermisstenfälle, die im Zusammenhang eines Familiendramas standen – ein Aspekt, über den sie angesichts der bisherigen Erkenntnisse hier jedoch lediglich still nachdenken durfte. »Was glauben Sie eigentlich, was passiert ist?«, fügte sie im Plauderton hinzu, während sie zur Wohnungstür gingen, wo Kotti wartete.

Gruber nestelte den Schlüssel aus der Brusttasche seiner Weste. »Ich denke, dass sie noch ein Date hatte, das länger als geplant dauerte, und auf dem Weg nach Bergedorf ist dann etwas passiert. Vielleicht ist sie überfallen worden … So etwas kann man nicht ausschließen, auch wenn im Moment niemand offen über eine solche Möglichkeit sprechen möchte. Noch nicht jedenfalls.«

Eine schlüssige und naheliegende Theorie, wie Hannah fand. Dabei blieb allerdings nach wie vor die Frage offen, warum Caroline ihre Verabredung mit Martina zuvor nicht einfach abgesagt hatte und die ganze Zeit unerreichbar gewesen war, auch als der Zeuge sie am Nachmittag am Elbufer sah. Nicht mal die Handyortung, die die Kollegen noch am Wochenende eingeleitet hatten, hatte irgendeinen Hinweis auf ihren Aufenthaltsort gebracht.

Das letzte Mal hatte sie mit ihrem Mobiltelefon am Donnerstagabend telefoniert, und zwar mit ihrer Mutter – so war es auch in der Akte vermerkt. Das Gespräch mit Martina und die Verabredung für den Freitagmittag war bereits am Mittwoch erfolgt: *Sie wollte noch einige Besorgungen für die Feier machen und mittags hier sein – so hatten wir es zwei Tage vorher jedenfalls vereinbart,* erinnerte Hannah sich sofort an die Worte der Schwester. Vielleicht ist der Zeuge der Schlüssel zum Geschehen, grübelte sie – er könnte sich geirrt haben, und Caroline war bereits am Tag zuvor verschwunden. Er könnte aber auch etwas mit ihrem Verschwinden zu tun haben. Hannah war gespannt, was die Überprüfung von Michael Folk ergeben würde.

»Halten Sie es für ausgeschlossen, dass Caroline sich aus persönlichen Gründen ohne Vorankündigung für ein paar Tage aus allem ausgeklinkt hat?«, wandte sie sich wieder an Gruber. »Immerhin hatte sie Urlaub.«

Daniel sicherte die beiden Türschlösser und überlegte einen Moment. »Wenn es nicht gerade an Rudis Geburtstag gewesen wäre, würde ich diese Variante durchaus in Betracht ziehen«, meinte er schließlich. »Aber so …« Er schüttelte den Kopf. »Nein. Der Großvater war ihr wichtig, ist ihr wichtig. Sie hätte ihn nicht einfach versetzt, sondern mit ihm gesprochen, da bin ich ebenso sicher wie der Rest der Familie.«

»Wie ist eigentlich Ihr Verhältnis zu Caroline?«, fragte Hannah. Im Hausflur roch es plötzlich intensiv nach Zitronenreiniger, irgendwo erklang leise Musik, ein Kind lachte.

Daniel überlegte nur kurz. »Nicht besonders eng, man kennt sich halt und sieht sich im Familienkreis. Wir haben einander immer respektiert – Ende.«

Hannah nickte nachdenklich. »Martina und Caroline verstehen sich nicht hundertprozentig gut, oder?«

Daniel warf ihr einen erstaunten Blick zu, dann bemühte er sich um ein Lächeln. »Ach, wissen Sie, Schwestern sind sich häufig nicht grün – das zumindest ist meine Erfahrung, und ich weiß, wovon ich spreche, denn ich habe auch zwei Schwestern, die sich immer wieder in den Haaren liegen, seit ihrer Kindheit. Caroline ist eine attraktive, selbstbewusste Frau, und Martina macht sich oftmals kleiner, als sie ist, erst recht seit …« Er brach ab, und sein Blick verdüsterte sich abrupt.

Nächstes Jahr werden die beiden heiraten. Sie wollten sich eigentlich schon in diesem Mai das Jawort geben, aber dann … Martina hatte eine Fehlgeburt, und … aber das gehört gar nicht hierher. Luise Meisners Worte tauchten vor Hannahs innerem Auge auf.

Gruber räusperte sich. »Gehen wir?«

Hannah schüttelte den Kopf. »Ich möchte noch mit einigen Nachbarn sprechen. Danke für Ihre Geduld.«

»Wie Sie meinen. Viel Erfolg. Und bitte sagen Sie uns Bescheid, sobald Sie Genaueres in Erfahrung bringen.«

Das versprach Hannah. Er eilte die Treppen hinab, und sie sah ihm einen Moment nach, während sie die Eindrücke der letzten guten halben Stunde sortierte – eine teure, geschmackvolle, lupenrein aufgeräumte Wohnung, in der nichts herumlag und zumindest bei oberflächlicher Begutachtung keine weitergehenden Rückschlüsse auf das Privatleben seiner Bewohnerin möglich waren. Hannah hätte gewettet, dass Caroline die wesentlichen Dinge in einem Tresor oder einem sehr guten Versteck aufbewahrte. Aus Angst vor Einbrechern, aus Berechnung, oder agierte sie zwanghaft? War Caroline immer so ordentlich und stets bemüht, sich vor neugierigen Blicken zu schützen, oder war in der Zeit vor ihrem Verschwinden etwas anders als sonst gewesen?

Vorbereitet, dachte Hannah plötzlich. Die Wohnung wirkt vorbereitet. Warum und von wem auch immer. Sie drehte sich um und klingelte an der Wohnungstür des Nachbarn zur Linken, hinter der es jedoch still blieb. Dafür wurde die Tür zur Rechten ruckartig aufgerissen, noch bevor Hannah die Hand zur Klingel ausgestreckt hatte. Ein kleiner abgezehrt wirkender Mann, der die siebzig deutlich überschritten haben dürfte und krank aussah, starrte sie aus hellblauen Augen argwöhnisch an. »Die Meisner ist nicht da, und ich weiß nicht, wann sie wiederkommt«, maulte er. »Die ist nämlich verschwunden.«

Kotti ließ ein leises Knurren hören, und Hannah tätschelte ihm kurz den Kopf. »Das weiß ich, Herr …« Sie sah aufs Türschild. »Kollbach. Hätten Sie vielleicht ein paar Minuten Zeit für mich?«

»Warum?«

Thomas Kollbach änderte sein Verhalten abrupt, nachdem Hannah ihm ihren Ausweis unter die Nase gehalten und ihr Anliegen erklärt hatte.

»Ach? Interessant«, meinte er aufgeräumt, nahezu freundlich und rieb sich die Hände. »Möchten Sie hereinkommen?«

»Ja, gerne. Haben Sie was gegen Hunde?«

Kollbach warf Kotti einen skeptischen Blick zu, winkte dann aber ab. »Der sieht nicht gerade gefährlich aus.«

Täusch dich nicht, dachte sie, lächelte aber höflich. Kollbach wohnte seit dem Tod seiner Frau vor drei Jahren alleine, wie er bereitwillig verriet, während sie ins Wohnzimmer gingen, wo der Fernseher lief. Der Gegensatz zu Carolines Wohnung hätte nicht größer sein können. Es roch muffig, die Möbel waren abgenutzt, Ordnung war nicht Kollbachs Sache, Sauberkeit auch nicht. Die Fenster waren blind, und der Staub lag zentimeterhoch. Eilig schob er einen Stapel Zeitschriften und ein Tablett mit Geschirr beiseite, damit Hannah auf dem Sofa Platz nehmen konnte. Offensichtlich hatte Kollbach vor dem Fernseher gefrühstückt. Er drehte den Ton auf lautlos, und die Teilnehmer einer Morgenshow fielen stumm und wild gestikulierend übereinander her. Einen Moment lauschte er der plötzlichen Stille nach, dann ließ er sich in einen abgewetzten nougatfarbenen Sessel fallen.

»Ich kenne Polizisten eigentlich nur aus Filmen«, sagte er. Er fand es sichtlich aufregend, einer leibhaftigen Kommissarin gegenüberzusitzen.

»Sind Sie nicht von den Kollegen der Hamburger Polizei befragt worden?«

»Nein, ich war zu dem Zeitpunkt für ein paar Tage im Krankenhaus – mein Magen spielt immer mal wieder verrückt. Ich habe hinterher von den Nachbarn erfahren, was los ist.«

»Ach so, ich verstehe. Herr Kollbach, wann haben Sie Caroline Meisner zum letzten Mal gesehen oder von ihr gehört?«

Er fing an zu grinsen. »Gesehen habe ich sie schon länger nicht mehr – wie gesagt, ich war im Krankenhaus –, aber gehört oft genug. Zu oft, um genau zu sein.«

Hannah stutzte. »Könnten Sie deutlicher werden?«

»Klar. Die Wände sind hier dünner, als man meint. Ich kriege so einiges im Haus mit. Frau Meisner hat nur selten Besuch, meist von ihrem Liebhaber …«

»Ach? Kennen Sie den Mann? Haben Sie ihn schon mal gesehen?«

»Nur von weitem …«

Durch den Spion, dachte Hannah sofort. »Und woher wollen Sie so genau wissen, dass es sich dabei um den Liebhaber Ihrer Nachbarin handelt?«

»Ich habe die beiden gehört, wenn sie … na ja, im Schlafzimmer waren, im Bett, um genau zu sein.«

»Sie meinen Geräusche von lautem Liebesspiel?«

Kollbach grinste wieder. »Das klingt mit Ihren Worten eleganter, als es tatsächlich ist. Die beiden waren immer verdammt laut … Also, ich war ja auch mal jung, aber …« Er winkte ab und vertiefte seine Jugenderinnerungen glücklicherweise nicht. »Da ging es immer sehr hoch her, möchte ich es mal auf den Punkt bringen.«

»Können Sie einschätzen, wie lange Frau Meisner bereits Besuch von diesem Mann erhält?«, schob Hannah mit gleichmütiger Miene nach.

»Oh, viele Monate, ein knappes Jahr vielleicht.«

»Und es ist immer derselbe Mann?«

»Ja.«

»Was macht Sie so sicher?«

Kollbach verzog das Gesicht. »Ich kenne mittlerweile seine Stimme sehr genau.«

Das war ein Argument. »Und der Mann kam regelmäßig?« Kaum war die Frage heraus, wusste sie, dass sie Kollbach eine Steilvorlage für sein schmieriges Grinsen geliefert hatte. Sie machte gute Miene zum bösen Spiel. »Ich denke, Sie wissen, was ich meine. War er ein-, zweimal die Woche hier?«

Kollbach kratzte sich im Nacken. »Das kann ich nicht sagen. Seltener, schätze ich.«

»Haben Sie vielleicht mal zufällig beobachten können, was für einen Wagen er fuhr?«

Kollbach schüttelte den Kopf. »Tut mir leid, keine Ahnung.«

»Halten Sie für möglich, ihn auf einem Foto wiederzuerkennen?«

»Na ja – ausschließen möchte ich es jedenfalls nicht.«

Hannah ließ das Gespräch ausklingen und war froh, als sie wieder auf der Straße stand – in gleißendem Sonnenschein. Es versprach ein heißer Sommertag zu werden. Als Jugendliche war sie bei solchem Wetter gerudert, manchmal gemeinsam mit Liv, wobei sie sich harte Wettkämpfe geliefert hatten, bis zur völligen körperlichen Erschöpfung. Liv als Ältere hatte nur so lange die Nase vorn gehabt, bis Hannah den Sport als eine Möglichkeit entdeckt hatte, die Schwester auszustechen. Sie waren auch kein harmonisches Schwesternpaar gewesen, weder als Kinder noch später. Das machte es doppelt schwer, nein, das war das eigentliche Drama. Hannah atmete tief durch und schob das Bild ihrer Schwester beiseite, um sich wieder auf ihren Fall zu konzentrieren.

Thomas Kollbach war ein unangenehmer Zeitgenosse, hatte aber ohne Zweifel bislang einen der interessantesten Hinweise geliefert und nebenbei die Frage aufgeworfen, wie die einzelnen Aspekte der Persönlichkeit dieser Frau zusammenpassten. Es wird bald Zeit für ein Gespräch mit Schaubert, überlegte Hannah. Kein Kollege hatte es im Laufe der routinemäßigen

Überprüfung für nötig befunden, den direkten Nachbarn der vermissten Meisner nach seinem Krankenhausaufenthalt zu befragen – aus dem Familienkreis war auch niemand auf diese Idee gekommen –, und ausgerechnet der Mann mit dem widerlichen Grinsen sorgte nun dafür, dass der Fall Konturen anzunehmen begann. Das würde Schaubert garantiert nicht schmecken.

Sie entschloss sich, den Wagen stehen zu lassen, und ging zu Fuß zur Elbe. Am Ovelgönner Strand herrschte vor einer beeindruckenden Kai- und Schiffskulisse buntes Sommertreiben. Kräne reckten sich gen Himmel, im Schatten eines Containerriesen teilte ein Raddampfer das Wasser, es roch nach Sonnencreme und Grillwürstchen, Beachvolleyballer gaben ihr Bestes. Hannah besorgte sich einen Kaffee und suchte nach einem schattigen Plätzchen, wo sie in Ruhe mit ihrem Chef telefonieren konnte, während Kotti sich einer Hamburger Mopsdame mit blauweißem Halstuch wiegenden Schrittes näherte, um ihr den Hof zu machen. Hannah setzte sich, beobachtete einen Moment Kottis charmante Bemühungen, die die Mopsdame jedoch völlig kalt ließen, und betätigte schließlich die Kurzwahltaste ihres Handys.

Krüger ging sofort an den Apparat. »Nichts«, meinte er lakonisch. »Gegen den Folk liegt nichts vor. Der Knabe ist dreißig Jahre alt, in Winsen an der Luhe geboren, hat keine abgeschlossene Berufsausbildung, macht verschiedene Jobs in allen möglichen Bereichen, wie es aussieht. Unverheiratet, lebt allein, keine Kinder, soweit wir wissen jedenfalls, keine Kontakte, die zu Eintragungen geführt hätten, sieht man mal von ein paar Strafzetteln wegen Falschparkens ab.«

»Er ist also bisher in keiner Weise auffällig geworden.«

»So ist es. Was gefällt dir nicht an ihm?«

»Er gibt ein schiefes Bild ab«, erwiderte Hannah. »Da stimmt was nicht. Er schwankt sehr stark zwischen engagierter Hilfsbereitschaft und Misstrauen gegenüber der Polizei. Nicht auszuschließen, dass möglicherweise mehr hinter diesem hilfsbereiten Zeugen steckt, als wir im Moment für möglich halten.«

»Hm. Und was hast du jetzt vor?«

»Ich fahre noch mal zum Flughafen, erkundige mich nach ihm und behalte ihn ein bisschen im Auge.«

»Wissen die Hamburger Kollegen davon?«

»Noch nicht. Es ist sinnvoller, wenn ich mein ungutes Gefühl mit etwas Konkretem untermauern kann, als wenn ich Schaubert lang und breit zu erklären versuche, warum ich Folk und seiner tollen Zeugenaussage nicht traue«, schob sie rasch hinterher.

Krüger grummelte etwas Unverständliches. »Alles klar. Aber verdirb es dir nicht mit den Hamburgern. Das ist eine schöne Stadt.«

Wem sagst du das. Hannah verabschiedete sich und telefonierte anschließend noch einige Minuten mit Achim, bevor sie sich auf den Weg nach Fuhlsbüttel machte. Sie ging davon aus, dass Folk wieder Spätschicht hatte, und wollte in den umliegenden Läden und Shops ihre Fühler ausstrecken. Falls sich eine günstige Gelegenheit ergab, würde sie auch seine Kollegen nach ihm befragen – mit freundlich harmloser Miene und dem stetigen Hinweis auf den Lippen, dass es sich um eine reine Routineangelegenheit handelte. Selbstverständlich würde ihm ihr Engagement nicht entgehen, und das sollte es auch gar nicht. Sie war gespannt, wie er darauf reagieren würde.

Sascha konnte es nicht ausstehen, wenn seine Leute nervös wurden und sich von kleinsten Problemen und Hindernissen irritieren ließen. Folk hatte sich bisher immer ganz gut gehalten. Er war zuverlässig, wenn es um kleinere Aufträge ging, die er akkurat erledigte, und empfahl sich damit seit geraumer Zeit für wichtige Aufgaben. Außerdem war er nicht auf den Mund gefallen, war aber dennoch verschwiegen und wusste sich spontan zu helfen, wenn mal keiner erreichbar war, der ihm sagte, was zu tun war. Sascha hatte es noch nie bereut, Michael angeheuert zu haben. Bis jetzt. Die BKA-Tussi hatte ihn völlig aus dem Tritt gebracht.

»Die Alte ist vorhin noch mal am Flughafen aufgetaucht und hat Leute befragt«, wiederholte Michael aufgebracht. »Sogar Kollegen von mir. Stell dir das mal vor!« Seine Stimme klang verzerrt, fast schrill, als würde sie sich gleich überschlagen. »So eine Scheiße! Was machen wir jetzt?«

»Du telefonierst wie vereinbart mit dem Handy, das ich dir gegeben habe, oder?«, vergewisserte sich Sascha, ohne auf Folks hysterische Äußerungen einzugehen.

»Ja, natürlich, was denkst du denn von mir? Ich bin doch nicht bescheuert!«

Darauf wollte Sascha zumindest aktuell keine Wette abschließen. »Mann, reg dich endlich ab!«, entgegnete er schließlich. »Lass sie doch ihre Fragen stellen. Du hast nichts zu verbergen, oder? Benimm dich wie immer und bleib cool, dann läuft alles wie von selbst. Seit wann haut dich eine dämliche Polizeimarke so aus den Socken?«

»Du hast echt die Ruhe weg!«

»Stimmt, und dafür gibt es auch einen handfesten Grund: Wenn es einen Ermittlungsansatz gäbe, würden sie dich vernehmen, und zwar in einer Dienststelle. Das tun sie aber nicht. Also, lass die Alte am Flughafen ihre Fragen stellen und komm endlich runter! Wichtig ist, dass du dich nicht verunsichern lässt und daraufhin irgendeine Scheiße baust, kapiert?«

Kurz darauf beendete Sascha das Gespräch. Ganz so locker, wie er Folk weismachen wollte, nahm er die Sache dann aber doch nicht. Zum einen waren Folks Hektik und Unsicherheit gefährlich, weil sie die Saat für dumme und dümmste Fehler waren, zum anderen war es in der Tat befremdlich, dass die Bullen eine BKA-Beamtin aus Berlin losschickten, um einen Zeugen nicht nur erneut zu befragen, sondern sogar zu überprüfen und sein Umfeld auszuleuchten. Was, wenn es doch eine undichte Stelle gab?

Sascha goss sich ein Glas gekühlten Weißwein ein und ging auf die Dachterrasse, von der er einen wunderbaren Blick über den Feenteich hatte. Nur dieses Namens wegen hatte er sich seinerzeit entschieden, die Eigentumswohnung in Hamburg-Uhlenhorst zu kaufen. Ein verspielter Name, der Kindheitserinnerungen weckte und Geborgenheit gab. Herzenswärme und die absolute Gewissheit, stets mit sich selbst im Reinen zu sein. Als Zehnjähriger hatte er entdeckt, dass er ein Klarträumer war und die seltene Fähigkeit besaß, seine Träume zu erkennen und das Traumgeschehen bewusst zu steuern. Er konnte sich in seinen Träumen bewegen wie in einem Abenteuerfilm, war zugleich Regisseur wie Hauptdarsteller, was ein ebenso lust- wie machtvolles Gefühl auslöste, das ihn bis weit in den Tag hinein begleitete, wärmte und vorwärtstrieb und ihm auch als Erwachsenem immer wieder vergönnt war.

Er lächelte. Undichte Stellen waren dazu da, dass man sie stopfte.

5

Detlef Schaubert hatte erst am Nachmittag Zeit für einen Besprechungstermin, und Hannah nutzte den Vormittag für weitere Befragungen in Carolines Wohnhaus und telefonierte mit zwei Exkolleginnen – ohne jedoch weitere erhellende Erkenntnisse zu gewinnen. Am frühen Nachmittag parkte sie eine halbe Stunde lang vor Michael Folks Wohnhaus in Sankt Georg, bevor sie in Richtung Polizeipräsidium aufbrach.

Schaubert empfing sie mit breitem Lächeln. Er hatte diesmal sogar für Kaffee gesorgt und spendierte Kotti einen Hundekuchen, den der mit spitzen Zähnen, aber ohne sonderliche Begeisterung annahm. Der LKA-Beamte schien felsenfest davon überzeugt, dass Hannah ihm einen Höflichkeitsbesuch abstattete, in deren Verlauf sie einen völlig unwichtigen Bericht abgeben würde, um sich dann unverrichteter Dinge zu verabschieden. Einige Minuten plauderten sie über das wunderbare Sommerwetter und das maritime Feeling an der Elbe, dann hob der Hauptkommissar das Kinn mit einer auffordernden Geste und rieb sich die Hände. »Und, Kollegin – fahren Sie noch heute nach Berlin zurück?«

Hannah stellte ihre Kaffeetasse ab. »Wenn es nach mir ginge: nein.«

Schauberts fröhliche Miene erlosch. »Wie darf ich das verstehen?«

»Ich rate dazu, weitergehende Ermittlungen aufzunehmen, in die ich einbezogen werden möchte.«

»Wie bitte?«

»Ja. Das Verschwinden der Frau mag spurlos vonstattengegangen sein, trotzdem sind mir während meiner Gespräche mehrere Aspekte aufgefallen, die mich stutzen lassen und bei denen man nachhaken sollte«, entgegnete Hannah.

Schaubert lehnte sich mit verschränkten Armen zurück und atmete tief ein. »Ich bin gespannt.«

»Caroline Meisner lebt deutlich über ihre Verhältnisse und ist entweder hoch verschuldet, oder ihr Liebhaber ist vermögend und finanziert sie großzügigerweise …«

Schaubert runzelte die Stirn. »Was für ein Liebhaber?«

»Es gibt zum einen Andeutungen aus dem Familienkreis …«

»Andeutungen sind nicht sehr hilfreich, Kollegin.«

»Manchmal schon. Ihr Nachbar bestätigt sie nämlich. Er berichtete mir von regelmäßigen Besuchen eines Herrn, die seiner Ansicht nach lediglich einem einzigen, nämlich erotischen Zweck dienen«, legte Hannah die Hinweise von Kollbach dar. »Selbst wenn der Nachbar – ein einsamer, kranker und alter Mann – sich in seiner nicht ganz sauberen Phantasie das eine oder andere hinzugedichtet haben mag und wahrscheinlich überaus neugierig und erfinderisch ist, wenn es darum geht, seine Nachbarn zu belauschen, würde ich davon ausgehen, dass es jemanden in Carolines Leben gibt – einen Mann, den niemand sonst kennt. Und diese geheimnisvolle Beziehung, Affäre, wie auch immer, besteht seit vielen Monaten, unter Umständen seit einem Jahr.«

»Das behauptet auch der Nachbar?«

»Ja. Der Mann heißt übrigens Thomas Kollbach und war zum Zeitpunkt des Verschwindens von Caroline Meisner und während der ersten routinemäßigen Überprüfung der Polizei im Krankenhaus, so dass er bei der Befragung im Haus außen vor blieb.«

Schaubert hob eine Braue. »Na schön, es gibt also einen Lover, und weiter? Wie kommen Sie darauf, dass die Frau über ihre Verhältnisse lebt?«

»Sie reist viel, das erwähnen alle, die mit ihr zu tun haben, und ihre Wohnung ist bemerkenswert edel eingerichtet. Ein Festgeldkonto gibt es auch.«

»Sie waren in der Wohnung?« Schaubert machte große Augen.

»Die Familie hatte nichts dagegen einzuwenden. Ich habe mich dort eine halbe Stunde umsehen dürfen«, erwiderte Hannah gelassen und schlug ein Bein über das andere. Sie schob ein freundliches Lächeln hinterher. »In Anwesenheit des Schwagers.«

Der Hauptkommissar starrte sie konsterniert an.

»Wir beide mit unseren Gehältern hätten Probleme, dieses schicke Ambiente zu finanzieren, ohne einen Kredit aufzunehmen«, betonte Hannah. »Caroline versucht übrigens in ihrer Familie den Eindruck zu erwecken, dass sie sich diesen Lebensstil mit ihrem Verdienst als Bibliothekarin in der Universitätsklinik leisten kann, was völlig absurd ist. Auffallend ist zudem, dass alle Räume sehr ordentlich sind und sich darüber hinaus nicht der geringste Hinweis auf Persönliches findet – keine Bankauszüge oder Fotos, kein …«

»Und? Es gibt Leute, die so wohnen und ihren Kram grundsätzlich wegschließen«, fiel Schaubert ihr ins Wort. »Nicht die schlechteste Idee, wenn Sie mich fragen.«

»Unbedingt. Dennoch – entweder sie selbst oder ein anderer hat nach meinem Eindruck die Wohnung vorbereitet, und zwar um Persönliches sowohl vor den Blicken von Familienangehörigen als auch vor der Polizei zu verbergen. Da sie grundsätzlich ordentlich ist und sich ungern in die Karten schauen lässt, sind diese Bemühungen kaum ins Gewicht gefallen.«

Schaubert atmete laut aus. »Gut, lassen wir das mal so stehen. Nur: Wo bleiben die Beweise? Der hellhörige Alte, der mit dem Ohr an der Wand hängt, genügt nicht, das dürfte Ihnen klar sein. Wo wollen Sie ansetzen?«

»Zum Beispiel bei dem Zeugen. Michael Folk hat stark verunsichert auf mich reagiert.«

Schaubert lächelte. »Ist das alles? Es gibt Leute, die …«

»Nicht so begeistert reagieren, wenn sie mit der Polizei zu tun haben, sehr richtig«, stimmte Hannah schnell zu. »Die melden sich aber auch nicht freiwillig, um eine Zeugenaussage zu machen, noch dazu eine derart detaillierte, dass eine zweite Vermisstenanzeige mit dem Hinweis auf Blankenese veröffentlicht werden konnte. Folk war abwehrend, als ich ihn um ein Gespräch bat, um dann schließlich doch zuzustimmen und plötzlich wieder den charmanten und hilfsbereiten Zeitgenossen zu geben. Die Stimmung änderte sich allerdings wieder schlagartig, als ich von ihm wissen wollte, was er eigentlich in Blankenese vorhatte und wohin er aufgebrochen sei, nachdem er die vermisste Frau bemerkt hatte.«

»Vielleicht mag er es nicht, als Zeuge misstrauisch bewertet zu werden.«

Hannah nickte. »Möglich. Das kann irritieren oder sogar verärgern. Aber der Mann reagierte viel zu heftig, er war richtig aufgebracht.«

»Aha. Haben Sie noch mehr?«

»Ein Kollege aus der Bibliothek, eine studentische Hilfskraft, hat von sich aus die Initiative ergriffen und mich angesprochen, um, wie er sagte, das einhellige Bild von der zurückhaltenden, aber freundlichen Caroline zurechtzurücken«, fuhr Hannah fort, ohne sich von Schauberts unwilligem Ton beeindrucken zu lassen. »Er hält sie für arrogant und berechnend und geht noch einen Schritt weiter, ich darf der Einfachheit halber im Originalton zitieren: *Die hat manchmal eine Art drauf, als würde ihr morgen ohnehin schon die Klinik gehören. Ich schätze, sie hat was mit einem einflussreichen Typen zu laufen, und das ist ihr zu Kopf gestiegen. Aber Näheres weiß ich nicht. Nennen Sie es eine dumpfe Ahnung oder wie immer Sie möchten. Wissen Sie, ich habe Sie nur angesprochen, weil ich es verdammt einseitig finde, was Sie hier über Caroline zu hören kriegen. Die Frau hat durchaus Tiefen – wie wir alle –, aber in ihre möchte ich gar nicht erst hinabblicken. Ist auch nur so ein Gefühl.*«

Schaubert machte große Augen und strich sich gedankenverloren übers Kinn. »Ich bin durchaus beeindruckt, was Sie an Einzelheiten zusammengetragen haben, das dürfen Sie mir glauben.« Er nickte anerkennend. »Zusammenfassend lässt sich wohl feststellen, dass die Frau offensichtlich über bestimmte Bereiche ihres Lebens kein Wort verlor und mehr Geld ausgab, als sie mit ihrem Brotjob verdiente. Unter Umständen gibt es einen Liebhaber, der sie wie eine Mätresse aushält und der etwas mit ihrem Verschwinden zu tun haben könnte, aber Indizien dafür finden sich nicht, von Beweisen einmal ganz zu schweigen. Zwischen einem Liebesdrama, das vielleicht tödlich endete und von dem wir erst etwas erfahren werden, wenn ihre Leiche auftaucht, einem kurzfristig angesetzten Urlaubstrip mit einem geheimnisvollen Lover, Caroline Meisners spontaner Entscheidung, einige Tage unerreichbar zu sein, oder gar einem tragischen Unfall mit Fahrerflucht, dessen Indizien verwischt wurden, ist alles möglich, ohne dass wir bisher eindeutige Spuren für die jeweilige Variante haben. Stimmen Sie mir zu?«

Hannah nickte langsam. »Durchaus.«

»Wir haben nichts in der Hand, um uns die Wohnung unter kriminaltechnischen Aspekten anzusehen oder in ihrem

Umfeld verstärkt zu ermitteln«, fuhr er fort. »Beim jetzigen Stand wird der Staatsanwalt abwinken und mich fragen, ob ich nichts Besseres zu tun habe. Und Ihnen würde er die gleiche Frage stellen.«

»Ja, ich weiß.«

»Dennoch …« Schaubert schüttelte den Kopf. »Ich sehe mir die Akte noch einmal genau an, und wir reden …«, er blickte auf die Uhr, »morgen Mittag noch einmal.«

Hannah wusste, dass sie nicht mehr erwarten konnte. Schaubert wollte keinen Fehler machen – weder in der einen noch in der anderen Richtung – und ließ sich die Möglichkeit offen, intern verschiedenen Aspekten nachzugehen, aber er glaubte nicht daran, ermittlungsrelevante Hinweise zu finden, die Hannahs These stützten und ihnen die Möglichkeit gab, zielgerichtet zu agieren.

»Gut. Ich schicke Ihnen zur Ergänzung ein Protokoll meiner Gespräche«, entgegnete sie schließlich und stand auf, um sich zu verabschieden. Kotti ließ den Rest seines Hundekuchens liegen und trabte neben ihr zur Tür hinaus.

Es war voll am Hafen. Kotti blieb dicht neben ihr. Die Idee der Hafenrundfahrt gefiel ihm gar nicht, aber als Hannah im Strom einer Touristengruppe ins Boot stieg, zögerte er kaum länger als einen Augenblick und verkroch sich anschließend unter der Sitzbank.

Wenige Tage vor Livs Verschwinden hatte Hannah gemeinsam mit Frieder eine Hafenrundfahrt gemacht, um ihm zu sagen, dass er Vater werden würde. Der Kapitän hatte gerade etwas über die Speicherstadt erzählt, die an beiden Seiten neben ihnen aufragte, der Wind war durch ihr Haar gefahren, und Frieder hatte sie mit offenem Mund angestarrt. Sie konnte sich noch genau daran erinnern, wie sie ihm mit zitternder Stimme versichert hatte, dass sie das Kind bekommen würde – und zwar ohne an eine Partnerschaft oder gar Ehe mit ihm auch nur zu denken. Er war erleichtert und entrüstet zugleich gewesen – beide Reaktionen waren wie Licht und Schatten immer wieder über sein Gesicht geflackert –, und so schwer und außergewöhnlich die Situation für sie beide damals war: Niemand hatte ermessen können, was in Liv vorgegangen war.

Habe ich je verstanden, was sie bewegte?, überlegte Hannah. Ich habe ja nicht einmal mitbekommen, dass sie in Frieder verliebt war, das offenbarte sich erst während des Streits. Oder etwa doch? Waren wir auch in diesem Bereich von Anfang an Konkurrentinnen, und ich habe mir das nur nie eingestanden, um meine Verantwortung und damit meine Schuldgefühle zu mindern?

Schwestern sind sich häufig nicht grün – das zumindest ist meine Erfahrung, und ich weiß, wovon ich spreche, denn ich habe auch zwei Schwestern, die sich immer wieder in den Haaren liegen, seit ihrer Kindheit. Caroline ist eine attraktive, selbstbewusste Frau, und Martina macht sich oftmals kleiner, als sie ist, schossen ihr Daniel Grubers Worte durch den Kopf. Ging es wie so häufig auch hier um eine Familientragödie? Rudi Meisner hatte behauptet, dass seine Enkelin immer einen kühlen Kopf behalten würde. *Und ein kühles Herz,* hatte Martina leise hinzugefügt. Was nahm sie ihrer Schwester übel? Mangelndes Mitgefühl nach ihrer Fehlgeburt? War sie eifersüchtig? Auf was und wen genau? Was für ein Leben hatte Caroline tatsächlich geführt? Im Alltag die kompetente Bibliothekarin mit Karriereambitionen, in ihrer Freizeit entweder auf Reisen, in ihrer schicken Wohnung mit einem Liebhaber beschäftigt, über den sie kein Wort verlor, oder zu Besuch bei der Familie.

Sowohl ihre Schwester Martina als auch deren Lebensgefährte wirkten bei aller Sorge sachlich und gefasst, keineswegs bestürzt wie die Eltern und der Großvater. Daniel Gruber war garantiert kein Fan seiner Schwägerin, und ihr Kollege Christoph Thiele hatte seine Vorbehalte in eindeutiger Weise formuliert. Die anderen Kollegen zeichneten in ihren Beschreibungen ein einhellig sympathisches, aber sehr allgemeines Bild, und die anhängliche Annette Pape war dankbar, dass

Caroline ihr die Aufmerksamkeit zuteilwerden ließ, die sonst niemand für sie übrig hatte – was auch immer sie dazu bewog.

Wir müssen herausfinden, mit wem Caroline liiert war, grübelte Hannah zum wiederholten Male, aber ohne Durchsuchungsbefehl, der auch den Laptop mit einschloss, sah sie im Moment nicht den Hauch einer Chance, dem geheimnisvollen Liebhaber näher zu kommen oder ihn gar aufzuspüren. Aber vielleicht hatte Schaubert ja doch noch ein Ass im Ärmel.

»Wir kriegen die Papiere, sobald die Namen eingetragen werden können. Mit dem richtigen Stempel natürlich. Zwei Kinder zwischen sechs und acht Jahren für die Vermittlung. Genau so, wie du es wolltest.« Das waren Igors Worte gewesen, an die Roman sich wörtlich erinnerte, worauf der andere Mann erläutert hatte, dass die Kinder untersucht und ausgewählt werden müssten und bis dahin Stillschweigen zu herrschen hatte.

Roman hatte noch einige Minuten in der Kammer ausgeharrt, um dann hastig seine Arbeit zu beenden und ins Studentenwohnheim zu fahren, wobei er darauf achtete, dass Igor ihn nicht mehr zu Gesicht bekam. Die wenigen Sätze hallten wie ein Mantra in ihm wider. Kaum hatte er sein Zimmer betreten, eilte er an den Schreibtisch, schrieb sie auf, übersetzte und prüfte ein ums andere Mal, ob ihm unter Umständen ein Grammatik-, Vokabel- oder sonstiger Schnitzer unterlaufen sein könnte, der zu einem verzerrten oder gar falschen Verständnis geführt hatte.

Nein, er war sicher, keinen Übertragungsfehler gemacht oder sich schlicht verhört zu haben, und somit blieb auch sein erster Eindruck haften – ein eingeleitetes Adoptionsverfahren oder die Vermittlung zu Pflegeeltern zog ein anderes Prozedere nach sich als ein heimliches Gespräch unter vier Augen. Und natürlich wurden die Kinder einem Gesundheitscheck unterzogen, doch in der Regel trafen die zukünftigen Eltern zunächst eine Auswahl. Roman hatte noch nie davon gehört, dass die ärztliche Untersuchung Priorität vor allem anderen hatte. Jeder hat seinen Preis. Zwei Kinder zwischen sechs und acht Jahren. Untersucht und ausgewählt. Papiere mit dem richtigen Stempel. Bis dahin kein Wort.

Inzwischen lag das Gespräch etliche Wochen zurück. Roman hatte sich nach einigen Tagen Grübelei vorgenommen, die Geschichte zu vergessen. Was sollte er auch sonst machen? Letztlich war es ganz einfach – er hatte keine Unterhaltung zu belauschen, und was ihm merkwürdig schien, würde bei anderen entweder nur ein Achselzucken hervorrufen oder eine ähnliche Mischung aus dumpfem Unwohlsein und Verwirrung, womit aber niemand etwas anfangen konnte oder wollte. Ihm blieb nur noch eine kurze Zeit in Sankt Petersburg, die er gemütlich austrudeln lassen würde, um dann für ein paar Tage in seine Heimatstadt nach Lüneburg zurückzukehren und seinen Umzug nach Hamburg vorzubereiten, wo er den Rest des Sommers jobben und ab dem Wintersemester studieren wollte – Erziehungswissenschaften, wenn alles klappte.

Als Pawel und Jakow an einem schönen Julitag abgeholt wurden, war er gerade mit einer Kindergruppe unterwegs, und von dem Gesundheitscheck, der eine gute Woche zuvor stattgefunden hatte, erfuhr er erst im Nachhinein und durch Zufall. Roman wertete dies als richtungsweisendes Zeichen: Die Adoptionsrichtlinien in Russland gingen ihn nichts an. Ende.

Wenige Stunden vor seiner Rückkehr nach Deutschland bat ihn der Heimleiter in sein Büro, um sich mit herzlichen Worten von Roman zu verabschieden und ihm alles Gute für die Heimreise und die Zukunft zu wünschen. »Du hast ein Herz für Kinder bewiesen«, meinte er vollmundig auf Russisch, wobei er auf eine klare Aussprache achtete, und Roman dankte seinerseits für die lehrreiche Zeit – auch auf Russisch.

Als das Handy klingelte, hob Ilja Illosewitsch entschuldigend die Hände und eilte mit dem Telefon am Ohr ins Nebenzimmer. Bevor er die Tür hinter sich schloss, wies er auf die bereitgestellten Teetassen neben dem Samowar und bedeutete Roman mit lebhafter Gestik, sich schon mal zu bedienen. Der goss sich ohne Zögern eine Tasse ein und trank in langsamen Schlucken, während er ein paar Schritte durch den Raum machte und schließlich vor Iljas zerschrammtem, aber aufgeräumtem Schreibtisch stehenblieb – zwei überschaubare Aktenstapel, ein Notizblock, ein leise summender Monitor der vorvorletzten Generation, dessen Bildschirmschoner sich gerade eingeschaltet hatte. Einen Moment lang verfolgte Roman die einzelnen Bilder der Fotoserie mit Sehenswürdigkeiten aus St. Petersburg: Kunstkammer, Eremitage, die Newa und ihre Brücken, Auferstehungskathedrale …

Roman stellte seine Tasse ab, sein Blick streifte die oberste Akte des hinteren Stapels. Sie enthielt Vermittlungs- und Adoptionsverfahren des laufenden Jahres, wie er der Aufschrift entnahm. Er sah zur Tür, hinter der Iljas Stimme nur gedämpft zu hören war; es ging um bürokratischen Kram, wenn ihn nicht alles täuschte. Ich will nur wissen, wo Pawel und Jakow hingekommen sind, dachte Roman – nicht mehr, aber auch nicht weniger. Er wunderte sich einen Augenblick über die Klarheit dieses Gedankens, dann hob er den Aktendeckel, griff nach seinem Handy und aktivierte die Kamera, um die beiden Schriftstücke zu fotografieren.

Zehn Sekunden später saß er wieder auf seinem Platz vor dem Schreibtisch, und Ilja kehrte in sein Büro zurück, um mit seiner Lobes- und Abschiedshymne von vorne zu beginnen. Roman lächelte höflich, sie tranken noch zwei Tassen Tee, und später umarmten die beiden sich herzlich. Auf dem Weg zum Flughafen warf Roman einen ersten prüfenden Blick auf seine Schnappschüsse und stellte fest, dass die Dokumente nicht nur offiziell wirkten, sondern auch die Namen der Eltern sowie die neuen Anschriften der Kinder in St. Petersburg beinhalteten. Guck ich mir auf Googlemaps an, wenn ich wieder zu Hause bin und meine Fotos sortiere, dachte er, und Erleichterung durchströmte ihn.

Nach fast einem Jahr Russland genoss er die Zeit im Familien- und Freundeskreis, ließ sich verwöhnen und plante währenddessen bereits den nächsten Aufbruch. Wenige Tage nachdem er ein Zimmer im Studentenwohnheim in Groß Flottbek bezogen hatte, kam Roman endlich dazu, sich mit seinen Fotos zu beschäftigen und sie auf seinem Laptop zu ordnen. Er gehörte nicht zu den Leuten, die zehnmal dasselbe Gebäude oder dieselbe Person fotografierten, nur weil das Licht gewechselt hatte, und er war ganz und gar nicht der Meinung, dass zu einer Reise-Fotodokumentation auch das Ablichten der jeweiligen Mahlzeiten gehörte, die womöglich dann noch bei Facebook hochgeladen wurden, um dreißig Kommentare nach sich zu ziehen. Roman war sparsamer und kein Drauflosknipser, aber in all den Monaten war doch einiges an Bildmaterial zusammengekommen, und er schwelgte eine ganze Weile in Erinnerungen, lachte, schmunzelte und schwor sich, ehemalige Mitstreiter und neue Freunde gleich am nächsten Tag zu kontaktieren.

Es war mitten in der Nacht, als er schließlich auf die Handyfotos mit den abgelichteten Adoptionsdokumenten stieß und lediglich der Vollständigkeit halber die neuen Adressen der beiden Jungen eingab. Dann erlebte er eine böse Überraschung: Beide Anschriften existierten nicht.

Obwohl er noch eine ganze Weile andere Schreibweisen ausprobierte und sein Navi mehrfach zu Rate zog, wusste er längst, dass sich nicht nur seine dumpfe Ahnung bestätigt hatte, sondern er nun auch etwas unternehmen musste.

6

Schaubert warf den Hörer auf. Nichts. Eine erneute Anfrage bei den zuständigen Polizeidienststellen an Flughäfen, Grenzübergängen und Bahnhöfen hatte nichts gebracht, auch Caroline Meisners Auto war nirgendwo erfasst worden. Er biss sich auf die Unterlippe. Die Psychologin sah Gespenster, dessen war er sicher, ohne jedoch hundertprozentig davon überzeugt zu sein. Rein ermittlungstechnisch war ihm und den Hamburger Kollegen nichts vorzuwerfen – keine Hinweise auf ein Verbrechen, keine Ermittlung. Hierzulande hatte nun mal jeder Erwachsene das Recht, seinen Aufenthaltsort frei zu wählen, und war nicht verpflichtet, sich bei wem auch immer abzumelden. Die Frau hatte noch dazu Urlaub, warum sollte sie nicht einfach mal alle fünfe gerade sein lassen, auch oder gerade weil Opa seinen neunzigsten Geburtstag feierte?

Andererseits wusste Schaubert aufgrund einiger behutsamer Nachfragen, dass die Jakob keine überkandidelte Psychospinnerin war, die händeringend darum kämpfte, einen Fall zu kreieren. Sie war gelernte Kommissarin – das allein sprach schon mal sehr für sie –, und sie kokettierte auch nicht mit ihrer BKA-Plakette und ihrem Status als Sonderermittlerin. Davon abgesehen stimmte ihn die Sache mit dem Liebhaber durchaus nachdenklich, zumal die Kollegen vom Revier in Altona es schlicht verpennt hatten, den Nachbarn zu einem späteren Zeitpunkt zu befragen. Und last but not least: Schaubert würde gar nicht gut aussehen, wenn er tatenlos auf seinem Standpunkt beharrte, und zwei Tage später würde Meisners Leiche gefunden werden. Dann spielte es nämlich keine Rolle mehr, dass es zuvor keine ermittlungsrelevanten Hinweise gegeben hatte, und der Dumme war einzig und allein er – bitter, aber wahr.

Er sah auf die Uhr und zog die oberste Schreibtischschublade auf. In der hintersten Ecke hatte er eine Schachtel Zigaretten versteckt – für den Notfall. Er hatte das Rauchen vor drei Jahren aufgegeben, war jedoch vor sechs Monaten wieder schwach geworden – anlässlich eines widerlichen Tötungsdeliktes, das ihn Schlaf und Nerven gekostet hatte. Seinerzeit hatte er mit sich selbst die Abmachung getroffen, dass er in besonders heiklen Fällen oder bei großer Anspannung seiner alten Sucht frönen durfte, allerdings in einem festlegten Rahmen: Die Schachtel musste für eine Woche reichen. Bislang hatte er sich daran gehalten, obwohl er zwanzigmal am Tag ans Rauchen dachte.

Er stellte sich ans offene Fenster und zündete die Zigarette an. Nichts ging über das satte, warme Gefühl, das ihn durchströmte, sobald er den Rauch inhalierte. Das zärtliche Knistern der verglühenden Asche streifte sein Ohr. Er schloss kurz die Augen. Während des fünften Zuges klingelte sein Handy. Schaubert lächelte breit, während ihm der diensthabende Kollege vom Revier in Altona mitteilte, dass die vermisste Caroline Meisner wieder aufgetaucht sei. Na bitte, dachte er. Die Anspannung hatte sich gelöst, aber Schaubert gönnte sich die restliche Zigarette, bevor er die Psychologin anrief.

Hannah ließ sich in den Sessel fallen. Schauberts Erleichterung war selbst durchs Telefon mit Händen greifbar.

»Einfach so?«, wiederholte sie perplex. »Nach knapp zwei Wochen ist sie wie aus dem Nichts plötzlich wieder aufgetaucht?«

»Richtig«, bestätigte der Hauptkommissar gut gelaunt. »Seit heute Morgen. Sie hat sich mit ihrer Familie in Verbindung gesetzt und dann sogar selbst noch die Polizei informiert.«

»Wie aufmerksam. Hat sie sich zu den Umständen ihres Verschwindens geäußert?«

»Ja. Sie hätte Abstand gebraucht, um über persönliche Probleme nachzudenken, und es täte ihr leid, dass sie unnötige Arbeit verursacht hätte. Sie wirkte sehr betroffen, wie mir der Kollege versicherte.«

Hannah wechselte mit dem Handy ans andere Ohr, während Schaubert sich weiterhin über die glückliche Klärung freute. »Ich würde gerne mit ihr sprechen, wenn Sie nichts dagegen haben.«

»Warum?«

Weil ich dem Frieden nicht traue, dachte sie. »Ich möchte mich davon überzeugen, dass es ihr gutgeht.«

Einen Moment herrschte Stille. »Tja, warum nicht? Versuchen Sie Ihr Glück«, entgegnete Schaubert.

Hannah brach unmittelbar nach Beendigung des Telefonats in Richtung Altona auf. Sie parkte vor dem Haus der Meisner und versuchte, sie über ihre Festnetznummer zu erreichen – ohne Erfolg. Nach dem dritten Klingeln schaltete sich der Anrufbeantworter ein. Dabei war Hannah sicher, am Fenster ihrer Wohnung eine Frau entdeckt zu haben, die hinter dem Vorhang stand und auf die Straße herabspähte. Auf dem Handy hatte sie einige Minuten später mehr Glück.

»Ja?«, fragte eine wohlklingende Frauenstimme in abwartendem Ton.

»Spreche ich mit Frau Caroline Meisner?«

»Wer möchte das wissen?«

Hannah stellte sich rasch vor. »Ich bin Beamtin des BKA und habe Ihren Vermisstenfall gemeinsam mit der Hamburger Polizei bearbeitet«, erläuterte sie freundlich. »Ich würde gerne persönlich mit Ihnen sprechen. Hätten Sie ein paar Minuten Zeit für mich?«

»Das ist nicht nötig«, versicherte Caroline Meisner eilig. »Ich habe Ihnen ohnehin schon viel zu viel Arbeit gemacht, das tut mir wirklich sehr leid … Ich habe einfach ein paar Tage völlig abgeschottet Ruhe gebraucht, um über einiges nachzudenken.«

»Frau Meisner, Sie waren knapp zwei Wochen wie vom Erdboden verschluckt. Wir sind vom Schlimmsten ausgegangen. Plötzlich sind Sie wieder da – genauso unerwartet. Wir möchten uns davon überzeugen, dass es Ihnen gut geht.«

»Es geht mir gut, und der Rest ist eine rein private Angelegenheit.«

»Zehn Minuten, Frau Meisner, damit wir den Fall abschließen können.«

Tiefes Durchatmen. »Wenn es unbedingt sein muss …«

»Ich könnte in zwei Minuten bei Ihnen sein.«

»Sie meinen, jetzt sofort?«

»Was spricht dagegen?« Aufräumen muss sie sicherlich nicht mehr, fuhr es Hannah durch den Kopf.

»Nun … Na schön. Aber wirklich nur einige Minuten.«

»Selbstverständlich.« Hannah schüttelte den Kopf. Die Frau hatte entweder ungemein belastenden privaten Ärger oder etwas zu verbergen. Vielleicht eine Mischung aus beidem. Nach kurzem Überlegen informierte Hannah ihren Chef in Berlin per Handy-E-Mail über die neue Situation und stieg aus.

Sie war hundertprozentig sicher, dass Caroline Meisner keinen Hund in ihrer Wohnung dulden würde, aber sie nahm Kotti dennoch mit. Die Wohnungstür öffnete sich, kaum dass sie die letzte Treppenstufe erreicht hatte. Das Foto hatte nicht geschmeichelt – die Frau war ausgesprochen attraktiv, wenn auch ein wenig blass um die Nase. Das Haar umspielte ein apartes Gesicht mit hohen Wangenknochen, in dem große Augen mit sanft geschwungenen Brauen vorherrschten. Caroline Meisner war zierlicher, als die Fotos vermuten ließen, und zugleich sehr weiblich gebaut, was durch die knapp sitzende Jeans und eine taillierte Bluse betont wurde. Ihr Blick taxierte Hannah kurz, bevor sie nach beiläufiger Begrüßung die Tür freigab und voraus ins Wohnzimmer ging, ohne Kotti auch nur anzusehen. Hannah sparte sich die Frage, ob der Hund draußen warten sollte.

Soweit sie es überblicken konnte, hatte sich in der Wohnung seit ihrem Besuch vor zwei Tagen, den sie nicht vorhatte, von sich aus zu erwähnen, kaum etwas geändert. Im Flur stand neben der Garderobe ein Reisetrolley, im Wohnzimmer hing eine Handtasche über dem Stuhl vor dem Sekretär. Ansonsten herrschte nach wie vor absolute Ordnung.

»Möchten Sie Platz nehmen?«, fragte Caroline höflich und wies auf die Couchgarnitur.

»Gerne, danke.« Hannah setzte sich und lächelte freundlich. »Seit wann sind Sie zurück?«

»Seit heute Morgen.«

»Darf ich fragen, wo Sie waren?«

»Ja, aber ich werde nicht darauf antworten«, erwiderte Caroline Meisner, während sie in einem Sessel Platz nahm.

»Schade.«

Caroline hob das Kinn. »Ich sagte doch schon, dass ich aus rein privaten Gründen einige Tage verreist bin. Das ganze Polizeitheater ist mir sehr unangenehm.« Sie zog ihre Bluse mit einer unnötig heftigen Bewegung glatt.

»Das ist nicht zu übersehen – nur: Wie schon am Telefon erwähnt, hat Ihr abruptes Verschwinden einige Menschen nicht nur verwirrt, sondern sie in so große Sorge gestürzt, dass die Polizei eingeschaltet wurde, weil man das Schlimmste befürchtete oder zumindest nicht ausschloss. Niemand aus Ihrer Familie konnte sich vorstellen, dass Sie, ohne eine Nachricht zu hinterlassen, verreisen würden.«

»Es gibt Situationen, in denen anderes wichtiger ist.«

»Ein einziger Anruf bei Ihrem Großvater und Ihrer Schwester hätte genügt, um …«

»Wollen Sie mir Vorhaltungen machen?«, unterbrach Caroline Meisner sie. Ihr Blick wirkte plötzlich gehetzt. »Ich habe mich in diesem Fall nicht abgemeldet, so etwas soll vorkommen.«

»Mir klingen noch die Worte Ihres Großvaters im Ohr, der völlig irritiert war«, wandte Hannah ein. »Ich darf ihn kurz zitieren? *Warum sollte sie das tun, noch dazu an meinem Geburtstag? Der sollte groß gefeiert werden. Caroline war auch dafür. Sie hatte Urlaub und half bei den Vorbereitungen mit, und sie hat sich gefreut, dass die ganze Familie zusammenkommt, Nachbarn, Freunde … Und dann bleibt sie einfach weg? Nee, das passt doch nicht zusammen.*«

Caroline starrte sie einen Moment wie gebannt an, dann schüttelte sie den Kopf. »Sie gehen entschieden zu weit. Was sollen diese persönlichen Fragen und Anmerkungen?«

»Ich möchte herausfinden, was passiert ist. Vielleicht stecken Sie in Schwierigkeiten, und ich kann Sie ermuntern, sich mir anzuvertrauen.«

Caroline warf ihr ein seltsames Lächeln zu – provozierend und beschwichtigend zugleich. Hannah ließ es unerwidert. *Ich glaube, die zieht 'ne Show ab*, schossen ihr Christoph Thieles Worte durch den Kopf.

»Es ist alles in Ordnung, Frau Kommissarin«, betonte Caroline plötzlich und atmete tief durch. »Sie können Ihre Ermittlungen und Gesprächsversuche einstellen – ich mag mich nicht ganz fair verhalten haben und muss wohl einige Leute um Verzeihung für das Durcheinander bitten, das ich verursacht habe, aber hier geht es nicht um eine kriminelle Handlung, die Ihren Einsatz erforderlich macht.«

»Ich verstehe.« Hannah wartete noch einen Augenblick. Als Caroline nichts mehr hinzufügte, stand sie langsam auf, zog eine Visitenkarte aus ihrer Westentasche und legte sie auf den Tisch. »Falls Sie doch noch etwas mit mir besprechen möchten, scheuen Sie sich nicht, mich anzurufen.«

Caroline folgte der Bewegung stirnrunzelnd, bevor sie sich ebenfalls erhob. »Das wird nicht nötig sein.«

Hannah war sicher, dass sie das Kärtchen zerreißen würde, sobald sie alleine war. »Alles Gute.«

»Danke.«

Hannah kehrte auf direktem Weg in die Pension zurück. Sie wusste nicht, wann sie das letzte Mal mit ihren Mutmaßungen so danebengelegen hatte. Schon allein deshalb musste sie behutsam mit ihrer Einschätzung sein. Die dumpfe Ahnung, dass Carolines Geschichte einen Haken hatte, war durch nichts belegt, was sie als Kommissarin auch nur irgendetwas anging, und die Tatsache, dass die Frau in ihrem Verhalten kein einheitliches Stimmungsbild zeigte, sondern zwischen Abwehr, Anspannung, Nervosität und Verärgerung schwankte, konnte alles Mögliche bedeuten – Liebeskummer zum Beispiel, der sie so zermürbte, dass sie tatsächlich spontan eine Auszeit genommen hatte. Oder ernsthafte Schwierigkeiten, die sie in Gefahr brachten, falls sie darüber sprach.

Ein mehr als schwammiger Ansatz. Schaubert war heilfroh,

dass die Geschichte ausgestanden war, und erwartete, dass Hannah in Kürze nach Berlin zurückkehrte. Sie wollte den Hauptkommissar gerade anrufen, als ihr Handy klingelte. Das Display kündigte einen unbekannten Anrufer an. »Annette Pape. Erinnern Sie sich an mich?«, erklang die Stimme der mitteilungsfreudigen Bibliothekarin.

»Aber ja, natürlich.« Hannah ging mit dem Telefon auf den Balkon. Die Sonne stand hoch, ein tiefblauer Himmel erstreckte sich über ihr. Vielleicht sollte ich mir noch ein, zwei Tage in Hamburg gönnen, dachte sie. Frieden schließen mit der Stadt. Einen langen Spaziergang in Winterhude wagen, einen Blick über den Zaun werfen. Vielleicht saß ihre Mutter auf der Terrasse, und es fand sich die Möglichkeit zu einem versöhnlichen Gespräch. Ein schöner Traum. Wann werde ich ihn endlich begraben? Sobald ich weiß, was mit Liv passiert ist.

»Ich wollte mal nachfragen, ob Sie inzwischen etwas herausgefunden haben«, fügte Annette Pape vergleichsweise kurz angebunden hinzu. »Wenn die Frage erlaubt ist.«

»Und ob«, erwiderte Hannah. »Frau Meisner ist heute Morgen wohlbehalten zurückgekehrt.«

»Was? Im Ernst?«

»Ja.«

»Aber … Ich meine – ist denn alles in Ordnung?«

»Es scheint so.«

»Das klingt, als seien Sie nicht sicher?«

Hannah lächelte. »Frau Pape, ich kann und darf Ihnen nur so viel sagen, dass Frau Meisner wieder zu Hause ist und sich bester Gesundheit erfreut. Warum und weshalb sie fast zwei Wochen ohne Nachricht verschwand, ist ihre Privatangelegenheit. Das hat sie jedenfalls unmissverständlich zum Ausdruck gebracht.«

»Ach so, ja, ich verstehe. Aber merkwürdig ist das ja schon.«

Das sehe ich auch so, dachte Hannah, verkniff sich aber den Kommentar und beendete das Gespräch, um Schaubert anzurufen. Sie berichtete ihm in Kurzform von ihrem Besuch bei Meisner und ihren Bedenken. »Ich weiß, dass der Fall damit abgeschlossen ist«, ergänzte sie rasch, bevor der Kommissar befürchten musste, dass sie übereifrigen Tatendrang entwickelte. »Ich bleibe trotzdem noch einige Tage in Hamburg. Falls sich noch Klärungsbedarf ergeben sollte, können Sie mich gerne kontaktieren.«

»Das mache ich«, entgegnete Schaubert herzlich. »Alles Gute.«

»Danke, Ihnen auch.«

Der Arzt war in den letzten Tagen mehrfach in der Bibliothek gewesen, ohne etwas auszuleihen. Er hatte unschlüssig gewirkt und war jeweils nach einer Viertelstunde wieder gegangen. Auch jetzt sah er sich zögernd um, bevor er an den Informationsschalter trat, hinter dem ihn Annette auffordernd anlächelte. »Hallo, Dr. Schade. Was kann ich für Sie tun?«

»Ach, ich habe nur nach der neuesten Ausgabe einer Fachzeitschrift gesehen, die noch nicht ausgelegt ist. Danke der Nachfrage.«

»Ich kann Ihnen gerne Bescheid sagen, sobald sie eintrifft«, bot Annette an.

»Danke, so wichtig ist es auch wieder nicht.« Er winkte ab und erwiderte ihr Lächeln.

Der Mann sieht übernächtigt aus, dachte Annette. Er galt als einer der besten Chirurgen im UKE und war dabei erfrischend normal geblieben. Standesdünkel war ihm fremd. Einige Minuten plauderten sie zwanglos miteinander, oder um genauer zu sein: Annette erzählte, was ihr gerade durch den Kopf schoss, von dem sie annahm, es könnte einen angesehenen Arzt amüsieren oder ablenken, vielleicht auch nur unterhalten. Es machte ihr Spaß, Menschen zu unterhalten und sie in ein Gespräch zu ziehen. Meistens gaben sie dabei mehr von sich preis, als ihnen bewusst war. Caroline war die einzige Kollegin, die das begriffen hatte und sich stets dafür interessierte, was Annette in Erfahrung brachte – insbesondere über Angestellte der Klinik.

Als draußen ein Polizeiwagen in hohem Tempo und mit eingeschaltetem Blaulicht vorbeifuhr, hielt sie kurz inne, um sich dann mit verschwörerischem Blick über den Tresen vorzubeugen. »Sie haben doch sicherlich mitbekommen, dass eine meiner Kolleginnen vor zwei Wochen spurlos verschwand, oder?«

Dr. Schade starrte sie einen Augenblick perplex an, als hätte er Probleme, den Themenumschwung zu verarbeiten. Dann räusperte er sich leise. »Ja, ich habe davon gehört.«

»Ich habe vorhin zufällig und aus erster Hand erfahren, dass Caroline wieder aufgetaucht ist …«

»Was sagen Sie da?«

»Ja, ich habe heute Nachmittag mit der Beamtin telefoniert, die kürzlich hier war, um die Angestellten zu befragen – eine Sonderermittlerin aus Berlin. Mit mir hat sie übrigens eine ganze Weile gesprochen, um die Vermisste besser kennenzulernen, wie sie mir erklärte. Sie informierte mich, dass Caroline zurück sei – ganz überraschend. Es gehe ihr gut. Alles andere sei ihre Privatangelegenheit. Ist ja schon eine merkwürdige Geschichte, finden Sie nicht?« Annette schüttelte den Kopf. »Hat Urlaub, verschwindet, meldet sich bei niemandem, taucht wieder auf, will aber nichts erklären … Ich habe vorhin versucht, sie anzurufen, aber sie geht nicht ans Telefon, nicht mal an ihr Handy. Na, wer weiß, was mit der los ist.«

Dr. Schade atmete tief durch und nickte ihr mit abwesendem Blick zu. Er ist heute sehr unkonzentriert, dachte Annette, als der Arzt sich abrupt umdrehte und die Bibliothek mit schnellen Schritten verließ.

Ilja war immer ein netter Kerl gewesen, grübelte Roman. Er hatte in all den Monaten nicht ein einziges Mal wirklich großen Ärger mit ihm gehabt. Igor war ihm nicht sympathisch, aber Ilja hatte stets ein offenes Ohr für ihn bewiesen, war freundlich und interessiert gewesen und dankbar, dass der Deutsche sich für keine Arbeit zu schade war.

Roman wusste, dass eine Mail an den Heimleiter nicht unbedingt die schlaueste Idee war, um nach den vermittelten Kindern zu fragen, aber immerhin ein sehr direkter Weg, der Angelegenheit nachzugehen, wie er am nächsten Tag nach vielen Stunden Grübelei entschied. Der Versuch, eine deutsche Behörde einzubeziehen, würde wahrscheinlich schon im Vorzimmer scheitern. *Sie haben Dokumente fotografiert? Die Adressen stimmen nicht? Und? Hat sich wohl jemand verschrieben oder geirrt.* Und selbst wenn jemand sein Unbehagen nachvollziehen könnte und aktiv werden würde – was wäre die Konsequenz? Irgendeine offizielle Anfrage, auf die niemals jemand antworten würde. Nicht in Russland. Nur keine Vorurteile, aber …

Am späten Abend schickte Roman Ilja schließlich eine Mail, an der er eine gute Stunde gefeilt hatte, bis er sie für geeignet hielt, unschuldiges Interesse zum Ausdruck zu bringen.

Lieber Ilja, ich lebe inzwischen in Hamburg und werde bald mein Studium aufnehmen. Die Zeit bei Euch werde ich niemals vergessen. Leider hatte ich keine Gelegenheit mehr, mich von allen Kindern zu verabschieden. Bitte grüß sie von mir, auch Pawel und Jakow, die ja inzwischen in neuen Familien leben. Ist es eigentlich möglich, den beiden eine Postkarte zu schicken? Ich hatte ihnen versprochen, Postkarten mit Motiven vom Hamburger Hafen zu schicken, und würde mich freuen, wenn Du Dir die Mühe machen könntest, mir ihre Adressen zu mailen. Ich würde mein Versprechen gerne halten.«

7

Hannah schrieb ihren Abschlussbericht nach dem Frühstück auf dem Balkon. Achim hatte sie ermuntert, übers Wochenende in Hamburg zu bleiben. Da er selbst eine Fortbildung besuchte, sollte sie sich ruhig freien Herzens ein paar Tage in ihrer Heimatstadt gönnen. Freien Herzens. Ein schöner Ausdruck, obwohl er so gar nicht zutraf. Aber einen Versuch war es wert. Später streifte sie mit Kotti durch Winterhude und lief zweimal an ihrem Elternhaus vorbei. Niemand saß auf der Terrasse. Natürlich nicht.

Als sie am späten Nachmittag in die Pension zurückkehrte, war sie müde und unschlüssig, ob die Idee wirklich so gut war, wie sie zunächst geklungen hatte. Es gelang ihr nicht, den Fall auch innerlich abzuschließen, schon gar nicht hier. Zu viele lose Enden, in denen sich ihre Gedanken ständig verhedderten, zu viele persönliche und bleischwere Erinnerungen, die sich ungefragt einstellten und ihre Wahrnehmung verzerrten. Es wäre schlauer, die Zelte abzubrechen und nach Hause zu fahren, um Distanz zu gewinnen, in jeder Hinsicht, überlegte sie. Oder aber sie spielte noch für zwei Tage die Touristin und versuchte nebenbei auf eigene Faust agierend festzustellen, dass es keinen Fall mehr für sie zu bearbeiten gab. Der Kompromiss gefiel ihr, er klang nach einem vernünftigen Abschluss.

Sie buchte kurzerhand eine Vorstellung im St.-Pauli-Theater und am Samstag einen Vierstundentörn auf einem Großsegler, um jeweils anschließend nach Altona zur Wohnung von Caroline Meisner aufzubrechen. Auf eigene Faust zu agieren klang aufregender, als es war. Es bedeutete in diesem Fall zunächst nichts anderes, als so unauffällig wie möglich für einige Stunden einen Beobachtungsposten einzunehmen und abzuwarten, ob etwas Bemerkenswertes geschah – eine schlichte Observierung, die manchmal zu erstaunlichen Erkenntnissen führte, in der Regel jedoch sterbenslangweilig war und sich häufig im Nachhinein als überflüssige Maßnahme herausstellte. Ihr war bewusst, dass sie Schaubert eigentlich hätte informieren müssen, erst recht über die Entscheidung, die Besucher des Hauses nach kurzem Zögern mit ihrer Handykamera zu fotografieren.

Ihr letzter Abend in Hamburg war besonders stimmungsvoll; Leute flanierten an ihrem Auto vorüber, ohne sie eines Blickes zu würdigen, die Luft war lau, sie hatte noch das Knarren der Segel im Ohr und meinte, den Wind in den Haaren zu spüren, Kotti schlief auf dem Rücksitz, seine Pfoten zuckten im Schlaf, manchmal japste er leise. Hannah wusste, dass es verrückt klang, aber sie fühlte sich völlig eins mit dem, was sie tat. Als sie in die Pension zurückkehrte, trank sie ein Glas Wein und fiel innerhalb weniger Minuten in einen tiefen, traumlosen Schlaf.

Der Anruf traf am nächsten Morgen ein, als sie mit Kotti auf der Joggingstrecke unterwegs war, um sich von der Elbe zu verabschieden.

»Hier spricht Detlef Schaubert. Sind Sie noch in Hamburg?«

Hannah war stehengeblieben und atmete kräftig aus, bevor sie langsam weiterging. Seine Stimme klang merkwürdig. »Ja, ich bin gerade mit meinem Hund unten an der Elbe. Nach dem Frühstück wollte ich aufbrechen. Gibt es etwas Besonderes?«

»Das kann man wohl sagen. Caroline Meisner ist heute früh tot aufgefunden worden, ermordet, um genau zu sein.«

Hannah wischte sich den Schweiß von der Stirn und schloss kurz die Augen. Das ist absurd, dachte sie – gestern Abend habe ich stundenlang vor ihrer Wohnung im Auto gesessen, und heute ist sie tot? »Wo hat man sie gefunden?«

»Oben am Aussichtspunkt Bismarckstein in Blankenese – kennen Sie wahrscheinlich, Wald und Wanderwege, Blick auf die Elbe –, nur wenige hundert Meter nordwestlich von der Stelle entfernt, wo sie vor ihrem Verschwinden zum letzten Mal gesehen wurde. Ein Dolch steckte in ihrem Herzen.«

Einen Moment blieb es still. Schaubert räusperte sich schließlich. »Die Techniker sind seit Stunden vor Ort, Beamte befragen Anwohner, die Leiche befindet sich bereits in der Rechtsmedizin, kurzum …«

»Wir haben einen Fall«, sagte Hannah.

»Ja. Schön, dass Sie ›wir‹ sagen.«

»Ich gehe unter die Dusche und komme dann ins Präsidium.«

Hannah rief nach Kotti und joggte im Eiltempo in die Pension zurück. Ihr Herz hämmerte. Sie hatte den richtigen Riecher gehabt, aber das nützte niemandem etwas, am allerwenigsten Caroline Meisner.

Eine junge, auffallend magere Kommissarin der Mordkommission fasste gerade die bisher vorliegenden Erkenntnisse und eingeleiteten Maßnahmen für das Ermittlerteam zusammen, dessen Leitung Schaubert übernommen hatte und das aus vier Beamten bestand, als Hannah im Besprechungsraum eintraf. Der Hauptkommissar wirkte unausgeschlafen, er stand rauchend am offenen Fenster und machte sie mit den Kollegen bekannt, während sie sich setzte und in die Runde grüßte. »Hannah Jakob vom BKA Berlin. Sie hat, wie ich euch schon kurz erläutert habe, den Vermisstenfall Meisner bearbeitet. Ihre Erkenntnisse könnten sehr hilfreich für die Mordermittlung sein.« Er wies mit knapper Geste auf die referierende Kommissarin. »Stefanie Hobrecht sorgt dafür, dass die neuesten Infos so schnell wie möglich dem gesamten Team zur Verfügung stehen.«

Die Beamtin stand vor einer Schautafel mit zahlreichen Fotos und handschriftlichen Anmerkungen sowie einer Übersichtskarte von der näheren Umgebung des Fundortes und nickte ihr mit ernster Miene zu, bevor Schaubert die drei anderen Kommissare vorstellte – zwei junge Polizisten um die dreißig, Florian Decker und Jan Pochna, sowie Gerd Kuse, einen schlaksigen Endfünfziger mit hagerem Gesicht und eisgrauem Haarschopf. Der Mann schien es warm zu mögen – sein Sweatshirt war für die sommerlichen Temperaturen viel zu dick, aber vielleicht war das zweitrangig. Ein HSV-Logo brachte seine Verbundenheit mit dem Fußballclub in grellen Farben zum Ausdruck. Alle drei murmelten eine Begrüßung, die Hannah herzlich erwiderte, warfen Kotti einen amüsierten Blick zu und wandten sich wieder der Kollegin Hobrecht zu.

»Also«, hob die erneut an. »Noch mal für alle: Über den Todeszeitpunkt lässt sich noch nichts Definitives sagen – zwischen dem späten gestrigen Abend und heute früh ist im Moment noch alles drin. Wir müssen abwarten, was bei der Obduktion herauskommt. Wahrscheinlich ist aber, dass das Opfer mit einem gezielten Stich ins Herz getötet wurde und der Tatort womöglich nicht der Fundort ist. Die Verteilung der Blutspuren sowie Erdkrumen an ihrer Kleidung und im Haar lassen zumindest schon mal diese Annahme zu – es ist also vorstellbar, dass man sie dort oben lediglich abgelegt hat.« Die Kommissarin zeigte auf die oberste Reihe der Fotos, die Caroline aus verschiedenen Blickwinkeln zeigte. Sie lag ausgestreckt auf dem Boden. Der Dolch ragte wie ein monströses Ausrufezeichen aus ihrer Brust. »Fingerabdrücke konnten nicht gesichert werden und sind sehr wahrscheinlich von der Tatwaffe abgewischt worden.«

»Die Zugangsstraße zum Bismarckstein ist für den Durchgangsverkehr gesperrt«, ergriff Hannah das Wort, als niemand etwas sagte. »Der Täter müsste sich demnach also die Mühe gemacht haben, die Leiche einige Meter durch den Wald zu schleppen, wenn wir davon ausgehen, dass er mit dem Wagen gekommen ist.«

Gerd Kuse drehte sich zu ihr um. »Das ist sehr wahrscheinlich und dürfte kein Problem gewesen sein. Der Täter könnte am Falkentaler Weg geparkt haben, von dort sind es kaum zweihundert Meter bis zum Aussichtspunkt – mitten durch die Botanik, erst recht in der Dunkelheit, fällt das kaum auf. Zwischendurch hat er sie mal abgelegt, um sich zu ducken oder zu verschnaufen, und davon könnten die Erdkrumen stammen.«

Hannah nickte. »Außerdem war die Frau klein und zierlich, ein Leichtgewicht …«

»Woher wissen Sie das?«, mischte sich Florian Decker ein.

Er trug als Einziger in der Runde ein gut geschnittenes Sakko über einem weißen Shirt und hatte eine dezente Spur Gel zuviel im Haar.

»Ich habe sie besucht und mit ihr gesprochen – am Donnerstag, nach ihrem plötzlichen Auftauchen nach knapp zwei Wochen spurlosem Verschwinden. Die Frau dürfte deutlich unter sechzig Kilo wiegen.«

Schaubert räusperte sich. »Sie hat sich jegliche Einmischung verbeten und sprach von rein privaten Problemen«, beeilte er sich hinzuzufügen.

»Nun sind sie nicht mehr privat«, kommentierte Jan Pochna in schnoddrigem Tonfall und verschränkte die Hände ineinander. Der Mann war untersetzt und stiernackig, sein schulterlanges Haar wirkte ungepflegt. Er bildete einen lebhaften Gegensatz zum smarten Kollegen Florian Decker. »Warum legt jemand da oben eine Leiche ab? Oder besser gefragt – warum macht sich der Täter die Mühe, sie dort hinaufzuschleppen?«

»Nicht weit von dort ist sie vor ihrem Verschwinden zum letzten Mal gesehen worden – das zumindest berichtet ein Zeuge«, führte Hannah aus. »Der wirkte auf mich ein wenig unaufrichtig in seinem Bemühen, aber lassen wir das im Moment mal beiseite. Auf jeden Fall kann aus ihrem Familien- und Bekanntenkreis niemand einen Bezug zu Blankenese herstellen.«

»Nun, vielleicht erkennen Sie als Psychologin und aufgrund Ihrer Nachforschungen diesen Bezug«, meinte Pochna. Der Tonfall der Bemerkung war dezent ironisch untermalt.

Hannah lächelte. »Ich könnte eine These wagen.«

»Wagen Sie!«

»Ich vermute, wie einige Menschen in Carolines Umfeld auch, dass es einen Liebhaber gibt, über den das Opfer selbst immer beharrlich geschwiegen hat. Auf Andeutungen und Nachfragen ist sie nie eingegangen«, erläuterte Hannah. »Einen wie auch immer gearteten Zusammenhang mit ihrem Entschluss, eine zweiwöchige Auszeit zu nehmen, ohne darüber mit jemandem zu sprechen, und dem Mord zu vermuten, dürfte nicht allzu weit hergeholt sein.«

»Stimmt«, meinte Florian Decker.

»Vielleicht haben die beiden sich in Blankenese kennengelernt, und/oder es gibt eine intime Bedeutung«, fuhr Hannah fort. »Intimität spielte eine große Rolle im Leben der Meisner – sowohl in sexueller Hinsicht, wenn man dem neugierigen Nachbarn glauben möchte, der regelmäßig laute Bettszenen mitgehört zu haben behauptet, als auch bezüglich ihrer Bemühungen, ein Geheimnis aus eben dieser Liebesbeziehung sowie einem Teil ihres Lebens zu machen, vielleicht notgedrungen. Unter Umständen ist er verheiratet, ein Prominenter, wie auch immer.« Sie zog die Schultern hoch. »Keiner kennt den Liebhaber, bis auf den Nachbarn, der auch erwähnt, dass der Mann Caroline seit einigen Monaten regelmäßig besuchte. Ihr Lebensstil – viele Reisen, teure Wohnung, wahrscheinlich jede Menge Bargeld – spricht für einen reichen Mann im Hintergrund, der mit Geldgeschenken nicht gespart hat und ihr ermöglichte, auf großem Fuß zu leben. Nur in Erscheinung treten wollte er nicht. Dazu passt, dass sie ihrer Familie gegenüber den Eindruck zu erwecken versuchte, sie könne sich ihren Lebensstil vom Gehalt einer Bibliothekarin leisten, was völlig ausgeschlossen ist. Eine studentische Aushilfskraft beschreibt sie übrigens als arrogant und herablassend, als hielte sie sich für etwas Besseres, und die Beziehung zu ihrer Schwester und deren Lebensgefährten würde ich nicht als innig bezeichnen. Unter Umständen spielt dabei Neid, Konkurrenzkampf eine Rolle. Wie dem auch sei: Ein Dolch im Herzen – das ist eine sehr deutliche Aussage, oder?«

Pochna nickte. »Es gab Stress, behaupte ich mal. Vielleicht hat sie den Lover unter Druck setzen wollen, zu ihr zu stehen, sich scheiden zu lassen oder …«

»Spekulation«, wandte Gerd Kuse ein und winkte ab. »Es kann auch alles ganz anders gewesen sein.«

Florian Decker hob den Blick zur Decke. »Es kann immer

alles auch ganz anders gewesen sein, aber eine Beziehungstat scheint wohl mehr als wahrscheinlich, und einen Dolch trägt man auch nicht unbedingt zufälligerweise mit sich herum.«

Schaubert hatte inzwischen seine Kippe entsorgt und setzte sich mit an den Tisch. »Egal, das wird sich alles finden. Lasst uns loslegen – Jan und Florian, ihr guckt euch die Wohnung an und nehmt gleich ein Team von der Technik mit. Die Nachbarn müssen natürlich befragt werden, nehmt euch das Handy vor und vergesst das Auto nicht, das hinter dem Haus auf einem angemieteten Stellplatz steht, na, ihr wisst schon – das Übliche.« Er fasste Stefanie Hobrecht ins Auge, die immer noch neben ihrer Schautafel stand. »Sorg bitte dafür, dass wir schnell Einsicht in die Verbindungsnachweise bekommen, auch Mails natürlich und den ganzen Kram, und halte Verbindung zum Doc und den Leuten draußen … Gerd, ich möchte, dass du gleich noch mal rausfährst und ein bisschen Dampf machst.« Schaubert brach ab und sah Hannah an. »Gibt es einen Vorschlag von Ihrer Seite, was das weitere Vorgehen anbelangt?«

Hannah nickte und zog ihr Handy aus der Tasche. »Ich habe gestern und vorgestern Abend ein paar Fotos gemacht, als ich zufälligerweise vor dem Wohnhaus von Caroline Meisner parkte …«

Schaubert runzelte die Stirn und hob dann die Brauen, Gerd Kuse griente.

»Die Qualität ist nicht besonders gut, aber vielleicht erkennt doch jemand im Haus den einen oder anderen auf den Bildern«, meinte sie beiläufig.

»Ja, vielleicht«, entgegnete Schaubert. Er nahm das Handy entgegen, nachdem er Hannah einen langen prüfenden Seitenblick zugeworfen hatte, und gab es an Florian Decker weiter. »Kümmerst du dich darum?«

»Logisch.«

»Hat eigentlich schon jemand mit den Eltern gesprochen?«, fragte Stefanie Hobrecht und sah in die Runde.

»Ich glaube nicht.«

Den Job bekomme ich gleich aufs Auge gedrückt, dachte Hannah, als Schaubert sie auffordernd ansah. »Dazu braucht es jemanden mit psychologischem Feingefühl und Weitsicht, finde ich.«

Auf dem Weg nach Bergedorf informierte sie ihre Dienststelle und sprach Achim auf die Mobilbox. Ihre Stimme klang selbst in ihren eigenen Ohren gedämpft. Sie versuchte, das Bild des aufragenden Dolchs ebenso aus dem Kopf zu drängen wie die Frage, ob der Mord hätte verhindert werden können.

Wie bei ihrem ersten Besuch saß Carolines Großvater in der blauen Sitzecke vor dem Bikerladen, obwohl der am Sonntag geschlossen blieb. Doch diesmal hielt er seine Pfeife mit beiden Händen und blickte ihr mit bewegungsloser Miene entgegen; je näher sie kam, desto überzeugter war Hannah, dass der alte Mann wusste, warum sie die Familie erneut aufsuchte. Es war schon eine Weile her, dass sie Angehörigen eine Todesnachricht überbracht hatte. Ihre Knie waren weich. Kotti ging so dicht neben ihr, dass sie seinen warmen Körper an ihren Beinen spürte.

»Moin«, sagte Rudi Meisner, als sie vor ihm stand, und legte die Pfeife beiseite. Seine Hand war voller Schwielen und Altersflecken und zitterte. Er wies auf einen Sessel und wich ihrem Blick aus. Zwei Kinder sausten mit Rädern vorbei. Das jüngere grüßte und betätigte seine Klingel. Der Alte grüßte zurück, während Hannah sich zu ihm setzte und Kotti unter dem Tisch verschwand.

»Mein Bruder ist im Krieg geblieben«, meinte er schließlich. »Meine Mutter hat immer gesagt, dass sie mitgekriegt hat, als es ihn erwischte. Er hätte sich von ihr verabschiedet, das habe sie genau gespürt – und zwar mit einem friedlichen Lächeln. Damals habe ich abgewinkt und mir an die Stirn getippt … Mütter sind so, dachte ich, und wenn es ihr hilft, damit klarzukommen, warum nicht? Wenn es darum geht, den Tod des eigenen Kindes zu ertragen, sind alle Hilfsmittel erlaubt, denke ich. Beim Enkel auch.« Er nahm die Pfeife wieder zur Hand und sah Hannah plötzlich direkt ins Gesicht. »Wann?«

»Man hat sie heute früh gefunden. Sie ist ermordet worden.«

Rudi Meisner zog die Schultern ruckartig zusammen. Mehrere Minuten lang sagte er kein Wort, sondern atmete nur angestrengt. »Sie war ein seltsames Mädchen«, flüsterte er plötzlich. »Ich hatte immer das Gefühl, dass man auf sie aufpassen muss.«

»Weil sie die Gefahr liebte?«

»Nein. Weil sie gar nicht liebte.«

Kühles Herz, dachte Hannah. »Herr Meisner, darf ich Ihnen einige Fragen stellen?«

Er nickte.

»Haben Sie mit Ihrer Enkelin gesprochen, seit sie am Donnerstag plötzlich wieder aufgetaucht ist?«

»Sie hat nur kurz angerufen und sich entschuldigt«, erwiderte Rudi Meisner leise.

»Wie kam das bei Ihnen an? Wie klang sie?«

Meisner überlegte einen Moment. »Unehrlich. Sie hat sich entschuldigt, weil man das von ihr erwartete. In Gedanken war sie woanders, aber fragen Sie nicht, wo … Keine Ahnung.« Er hob den Kopf. Sein Gesicht war nass. »Wie ist sie gestorben?«

»Details können wir noch nicht …«

»Ich will auch keine Details hören!«

Hannah nickte. »Sie ist erstochen worden«, entgegnete sie leise.

Carolines Großvater erhob sich abrupt. »Ich sag den anderen Bescheid«, erklärte er mit brüchiger Stimme und schob sich an ihr vorbei, um das Haus durch einen Hintereingang zu betreten. »Warten Sie bitte.«

Einige Minuten später öffnete sich die Hintertür erneut. Martina Meisners Gesicht tauchte auf. Es war kalkweiß. »Bitte gehen Sie«, sagte sie gedämpft. »Wir können jetzt nicht mit Ihnen reden.«

»Frau Meisner, wir befinden uns in einer Mordermittlung. So leid es mir tut, aber ich muss Ihnen einige Fragen stellen.«

Carolines Schwester drehte sich wortlos um und verschwand im Inneren, aber sie schloss die Tür nicht hinter sich ab, und Hannah folgte ihr. Die Familie saß in der Küche am Esstisch. Niemand hatte Caroline seit ihrer Rückkehr gesehen oder wusste, welche Pläne sie für die nächsten Tage gehabt hatte. Auch die Eltern waren lediglich mit einem kurzen Telefonat abgespeist worden, wie Herbert Meisner es ausdrückte. Er war bleich und hielt seine Frau im Arm, die die Nachricht kaum begreifen konnte und unfähig war, etwas zu sagen. Die übliche Frage nach den Alibis blieb Hannah erspart, als Daniel Gruber erwähnte, dass der Fahrradladen am Samstag eine Grillparty veranstaltet hatte, zu der langjährige Kunden eingeladen gewesen waren.

»Es war richtig schön«, fügte er im Flüsterton hinzu. »Wir haben bis in die Nacht hinein im Garten zusammengesessen, und Rudi hoffte, dass Caroline vielleicht doch noch kommen würde, aber …« Er brach ab und schüttelte den Kopf.

»Vielleicht lebte sie schon gar nicht mehr, als wir hier fröhlich feierten«, warf Martina ein. »Was für eine fürchterliche Vorstellung!«

Der gleiche Gedanke war Hannah nur Sekundenbruchteile zuvor durch den Kopf geschossen.

Kriminalhauptkommissar Jan Pochna hatte den Part übernommen, mit den Fotos von Tür zu Tür zu gehen, in der Hoffnung, dass der eine oder andere Hausbewohner mit konkreten Hinweisen zu den abgebildeten Personen helfen konnte, während Florian Decker mit einem Technikteam jeden Winkel der Wohnung des Opfers durchsuchte. Jan wühlte ungern in den Sachen fremder Leute, egal, in welchem Milieu sie gerade ermittelten. Seit er vor vielen Jahren als blutjunger Kommissaranwärter mal in einem Besenschrank über eine halbverweste Leiche gestolpert war, riss er sich nicht um Hausdurchsuchungen. »Vor einer Überraschung kann man in unserem Job nie sicher sein«, hatte sein damaliger Partner lakonisch kommentiert, während Jan in den Hinterhof gestürzt war, um sein Frühstück auszuspucken.

Jan schüttelte die Erinnerung ab und klingelte zum zweiten Mal bei Thomas Kollbach. Während der ersten Runde durchs Haus hatte der Nachbar von Caroline Meisner nicht regiert, und die bisherige Ausbeute bei den anderen Bewohnern war alles andere als zufriedenstellend gewesen. Die Abgelichteten wohnten entweder im Haus, waren zu Besuch gewesen oder völlig unbekannt. Ein Jurist im obersten Stockwerk hatte natürlich sofort misstrauisch nachgefragt, woher die Fotos stammten.

»Wir ermitteln in einem Mordfall«, hatte Jan erwidert und stumm hinzugefügt: Du Pfeife, hast wohl gerade ein Seminar zum Thema Datenschutzrichtlinien besucht, aber wir haben eine Leiche und sind froh über jeden Hinweis. Sein Gesichtsausdruck hatte wohl Bände gesprochen, denn der Jurist war zwei Schritte zurückgetreten und hatte sich weitere Einwände gespart.

In Kollbachs Wohnung waren plötzlich Schritte zu hören, und die Tür wurde einen Spaltbreit aufgezogen. Sichtbar wurde die eine Hälfte eines misstrauischen, schlecht rasierten Gesichts. Das reichte eigentlich schon, dachte Jan, aber er grinste fröhlich. »Die Polizei braucht Ihre Hilfe, Herr Kollbach.«

»Schon wieder?«

»Da können Sie mal sehen – ja! Würden Sie sich wohl mal ein paar Fotos ansehen?«

»Ich will mir erst mal Ihre Dienstmarke ansehen«, erwiderte Kollbach. Die schlagfertige Antwort gefiel ihm. Er grinste. »Klar doch.«

Der Alte studierte die Marke mit Kennermiene, bevor er seine Tür ganz aufzog. »Okay. Kommen Sie herein. Ich mach mir gerade was zu essen. Sie müssen mit der Küche vorliebnehmen.«

»Kein Problem«, gab Jan zurück, während er dem Mann durch einen düsteren Flur folgte. Der Geruch von Spiegeleiern strömte ihm entgegen.

»Geht es wieder um die Meisner?«, fragte Kollbach, griff nach einem Kochlöffel und schabte die Eier vom Pfannenboden, was ein hässliches Geräusch hervorrief.

»Genau um die geht es. Vor ein paar Tagen war eine Kollegin vom BKA hier. Der haben Sie ein paar bemerkenswerte Details berichtet, für die ich mich auch brennend interessiere«, erläuterte Jan und lehnte sich an den Türrahmen.

Kollbach fing seinen Blick ein und grinste erneut. »Verstehe.« Er schob die Pfanne vom Herd. »Sie meinen die Sache mit ihrem Typen?«

»Genau die meine ich.«

»Die beiden sind immer mächtig am … Na ja, Sie wissen schon. Aber«, er verschränkte die Arme vor der Brust und runzelte die Stirn. »Sie ist doch wieder zurück, seit ein paar Tagen schon. Wonach suchen Sie denn noch?«

»Nun, um genau zu sein: nach ihrem Mörder.«

Kollbach fiel die Kinnlade herunter. Er war sichtlich erschüttert, und der Appetit war ihm auch vergangen. Dafür war er bereit, sich die Fotos anzusehen. Wenige Minuten später tippte er zögernd auf eine Aufnahme, die einen Mann in mittleren Jahren zeigte – ein Durchschnittsgesicht ohne besondere Merkmale, das im Dreiviertelprofil erfasst war. »Ich bin nicht hundertprozentig sicher, und die Aufnahme ist alles andere als berauschend, aber …« Er nickte. »Das könnte ihr Typ sein. Ja, doch … Und Samstagabend war der auch hier. Hab ich zufällig mitbekommen.«

»Und Sie haben keine Ahnung, wie der Mann heißt?«

»Nein. Die haben immer eine Menge lauter Bemerkungen von sich gegeben – die Einzelheiten erspar ich Ihnen jetzt. Aber Namen waren nie gefallen.«

Selbst beim lauten Vögeln konnte es also diskret zugehen, dachte Jan. »Und was war gestern da drüben so los?«

»Ich weiß nicht. Ich habe nur mitgekriegt, dass sie ihm die Tür geöffnet hat, als er kam.«

»Gut, Herr Kollbach, Sie haben uns sehr weitergeholfen. Danke.«

Der Nachbar nickte abwesend. »Was genau ist eigentlich mit ihr passiert?«

»Wir wissen es noch nicht.« Jan steckte die Fotos wieder ein. »Sie ist erst heute Morgen gefunden worden.«

»Scheußlich.«

»Sie sagen es.«

Jan griff nach seinem Handy, als er wieder im Hausflur stand, und gab die Info an Stefanie weiter. Kaum zwanzig Minuten später, als er gerade die Unterlagen im Sekretär von Caroline Meisner überprüfte, rief die Kollegin zurück. »Du sollst mit dem Foto in die zentrale Universitätsbibliothek fahren – die Psychologin hält es für gut möglich, dass Meisners Arbeitskollegen den Mann erkennen könnten, weil er …«

»Schätzchen, das mache ich gerne«, fiel Jan ihr ins Wort. »Aber heute ist Sonntag, und stell dir vor, es gibt Branchen, die an diesem Tag nicht arbeiten.«

»Stell dir vor, davon habe ich auch schon gehört«, erwiderte Stefanie lässig. »Doch diese Bibliothek gehört nicht dazu, zumindest der Lesesaal und die PC-Arbeitsplätze können auch am Wochenende den ganzen Tag genutzt werden, und ein, zwei Angestellte sind auch immer da. Alles längst überprüft – Schatz.«

Jan schwieg drei Sekunden. »Ich bin beeindruckt.«

»Steht dir gut.« Ein Lächeln schien sich in ihre Stimme geschlichen zu haben. »Eine Frau Annette Pape erwartet dich bereits. Sie war etwas enger mit der Meisner bekannt als die anderen.«

»Wow. Warum schicken wir ihr nicht einfach …«

»Wir haben nichts als einen ersten vagen Hinweis und sollten vorsichtig sein mit dem Versenden von personenbezogenen Daten und Bildmaterial, sofern es nicht dringend erforderlich ist. Vielleicht gehört dem Typen ja irgendeine Bank, oder er ist Politiker. Oder noch schlimmer: Jurist.«

»Okay, verstanden. Ich mache mich auf den Weg.«

»Nichts anderes wollte ich von dir hören.«

Annette Pape, die etwas betrübt schien, dass sie diesmal keinen Besuch vom BKA erhielt, sondern mit Jan Pochna vorliebnehmen musste, zögerte keine Sekunde. »Natürlich kenne ich diesen Mann – alle kennen ihn hier. Das ist Dr. Oliver Schade, einer der bekanntesten Chirurgen im Klinikum.«

»Aha.« Jan notierte sich den Namen.

»Und warum wollen Sie das wissen?«

»Reine Routine.«

»Aber Carola ist doch am Donnerstag …«

Jan hob den Kopf. »Sie ist tot, Frau Pape. Sie ist ermordet worden, und in dem Zusammenhang stellen wir eine Menge Fragen.«

8

Der Mann war Mitte vierzig und hatte ein Allerweltsgesicht – sympathisch, aber unauffällig –, das von ungesunder Blässe überzogen war, braune Augen, schöne schmale Hände, die er immer wieder anstarrte, bevor er die Sitzposition wechselte. Hannah beobachtete ihn bereits eine ganze Weile durch die verspiegelte Scheibe, als Detlef Schaubert eintrat und sich neben sie stellte.

»Dr. Oliver Schade, angesehener Chirurg, genauer gesagt, Herzspezialist an der Uniklinik«, erläuterte er. »Schwerpunkt Kinder und Jugendliche.«

»Wie hat er reagiert?«

»Die Kollegen haben ihn gebeten, mit aufs Präsidium zu kommen, um in einer laufenden Ermittlung einige Fragen zu beantworten, und das hat er geschluckt – irritiert und unsicher, aber doch kooperativ, kein großartiges Zaudern jedenfalls.« Schaubert blickte angestrengt durch die Scheibe. »Was denken Sie? Weiß er, falls er nicht der Täter ist, was los ist und um wen es geht?«

»Gute Frage. So richtig wohl fühlt er sich jedenfalls nicht, aber dem sollten wir im Augenblick keine allzu große Bedeutung beimessen.«

Schaubert nickte. »Möchten Sie die Vernehmung leiten?«

»Gerne.«

Der Arzt blickte auf, als sie eintraten, und suchte sofort Hannahs Blick. Sie gab ihm die Hand und stellte sich und Schaubert vor, ohne ihre Sonderfunktion hervorzuheben.

»Warum genau bin ich hier?«, fragte er, kaum dass die Kommissare Platz genommen hatten. Sein Ton war sachlich, sein Blick blieb abwartend. »Um was für eine Ermittlung geht es eigentlich?«

»Dr. Schade, sagt Ihnen der Name Caroline Meisner etwas?«, überging Hannah seine Fragen.

»Ja. Sie arbeitet als Bibliothekarin in der ärztlichen Zentralbibliothek.« Er zögerte, als wollte er noch etwas hinzufügen, entschied sich dann aber anders.

»Wussten Sie, dass die Polizei nach ihr suchte?«, fuhr Hannah fort.

»Ich habe in der Bibliothek erfahren, dass sie eine Zeitlang verschwunden war, aber nun wieder aufgetaucht ist. Eine Mitarbeiterin hat mir davon erzählt, als ich am Freitag dort war.«

Annette Pape, dachte Hannah.

Er runzelte die Stirn und sah sie direkt an. »Aber worum genau geht es eigentlich? Warum ermitteln Sie, obwohl die Frau wieder aufgetaucht ist?«

Wenn er es nicht war, ist er sehr überzeugend in seiner Rolle, dachte Hannah und betrachtete ihn eine Weile schweigend.

»Caroline Meisner ist heute Morgen tot aufgefunden worden«, sagte sie schließlich.

Schade wurde aschfahl. Einen Moment lang dachte Hannah, dass er umfallen würde. Er hielt sich an der Tischkante fest und atmete schwer. Sofern überhaupt möglich, wurde er noch bleicher. »Um Gottes willen! Was … was ist passiert?«

»Sie wurde ermordet.«

Der Arzt schlug die Hände vors Gesicht. Für einen Moment waren nur seine entsetzten Augen zu sehen.

»Ein Dolch steckte in ihrem Herzen«, fügte Hannah leise hinzu. Sie ging nur in die Details, weil der Arzt als Tatverdächtiger in Frage kam und sie seine unmittelbare Reaktion einschätzen musste.

Dr. Schade ließ die Hände sinken. »Das ist … furchtbar. Grotesk«, flüsterte er.

»Grotesk?«

Er drehte das Gesicht zur Wand.

»Seit wann kennen Sie Caroline?«

Er reagierte nicht.

»Dr. Schade?«

Langsam wandte er ihr das Gesicht wieder zu. Der Mann stand eindeutig unter Schock. »Möchten Sie etwas trinken? Ein Glas Wasser vielleicht?«

»Ja, bitte.« Er räusperte sich. Schaubert erhob sich sofort und besorgte ein Getränk.

Schade trank zwei Schlucke, worauf zumindest etwas Farbe in sein Gesicht zurückkehrte, aber seine Hände zitterten heftig. »Seit ungefähr einem Jahr. Wir waren ein Paar, das heißt, wir hatten eine heimliche Affäre – aber das wissen Sie wahrscheinlich längst, woher auch immer, sonst wäre ich kaum hier, nicht wahr?«

Hannah nickte. »Ich muss Sie nach Ihrem Alibi fragen. Wie haben Sie den gestrigen Tag und die Nacht verbracht?«

»Ich war in der Klinik. Es gibt zwei Frischoperierte zu betreuen, ein Patient ist instabil und bereitet mir Sorgen«, antwortete er, ohne zu zögern. »Ich war fast das ganze Wochenende auf Station oder in meinem Büro in der Klinik. Am frühen Samstagabend habe ich mir allerdings ein paar Stunden frei genommen, war kurz zu Hause und bin dann …« Er schluckte. »… bei Caroline vorbeigefahren. Das dürfte ungefähr gegen halb sieben gewesen sein. Eine Stunde später habe ich mich wieder auf den Weg zu meinen Patienten gemacht, schätzungsweise.«

Seine Angaben stimmten mit den Fotodaten in etwa überein und würden nach den vorläufigen Erkenntnissen bezüglich des Todeszeitpunktes zunächst bedeuten, dass der Arzt aus dem Schneider war – aber natürlich war nicht auszuschließen, dass er später am Abend oder in der Nacht unbemerkt vom Klinikpersonal noch einmal zurückgekehrt war oder sich mit Caroline getroffen hatte. In der Wohnung wies nichts auf einen Kampf hin, und es gab auch keine Blutspuren, wie Florian Decker zwischendurch berichtet hatte, überlegte Hannah. Und die endgültige Auswertung der Gesprächsverbindungen war auch noch nicht abgeschlossen.

»Wir müssen das sehr detailliert prüfen, Dr. Schade«, entgegnete sie. »Haben Sie Ihren Besuch angekündigt?«

»Wir hatten am Freitag telefoniert … und ich habe ihr gesagt, dass ich mir am Wochenende zwischendurch Zeit nehmen würde.«

»Caroline war fast zwei Wochen verschwunden. Haben Sie eine Erklärung dafür?«

Der Arzt schloss kurz die Augen. »Sie musste einiges überdenken, wie sie mir am Samstag sagte.«

»Im Zusammenhang mit der Beziehung zu Ihnen?«

Er nickte.

»Wussten Sie, dass sie sich diese Auszeit genommen hatte?«

»Wir haben uns manchmal für längere Zeit nicht gesehen.«

»Das beantwortet meine Frage nicht«, entgegnete Hannah. »Ich möchte wissen, ob sie sich bei Ihnen abgemeldet hat.«

»Nein, hat sie nicht. Sie hat sich nach meinem Verständnis

einfach rargemacht. Aufgrund ihrer Erläuterungen entstand beziehungsweise bestätigte sich im Nachhinein mein Eindruck, dass sie in aller Ruhe über unsere Beziehung nachdenken wollte. Sie ist eine erwachsene Frau und kann doch ein paar Tage wegfahren, ohne aller Welt gegenüber Rechenschaft darüber ablegen zu müssen«, bekräftigte er seine Darstellung.

Hannah beugte sich vor, und für Sekundenbruchteile wichen seine Augen aus. »Natürlich. Aber es wird Ihnen doch nicht verborgen geblieben sein, dass die Polizei Erkundigungen eingezogen hat. Immerhin besuchen Sie regelmäßig die Bibliothek. So etwas spricht sich doch herum.«

Schade zwinkerte irritiert. »Mag sein, aber ich habe ehrlich gesagt so gut wie nichts davon mitbekommen, zumal ich zwischenzeitlich auf einem Ärztekongress war. Und in der Bibliothek wird immer viel erzählt, wenn der Tag lang ist. Auf irgendwelches Gerede habe ich nichts gegeben, und schon gar nicht sah ich irgendeine Veranlassung, mich einzuschalten. Das war ganz und gar Carolines Sache, fand ich.«

»Da Ihre Beziehung zu Frau Meisner keinesfalls bekannt werden sollte, wäre es ja ohnehin schwierig für Sie gewesen, aktiv zu werden«, schlussfolgerte Hannah. »Das heißt demnach, für Sie war völlig klar, dass Caroline die persönliche Entscheidung getroffen hatte, sich einfach mal ein paar Tage zurückzuziehen?«

»Ja, genau.«

Hannah lehnte sich wieder zurück und stützte das Kinn in die Hand. »Nun gut, das klingt durchaus nachvollziehbar, aber wenn Sie jetzt im Nachhinein darüber nachdenken, finden Sie ihr Verhalten nicht doch befremdlich?«, hob sie wieder an. »Warum sagt sie nicht einfach Bescheid, dass sie für ein paar Tage komplett aus ihrem normalen Alltag herauswill, oder meldet sich zwischendurch in aller Kürze? Das geht heutzutage mit einer schlichten SMS. Immerhin hat sie fast zwei Wochen lang kein einziges Lebenszeichen von sich gegeben und war nicht erreichbar. Warum dieses stumme und damit zugleich dramatische oder doch höchst beunruhigende Abtauchen, das sehr viel Spielraum für Fragen, Ängste und Irritationen lässt und sogar die Polizei auf den Plan ruft?«

Dr. Schade hob die Hände. »Keine Ahnung.«

»Wollte Sie vielleicht Druck ausüben?«

»Sie meinen: auf mich?«

»Ja. Sie hatte die Nase voll von der Heimlichtuerei und wollte Ihnen überdeutlich zu verstehen geben, dass es an Ihnen ist, eine Entscheidung zu treffen – ganz für oder gegen sie«, schlug Hannah vor. »Auch wenn Sie nur am Rande davon mitbekamen, wie Sie sagen, hoffte sie vielleicht, Sie würden sich ähnlich sorgen wie die Familie. Darum hat sie es sogar auf eine polizeiliche Überprüfung angelegt. Das sollte beunruhigend wirken – wie ein scharfer, überdeutlicher Hinweis oder auch eine letzte Warnung, Sie mögen sich vorstellen, wie Ihr Leben aussähe, wenn Caroline die Beziehung beendet, weil Sie, Dr. Schade, nicht in der Lage sind, sich zu entscheiden. Könnte es so gewesen sein?«

Der Arzt starrte sie eine Weile wortlos an. »Ganz ehrlich«, erwiderte er schließlich, »ich wusste häufig nicht, was in ihr vorging. Aber ihre Erklärung am Samstag klang deutlich sachlicher als Ihre Vermutungen, Frau Kommissarin. Ich möchte und kann natürlich nicht ausschließen, dass ich ihre Gefühle und Wünsche unterschätzt habe, aber eigentlich war unsere Beziehung eine rein … körperliche.«

»Nach einem Jahr ist keine Beziehung eine rein körperliche, auch wenn der sexuelle Aspekt im Vordergrund steht.«

»Ganz so lange sind wir noch nicht zusammen«, wandte er rasch ein. »Aber wir haben uns seinerzeit kennengelernt …«

»Wo und wann eigentlich genau?«

»Die Klinik hat beim Blankeneser Heldenlauf im letzten August mitgemacht, und ich gehörte zu den Läufern des Ärzteteams. Sie war unter den Zuschauern, und wir sind anschließend ins Gespräch gekommen.«

Hannah hörte, dass Schaubert sich leise räusperte. »Das

heißt, dass diese Gegend eine besondere Bedeutung für Sie beide hat, nicht wahr?«

»Nun, so gesehen, ja, schon. Worauf wollen Sie hinaus?«

»Lesen Sie manchmal Zeitung?«

»Hin und wieder, ja, aber …«

»Ein Zeuge hat Caroline Meisner am Tag ihres Verschwindens in der Nähe des Leuchtturms am Blankeneser Elbufer gesehen, worauf eine zweite Vermisstenanzeige geschaltet wurde, und ihre Leiche wurde nicht weit davon entfernt am Aussichtspunkt Bismarckstein gefunden. Was sagen Sie dazu?«

Schade hielt kurz die Luft an. »Ich weiß nicht, was ich dazu sagen soll«, entgegnete er schließlich, wobei er den Atem stoßweise entweichen ließ. »Ich weiß nur, dass ich weder mit ihrem Verschwinden noch mit dem Mord etwas zu tun habe. Ich bin bereit, sofort eine DNA-Probe abzugeben und alle möglichen Fragen zu beantworten, aber ich bitte Sie, bei der Überprüfung meines Alibis umsichtig vorzugehen.«

»Das tun wir. Wer hat oder könnte von Ihrer Beziehung gewusst haben?«

»Eigentlich niemand.«

»Eigentlich?«

»Wir haben uns bemüht, dass niemand etwas davon mitbekommt, aber mir ist klar, dass das nicht hundertprozentig funktionieren kann, schon gar nicht auf Dauer.«

»Sie wollten Ihre Ehe keinesfalls gefährden.«

»Meine Ehe und Familie, meine berufliche Stellung – ja, so ist es«, gab Schade unumwunden zu. »Wobei ich nicht ausschließen möchte, dass meine Frau ahnt, dass ich … manchmal Affären habe, aber ohne zu wissen, um wen es sich handelt. Ich will ihr nicht wehtun.«

Aber meine Freiheit und meinen Spaß haben, das alte Spiel, dachte Hannah. Sie hätte gerne nach den Hintergründen für seine Seitensprünge gefragt, aber dafür war noch nicht der richtige Zeitpunkt gekommen. »An die Bedingung der Heimlichkeit und des Stillschweigens hielt Caroline sich über sehr lange Zeit, und umgekehrt waren Sie immer sehr großzügig, nicht wahr?«

Der Arzt hob die Brauen.

»Sie waren immer spendabel, oder? Reisen? Bargeld? Wertvolle Geschenke?«

»Worauf wollen Sie hinaus?« Er klang verdutzt.

»Wir gehen davon aus, dass Sie Carolines üppigen Lebensstil zumindest mitfinanziert haben«, erläuterte Hannah.

Schade schüttelte den Kopf. »Sie täuschen sich. Wir sind hin und wieder mal ein paar Tage zusammen verreist, und ich habe ihr durchaus das eine oder andere Geschenk gemacht oder sie eingeladen, wenn wir unterwegs waren, aber Bargeldgeschenke gehörten nicht dazu. Das war auch gar nicht nötig. Caroline ist … war finanziell gut gestellt. Sie sprach mal von einer Erbschaft.«

Das war hochinteressant. »Wissen Sie dazu Einzelheiten?«

»Nein, natürlich nicht.« Er schüttelte den Kopf. »Frau Kommissarin, Caroline und ich haben uns regelmäßig getroffen und sehr gut verstanden. Nicht mehr, aber auch nicht weniger. Was sonst so in ihrem Leben los war, wusste ich nicht.«

»Sie waren nicht verliebt in sie?«

»Doch, schon, aber …«

Hannah lächelte leise. »Aber Sie lieben Ihre Frau.«

»So ist es, und ich wäre Ihnen sehr verbunden, wenn Sie meine Familie aus den Ermittlungen …«

Hannah behielt ihr Lächeln bei. »Sofern es nötig ist, werden die Kollegen und ich jedem Fragen stellen, von dem wir uns einen erhellenden Hinweis bezüglich dieser scheußlichen Tat erhoffen.«

»Ich verstehe.«

»Das hoffe ich.«

Eine Viertelstunde später beendete Hannah die Befragung. Dr. Schade gab eine DNA-Probe ab und fuhr anschließend in die Klinik. Schaubert besorgte zwei Tassen Kaffee, und sie nahmen in seinem Büro Platz. Die anderen Ermittler des Teams waren noch unterwegs oder anderweitig im Haus beschäftigt.

»Ich will wissen, woher das Geld stammt«, sagte Hannah nach einigen Minuten andächtigen Schweigens.

»Ich auch«, sagte Schaubert. »Aber das kann dauern. Und wenn sie schlau war, erfahren wir es nie.« Er klaubte eine Zigarette aus seinem Schreibtisch und stellte sich ans offene Fenster. »Außerdem brauchen wir so schnell wie möglich den genauen Todeszeitpunkt und die anderen Ergebnisse aus der Rechtsmedizin, auch bezüglich der Tatwaffe. Und Schades Alibi muss minutengenau abgeklärt werden. Unter Umständen gibt es ein Zeitfenster, das passen und den Staatsanwalt überzeugen könnte, einem Ermittlungsverfahren zuzustimmen.« Er warf Hannah einen fragenden Blick zu.

Die nickte. »Hilfreich wäre auch, wenn sofort der Familienhintergrund des Arztes überprüft würde. Wenn er es nicht war …«

»Es spricht viel für eine Beziehungstat, finden Sie nicht?«

»Und ob. Fragt sich nur, um welche Beziehung es hier geht. Wir sollten darauf vorbereitet sein, dass sein Alibi hundertprozentig wasserdicht ist, wovon ich übrigens ausgehe. Dann kommt nämlich seine Frau ins Spiel.«

Schaubert nahm einen tiefen Zug und blies den Rauch durch die Nase wieder aus. »Okay. Es wäre ja auch ein bisschen dämlich, wenn er als Täter uns auf die tiefere Bedeutung des Tat- beziehungsweise Auffundortes der Leiche hinweist. Es sei denn, er ist so kaltblütig, dass er ein Spiel daraus macht.« Schaubert schnippte die Asche zum Fenster hinaus. »Und warum wollte er keinen Anwalt?«

»Entweder weil er es nicht war. Oder aber er ist ein sehr guter Schauspieler und davon überzeugt, dass wir ihn nicht kriegen.«

Schaubert kratzte sich im Nacken. »Aber Typen wie er haben immer einen Anwalt und beschäftigen den auch. Warum gibt er sich überhaupt mit uns ab? Er hätte uns einen Vogel zeigen können.«

»Ja, da ist was dran«, gab Hannah zu. »Vielleicht ist er nett und kooperativ und vollkommen unschuldig, aber er ahnt oder befürchtet, wer der Mörder sein könnte. Emotional angeschlagen wirkte er auf jeden Fall, und ein Gespräch mit der Polizei bringt nicht nur uns neue Erkenntnisse.«

»Womit die Ehefrau wieder ins Spiel kommt.« Schaubert nickte. »Ich denke, Stefanie muss heute eine Nachtschicht einlegen, damit wir morgen mit möglichst detaillierten Hintergrundinformationen weitermachen können.«

Eine halbe Stunde später machte sich Hannah auf den Weg in die Pension. Die nächste Lagebesprechung des Teams war für den nächsten Morgen ab zehn Uhr angesetzt – in der Hoffnung, dass bis dahin die ersten Untersuchungs- und Ermittlungsergebnisse vorliegen würden, doch über zwischenzeitliche Neuigkeiten würde Schaubert sie umgehend in Kenntnis setzen.

Was meinte der Arzt, als er gesagt hatte: *Das ist … furchtbar. Grotesk*, grübelte sie. Wieso verwendete er zusätzlich dieses Adjektiv? Grotesk im Sinne von wunderlich, sonderbar, verzerrt, überspannt – warum beließ er es nicht bei furchtbar oder schockierend, das war der Mord ja in der Tat, sondern fügte eine weitere Bewertung hinzu und hatte auf eine diesbezügliche Nachfrage keine Antwort?

Wie viel hatte Dr. Schade tatsächlich von Carolines Verschwinden mitbekommen? Und war Hannahs These von der dramatischen Entscheidungssituation, in die Caroline den Arzt mit ihrem Abtauchen unter Umständen hatte zwingen wollen, überhaupt annähernd realistisch? Die Wohnung wirkte vorbereitet, als hätte sie fremde Blicke einkalkuliert. Doch selbst wenn er mehr davon gewusst hatte, als er zugeben mochte – was hätte Caroline im Zusammenhang mit einer solchen Maßnahme dazu veranlassen können, ihre Familie derart im Ungewissen und einen kriminellen Hintergrund zumindest als

Überlegung im Raum stehen zu lassen? Zum einen hatten ihre Angehörigen nichts mit dieser Liebesgeschichte zu tun, und zum anderen spiegelte das Bild von Caroline bislang nicht mal einen Hauch dessen wider, was mit einer leidenschaftlichen Affäre und dem Kampf um einen verheirateten Mann, der seinen Status nicht gefährden wollte, zusammenpassen würde. Andererseits waren stille Wasser tief, oder? *Weil sie gar nicht liebte*, hatte Rudi Meisner gesagt. Doch Eifersucht und Besitzansprüche hatten nichts mit Liebe zu tun, überlegte Hannah.

Oder gab es sowohl hinsichtlich ihres Verschwindens als auch im Zusammenhang mit dem Mord einen gänzlich anderen Hintergrund? Und stellten die beiden Tatbestände unter Umständen voneinander unabhängige Ereignisse dar, die nur zufällig etwas mit Blankenese zu tun hatten? Nicht auszuschließen, wenn auch unwahrscheinlich. War es denkbar, dass sich der Mörder zwar des örtlichen Bezugs bewusst war beziehungsweise ihn nutzte, aber davon ausging, er würde der Polizei verborgen bleiben, weil er felsenfest davon überzeugt war, dass der heimliche Liebhaber nicht ermittelt werden würde? Hätte Hannah nicht die Fotos gemacht, wäre Dr. Oliver Schade mit großer Wahrscheinlichkeit nicht in den Ermittlungsfokus geraten, und dann hätte nur er etwas mit der tieferen Bedeutung des Fundortes der Leiche anfangen können …

Also doch die Rache einer zutiefst verletzten, bewusst agierenden und planenden Ehefrau, die die Nase voll hatte von den Affären ihres Mannes? Die eine gefährliche Nebenbuhlerin dazu überreden wollte, die Beziehung aufzugeben, und sie ermordete, als ihr Einwirken nicht fruchtete? Verbunden mit dem bizarren Hinweis auf ein zerstörtes Herz an einem Ort, den nur ihr untreuer Ehemann verstehen konnte? Eine Theorie, die spannend klang und psychologisch gut herleitbar war, aber nichts mit der aktuellen Indizienlage zu tun hatte.

Hannah setzte sich unmittelbar nach ihrem Eintreffen in der Pension an den Laptop und notierte Schades Aussage und die anschließende Erörterung mit Schaubert sowie ihre Überlegungen und Fragen. Eindeutige Antworten fand sie auch nach dem dritten und vierten Durchlesen nicht. Solange keine weiteren Eckpunkte vorlagen, war der Raum für Spekulationen unendlich groß. Sie speicherte ihre Aufzeichnungen ab und ging mit Kotti ans Elbufer, um dem Lauf des Flusses zu folgen und dabei den Tag ausklingen zu lassen.

Stefanie Hobrecht hatte nichts gegen eine verlängerte Spätoder gar Nachtschicht einzuwenden. Sie setzte ganz gerne mal mit dem Schlafen aus, so wie sie häufig das Essen ausließ. Fünfzig Kilo durfte sie wiegen, kein Gramm mehr, gerne ein, zwei Pfund weniger. Bei einer Größe von gut eins siebzig bewegte sie sich damit deutlich im Bereich des Untergewichts, erst recht in ihrem Alter. Gut so. Mehr hätte sie nicht akzeptiert. Vor zehn Jahren, mit siebzehn, wog sie noch zehn Kilo weniger und hatte sich trotzdem pummelig gefühlt – breit, träge, dick. Sie hatte viel gelernt in der Zwischenzeit, zum Beispiel, dass ihr Gefühl zum eigenen Körper und das Bild, das sie sich von ihm machte, niemals stimmen würden, egal, wie viel die Waage anzeigte. Und die Lust an der Magerkeit, am Mangel, an der krankhaften Askese saß tief, die Angst vor einem ausufernden Körper noch viel tiefer. Niemals könnte sie sich vorstellen, schwanger zu werden.

Die Kollegen ließen sie in Ruhe. Sie war eben die Dürre, davon gab es einige, und die meisten Frauen beneideten sie um Konfektionsgröße zweiunddreißig. Mit fünfzig Kilo bei eins siebzig war man zwar dünn, wirkte aber nicht krank, sofern man seinen Job machte, nicht über das redete, was in einem vorging, und bei gemeinsamen Mahlzeiten, wenn sie nicht zu verhindern waren, so tat, als würde man mitessen. Auf dieses Spiel hatte sie sich schon immer ausgezeichnet verstanden. Nicht mal ihre Eltern hatten damals mitbekommen, wie es ihr regelmäßig gelang, ihren Teller gut gefüllt wirken zu lassen und dabei einen Großteil der Fleischportionen sowie die fettigen Bratkartoffeln in ein Taschentuch auf dem Schoß zu entsorgen. Das war auch ein Sieg über die Alten gewesen, deren Kontrolle sie sich damit erfolgreich entzogen hatte, um ihrem ganz persönlichen Anspruch und Maßstab genügen zu können.

Vor der Psychologin musste sie sich allerdings in Acht nehmen. Die würde sich so schnell nichts vormachen lassen.

Kommissarin Hobrecht besorgte sich eine Kanne Kaffee, Knäckebrot und etwas Obst. In der Stille des hereinbrechenden Abends begann sie mit ihren Recherchen zur Familie von Dr. Oliver Schade und bündelte nebenbei die eintreffenden Infos der Kriminaltechnik.

Iljas Antwort traf am darauffolgenden Abend ein – freundliche Grüße und die besten Wünsche für den Neustart bildeten den Anfang der Mail. Im letzten Satz erwähnte er zwei Adressen, an die Roman die Postkarten für die Jungs schicken könne – »die freuen sich bestimmt!« Roman war erleichtert, bis er wenig später die Anschriften überprüfte und feststellte, dass sie nicht existierten.

Vergiss es, dachte er, sie wollen nicht, dass du deine Nase in ihre Angelegenheiten steckst. Warum nicht? Was für Angelegenheiten? Was haben sie mit den Kindern gemacht, und mit wem kann ich darüber reden? Roman war neu in der Stadt, im Studentenwohnheim war zwei Monate vor Unibeginn noch nicht viel los, und er hatte bislang noch keine Gelegenheit gefunden, Freundschaften zu schließen. Hamburg gefiel ihm, aber an diesem Abend fühlte er sich verdammt einsam und war froh, dass er den Job als Nachtportier in einem kleinen Hotel am Hafen ergattert hatte, auf den ein ganzes Dutzend junger Leute wie er erpicht gewesen war, und der erste Wochenenddienst mit drei Nächten vor ihm lag. Das wird mich nicht unbedingt unter allzu viele Menschen, aber doch auf andere Gedanken bringen, dachte er.

Viel hatte er nicht zu tun – Schlüssel annehmen und herausgeben, Getränke verkaufen, das Telefon bedienen und

Buchungsanfragen beantworten. Ansonsten durfte er in einer kleinen Kammer hinter der Rezeption dösen, fernsehen, lesen, was auch immer, solange er keinen Gast verpasste und ein offenes Ohr für die Vorgänge im Hotel behielt. Ein idealer Studentenjob, wie Roman fand. Später, wenn die Uni angefangen hatte, würde er nebenbei Seminararbeiten schreiben oder sich doch zumindest auf Vorlesungen vorbereiten können.

Als er am Montagmorgen mit dem Rad nach Hause fuhr, hatte er zum ersten Mal das eigentümliche Gefühl, dass ihm jemand folgte. Immer wenn er sich umwandte oder den Blick schweifen ließ, fiel ihm zwar niemand ins Auge, aber das Gefühl blieb, und auch wenn er es abzuwiegeln versuchte, wusste er doch, dass es nichts mit seiner Müdigkeit oder Überreiztheit zu tun hatte. Und richtig mulmig wurde ihm, als er feststellte, dass jemand in seinem Zimmer gewesen war.

9

Schaubert machte einen zufriedenen Eindruck. »Die Jungs von der Technik sind diesmal richtig schnell«, bemerkte er, als Hannah sich am Montagmorgen zwischen Gerd Kuse und Jan Pochna setzte, der Kotti mit einem freundlichen Lächeln bedachte und ihm zart über den Kopf strich. Der Hund reagierte mit seinem üblichen Schmelzblick, was Pochnas Lächeln noch breiter werden ließ.

»Und die Mädels natürlich auch«, fügte Schaubert mit Seitenblick auf Stefanie Hobrecht hinzu. »Es liegen erfreulicherweise bereits einige Ermittlungsergebnisse vor. Florian ist unterwegs – er hat noch einen Termin in der Rechtsmedizin, der unsere Daten vervollständigen wird, davon gehe ich jedenfalls aus. Und die Computerprofis sind auch schon bei der Arbeit. Eine großartige Ausbeute sollen wir uns von der Seite allerdings nicht erhoffen, hat man mir vorab zu verstehen gegeben.

Bislang weist nichts auf verdächtige Löschaktionen hin, und der vorliegende Mailverkehr ist gähnend langweilig.«

Hannah behielt Stefanie im Blick. Die junge Kommissarin sah übermüdet aus, machte aber einen aufgekratzten Eindruck – Schlafentzug konnte durchaus aktivierend wirken, zumindest in den ersten Stunden nach Tagesanbruch. Hannah streckte die Beine aus, als Stefanie Hobrecht neben ihrer Schautafel Aufstellung nahm und Schaubert seinen üblichen Rauchausflug ans Fenster machte.

»Gut, zuerst die naheliegendsten Fakten zum Opfer«, begann sie zu berichten. »Der Todeszeitpunkt lässt sich mittlerweile auf frühestens Mitternacht bis kurz nach ein Uhr früh eingrenzen, spätestens halb zwei – der Doc spricht dabei zwar von einem vorläufigen Untersuchungsergebnis, das er aber immerhin erfreulicherweise mit fünfundneunzigprozentiger Wahrscheinlichkeit angibt. Es existieren keine Abwehrverletzungen, sie war also demnach nicht vorbereitet auf den Angriff. Winzige Partikel unter den Fingernägeln sind noch in der Analyse, vielleicht bringt Florian dazu nachher neue Erkenntnisse mit. Die Spusi hat unterhalb des Bismarcksteins am Falkentaler Weg Fuß- und vereinzelte Blut- und natürlich zahlreiche Reifenspuren entdeckt – die These, dass Caroline Meisner von dort aus nach oben getragen wurde, verdichtet sich somit. Leider haben die Befragungen in den umliegenden Häusern zu keinerlei brauchbaren Hinweisen geführt, aber die Kollegen werden dort heute noch einmal nachhaken, wenn ich Gerd richtig verstanden habe.« Kommissarin Hobrecht wies auf die Karte und drehte sich wieder um.

Kollege Gerd Kuse nickte, während er ein Bein übers andere schlug. »Ja, ich mach mich nachher gleich wieder auf den Weg. Wir fragen auch unten am Elbufer, ob Auffälligkeiten beobachtet wurden.«

Hannah suchte Schauberts Blick. »Demnach ist es gut vorstellbar, dass Caroline sich am späten Abend oder sogar erst in der Nacht mit ihrem Mörder getroffen hat.«

»Denke ich auch«, meinte der. »Sie hat ihren eigenen Wagen zu Hause stehen lassen und …«

»Vielleicht hat sie mitbekommen, dass ich vor dem Haus Posten bezogen hatte, oder befürchtete nach dem Gespräch mit mir eine polizeiliche Überwachung«, mutmaßte Hannah. »Aber niemand sollte von dem Treffen etwas mitbekommen.«

»Vielleicht spielte das aber auch überhaupt keine Rolle, und sie wurde einfach abgeholt«, vermutete Schaubert.

Sie fährt grundsätzlich mit dem Auto, sie liebt das Autofahren, fuhr es Hannah durch den Kopf. »Die Schwester betont, dass Caroline immer mit ihrem Wagen unterwegs gewesen ist«, widersprach sie. »Sie hat darauf verzichtet, und ich denke, dass es dafür einen Grund gab.«

»Vielleicht bestand der Täter darauf«, schlug Kuse vor.

»Aber warum sollte ihr Mörder sie abholen?«, ergriff Jan Pochna das Wort. »Wenn die Tat geplant war, und davon gehen wir ja wohl nach Stand der Dinge aus, würde er sich kaum vor ihrem Haus sehen lassen wollen, oder? Das Risiko, dabei beobachtet zu werden, ist viel zu groß.«

»Mitten in der Nacht wird es zumindest in der Gegend kleiner. Das Risiko hingegen, dass sie irgendwo mit ihrem Wagen auffällt oder zufällig erfasst wird, ist wesentlich größer«, gab Hannah zu bedenken. »Außerdem musste bei der Planung der Tat auch bedacht werden, was anschließend mit ihrem Wagen geschieht, und das Wagnis, Spuren zu hinterlassen, ist zu groß. Ich halte es für denkbar, dass sie ein paar Schritte zu Fuß gemacht hat, bevor sie zwei Straßen weiter zu ihm ins Auto stieg oder sich ein Taxi nahm.«

Gerd Kuse strich sich nachdenklich übers Kinn, während sich Kommissarin Hobrecht eine Notiz machte. »Da ist was dran. Ich werde die Taxiunternehmen abfragen. Sicher ist sicher.«

»Gute Idee. Das heißt, Caroline kannte ihren Mörder, und sowohl er als auch sie legten Wert darauf, dass ihre Verabredung unbemerkt blieb, aber sie war ahnungslos, was ihr bevorstand«, fasste Hannah zusammen. »Also doch der Arzt?«

Jan Pochna schüttelte sofort den Kopf. »Wäre das Naheliegendste und würde uns eine superschnelle Aufklärung bescheren, könnt ihr aber vergessen. Ich habe gestern Abend noch mit zwei Ärzten, drei Pflegern und Schwestern sowie dem Parkplatzwächter gesprochen. Oliver Schade hat von zwanzig Uhr bis nachts um drei ein wasserdichtes Alibi – schöner geht es gar nicht.«

»Aha. Und wie genau sieht das aus?«, wollte Schaubert wissen und nahm einen letzten gierigen Zug, bevor er seine Kippe entsorgte.

»Es gab eine lange Dienstbesprechung und mehrere Untersuchungen sowie eine Reanimation mit anschließender Besprechung. Ein Zeitfenster, das es ihm ermöglicht hätte, innerhalb dieser Stunden auch noch nach Altona zu fahren und weiter nach Blankenese, um einen Mord zu begehen und dann von dort wieder in die Klinik zurückzukehren, existiert schlichtweg nicht.«

Einen Moment herrschte Schweigen. Schaubert stellte den Aschenbecher beiseite und setzte sich mit an den Tisch. Stefanie Hobrecht blieb stehen. »Zu Mails und Geldbewegungen kann ich noch nichts sagen«, ergriff sie wieder das Wort. »Was die Verbindungsnachweise angeht, so wissen wir bereits, dass von ihrem Festnetzanschluss aus in den letzten Tagen lediglich mit der Polizeidienststelle Altona, der ärztlichen Zentralbibliothek sowie mit ihren Angehörigen und dem Fahrradladen telefoniert wurde. Auf die Handydaten müssen wir noch warten.«

»Dr. Schade hat behauptet, seinen Besuch angekündigt zu haben«, bemerkte Hannah. »Das dürfte demnach wohl übers Mobiltelefon erfolgt sein.«

Die Tür schwang auf, und Florian Decker trat mit dynamischen Schritten und laut grüßend ein. An diesem Morgen trug er ein graues Sakko über einem moosgrünen Shirt, und sein Haar saß genauso perfekt wie am Vortag. Er lächelte.

»Lasst euch nicht stören, Kollegen – und Kolleginnen«, fügte er an Hannah und Stefanie Hobrecht gewandt hinzu.

»Neuigkeiten?« Gerd Kuse strich eine verschwitzte Haarsträhne aus der Stirn.

»Und ob.« Kommissar Decker nahm Platz und blickte in die Runde. »Soll ich gleich mal loslegen?«

Zustimmendes Gemurmel. »War es nicht so, dass der Doktor und seine Liebste ein rein körperliches Verhältnis hatten? Zumindest behauptet Dr. Schade das, wenn ich die Vernehmung von gestern richtig verstanden habe.« Er sah Hannah an. »Samstagabend war er circa eine Stunde bei Caroline, aber der Rechtsmediziner kann keine Hinweise auf Sex feststellen.«

»Der Nachbar bestätigt das«, fügte Jan Pochna eilig hinzu. »Also, er meint, er habe an diesem Abend nur mitbekommen, wie Schade von der Meisner in die Wohnung gelassen wurde. Ansonsten blieb es nebenan ruhig.«

»Sie war zwei Wochen unterwegs, verschwunden, wie auch immer, und das Paar sieht sich wieder, für etwa eine Stunde, aber im Gegensatz zu anderen Treffen, bei denen es derart lautmalerisch zugeht, dass der Nachbar alles sehr genau mitbekommt, passiert nichts. Warum?«, fragte Decker.

»Weil die Beziehung tatsächlich nicht nur rein körperlich war oder gestern Abend etwas anderes im Mittelpunkt stand – eine anstrengende Beziehungsdiskussion zum Beispiel – oder die beiden sich zwischendurch doch gesehen haben, was aber keiner wissen durfte, warum auch immer«, meinte Hannah.

»Vielleicht hat der Doktor gerade andere Sorgen, die ihm ein wenig die Lust verhageln. Ich würde da nicht so viel drauf geben«, warf Schaubert ein. »Aber was ist mit den Partikeln unter den Fingernägeln?«

»Die könnten von einem Autositzbezug stammen. Das ist aber noch nicht zitierbar und nützt uns nur was, wenn wir den dazugehörigen Wagen finden«, antwortete Decker achselzuckend. »Etwas anderes ist wesentlich spannender«, fuhr er fort und rieb sich die Hände. »Diese Wohnung ist ja ein Vorbild an Unpersönlichkeit, steriler Ordnung und Unauffälligkeit. Trotzdem haben wir was gefunden, wir finden immer etwas – ich war heute früh mit den Jungs gleich noch mal vor Ort, und wir haben uns die Küche vorgenommen. Ratet, was wir in der Kaffeedose entdeckt haben?« Er blickte sich mit triumphierendem Lächeln um. »Ihr kommt nicht drauf: einen Schlüssel …«

»Bankfach?«, tippte Gerd Kuse.

»Besser: Geldkassette, und die haben wir inzwischen auch gefunden.«

Hannah beugte sich vor.

»Ein nobles, feuer- und bruchfestes Teil, allerdings ohne zusätzliches Nummernschloss. Es war im Schlafzimmerschrank in den Fußboden eingelassen. Da hat sich jemand richtig Mühe gegeben – ohne beharrliches Suchen hätten wir das Versteck nicht gefunden. Verstehen kann ich es ja. Die Frau hat allein fünfzigtausend Euro Bargeld gebunkert, dazu Schmuck und Unterlagen für ein Schweizer Konto, die bereits geprüft werden.«

Pochna pfiff leise durch die Zähne, und Kotti hob den Kopf.

»Warum versteckt sie ihr Vermögen zu Hause?«, fragte Hannah.

»Sie vertraut den Banken nicht«, schätzte Kuse. »Kann ich verstehen.«

»Sie vertraut niemandem«, ergänzte Pochna.

»Aber ein Banksafe ist immer die bessere Wahl.«

»Sie könnte gesehen werden, wenn sie Geld holt oder bringt.«

»Sie will es um sich haben«, grübelte Hannah. »Es bedeutet ihr viel. Sie erfasst es sinnlich. Sie macht ein Geheimnis daraus, wie aus so vielem in ihrem Leben. Bleibt die Frage, ob der Mord mit ihrem Verhältnis zu Schade oder mit dem Geld zusammenhängt.«

»Oder mit beidem?« Pochna hob die Hände. »Ausschließen können wir das nicht.«

Schaubert atmete laut aus. »Stefanie, hast du schon was zur Familie des Arztes beziehungsweise zu seiner Frau herausgefunden, was in diesem Zusammenhang bedeutsam sein könnte?«

Kommissarin Hobrecht hatte sich ein Glas Wasser eingegossen und trank einen Schluck, bevor sie hochsah und ein Nicken andeutete. »Nichts Konkretes, aber …« Sie hob eine Braue, was ihrem strengen, hageren Gesicht für einen Moment eine nahezu kecke Note verlieh. »Auf den ersten Blick haben wir es mit einer Bilderbuchfamilie zu tun. Dr. Schade, der angesehene Herzspezialist, Marie, seine Ehefrau, zehn Jahre jünger, Dozentin für Romanistik, eine vierjährige Tochter – gut situiert, erfolgreich und so weiter. Auf den zweiten Blick sind mir bei meinen Recherchen zwei Aspekte aufgefallen, die im Zusammenhang mit dem Mord wenigstens nachdenklich stimmen dürften. Zum einen ist Marie Schade eine aktive Degenfechterin …«

Diesmal pfiff Decker durch die Zähne, und Kotti setzte sich auf und spitzte die Ohren.

»Ja, das sehe ich genauso«, stimmte die Kommissarin zu. »Ein gezielter, kraftvoller Stoß dürfte einem Degenfechtsportler oder einer Degenfechtsportlerin nicht schwerfallen. Ich hoffe, wir finden bald weitere Ansatzpunkte, was die Tatwaffe angeht. Der zweite Aspekt ist ebenso spannend und hängt mit einer Studienfahrt zusammen, die Marie Schade vor einigen Jahren mit einer Studentengruppe nach Lissabon unternommen hat. Seinerzeit gab es einen tragischen Zwischenfall: Eine Studentin kam bei einem Unfall ums Leben, der jedoch nie gänzlich aufgeklärt wurde, wie es in der Akte heißt.«

»Und was hat man aufgeklärt?«, fragte Hannah.

»Die junge Frau ist aus dem Fenster gefallen. Sie landete in den aufragenden Eisenspitzen der Grundstücksumzäunung. Hinweise auf Fremdeinwirken fanden sich nicht zweifelsfrei.«

»Das ist tragisch, aber wo siehst du einen Zusammenhang

mit Caroline?«, wollte Pochna wissen. »Oder willst du auf die tödlichen Zaunspitzen hinaus? Bisschen weit ...«

»Nein, nein, das meine ich nicht«, entgegnete Hobrecht eilig. »Ich sehe keine direkte Verbindung bezüglich der Todesart, aber mich würde im Rahmen der Ermittlungen brennend interessieren, ob Oliver Schade die tödlich verunglückte Studentin vielleicht näher kannte. Dass er sie kannte, steht jedenfalls fest, und zwar zweifelsfrei – es gibt Fotos von einem Fest, die einige Wochen vor ihrem Tod ins Netz gestellt wurden, und das fand nicht nur bei den Schades in Hamburg-Fischbek statt, der Hausherr war auch höchstpersönlich anwesend und hat den Grill bedient. Auf einem der Fotos stehen die beiden sehr eng nebeneinander.«

Fast hätte diesmal Hannah durch die Zähne gepfiffen. »Also, ich teile Ihre Ansicht und würde gerne mit Marie Schade sprechen. Können Sie uns ein Foto von der Studentin besorgen, Kollegin?«

»Gar kein Problem, drucke ich gleich aus.«

Schaubert nickte düster. »Und wir sollten bei den portugiesischen Behörden noch mal nachfragen. Vielleicht gibt uns ja jemand einen inoffiziellen Hinweis.«

Hobrecht machte sich eine Notiz. »Im Moment ist noch vorlesungsfreie Zeit, und Frau Schade hat nur unregelmäßig an der Uni zu tun«, ergänzte sie ihren Bericht beiläufig. »Sie ist zu Hause, wie man mir im Sekretariat des Instituts mitteilte.«

Schaubert sah Hannah an. »Würden Sie mit einem Kollegen nach Fischbek rausfahren?«

»Natürlich.«

Jan Pochna stand sofort auf. »Ich bin dabei.«

»Falls sich die Hinweise weiter verdichten, ordert ihr bitte einen Dienstwagen und bringt die Dame her, samt ihrem Auto, klar?«

»Klar«, erklärten Hannah und Jan Pochna aus einem Munde. Kotti sah interessiert von einem zum anderen.

Florian Decker setzte ein breites Lächeln auf. »Das klappt ja gut mit euch. Okay, ich versuche, etwas zur Tatwaffe herauszufinden. Im Moment steht nur fest, dass die Klinge auf beiden Seiten scharf war und keine Fingerabdrücke gesichert werden konnten. Und was machst du, Chef?«

Schaubert winkte ab. »Ich rede mit dem Staatsanwalt.«

Marie Schade war eine bemerkenswert schöne Frau – grazil und mädchenhaft schlank, mit beeindruckend großen Augen und einem gewinnenden, aber reservierten Lächeln. Ihre Haltung war genauso gerade wie ihr Blick, und die Frage, warum der Arzt seiner Frau nicht treu war, drängte sich sofort auf. Marie Schade sah von einem zum anderen, als Hannah mit Jan Pochna vor der Tür des Landhauses stand, und gab sich allergrößte Mühe, ihr Erschrecken zu verbergen, als die Worte »Polizei« und »Ermittlungen« fielen.

»Was für Ermittlungen?«, fragte sie, gab aber die Tür nach kurzem Zögern mit einer einladenden Geste frei. »Kommen Sie bitte herein.« Ihre Stimme klang beherrscht. Kotti warf sie einen skeptischen Blick zu.

»Er wartet auch vor der Tür, das ist gar kein Problem«, meinte Hannah rasch, und Erleichterung glitt über das Gesicht der Hausherrin. »Das wäre schön. Ich mag Hunde nicht besonders.« Die Bemerkung trug ihr Minuspunkte bei Pochna ein, der kurz den Kopf schüttelte.

Marie Schade führte sie durch eine breite Diele in einen großen Wohnraum, der in rustikalem Landhausstil eingerichtet war. Ihr Gang war federnd, die dreiviertellange Hose gab den Blick auf muskulöse Waden frei und bestätigte den Eindruck von einer zwar zierlichen, aber durchtrainierten Frau mit sehr guter Körperbeherrschung. Die Vorstellung, dass Marie Schade über die Kraft und Geschicklichkeit verfügte, die nötig war, um einen gezielten Herzstich auszuführen und eine Leiche einige Meter durch den Wald zu schleppen, war nicht abwegig.

Drucke von expressionistischen Malern schmückten die Wände, das Bücherregal war mit Lexika und klassischer Literatur gefüllt, auf einem Bord drängten sich Kinderbücher und eine Comicheftsammlung. Sie nahmen in der Essecke Platz. Das Fenster bot einen Ausblick in den Garten, in dem mehrere Apfelbäume standen; dichtes Gebüsch schirmte das Grundstück von den Nachbarn ab. Ganz in der Nähe befand sich die Fischbeker Heide, die zu Wanderungen und Radtouren einlud, wie Hannah sich erinnerte.

Pochna sah sich verstohlen um, während Hannah Marie Schade im Blick behielt, die einen Moment unschlüssig neben dem Tisch stehend verharrte, bevor sie eine Strähne ihres dunklen Haars hinters Ohr zurückstrich und dann ebenfalls Platz nahm.

»Frau Schade, wir möchten Sie bitten, sich ein Foto anzusehen«, begann Hannah, und Pochna zog eine Aufnahme von Caroline aus der Akte, die er in einer abgewetzten Umhängetasche bei sich trug.

Marie Schades Pupillen weiteten sich für Sekundenbruchteile, und ihre Hände zuckten unmerklich zusammen, während sie auf das Foto starrte, ohne es anzufassen. »Wer soll das sein?«, fragte sie im Hochblicken mit ruhiger, klarer Stimme.

»Kennen Sie diese Frau?«, entgegnete Hannah.

»Nein.«

»Sind Sie sicher?«

»Absolut.«

Hannah hob eine Braue, und sie sorgte dafür, dass Marie Schade die Mimik nicht verborgen blieb. »Diese Frau ist gestern Morgen ermordet aufgefunden worden.«

Marie Schade erschauerte. »Das ist ja furchtbar, aber …« Sie schüttelte den Kopf. »Warum kommen Sie zu mir? Wie gesagt – ich kenne diese Frau nicht.«

»Ihr Mann kannte diese Frau sehr gut.«

»Ja? Eine Kollegin?«

»Fast. Sie arbeitete in der ärztlichen Universitätsbibliothek.«

»Nun …«

»Frau Schade, wir müssen Sie fragen, wie Sie den Samstagabend und die Nacht zum Sonntag verbracht haben«, beschleunigte Hannah das Tempo der Befragung.

»Wie bitte?« Marie Schade lehnte sich zurück. »Das ist doch …«

»Ihr Mann hatte ein Verhältnis mit dieser Frau, mit dem Mordopfer. Wir gehen davon aus, dass Sie über diese Beziehung im Bilde waren, und wir gehen weiterhin davon aus, dass Ihr Mann Sie auch über die gestrige polizeiliche Befragung durch uns informiert hat. Wir können also ganz offen miteinander sprechen. Wie haben Sie den Samstagabend verbracht?«

Marie Schade hob das Kinn, ihr Unterkiefer versteifte sich. »Anders ausgedrückt: Sie fragen nach meinem Alibi?«

»Richtig.«

»Ich habe keins. Ich war zu Hause, alleine beziehungsweise mit meiner Tochter – den ganzen Abend und die ganze Nacht.«

»Telefonate?«

»Am frühen Abend.«

»Wie haben Sie die Zeit verbracht?«

»Gelesen, ein bisschen ferngesehen, ein Seminar vorbereitet. Nichts, was jemand bezeugen könnte«, schob Marie Schade in bitterem Unterton nach. »Warum muss ich das jetzt eigentlich ausbaden – können Sie mir das mal verraten?« Plötzliche Heftigkeit durchbrach die kühle Reserviertheit. Rasch versteckte sie ihre Hände unter dem Tisch.

»Sie meinen – er hat die Affären, und Sie haben jetzt auch noch den Ärger?«

»So ungefähr.«

»Haben Sie Ihre Nebenbuhlerin getötet, Frau Schade?«

»Nebenbuhlerin?« Sie schüttelte den Kopf. »Die war doch keine Nebenbuhlerin.« In ihrer Stimme schwang Empörung.

»Was stört Sie an dem Ausdruck?«

»Der Status«, entgegnete Marie Schade sofort. »Es gab keine Nebenbuhlerin. Nie. Es gibt immer nur Affären.«

»Diese Affäre dauerte schon sehr lange. Fast ein Jahr«, erklärte Hannah. Eigentlich müsste sie die Frau darauf hinweisen, dass sie einen Anwalt hinzuziehen durfte, andererseits wollte sie den plötzlichen emotionalen Stimmungswechsel nicht unterbrechen.

»Ach? So lange schon?«

»Ja. Hat Sie das nicht zutiefst verletzt?«

»Wahrscheinlich hätte es das, aber ich wusste nichts von einer dauerhaften Beziehung.«

»Ihr Mann mochte die Frau sehr – wollte er sich von Ihnen trennen?«, wagte Hannah einen weiteren Vorstoß.

»Nein.« Marie Schade lächelte herablassend. »Er würde niemals unser gemeinsames Leben aufgeben.«

»Ich verstehe. Frau Schade, wir müssen Sie bitten, uns aufs Präsidium zu begleiten. Wir benötigen ein Protokoll Ihrer Aussage sowie eine DNA-Probe. Außerdem ist es erforderlich, dass sich die Kriminaltechnik Ihren Wagen, Ihr Handy und auch Ihren PC ansieht«, erklärte Hannah. »Natürlich können Sie sofort einen Anwalt hinzuziehen …«

Marie Schade erstarrte einen Moment. Dann gab sie sich einen Ruck. »Das wird nicht nötig sein.«

Hannah nickte Pochna zu, der sein Handy hervorzog und den Kollegen Bescheid sagte. Eine gute halbe Stunde später befanden sie sich auf dem Rückweg ins Präsidium.

»Sie haben den Unfall mit der Studentin nicht angesprochen«, meinte Jan Pochna. »Warum nicht?«

»Wir brauchen dieses Ass im Ärmel. Sie soll sich zunächst mit einer Leiche beschäftigen.«

»War sie es?«

Hannah lächelte. »Keine Ahnung. Fest steht jedoch, dass sie eine Nebenbuhlerin nicht duldet. Diesen Hinweis fand ich sehr bemerkenswert.«

»Sie duldet auch keine Hunde.«

»Das haben Sie ihr übelgenommen.«

»Und wie! Ihr Hund ist klasse. Er hat eine wunderbar warmherzige Ausstrahlung.«

»Finde ich auch.«

Kriminaltechniker Christoph Heinsen saß an einem winzigen Schreibtisch, der eingepfercht zwischen zwei vollgestopften Regalen stand, und stierte auf einen Monitor, während er Decker zuwinkte. »Komm rein, Flo, ich hab was für euch«, rief er.

Er rückte den Bildschirm zurecht, als der Kommissar hinter ihm stand. »Der Dolch«, bemerkte er überflüssigerweise. Ein Dutzend Aufnahmen von der Tatwaffe, die aus unterschiedlichen Perspektiven aufgenommen war, sowie Vergrößerungen einzelner Details füllten den Monitor aus.

»Kannst du mehr dazu sagen?«, fragte Decker. Die tödliche Stichwaffe war ein beeindruckend schönes Modell, stellte er fest – sofern eine tödliche Waffe mit künstlerischen Maßstäben gemessen werden durfte.

»Ja, denn ich habe mich mal ein bisschen schlaugemacht.« Christoph Heinsen griente. »Um euch die Arbeit zu erleichtern, sonst kommt ihr doch gar nicht in die Pötte.«

»Super Idee. Und?«

»Das ist kein gewöhnlicher Dolch.«

»Hm, das glaube ich dir aufs Wort. Sieht edel und teuer aus, das gute Stück. Den hat man garantiert nicht zufällig in der Hosentasche dabei.«

»Richtig.« Heinsen wandte ihm kurz das Gesicht zu. »Um konkret zu werden: Das ist ein gut erhaltener Kindschal aus der russischen Armee, Datierung 1912, wie am Klingenansatz nachzulesen ist, einschließlich der Herstellerbezeichnung. Das Teil verfügt über eine geschwungene, beidseitig gekehlte Rückenklinge und einen Hartholzgriff, auf dem Griffring sind eingeschlagene Truppenstempel zu erkennen.«

»Sind die Dolche selten?«

»Also, bei ebay kriegst du ihn nicht, schon gar nicht, wenn es eine echte Waffe ist, im gut sortierten Waffenhandel hingegen, auch im Internet sehr wohl. Allerdings kostet so was gut und gerne ein paar hundert Euro.«

Decker richtete sich wieder auf. »Warum lässt der Täter diese Waffe zurück?«

»Sehr gute Frage. Und es kommt noch eine weitere hinzu. Habt ihr euch schon mal Gedanken darüber gemacht, wie der Täter die Leiche getragen hat – mit dem Dolch im Herzen, der ja ein ganzes Stück herausragte?« Heinsen setzte seine Kennermiene auf. Er drehte den Stuhl herum, stand auf und breitete die Arme aus. »Wie ein schlafendes Kind, das man auf beiden ausgestreckten Armen vor seinem eigenen Körper trägt, um es nicht zu wecken? Das ist sehr anstrengend, oder?«

Der Kommissar nickte. »Zumal am Bismarckstein ein kleiner Anstieg zu bewältigen ist. Es geht leichter, wenn man sich den Körper über die Schulter wirft.«

»Richtig!«, kommentierte Heinsen. »Nur hätte sich dann die Lage des Dolchs im Stichkanal verändert, was andere Wundränder verursacht – das bestätigt der Doktor übrigens. Davon abgesehen hätte der Griff dem Träger die ganze Zeit in den Rücken gedrückt – sehr unangenehm, oder?«

»Ja, durchaus … Hast du eine Lösung parat?«

»Der Täter hat zugestochen und die Klinge danach wieder herausgezogen, um die Leiche besser tragen zu können …«

Florian Decker atmete scharf ein. »Könnt ihr bereits sagen, wie viel Zeit zwischen dem Mord und dem Ablegen der Leiche vergangen ist?«, fiel er dem Techniker ins Wort.

»Nicht allzu viel, wahrscheinlich nur einige Minuten – danach wurde das Opfer bewegt. Hätte die Frau länger in sitzender Position verbracht, wäre die Verteilung der Leichenflecken anders.«

»Verstehe. Und weiter?«

»Nach dem Transport hat der Täter die Klinge wieder in die Wunde eingeführt«, referierte Christoph Heinsen in sachlichem Ton weiter.

Decker spitzte die Lippen. »Das bestätigt der Doktor auch?«

»Er äußert sich zumindest dahin gehend, dass er diese Vorgehensweise für durchaus wahrscheinlich hält.«

Der Kommissar richtete sich auf und strich sich übers Kinn. Der Mord ist eine Botschaft, dachte er. Warum sollte man sich sonst derartige Mühe machen und noch dazu eine edle Tatwaffe zurücklassen? Aber für wen? Er klopfte Heinsen auf die Schulter. »Danke, Kollege, das ist ein entscheidender Hinweis.« Im Hinausgehen zückte er sein Handy und informierte Stefanie Hobrecht.

10

Die Zimmertür wies keinerlei Einbruchsspuren auf, aber Roman war hundertprozentig sicher, dass er ungebetenen Besuch gehabt hatte: Der Laptop war zugeklappt. Roman hatte ihn lediglich heruntergefahren, aber er klappte den Bildschirm nie herunter, solange er den Computer nicht transportierte. Eine alte Gewohnheit, auf die er sich verlassen konnte. Kurz darauf stellte er fest, dass sein Schreibtisch durchwühlt worden war, und auch seine Kamera lag an einem anderen Platz – auf dem ersten Regalbrett über dem Schreibtisch und nicht auf dem zweiten, wo sie sonst stets neben einem Fotohandbuch thronte, Irrtum ausgeschlossen.

Er spürte, wie die Angst durch seine Eingeweide kroch und den Rest von Müdigkeit und Zweifel verdrängte. Sein Gaumen war trocken. In welches Wespennest hatte er mit seinen Fragen gestochen? Worum ging es eigentlich – Kinderhandel? Gesund mussten sie sein. Der Schweiß brach ihm aus.

Ich muss ein paar Tage verschwinden, dachte er. In Ruhe überlegen, was zu unternehmen ist. Polizei? Er hatte nichts in der Hand, um seine Befürchtungen überzeugend zu untermauern. Niemand würde aufgrund dieser mageren Hinweise etwas unternehmen. Roman goss sich ein Glas Orangensaft ein, leerte es in einem Zug und fuhr dann seinen Laptop hoch. Der Eindringling hatte seine Mails gecheckt, wie er anhand der Uhrzeit feststellen konnte, zu der das Programm das letzte Mal geöffnet worden war – um zwei Uhr nachts. Der

Mailwechsel mit Ilja war gelöscht. Dann rief er sein Fotoprogramm auf. Die Aufnahmen der Adoptionsdokumente waren ebenfalls gelöscht.

Roman lehnte sich nachdenklich zurück. Der Eindringling dürfte festgestellt haben, dass sich im Speicher seiner Kamera keinerlei Aufnahmen befanden, sehr wohl aber im Bilderarchiv seines Laptops. Die Schlussfolgerung, dass er alle Fotos in Sankt Petersburg mit seiner Kamera gemacht und auf den PC überspielt hatte, war naheliegend, aber falsch, denn die entscheidenden Fotos waren mit der Handykamera entstanden. Und in deren Speicher befanden sich die Aufnahmen immer noch.

Roman stand auf und holte sich ein weiteres Glas Saft. Inzwischen atmete er ruhiger. Er öffnete sein Navigationsprogramm, rief die letzten Suchaktionen auf und notierte sich die Adressen, bevor er die Verläufe komplett löschte. Anschließend klickte er sein Handy-Synchronisationsprogramm an, um die entscheidenden Fotos zu kopieren und zusammen mit den Adressen auf einen externen Online-Speicher hochzuladen, wo er häufiger größere Datenmengen sicherte, um jederzeit auch von unterwegs und von jedem x-beliebigen PC Zugriff zu haben. Sicherheitshalber löschte er sie dann sowohl aus dem Programm als auch vom Handy.

Mit dem dritten Glas Saft gönnte er sich ein Frühstück. Er fühlte sich wesentlich besser. Sein Puls normalisierte sich. Er hatte die Fotos immer noch, und niemand wusste davon. Später besorgte er sich ein zusätzliches Türschloss – kein Profi würde sich davon abschrecken lassen, aber ihm gab es ein gutes Gefühl.

Jan Pochna hatte vorgeschlagen, unterwegs am Hafen einen deftigen Imbiss zu besorgen, Fisch natürlich, und Hannah hatte sich nicht lange bitten lassen. Der Kommissar orderte drei Portionen, und Hannah war amüsiert, wie selbstverständlich er Kotti in die Mittagspause einbezog. Als sie im Präsidium eintrafen, befand sich Marie Schade bereits im Vernehmungsraum. Sie war blass, wirkte aber alles andere als eingeschüchtert.

»Sie war gerade zur erkennungsdienstlichen Behandlung und hat eine DNA-Probe abgegeben. Einen Anwalt will sie auch nicht«, meinte Schaubert achselzuckend. »Sie hat lediglich darum gebeten, dass wir ihren Mann in der Klinik benachrichtigen, damit der später dafür sorgt, dass die Kleine aus der Kita abgeholt wird.«

»Sie kennt Caroline Meisner, da bin ich hundertprozentig sicher – zumindest hat sie die Frau auf dem Foto erkannt«, erwiderte Hannah und drehte ihren Kaffeebecher zwischen den Händen. »Sie hat nicht mal den Hauch eines Alibis, und sie duldet keine Nebenbuhlerin – allein der Ausdruck empörte sie zutiefst.«

»Wenn sie keine Spuren auf der Leiche hinterlassen hat, die wir ihr nachweisen können, wird es schwer für uns.«

»Sie könnte Hilfe gehabt haben, oder?«, schlug Pochna vor, der in der offenen Tür stehen geblieben war.

Schaubert nickte. »Vielleicht liegt sogar ein Auftragsmord vor. Florian hat aus der KTU interessante Details mitgebracht. Demzufolge ist Caroline Meisner mit einem wertvollen russischen Dolch getötet worden, einem sogenannten Kindschal. Der Rechtsmediziner hält es für möglich, dass die Waffe nach dem tödlichen Stich noch einmal entfernt wurde, um dem Täter den Transport querfeldein und hoch zum Bismarckstein zu erleichtern. Oben angelangt, hat der Mörder die Waffe dann wieder in ihr Herz gestoßen … Wenn das keine Ansage ist – außerdem fühlt sich da jemand sehr sicher.«

Hannah atmete tief ein. »Ein russischer Dolch«, murmelte sie.

»Diese Waffen kriegen Sie überall auf der Welt, aber wir werden sehen, ob wir nicht irgendeine Verbindung entdecken«, entgegnete Schaubert. »Ihr PC wird bereits gecheckt, das Handy und der andere Kram auch.«

»Gut, dann auf zu Vernehmung zweiter Teil.«

Schaubert ging voran und beauftragte Pochna im Vorbeigehen, sich mit Florian Decker und Gerd Kuse kurzzuschließen.

Marie Schade blickte mäßig interessiert auf, als die Kommissare eintraten und sich setzten.

»Bleiben Sie bei Ihrer Aussage, Frau Schade?«, fragte Hannah, nachdem Schaubert sich vorgestellt hatte.

»Ja, natürlich. Warum sollte sich innerhalb einer Stunde etwas daran geändert haben?«, entgegnete sie. »Ich kann mich nur wiederholen: Ich kenne das Mordopfer nicht, und ich habe diese Frau nicht umgebracht. Und dass ich kein Alibi habe, kann ich nicht ändern. Ich wünschte, es wäre anders.«

»Aber Sie wissen, dass diese Frau die Geliebte Ihres Mannes war?«

»Das habe ich erst von Ihnen erfahren. Ich weiß, dass mein Mann hin und wieder flüchtige Affären hat und …«

»Warum eigentlich?«, warf Hannah ein.

»Was?«

»Warum hat Ihr Mann Affären?«

»Das geht Sie gar nichts an!« In ihren Augen blitzte es auf.

»Bei Mord geht mich alles etwas an.«

»Sie werden aber keine Antwort bekommen.«

»Warum nicht?«

Marie Schade schüttelte den Kopf. »Was soll das? Habe ich mich nicht klar genug ausgedrückt?«

Hannah beugte den Kopf vor. »Frau Schade, Ihr Sexleben interessiert mich herzlich wenig, das Ihres Mannes auch nicht, aber sobald Sexualität eine wichtige Rolle im Zusammenhang mit einem Verbrechen spielt, noch dazu wenn es sich um einen grausigen Mord handelt, muss ich dem nachgehen.«

»Das habe ich schon verstanden, ich bin ja nicht schwer von Begriff. Ich will trotzdem nicht antworten. Das sollten Sie versuchen zu respektieren.«

»Warum zieren Sie sich so? Was ist eigentlich so schwer daran, mir etwas von einer offenen Ehe zu erzählen?«, beharrte Hannah. »Von der stillschweigenden Vereinbarung, dass ein Partner oder sogar beide diskret ihren Spaß haben dürfen – außerehelich? Das ist nun weiß Gott nichts Ungewöhnliches.«

»Ihren Spaß«, wiederholte Marie Schade leise.

»Haben Sie keinen Spaß?«

Schade kniff die Lippen zusammen.

»Führen Sie eine glückliche Ehe?«

»Ich bin zufrieden. Glück ist eine Illusion, der man viel zu lange hinterherrennt, statt sich mit der Realität zu befassen und das Beste daraus zu machen.«

»Wann haben Sie mitbekommen, dass Ihrem Mann die Beziehung zu Caroline Meisner wichtiger ist als andere Affären?«

»Davon habe ich nichts mitbekommen«, entgegnete Marie Schade. »Ich kann mich nur wiederholen – er hat hin und wieder Affären, über die wir nicht reden, und alles bleibt, wie es ist.«

»Das nenne ich eine perfekte Illusion.«

Marie Schade warf ihr einen scharfen Blick zu. Hannah hielt ihm gelassen stand, bevor sie in den bereitgelegten Hefter griff und das Foto der Studentin hervorzog, die während einer Studienfahrt nach Lissabon ums Leben gekommen war. »Nun gut, diese junge Frau dürfte Ihnen allerdings bekannt sein, auch wenn Ihr letztes Zusammentreffen mit ihr bereits einige Jahre zurückliegt – fünf, um genau zu sein.«

Marie Schade hielt die Luft an. Sekundenlang blickte sie auf das Foto der seinerzeit Dreiundzwanzigjährigen – einer attraktiven jungen Frau mit blonden Locken und grünen Augen, die ein fröhliches Lächeln aufgesetzt hatte und ohne Scheu, fast vorwitzig in die Kamera blickte.

»Lilly Heinrich«, fuhr Hannah fort, »eine Ihrer Studentinnen. Sie starb in Lissabon. Wir überprüfen zurzeit die Umstände ihres Todes.« Das war ein wenig dick aufgetragen, klang aber sehr gut und verfehlte seine Wirkung nicht. Marie Schades Hände begannen zu zittern. Ihr Gesicht war nahezu versteinert. »Worauf wollen Sie hinaus?«

»Das dürfte Ihnen längst klar sein: auf eine seltsame Parallele. Lilly Heinrich hatte was mit Ihrem Mann«, behauptete Hannah. »Und der Unfall, den sie nicht überlebte, ließ einige Fragen offen, wie wir bereits in Erfahrung bringen konnten. Caroline Meisner, seit fast einem Jahr die Geliebte Ihres Mannes, stirbt auf ähnlich grausige Weise, und Sie haben kein Alibi, dafür aber ein sehr, sehr gutes Motiv.«

»Das ist doch Quatsch«, entgegnete Marie Schade, aber kraftvoll klang ihre Stimme nicht.

»Sie sollten ein Geständnis ablegen.«

»Lilly hatte einen Unfall!«, widersprach Schade. »Und mit dem Mord an der anderen Frau habe ich auch nichts zu tun. Außerdem möchte ich jetzt nach Hause.«

»Wir können eine Pause einlegen, wenn Sie möchten, aber die Vernehmung ist noch nicht beendet.«

»Sie können mich nicht ewig hier festhalten.«

»Das ist richtig. Einige Stunden allerdings schon, wie Sie vielleicht wissen. Möchten Sie jetzt einen Anwalt hinzuziehen?«, fragte Hannah.

»Nein.«

Hannah wandte Schaubert das Gesicht zu. »Ich schlage vor, wir warten auf die vorläufige Auswertung der KTU. In der Zwischenzeit befragen wir erneut Oliver Schade und hören uns im Familien- und Freundeskreis von Lilly Heinrich um.«

Marie Schade rührte sich nicht. Erst als eine Beamtin vor ihr stand, um sie aus dem Raum zu führen, zuckte sie zusammen und wich heftig zurück, als die Polizistin Anstalten machte, sie am Arm zu berühren. »Fassen Sie mich nicht an!«, entfuhr es ihr. Sie sprang auf und eilte aus dem Raum.

»Ganz schön dünnhäutig, die Frau Dozentin«, meinte Schaubert, während er ihr nachsah. »Sie haben sie gut aus der

Reserve gelockt. Irgendwas ist da verdammt faul, aber die Geschichte mit dem russischen Dolch will mir irgendwie nicht in den Kopf.«

Er hat recht, dachte Hannah. Das Bild war zumindest beim jetzigen Kenntnisstand schief. Ein normales Messer oder ein Allerweltsdolch hätte durchaus zur These der rachedurstigen Ehefrau gepasst, die ihren untreuen Gatten bis ins Mark erschüttern will, aber was sollte diese edle Waffe bedeuten? »Vielleicht kann uns der Ehemann weiterhelfen.«

»Ich lasse ihn abholen. Und ich bin gespannt, ob er einer Durchsuchung von PC und Handy ohne Beschluss und ohne Anwalt zustimmt.«

Kommissar Gerd Kuse hatte mit Stefanie Hobrechts Hilfe eine Kommilitonin ausfindig gemacht, die seinerzeit auf der Studienfahrt in Lissabon dabei gewesen war und mittlerweile als Gymnasiallehrerin in Hamburg-Wandsbek unterrichtete, und wartete nun am Schultor auf die Frau. Judith Kramer hieß immer noch Kramer, und Kuse hoffte, dass sie sich in den vergangenen fünf Jahren nicht allzu sehr verändert hatte.

Die Pausenklingel ertönte, kurz darauf verließen die ersten Schüler gruppenweise das Gelände. Kuse hatte sich eine Zigarette angesteckt. Er war froh, ohne Partner unterwegs zu sein. Alleine hatte er meist alles ganz gut im Griff – die Kälte, die seinen Körper auch bei hochsommerlichen Temperaturen immer wieder erfasste, die Angstschübe, die ihn seit zehn Jahren beherrschten, selbst wenn sie ihn tagelang unbehelligt ließen, manchmal zwei Wochen, oder nur winzige Episoden darstellten: ohne Zähneklappern und Herzrasen, ohne die Panik, alles zu verlieren, ohne das übermächtige Bedürfnis, seine Haut zu schützen.

Auch in größeren Polizeigruppen kam er gut klar, weil sich in der Regel niemand auf ihn konzentrierte. Nur mit Partner wurde es manchmal schwierig, weil Kuse sich ständig beobachtet glaubte. Stefanie hatte ihn ermuntert, auf eigene Faust loszuziehen. Die Dünne war feinfühliger und weicher, als man ihr zutraute. Weichheit bei all ihrer Knochigkeit – Kuse lächelte. Glaub niemals dem ersten Blick.

Der Dolch im Herzen erschütterte ihn immer noch, und das lag nicht nur daran, dass er damals eine Messerattacke nur um Haaresbreite überlebt hatte und seitdem daran arbeitete, sein Trauma zu überwinden. Vielleicht würde ihm das nie gelingen. Seine größte Furcht war, bis zum Ende seines Lebens nicht genügend Wärme und Freude, Erfolge und Leichtigkeit zwischen sich und dem Tod angehäuft zu haben, sondern in seiner letzten Stunde wieder in der Gewalt der Angst zu sein. Es sollte Menschen geben, die sich nach solch erschütternden Ereignissen Gott zuwandten und auch Trost fanden. Ihm war das nicht vergönnt.

Er trat seine Zigarette aus und warf den Filter in einen Abfalleimer. Als er sich wieder umdrehte, verließ Judith Kramer gerade das Gebäude. Ihr Haar war kürzer als damals, und sie trug eine Brille, ansonsten erinnerte vieles an die vollschlanke Studentin mit dem runden Gesicht, deren Foto er lange studiert hatte. Er suchte ihren Blick. »Frau Kramer?«

Sie trat durchs Tor und blieb stehen. »Ja?«

Kuse zückte seinen Ausweis und stellte sich vor. »Ich habe ein paar Fragen zu einem viele Jahre zurückliegenden Fall. Hätten Sie vielleicht einige Minuten Zeit für mich?«

Sie zögerte, sah auf die Uhr. »Ehrlich gesagt, bin ich verabredet. Aber …«

»Zehn Minuten, bitte.« Kuse gab sich Mühe, ein gewinnendes Lächeln aufzusetzen. Er wusste, dass er in Sachen Ausstrahlung und Charme nicht gerade in der ersten Liga mitspielte, wie zum Beispiel Florian, aber im Ermittleralltag kam es auf andere Qualitäten an, häufig jedenfalls.

»Um welchen alten Fall geht es denn?«

»Lilly Heinrich.«

Judith Kramer riss die Augen auf. »Was? Ach du liebe Güte. Das ist doch ewig her.«

»Fünf Jahre. Ewigkeit ist was anderes.« Zumindest in meinem Alter.

»Aber …«

»Sie waren damals auch in Lissabon. Ich möchte von Ihnen wissen, wie Sie zu der verunglückten Studentin standen und ob Sie sich genauer entsinnen, was in jener Unglücksnacht geschehen ist«, schob Kuse nach.

Sie verlagerte das Gewicht von einem Bein auf das andere. Kuse tat so, als bemerkte er nicht, wie unangenehm ihr das Thema war, und blickte auf die andere Straßenseite. »Da drüben ist eine kleine Konditorei. Ich lade Sie zu Kaffee und Kuchen ein, okay?«

»Ich bin gerade auf Diät.«

»Dann nehmen Sie ein Stück Obstkuchen.« Er lächelte. Zu spät fiel ihm ein, dass Florian an dieser Stelle sicherlich schlagfertiger reagiert hätte – Diät? Sie? Aber ich bitte Sie! »Diäten sind ungesund«, besserte er mit leisem Räuspern nach.

»Na schön.« Judith Kramer seufzte zustimmend. Wenige Minuten später servierte die Kellnerin zwei Tassen Kaffee und Torte für Kuse sowie einen Obstsalat für die Exstudentin.

»Erzählen Sie mal ein bisschen – was für eine Frau war Lilly Heinrich?«, fragte Kuse schließlich.

»Ich möchte zunächst wissen, ob das eine offizielle Ermittlung ist und warum Sie meine Aussage benötigen«, entgegnete sie energisch und schaufelte einen großen Löffel Obstsalat in den Mund.

Kuse winkte ab. »Es geht um eine Parallele zu einem anderen Fall. Mehr kann ich Ihnen dazu nicht sagen. Und offiziell wird das nur, wenn Sie Ihre Aussage zu Protokoll geben und das dann unterschreiben. Ich recherchiere quasi ein bisschen im Umfeld, und ob daraus eine Spur wird, steht in den Sternen.«

Das schien die Lehrerin zu beruhigen. »Nun gut. Es ist lange her, und dieser Unfall war … scheußlich.« Sie schüttelte den Kopf. »So möchte wohl niemand sterben.« Sie brach ab und trank einen Schluck Kaffee. »Lilly war keine Freundin von mir. Wir besuchten lediglich einige Seminare gemeinsam, zufällig.«

Kuse streckte seine langen Beine unter dem Tisch aus. »Sie mochten sie nicht, stimmt's?«

»Na ja …«

»Man muss nicht jeden mögen, nur weil er auf tragische oder besonders grausame Weise ums Leben gekommen ist. Da gibt es einige Kandidaten in der Weltgeschichte, die mir trotzdem nicht ans Herz gewachsen sind.«

Judith Kramer lächelte. »In der Tat.«

»Und? Was für ein Typ Frau war sie?«

Kramer sah kurz zum Fenster hinaus. Dann blickte sie Kuse direkt ins Gesicht. Ihr Lächeln war verblasst, und sie gab sich einen Ruck. »Wenn Sie es genau wissen wollen: Sie war ein Miststück.«

»Womit hat sie diese Beschreibung verdient?«

»Sie hat sich an jeden rangemacht, den sie kriegen konnte.«

»Wir reden von Sex?«

»Natürlich. Heute gibt es diesen Spruch: Wer bei drei nicht auf den Bäumen ist … und so weiter. So ein Typ war Lilly. Außerdem war sie bi. Sie schlief mit jedem und jeder, und sie war stolz darauf. Es interessierte sie auch nicht, ob jemand gebunden war und Beziehungen zu Bruch gingen.«

»Ein Flittchen also?« Die den Tod verdient hat, überlegte er im Stillen.

Judith Kramer schloss kurz die Augen. »Das haben Sie gesagt. Und bevor Sie merkwürdige Schlussfolgerungen ziehen – ich war zum Zeitpunkt des Geschehens noch gar nicht im Hotel. Das dürfte auch in der Akte stehen.«

»Das steht da, und darauf will ich auch gar nicht hinaus.« Kuse winkte ab. »Können Sie sich vorstellen, dass bei diesem tragischen Unfall nachgeholfen wurde?«

Kramer schob ihre Schüssel beiseite.

»Flittchen haben Feinde. Hat Lilly es vielleicht ein bisschen übertrieben?«

»Ein bisschen?« Kramer lachte unfroh auf. »Sie hat es ständig übertrieben und andauernd Leuten auf die Füße getreten – Leute mit Motiven hätte es genügend gegeben.«

»Beschränkte sich ihr Jagdgebiet eigentlich auf die Studentenkreise?«, schob Kruse nach.

»Nein. Sie baggerte auch Dozenten an.«

»Oder die Ehemänner von Dozentinnen?«

»Bei Lilly konnte man nichts ausschließen.«

Eine Weile blieb es still. Kuse aß seine Torte, als gäbe es nichts Wichtigeres.

»Gut möglich, dass jemand an dem Abend in ihrem Zimmer war«, fügte die Lehrerin schließlich leise hinzu. »Das erzähle ich Ihnen ganz inoffiziell, weil der Student, von dem ich es habe, keine Aussage machen wollte und auch nicht machen wird. Er hat es mir ein paar Wochen später bei einer Institutsfete zugeflüstert, und da war er schon ziemlich angetrunken. Ich habe das nicht für voll genommen, sondern für versoffene Spinnerei gehalten, mit der er sich irgendwie interessant machen wollte und an die er sich ein paar Tage später auch schon gar nicht mehr erinnern konnte …« Sie brach ab und zuckte mit den Achseln. »Vielleicht hilft Ihnen das ja in irgendeiner Weise weiter.«

»Was hat er noch gesagt?«

»Er hat keinen Namen genannt, falls Sie das meinen.«

»Frau Kramer …«

Sie schüttelte den Kopf. »Geben Sie sich keine Mühe. Er hat keinen Namen genannt, und ich werde Ihnen seinen nicht sagen …«

»Warum nicht? Ich würde ihm nur ein paar Fragen stellen, so wie Ihnen jetzt.«

»Weil es verschwendete Energie ist, jemanden nach fünf Jahren auf eine Bemerkung anzusprechen, die er im Suff gemacht hat.«

Und warum überlässt sie es nicht mir, wie ich meine Energie verschwende?

»Außerdem hat er Hamburg nach dem Studium verlassen«, fügte Judith Kramer hinzu.

»Nun gut. Aber dann verraten Sie mir doch mal, was ihn zu der Vermutung veranlasste, dass jemand im Zimmer der Studentin war oder gewesen sein könnte?«

»Er ist über den Flur gegangen und hatte den Eindruck, dass sich zwei Leute in Lillys Zimmer stritten oder energisch diskutierten. Ungefähr eine Stunde später hat man sie aufgespießt im Zaun gefunden.« Judith beugte sich über den Tisch zu Kuse vor. »Ich betone noch einmal – als ich ihn Tage später darauf ansprach, hat er mich völlig perplex angeguckt und konnte sich an gar nichts mehr erinnern. Und vielleicht hat das eine mit dem anderen ja auch nicht das Mindeste zu tun.«

»Verstehe.«

Kuse blieb noch ein paar Minuten sinnierend sitzen und trank einen zweiten Kaffee, als Judith Kramer sich verabschiedet hatte. Auf dem Weg zum Auto telefonierte er mit Stefanie Hobrecht und gab ihr die Eckdaten durch, um den Studenten ausfindig zu machen. Nach Kuses Überzeugung dürfte es kaum eine Stunde dauern, bis die Kollegin ihm einen Namen sowie die entsprechenden Kontaktdaten präsentierte, vielleicht zwei, falls sie gerade sehr viel zu tun hatte.

11

Schaubert legte den Hörer auf. »Schade ist ziemlich entsetzt, dass wir seine Frau nicht gehen lassen wollen, aber er ist bereit zu einer weiteren Befragung, und er hat seinen Laptop und sein Handy nahezu bereitwillig den Technikern überlassen«, erklärte er.

Hannah hatte einen Spaziergang mit Kotti gemacht und war in Schauberts Büro zurückgekehrt. Sie sehnte sich nach einer

Dusche, aber der Tag war noch nicht zu Ende. »Warum ist er so kooperativ?«, grübelte sie.

»Das sollten wir ihn fragen. Ich habe den Techniker übrigens gebeten, zunächst lediglich eine Schnellsichtung vorzunehmen. Florian kümmert sich darum, dass wir über Auffälligkeiten sofort informiert werden.«

»Gut.« Hannah stand auf und streckte sich. Sie war gespannt, wie Schade reagierte, wenn ihm klar wurde, dass seine Frau zurzeit unter dringendem Tatverdacht stand.

»Noch was, der Kollege Kuse recherchiert die Lissabon-Geschichte«, erläuterte Schaubert, während sie zum Vernehmungsraum gingen. »Er hat sich vorhin gemeldet – die Annahme, dass bei dem Unfall nachgeholfen wurde, ist eine vertretbare These, meint er. Es gibt zwar keinen Zeugen, aber jemanden, der unter Umständen doch mehr mitbekommen hat, als in den Akten steht. Er klemmt sich dahinter. Die verunglückte Studentin war ein ziemliches Früchtchen – so weit dürfen wir uns wohl aus dem Fenster lehnen. Die hat sich an jeden und jede herangemacht, ungeachtet bestehender Bindungen und ohne Rücksicht auf Verluste.«

Hannah spitzte die Lippen. »Das ist interessant.«

»Finde ich auch.«

Dr. Schade war genauso bleich wie am Vortag. Eine Dusche täte ihm sicherlich auch gut. Er grüßte nur beiläufig und sah kurz von einem zum anderen. »Was soll das? Warum halten Sie meine Frau fest?«

»Sie hat kein Alibi, dafür ein sehr starkes Motiv«, antwortete Hannah.

»Das ist doch nicht Ihr Ernst!«

»Unbedingt. Ihre Frau duldet Ihre Affären, aber bei einer echten Bedrohung ihrer Ehe versteht sie keinen Spaß mehr. Das konnten wir ihrer Aussage deutlich entnehmen.«

Der Arzt fixierte sie. Dann holte er tief Luft. »Es gab keine echte Bedrohung, wie Sie es nennen, das ist das eine. Und das andere wiegt noch viel schwerer: Zwischen der Wut auf eine

Geliebte und einem grausigen Mord liegen Welten, das werden Sie zugeben, oder?«

»Das tue ich gerne.«

»Aha. Und? Warum halten Sie sie fest? Können Sie irgendetwas beweisen?«, herrschte Schade sie an.

»Noch nicht.«

»Na bitte!«

»Erinnern Sie sich an Lilly Heinrich?«

Dr. Schade öffnete den Mund und schloss ihn wieder, als Hannah ihm mehrere Fotos präsentierte – die keck lächelnde Studentin, einige Aufnahmen aus Lissabon und von der Gartenfete in Fischbek, gemeinsam mit dem Doktor am Grill. »Was wollen Sie andeuten?«, flüsterte er.

»Lilly Heinrich war eine attraktive junge Frau, die sich nichts entgehen ließ und jedes Liebesabenteuer mitnahm. Damit hat sie sich nicht nur Freunde gemacht«, berichtete Hannah in neutralem Tonfall. »Sie hatten auch etwas mit ihr.«

»Tatsächlich?«

»Davon bin ich überzeugt, und wenn wir uns Mühe geben, werden wir Zeugen ausfindig machen, die bereit sind, entsprechende Aussagen zu machen. Wir können uns den Aufwand aber auch sparen und schlicht von einer Tatsache ausgehen. Abgesehen davon ist es ja kein Verbrechen, mit einer jungen, attraktiven Frau zu schlafen.« Hannah pokerte, allerdings ohne großes Risiko – Schade war eindeutig erschüttert, mit seiner alten Liebschaft konfrontiert zu werden.

»Und was hat das alles mit Caroline zu tun?«, fragte er nach einigem Zögern in barschem Ton.

»Das liegt auf der Hand, oder? Ihre Frau hat sich bitter gerächt, in beiden Fällen.«

»Was? Um Gottes willen, nein! So ein Irrsinn – meine Frau bringt doch niemanden um!«, ereiferte sich Schade. »Das können Sie niemals beweisen.«

»Stimmt – noch nicht. Es wäre das Beste, Ihre Frau würde ein Geständnis ablegen. Sie sollten sie dazu ermuntern.«

»Sie kann nichts gestehen, was sie nicht getan hat. Hören Sie endlich auf damit! Sie ist keine Mörderin.«

Hannah nickte verständnisvoll. »Ihre Frau ist schön und klug. Sie haben zum Ausdruck gebracht, dass Sie sie lieben und Ihre Familie niemals aufgeben würden, was natürlich auch etwas mit Ihrer beruflichen und gesellschaftlichen Stellung zu tun hat. Was läuft schief in Ihrer Ehe? Erklären Sie es mir. Affären sind offensichtlich stillschweigend erlaubt, aber eine ernsthafte Beziehung wird nicht geduldet.«

Dr. Schade legte den Kopf in den Nacken und rieb sich die Stirn. »Es gibt diese Vereinbarung, ja – warum, das geht Sie, das geht niemanden auch nur das Geringste an.«

»Sex spielt keine Rolle mehr für Ihre Frau«, erwiderte Hannah achselzuckend. »Das kommt vor nach zehn Jahren Beziehung. Daraus müssen Sie kein Geheimnis machen.«

Schade sah hoch und warf ihr plötzlich ein seltsames Lächeln zu. »Sie wissen nicht, wovon Sie reden«, meinte er.

Sex hat noch nie eine Rolle gespielt, dachte Hannah prompt. Oder vielleicht gerade deshalb eine ausschlaggebende. Sie lässt sich nicht gerne berühren. Es ist ihr zuwider. Einige Sekunden herrschte Stille. Schade las ihr an den Augen ab, dass sie verstand. »Das ändert nichts an ihrem Motiv«, fügte sie schließlich hinzu. »Ganz im Gegenteil.«

»Sie hat nichts von mir und Caroline gewusst«, beharrte Schade. »Und auch nichts davon, dass wir uns häufig in Blankenese getroffen haben.«

»›*Wir haben uns bemüht, dass niemand etwas davon mitbekommt, aber mir ist klar, dass das nicht hundertprozentig funktionieren kann, schon gar nicht auf Dauer*‹«, zitierte Hannah. »Waren das nicht Ihre Worte, als wir gestern miteinander sprachen?«

Der Arzt sah sie verblüfft an.

»Dr. Schade, Ihre Frau ist doch nicht blöd, wenn ich das mal so salopp ausdrücken darf. Sie hat bemerkt, dass die Beziehung enger wurde, sie hat Sie und Caroline vielleicht sogar beobachten lassen und einen Plan geschmiedet. So schwierig ist das alles nicht. Sie hat Kontakt mit Ihrer Geliebten aufgenommen oder aufnehmen lassen, als die wieder aus der Versenkung auftauchte. Und wer weiß, ob nicht sogar Ihre Frau eine wesentliche Rolle bei Carolines Verschwinden spielte …«

»Quatsch! Noch einmal: Die beiden sind sich noch nie begegnet.«

»Das können Sie doch gar nicht wissen. Die war keine Nebenbuhlerin, hat Ihre Frau behauptet«, gab Hannah Marie Schades Bemerkung wieder. »Das kann eine Schutzbehauptung sein, die den Schluss zulässt, dass sie genau wusste, um wen es sich bei Ihrer Geliebten handelt.«

»Das ist Ihre Interpretation, eine sehr gewagte dazu.«

»Die Überprüfung der Telefonverbindungen und des E-Mail-Verkehrs wird uns mehr verraten«, behauptete Hannah.

»Nein, wird sie nicht. Sparen Sie sich die Mühe.« Schade winkte ab. »Und noch mal – die Beziehung zu Caroline ist nicht enger geworden, nicht von meiner Seite. Ich habe zu keinem Zeitpunkt meine Ehe in Frage gestellt, insofern stimme ich auch der Aussage meiner Frau zu: Es gab keine Nebenbuhlerin, es gab noch nie eine Nebenbuhlerin.«

»Nun, vielleicht war aber genau dieser Eindruck doch für Ihre Frau entstanden, oder sie ahnte, dass eine solche Situation über kurz oder lang eintreten könnte, weil Sie sich verändert haben, schleichend möglicherweise, ohne es selbst zu bemerken. Können Sie diese Befürchtungen gänzlich ausschließen?«

Der Arzt zögerte und sah einen Moment ins Leere.

»Dr. Schade, wissen Sie, was ein Kindschal ist?«

Er blickte sie wieder an. »Nein. Noch nie gehört.«

»Caroline Meisner ist mit einem wertvollen russischen Dolch getötet worden, einem sogenannten Kindschal. Der Rechtsmediziner geht im Moment davon aus, dass die Waffe nach dem tödlichen Stich noch einmal entfernt wurde, um dem Täter den Transport querfeldein und hoch zum Bismarckstein zu erleichtern. Oben angelangt, hat der Mörder die Waffe dann erneut in ihr Herz gestoßen«, gab Hannah die bislang vorliegenden Ergebnisse der rechtsmedizinischen Untersuchung wieder.

Der Arzt zog die Schultern hoch und saß sekundenlang wie festgefroren auf seinem Stuhl.

»Warum erzählen Sie mir diese grausamen Details?«, fragte er schließlich im Flüsterton. »Marie wäre zu einer solch grausigen Tat niemals fähig.«

»Sie könnte jemanden beauftragt haben.«

»Das halte ich für ausgeschlossen.«

Ich nicht, dachte Hannah. »Warum lassen Sie sich nicht anwaltlich beraten, Dr. Schade?«

»Das ist nicht nötig. Es wird sich alles aufklären – weder meine Frau noch ich haben etwas mit dem Mord an Caroline zu tun.«

»Das sieht leider im Moment ganz anders aus …«

Schade schlug mit der Hand auf den Tisch. »Sie war es nicht!«, entfuhr es ihm. »Und ich war es auch nicht!«

Hannah zuckte mit keiner Wimper. »Ein Beamter wird Sie hinausbegleiten«, sagte sie höflich. »Wir bitten Sie, noch zu bleiben, bis die kriminaltechnischen Untersuchungen abgeschlossen sind und wir ein weiteres Mal mit Ihrer Frau gesprochen haben.«

Der Arzt stand auf und verließ grußlos den Raum.

Schaubert wollte etwas sagen, als sich die Tür hinter dem Arzt geschlossen hatte, aber sein klingelndes Handy kam ihm zuvor. »Ja? Was gibt's, Flo? Wie? Sag das noch mal! Verstehe.« Er nickte. »Und das können wir verwenden? Gut, schick mir die Datei hoch.«

Er ließ das Handy sinken und sah Hannah an. »Zwischenbericht aus der Technik: Es gibt eine Videodatei auf Marie Schades PC. Sie wurde gelöscht, allerdings nicht professionell genug. Der Techniker hat sie wiederherstellen können, und Florian Decker hat sie sich gerade angesehen. Es sind Aufnahmen von Caroline Meisner und dem Doktor – augenscheinlich in ihrem Schlafzimmer. Da geht es richtig zur Sache, meint der Kollege.« Schaubert räusperte sich. »Einzelheiten spare ich mir.«

Hannah war beeindruckt. »Ihr seid sehr schnell, alle Achtung!«

»Danke. Ich hole meinen Laptop. Mal sehen, was Marie Schade dazu sagt.«

Wahrscheinlich wird ihr schlecht, dachte Hannah, und zwar aus mehreren Gründen. »Bringen Sie uns einen Kaffee mit?«

Tom Barold hatte ein knappes Jahr nach der Lissabon-Studienfahrt sein Studium beendet und einen Job als Übersetzer in Stuttgart angenommen. Vor sechs Monaten war er nach Hamburg zurückgekehrt. Um zu sterben, wie er Kommissar Gerd Kuse am Telefon mitteilte.

»Wenn Sie also irgendwelche Fragen haben, sollten Sie die nicht auf die lange Bank schieben.«

Kuse zögerte. Der Mann war halb so alt wie er, und den lockeren Tonfall nahm er ihm keineswegs ab, aber darum ging es nicht. War sein Anliegen wichtig genug, um Tom Barold damit zu behelligen?

»Sagen Sie doch mal ein Stichwort, damit ich weiß, worum es geht«, schlug Barold vor. »Und ansonsten: Ich hab einen Tumor im Kopf, bin aber im Moment ganz fit.«

Vielleicht tut es ihm gut, sich mit einem Thema zu beschäftigen, das nichts mit seiner Krankheit zu tun hatte, überlegte Kuse. »Lilly Heinrich.«

»Ach?«

»Lissabon.«

»Oh, ja. Sie ist aus dem Fenster gefallen. Gruselige Geschichte. Wie kommen Sie denn da drauf? Ist ja schon eine Weile her, wenn mich nicht alles täuscht.«

»Fünf Jahre, um genau zu sein. Eine parallele Ermittlung hat einige Fragen aufgeworfen.«

»Interessant. Es hieß doch, dass es ein Unfall war.« Barold hüstelte.

»Die Nachforschungen wurden eingestellt«, sagte Kuse. »Man fand keine Hinweise auf Fremdeinwirken, keine konkreten jedenfalls. Wie standen Sie zu der Heinrich?«

»Das war eine heiße Braut.«

»Davon habe ich schon gehört – allerdings mit weniger schmeichelhaften Bezeichnungen.«

»Verstehe. Na ja, die hat sich halt durch jedes Bett gevögelt, um es auf den Punkt zu bringen, und besonders reizvoll fand sie es, Leute anzumachen, die prüde waren oder sich prüde gaben oder sie abwiesen. Das war wie eine sportliche Übung für Lilly«, erläuterte Barold unumwunden. »Frei nach dem Motto – ich krieg sie alle, irgendwie jedenfalls.«

»Können Sie sich noch an den besagten Abend und die Nacht im Hotel erinnern?«

»Was genau meinen Sie?«

»Hat es Streit gegeben? Womöglich in Heinrichs Zimmer?«, kam Kuse direkt zur Sache.

Zögern. »Kann man nicht ausschließen«, meinte Tom Barold dann langsam.

»Wissen Sie mehr darüber?«

»Ja, zugegeben, ein wenig, aber gerade in meiner Situation liegt mir nichts daran, mit Halbwahrheiten, die keiner mehr überprüfen kann, verantwortungslos herumzujonglieren. Ich will niemanden unnötig belasten, verstehen Sie? Schon gar nicht mit verschwommenen Erinnerungen, die möglicherweise einen völlig falschen Zusammenhang suggerieren und lediglich Spekulationen anheizen«, stellte Barold schließlich klar.

»Ich verstehe Ihre Beweggründe. Doch möglicherweise schützen Sie jemanden, der oder die das gar nicht verdient hat. Es gibt eine weitere tote Frau und vielleicht ein Muster.«

Kuse hörte, dass Barold tief ausatmete. »Vielleicht?«

»Ja – wir nennen das einen Anfangsverdacht, dem ich behutsam nachgehe. Betonung auf behutsam.«

»Nun gut, ich glaube, dass es ein Unfall war, dem ein Streit vorausging«, sagte er schließlich. »Ein Streit mit jemandem, der oder die sich nicht von Lilly verführen lassen wollte – so etwas klang von weitem an. Vielleicht hilft Ihnen dieser Hinweis weiter.«

Ich bin nicht sicher, dachte Kuse, aber ich bin ziemlich sicher, dass du Marie Schade schützen willst. Vielleicht mochtest du sie, vielleicht hatte es Lilly deiner Ansicht nach verdient zu sterben, auch auf diese Art. »Könnte Ihre Dozentin etwas damit zu tun gehabt haben?«

»Keine Ahnung.« Die Antwort kam sehr schnell.

»Sie konnten die Stimmen nicht zuordnen?«

»So ist es.«

»Gut, ich danke Ihnen, Herr Barold, und … ähm, tja …«

»Sie können mir ruhig alles Gute wünschen«, unterbrach Barold ihn, und ein Lächeln schwang in seiner Stimme mit. »Bei meiner letzten OP war ich schon einige Minuten auf der anderen Seite. Ehrlich, da ist es gar nicht so übel, das kann ich Ihnen versichern. Niemand muss Angst davor haben. Die eigentliche Herausforderung besteht darin, vernünftig hinüberzukommen und nichts Unerledigtes zurückzulassen, wenn Sie verstehen, was ich meine.«

»Ich geb mir Mühe.« Kuse schluckte. »Also – alles Gute.«

»Danke, Kommissar, Ihnen auch.«

Kuse legte das Telefon auf und holte sich einen Kaffee, bevor er zu Stefanie Hobrecht ging. Er wischte sich den Schweiß von der Stirn. Es tat gut zu schwitzen, gerade jetzt. Die Kollegin beendete ihr Telefonat und sah Kuse auffordernd an. »Und? Was erreicht?«

»Gut möglich, dass die Heinrich ihre Dozentin angemacht hat – sexuell, meine ich.«

»Kann ich das so weitergeben?«

»Kannst du, aber es gibt keine konkrete Aussage. Dennoch können die vielleicht bei der Vernehmung was damit anfangen.«

Das Video war knapp fünfzehn Minuten lang und hatte nur ein Thema: Sex zwischen Dr. Schade und Caroline Meisner, und zwar in allen möglichen Spielarten und Varianten. Dass der Nachbar häufig akustischer Zeuge der leidenschaftlichen Begegnungen geworden war, glaubte Hannah ihm aufs Wort. Die beiden waren laut, ungestüm, phantasievoll und unersättlich.

»Es gibt nur einen Blickwinkel«, bemerkte Schaubert nach wenigen Minuten.

»Die Kamera befand sich wohl auf der Kommode neben dem Bett«, vermutete Hannah, während sie sich den Raum vergegenwärtigte. »Fragt sich nur, wer sie dort postiert hat.«

»Die Meisner selbst«, schlug der LKA-Mann vor. »Sie hat der Schade das Video zugespielt oder gemailt, um sie zu brüskieren und eine Entscheidung zu provozieren. Vielleicht lässt sich noch feststellen, wie der Film auf den Rechner gekommen ist, aber das dürfte eine Weile dauern, wenn die Meisner es darauf angelegt hat, ihre Spuren zu verwischen.«

Hannah stützte das Kinn auf die Hand. »Ich weiß nicht … Schauen Sie sich mal das Zimmer an.«

Schaubert folgte der Aufforderung.

»Da liegen Klamotten herum, der Schlafzimmerschrank steht auf …«

»Und?«

»Ich kann mir gut vorstellen, dass sie nichts von der Kamera wusste. Selbst wenn wir davon ausgehen, dass sie ihre Wohnung betont aufgeräumt hinterlassen hat, bevor sie verschwunden beziehungsweise verreist ist, denke ich, dass Caroline stets eine Fassade um sich herum aufgebaut hat«, mutmaßte Hannah. »Sie hätte Ordnung gemacht, wenn sie vorgehabt hätte, sich und Oliver Schade beim Sex zu filmen und damit die Ehefrau zu schockieren. Sie hätte sich auch besser geschminkt und ihr Gesicht häufiger zur Kamera gewendet, um ihre Lüsternheit besser und damit verletzender zur Schau zu stellen.«

Schaubert runzelte die Stirn. »Das heißt im Umkehrschluss aber doch, dass ein anderer die Kamera postiert hat. Schade selbst? Aber warum ist der Film dann auf ihrem PC?«, grübelte er. »Nun, vielleicht hat sie ein bisschen in seinem Computer herumgeschnüffelt und dabei die Datei entdeckt und an ihre Adresse gemailt – um derlei Einzelheiten herauszufinden, müssen wir den Jungs aber wohl noch ein bisschen Zeit lassen.«

»Warum hätte er sich und Caroline filmen sollen?«

»Als Erinnerungsvideo für Zeiten, in denen er seine Geliebte nicht sehen kann – zum Beispiel auf öden Kongressen«, schlug Schaubert vor und wies mit beiläufiger Geste in Richtung des Bildschirms. »Er versüßte sich damit einsame Abendstunden im Hotel.«

»Das kann man nicht ausschließen«, stimmte Hannah zu. »Aber ich denke, er hätte Caroline davon erzählt, und damit hat wieder mein Einwand seine Berechtigung. Die beiden beachten die Kamera aber gar nicht. Sie wissen nicht, dass sie gefilmt werden.«

Schaubert biss sich auf die Unterlippe. »Und wer könnte ein Interesse haben, die beiden zu filmen und das Video auf Marie Schades PC zu hinterlassen?«

»Vielleicht jemand, der möchte, dass wir Marie Schade für eine Mörderin halten.«

Schaubert blies die Wangen auf. »Ist das Ihr Ernst?«

Hannah wiegte den Kopf. »Komplett ausschließen sollten wir den Gedanken jedenfalls nicht.«

Im gleichen Augenblick klopfte es. Stefanie Hobrecht steckte den Kopf zur Tür herein. Sie hatte ein vages Lächeln in den Augenwinkeln. »Wenn sich die Gelegenheit bei der Vernehmung ergibt, würde ich an eurer Stelle die Schade fragen, ob Lilly Heinrich sie sexuell belästigt hat. Ein ehemaliger Student lässt derlei durchblicken«, bemerkte sie. »Und noch was: Der Laptop von Oliver Schade ist kürzlich neu formatiert worden, wie ich gerade erfahren habe. Da er ja noch nebenan sitzt, habe ich mir erlaubt, ihn zu fragen, was ihn dazu bewogen hat, die Festplatte zu löschen.«

»Und?«, fragte Schaubert.

»Er sagt, er hätte sich einen Virus eingefangen.«

»Ja, klar … Mir kommen die Tränen. Gibt das Handy schon was Interessantes her?«

»Na ja, wie man es nimmt – ein paar Fotos. Aufnahmen aus Helsinki, die er seiner Frau auf deren Handy geschickt hat. Schnappschüsse. Kriegt ihr gleich hier auf den PC, zusammen mit denen von Marie Schades Smartphone.«

»Ich bin begeistert.«

»Viel zu selten.«

Schaubert hob den Blick zur Decke. »Sagst du bitte vorne Bescheid, dass wir noch einmal mit Marie Schade sprechen möchten?«

»Klar doch.« Stefanie Hobrecht zog die Tür wieder heran.

»Wollen Sie ihr das Video zeigen?«, fragte Schaubert in die plötzliche Stille hinein.

»Ja.«

Marie Schade atmete heftig ein, kaum dass der Film gestartet war. Sie wandte sofort das Gesicht ab und weigerte sich, auf den Monitor zu blicken. »Schalten Sie aus!«, herrschte sie schließlich Schaubert und Hannah an. Panik ließ ihre Stimme erzittern. »Das muss ich mir nicht antun.«

Hannah nickte und stoppte die Wiedergabe. »Es dürfte Sie kaum verwundern, dass wir diesen Film auf Ihrem PC entdeckt haben. Sie hatten ihn zwar gelöscht, aber es war für die IT-Forensiker kein Problem, die Datei wiederherzustellen.«

Marie Schade wischte sich eine Strähne aus der Stirn. »Er war auf einem USB-Stick, der in der Post lag.«

»Wann?«

»Vor zwei Tagen, am Samstag.«

»Was denken Sie, woher er stammt?«

»Da bleibt ja wohl nur eine Möglichkeit – diese … hat ihn mir in den Briefkasten geworfen.« Sie machte eine wegwerfende Handbewegung. »Ja, ich weiß, was Sie jetzt denken – das verstärkt mein Motiv beträchtlich. Das sehe ich auch so, doch ich war es trotzdem nicht.«

Hannah lehnte sich zurück. »Ihr Mann ist der Meinung, dass Sie Caroline nicht kannten, nicht persönlich, obwohl er fast ein Jahr mit ihr zusammen war.«

»Natürlich nicht – er hat sie mir nicht vorgestellt. Zu gütig, nicht wahr?«

»Plötzlich gibt es ein Bild von der Frau«, überging Hannah die sarkastische Bemerkung. »Ein bewegtes Bild, noch dazu mit Ihrem Mann im Bett, in voller Aktion. Verändert das nicht alles?«

»Alles nicht.«

»Vieles. Solche Bilder tun weh.«

Marie Schade wandte kurz den Blick ab. »Zugegeben, das ist nicht angenehm, aber ich habe sie trotzdem nicht getötet …«

»Und wenn Sie ihr von Angesicht zu Angesicht gegenübergestanden hätten – wie seinerzeit Lilly, die zu allem Überfluss auch noch zudringlich wurde?«

Marie Schade erstarrte. »Ja«, flüsterte sie plötzlich. »Sie war eklig, unfassbar, was sich manche Menschen herausnehmen … Und es war dennoch ein Unfall. Und diese Frau da …« Sie winkte in Richtung des Monitors. »Ich kannte sie nicht, weder ihren Namen noch irgendetwas anderes, und ich glaube, dass sie mir den Stick zugespielt hat … Oliver hat ihr vielleicht erzählt, dass ich …« Sie brach ab. »Ich weiß noch nicht mal, wo sie wohnt, ob Sie mir glauben oder nicht. Ich wollte mit den Sexgeschichten meines Mannes nie etwas zu tun haben. Er sollte mich damit verschonen.«

»Sie haben ein gemeinsames Kind«, wandte Hannah ein.

»Wir haben es uns so sehr gewünscht. Oliver dachte, danach wird alles … leichter, selbstverständlicher, angenehmer.« Sie lächelte. »Verstehen Sie?«

»Ja, ich glaube schon.«

»Suchen Sie den Mörder woanders und lassen Sie uns gehen. Ich war es nicht und mein Mann auch nicht«, sagte Marie

Schade schlicht und sah Hannah in die Augen. »Er ist Arzt und rettet Leben, er tötet nicht, und ich würde mir niemals die Hände an so einer schmutzig machen.« Sie stand auf. »Suchen Sie woanders«, wiederholte sie.

Schaubert erhob sich und brachte sie zur Tür. »Sie dürfen die Stadt nicht verlassen und Ihr Mann auch nicht.«

»Wo sollen wir denn hin?«

Sie sagt die Wahrheit, dachte Hannah, als Marie Schade den Raum verließ – ihre Haltung war nicht mehr so perfekt, aber sie hielt Schultern und Kopf gerade. Wir müssen ganz von vorne anfangen. Eine Frau verschwand für fast zwei Wochen. Als sie wieder auftauchte, tat sie alles, um den Eindruck zu erwecken, sich aus persönlichen Gründen zurückgezogen zu haben. Doch die Umstände ihres Verschwindens, die unverständlich abrupte Art ihres Rückzugs ließen die Schlussfolgerung zu, dass es einen kriminellen oder doch zumindest besorgniserregenden Hintergrund gab, der über Liebeskummer und Beziehungsprobleme hinausging, obwohl sie selbst dieser Annahme beharrlich widersprach. Wenige Tage später war sie tot. Die Polizei fand ein Geldversteck und machte einen Geliebten ausfindig, einen angesehenen Arzt; die Art des Mordes und der Fundort der Leiche ließen den Schluss zu, dass der Mörder über die Beziehung Bescheid wusste. Der Zusammenhang lag auf der Hand. Warum jedoch dieser Hinweis, sofern es tatsächlich nicht um eine Beziehungstat ging?

Hannah rieb sich die Stirn. An diesem Punkt war ich schon einmal angelangt, überlegte sie. Oliver Schade ist rein zufällig in den Ermittlungsfokus geraten. Nur er konnte mit der tieferen Bedeutung des Fundortes etwas anfangen, und nur durch ihn hat er sich für die Polizei erschlossen. Vielleicht dachten sie in die falsche Richtung.

Sie spürte Schauberts Blick. »Lassen Sie uns für heute Feierabend machen«, meinte er leise. »Alles andere hat Zeit bis morgen. Sie sehen ziemlich fertig aus.«

»Ja, gute Idee. Sie übrigens auch.«

Hannah war zu müde, um noch mit Achim zu telefonieren, und schrieb ihm eine Mail, nachdem sie die letzten Vernehmungen protokolliert und ihrem Chef in Berlin einen Kurzbericht erstattet hatte. Das angeekelte Gesicht von Marie Schade, das sich vom Monitor abwendet, nahm sie mit in den Schlaf.

12

Jan Pochna war am nächsten Morgen der Erste, der im Büro eintraf – nach Stefanie Hobrecht, die bereits Kaffee gekocht hatte und Mails checkte. Während er sein Frühstück vertilgte, hörte er sich die letzten Befragungen an, las Kuses kurze Einschätzung zum Lissabon-Fall und ließ das Sexvideo ablaufen. Mit dem zweiten Kaffee suchte er die Fotos vom Handy der Jakob heraus, mit denen er am Sonntag die Bewohner des Meisner-Hauses genervt hatte. Er sortierte Oliver Schade sowie all jene aus, die identifiziert worden waren – als Nachbarn oder Freunde und Bekannte. Übrig blieben vier Fotos, drei Männer und eine Frau, mit denen niemand etwas anzufangen gewusst hatte. Auf einigen Bildern waren die Kennzeichen von verschiedenen Fahrzeugen gut zu entziffern, und Pochna beschloss, die Halter ausfindig zu machen. Als das Team anderthalb Stunden später vollzählig war, hatte er mit Unterstützung von Kollegin Hobrecht eine Entdeckung gemacht, von der er annahm, dass sie sich als interessant erweisen würde.

Er setzte sich neben die Psychologin und kraulte Kotti, der ihn sogleich anschmachtete. Pochna war hundertprozentig sicher, dass er das auch getan hätte, wenn er ihm tags zuvor keinen Fischimbiss spendiert hätte. Dieser Hund war nicht käuflich. Er wechselte einen Blick mit Hannah Jakob. Ich mag die Frau auch, dachte er verblüfft. Zehn Jahre jünger, und ich würde zum Friseur gehen und außerdem anfangen, was gegen meinen Bauch zu unternehmen …

Schaubert gab einen kurzen Abriss über die letzten Befragungen und erläuterte die weitere Vorgehensweise, die im Wesentlichen darin bestand, das Ehepaar Schade weiterhin im Auge zu behalten, womit Kuse beschäftigt sein würde, in einschlägigen Kreisen mehr über die Tatwaffe herauszufinden und dabei auch andere Abteilungen des LKA hinzuzuziehen, was Florian Decker übernahm, sowie ansonsten die endgültigen Untersuchungsergebnisse abzuwarten.

»Es hat keinen Sinn, irgendwo herumzustochern und Zusammenhänge zu konstruieren, solange wir nicht schwarz auf weiß zumindest ein paar Indizien haben«, meinte er. »Ich hoffe ja, dass wir noch auf verdächtige Mails stoßen, aber …«

»Die Hoffnung stirbt zuletzt?«, mischte sich Stefanie Hobrecht ein.

»So in etwa.«

Pochna grinste. Schaubert blickte ihn an. »Du warst schon früh hier, wie ich mitbekommen habe. Ist sonst nicht deine Art. Irgendwas Besonderes?«

»Vielleicht. Ich habe mir die Handyfotos der Kollegin Jakob noch mal vorgenommen – also die Aufnahmen, die rein zufällig am Freitag- und Samstagabend entstanden und denen wir die Entdeckung von Oliver Schade zu verdanken haben.« Er hob eine Braue und räusperte sich, während er Hannah Jakob ein Lächeln zuwarf. »Wie dem auch sei. Zufälligerweise gibt es darüber hinaus Aufnahmen von einem Firmenfahrzeug, das sowohl am Freitag als auch am Samstag mit abgelichtet wurde. Es stand an beiden Tagen etwas abseits, aber auf einem Bild ist das Kennzeichen gut lesbar, auf einem anderen kann man die Hälfte des Werbeschriftzuges entziffern. Ich dachte, es kann nicht schaden, wenn …«

»Halteridentifizierung?«, warf Schaubert ungeduldig ein.

»Hat Stefanie bereits erledigt.«

Kommissarin Hobrecht rückte einen Monitor herum, so dass alle den Wagen sehen konnten, einen blauen VW-Caddy mit Hamburger Kennzeichen sowie Bruchstücken einer hellen Aufschrift. »Kongress-Mana« stand in schwungvollen Lettern auf der Seitentür. Schaubert nickte mäßig interessiert. »Und?«

»Kongress-Management soll das natürlich heißen. Wir haben uns vorhin ein bisschen auf der Website des Unternehmens umgesehen, das bundesweit und in den skandinavischen Ländern tätig ist«, fuhr Pochna fort. Er spürte Hannah Jakobs hellwachen Blick. »Der Geschäftsführer war nachweislich am späten Freitagabend im Wohnhaus der Meisner unterwegs. Das Foto von ihm ist etwas unscharf, aber es ist eindeutig der Mann von der Website, der das Haus betritt – Sascha Biltner, ein sehr erfolgreicher Organisator von Tagungen, Kongressen, Events mit dem Schwerpunkt Medizin.«

»Medizin«, wiederholte Hannah Jakob langsam.

Pochna nickte. »Oliver Schade sprach davon, dass er zwischenzeitlich auf einem Kongress war.«

»Es finden andauernd irgendwelche Kongresse und Tagungen statt«, wandte Florian Decker ein. »Das ist doch nichts Besonderes.«

»Mich würde in dem Fall trotzdem interessieren, ob es eine weitergehende Verbindung gibt und, wenn ja, was sie zu bedeuten hat«, meinte Pochna.

»Das würde mich allerdings auch interessieren«, bemerkte Hannah Jakob.

»Jan, mach es nicht so spannend: Gibt es eine Verbindung – ja oder nein?«, wollte Schaubert wissen.

»Immer mit der Ruhe. Wir müssen das ein bisschen sortieren«, entgegnete Pochna. »Stefanie hat beim Vergleich der Fotos, die Oliver Schade seiner Frau per Handy geschickt hat, etwas Bemerkenswertes festgestellt.«

Schaubert verschränkte die Arme über der Brust. »Stefanie?«

»Die Fotos, die auf Marie Schades Handy landeten, sind Schnappschüsse aus Helsinki, entstanden an einem Wochenende im Juli und einem weiteren Anfang August.« Sie ließ einige Aufnahmen durchlaufen. »Nichts Aufregendes, das übliche

Touristenprogramm. Aber …« Sie sah hoch. »Oliver Schade hat mehrere Bilder gelöscht, die auch am ersten Wochenende entstanden waren.«

»Bilder aus Helsinki?«, fragte Hannah Jakob.

»Eben nicht.«

»Sondern?«

»Aus Sankt Petersburg.«

Einen Moment blieb es still.

»Er hat einen Ausflug gemacht«, bemerkte Gerd Kuse dann. »Von Helsinki aus kommt man heutzutage ziemlich schnell und unkompliziert per Bahn, Bus oder Schiff rüber nach Russland.«

»Und warum löscht er die Bilder?«, fragte Pochna.

»Vielleicht hat er ein Liebesabenteuer gesucht, und seine Frau sollte nichts davon wissen«, meinte Florian Decker. »Scheint ja ein Hobby von ihm zu sein.«

»Immer noch kein überzeugender Grund, der das Löschen eindeutig begründet, dennoch will ich es nicht völlig ausschließen«, gab Pochna zu. »Aber es gibt noch etwas Interessantes zu berichten. Die Kongressfirma wirbt mit einer Veranstaltung im Juli in Helsinki auf ihrer Homepage – das dürfte mit an Sicherheit grenzender Wahrscheinlichkeit der Kongress gewesen sein, den Schade besucht hat –, aber für Anfang August wird nichts Vergleichbares erwähnt.« Pochna hob rasch die Hand. »Wartet, bevor ihr mit euren Einwänden kommt. In Helsinki fand an dem August-Wochenende kein einziger Kongress statt, der mit Medizin zu tun hatte – das haben wir bereits überprüft –, aber Schade war in der Stadt, wie die Fotos beweisen, und er hat behauptet, an einer Tagung oder Ähnlichem teilgenommen zu haben.«

»Dann hat er eben in diesem Punkt gelogen. Vielleicht hat er einen zweiten Wochenendtrip gemacht, womöglich mit Caroline oder einer anderen Frau«, schlug Decker vor.

»Auf einem der gelöschten Fotos ist ein Mann im Profil zu sehen, der Sascha Biltner sein könnte«, ließ Pochna sich nicht beirren. »Und ich frage mich, ob das wirklich Zufall sein kann, dass der Typ ...«

»Könnte ist zu wenig«, unterbrach Schaubert ihn rasch. »Könnte ist sogar viel zu wenig.«

»Aber besser als gar nichts.«

»Spekulationen helfen nicht weiter.« Schaubert fuhr sich durchs Haar. »Aber gut, wir sollten die Firma trotzdem checken und Einzelheiten zu den Kongressen herausfinden, an denen Schade teilgenommen hat oder auch nicht. Außerdem überprüfen wir diesen Geschäftsführer, und zwar bevor wir ihn fragen, was er am letzten Wochenende in Altona im Haus der Meisner gemacht hat.« Er sah zu Stefanie Hobrecht hinüber. »Dein Job, und Jan, du unterstützt sie bitte – ihr habt ja heute Morgen schon ein gutes Team gebildet.«

»Danke für die Blumen.« Pochna grinste. Er war sicher, auf der richtigen Spur zu sein, und Spekulationen gehörten nun mal zum Ermittlerjob dazu. Ein bisschen Phantasie brauchte es immer.

»Wir müssen erneut mit Schade reden«, ergriff Hannah Jakob das Wort. »Aber nicht hier.«

»Warum nicht hier?«

»Weil er hier weiterhin nicht reden wird. Das hat er schließlich die ganze Zeit nicht getan.«

Pochna nickte eifrig. »So ist es. Wer weiß, wer oder was dem im Nacken sitzt! Vielleicht hat der die Hosen voll.«

»Aha«, meinte Kuse. »Und warum genau?«

»Na, überlegt doch mal: Caroline Meisner wird mit einem russischen Dolch getötet, den der Mörder in der Leiche zurücklässt – Zufall? Nicht wirklich, oder? Schade ist in Sankt Petersburg und löscht Fotos von dem Trip. Warum? Vielleicht ist sie entführt worden, um den Arzt unter Druck zu setzen, womit auch immer, aber er hat nicht gespurt, und sie hatte Angst, der Polizei die Wahrheit zu sagen. Unter Umständen spielt sein Beruf eine Rolle oder sogar die entscheidende Rolle, ein Patient oder ein Angehöriger aus Russland, der sich für eine falsche Behandlung rächen will und keine Mühe scheut ...«

»Jetzt kriegst du gerade Oberwasser«, bemerkte Kuse.

»Na gut ... aber mit dem einen oder anderen Aspekt sollten wir uns trotzdem näher befassen.«

»Sie ist nicht entführt worden«, meinte Hannah Jakob und sah in die Runde. »Aber vielleicht sollte Dr. Schade genau das glauben – das würde auch den abrupten Aufbruch erklären, der ihre Familie zwar verunsicherte und ihnen Sorgen bereitete, aber doch insgesamt zu unauffällig war, um nach einer Routineüberprüfung weiter mit großem Polizeiaufgebot nach ihr zu suchen.«

»Aber ...«

»Als ich sie am Donnerstag aufsuchte, stand ihr Koffer noch im Flur!«, führte die Psychologin weiter mit Nachdruck aus. »Sie verschwand zufälligerweise genau in ihrer Urlaubszeit, ihre Wohnung war vorbereitet für eine mögliche Stippvisite, die keinerlei Anhaltspunkte liefern sollte, und der Doktor betont ein ums andere Mal, dass er Carolines Untertauchen für eine aus persönlichen Gründen gewählte Auszeit hielt, die mit ihrer Beziehung zu ihm zu tun haben könnte und ihn nicht sonderlich irritiert habe. Verschärfte polizeiliche Ermittlungen sollten verhindert werden, und zwar unbedingt! In Wirklichkeit war er zutiefst betroffen, durfte sich das aber keinesfalls anmerken lassen, geschweige denn etwas unternehmen, weil er fürchtete, sie zu gefährden. Meine Einmischung war absolut unerwünscht und nicht vorhersehbar. Es war Zufall, dass ich mir in Berlin ausgerechnet diesen Vermisstenfall ausgesucht habe, um vor Ort nachzuforschen.« Sie hielt kurz inne. »Ja, ich denke, man erpresst ihn.«

»Man?«, fragte Decker. »Wovon reden wir hier? Organisierte Kriminalität?«

»Ja. Und Caroline Meisner war eine von ihnen.«

»Wie bitte?«

»Das halte ich für denkbar – es würde auch erklären, woher

Carolines Geld stammt. Ich finde, das BKA sollte ebenfalls seine Datenbanken durchforsten.«

Kuse schlug ein Bein über das andere. »Die Theorie klingt gar nicht mal übel, hat aber einen entscheidenden Haken, Kollegin Jakob. Wenn Meisner eine von ihnen war, warum ist sie dann tot?«

»Berechtigter Einwand, doch möglicherweise hat sie einen entscheidenden, einen unverzeihlichen Fehler begangen«, entgegnete Hannah unbeirrt. »Vergessen wir nicht – sie war fast ein Jahr mit Schade zusammen. Vielleicht hat sie ihr Handeln hinterfragt und wurde zu einem Sicherheitsrisiko. Oder der Druck auf ihn sollte unmissverständlich erhöht werden.«

Schaubert stöhnte leise auf. »Mit einem derart grausigen Mord? Was wollen die von ihm?«

Stefanie Hobrecht, die schon eine ganze Weile an ihrem Laptop gesessen hatte, blickte plötzlich hoch. »Wusstet ihr eigentlich, dass der Schade nicht nur Herzspezialist und Chirurg in der Kinder- und Jugendabteilung des UKE ist, sondern seit einiger Zeit auch Transplantationen durchführt? Und habt ihr mitbekommen, dass es in diesem Jahr einen ziemlichen Wirbel gegeben hat, als an mehreren Transplantationszentren Unregelmäßigkeiten bei der Organvergabe aufgedeckt wurden?«

Stille.

»Das ist das Thema«, sagte Hannah schließlich leise. »Dr. Schade hat den Mord als grotesk bezeichnet. Über diese Beschreibung bin ich von Anfang an gestolpert.«

»Scheiße«, meinte Florian trocken.

Schaubert schüttelte den Kopf und klatschte dann in die Hände. »Okay, da müssen wir nachhaken. Es gibt viel zu tun. Wonach suchen wir? Als Erstes nach Schnittpunkten zwischen der Kongressfirma, dem Arzt und der Meisner. Was ist in Sankt Petersburg los? Guckt euch die Lebensläufe an. Hat der Doktor in der Klinik Ärger? Gab es einen tragischen Todesfall nach einer OP? Und so weiter und so fort. Na ja, ihr wisst schon – das komplette Programm.«

»Vergessen wir nicht den Zeugen«, fügte Hannah hinzu. »Michael Folk steht garantiert in irgendeiner Verbindung zu der Kongressfirma. Wir sollten ein Auge auf ihn haben, ohne dass er das mitbekommt, aber mich kennt er bereits.«

Schaubert kratzte sich im Nacken und wandte sich an Gerd Kuse. »Übernimmst du das?«

»Und was ist mit Marie Schade? Ist die völlig aus dem Schneider?«

»Nein, noch nicht. Aber wenn sie an der Uni ist, kannst du ruhig mal nach Fuhlsbüttel rausfahren, wo Folk in einem Coffeeshop arbeitet, und dort in Ruhe einen Kaffee trinken.«

»Verstehe.«

»Gut – teilt euch auf und haltet Verbindung zu Stefanie. Ich geh gleich mal rüber zu den Kollegen der OK-Abteilung. Vielleicht bekommen wir von dort Unterstützung.«

Hannah machte sich auf den Weg in die Klinik. Die Recherchen von Pochna und Hobrecht hatten entscheidende Hinweise zutage gefördert, davon war sie überzeugt. Sie aktivierte die Freisprecheinrichtung ihres Handys und ließ sich mit dem Herzzentrum verbinden. »Ich bitte um den Rückruf von Dr. Schade«, sagte sie zur Sekretärin, nachdem sie sich lediglich namentlich vorgestellt hatte. »Er weiß Bescheid.« Damit legte sie wieder auf.

Der Arzt rief zwanzig Minuten später zurück, als sie den Wagen auf dem Parkplatz der Klinik abgestellt hatte und von einer kurzen Runde mit Kotti zurückgekehrt war. »Was soll das, mich in der Klinik anzurufen?«, fuhr er sie an. »Ich habe auch noch etwas anderes zu tun …«

»Ich muss mit Ihnen sprechen.«

»Es gibt nichts mehr zu besprechen. Ich habe alles gesagt, meine Frau auch. Lassen Sie mich, lassen Sie uns endlich in Ruhe. Ich habe nichts mit …«

»Ich weiß.«

»Aber …«

»Ich muss trotzdem mit Ihnen sprechen.«

Schweigen. »Es gibt nichts zu besprechen«, wiederholte er schließlich leise.

»Werden Sie beobachtet?«

Schweres Atmen.

»Ich komme ins Herzzentrum und gebe mich als Mutter eines Patienten aus, für die Sie einen Termin eingeschoben haben. In circa fünfzehn Minuten.« Sie legte auf, bevor Dr. Schade etwas erwidern konnte, und drehte sich zu Kotti um. »Du musst warten, Kleiner. Mach keinen Unsinn.«

Sie betrat den Klinikkomplex durch den Haupteingang. Das Herzzentrum befand sich im Ostgebäude. Als sie dort eintraf, kam ihr der Arzt bereits entgegen. Sein Gesicht war genauso weiß wie sein Kittel. »Kommen Sie mit in mein Büro«, sagte er knapp und ging eilig voraus. In einem Seitenflur öffnete er eine Tür und ließ sie eintreten.

Der Raum war klein, aber sehr gemütlich. Familienfotos standen auf dem Schreibtisch, an den Wänden hingen Kinderzeichnungen und ein Übersichtskalender mit zahlreichen Eintragungen. Auf einem Sideboard unter dem Tisch standen Getränke, eine Espressomaschine und Geschirr.

»Nehmen Sie Platz«, sagte Dr. Schade und wies auf einen zierlichen Sessel vor seinem Schreibtisch. »Kann ich Ihnen etwas zu trinken anbieten?«

Hannah schüttelte den Kopf. »Vielen Dank.«

»Warum sind Sie hier?« Er nahm sich ein Glas Wasser und setzte sich.

»Mir war nicht klar, dass Sie auch Spezialist für Herztransplantationen sind, Dr. Schade. Vielleicht hätte ich mir das früher bewusst machen sollen.«

Er trank einen Schluck. »Ich kann Ihnen nichts sagen.«

»Nichts Offizielles«, entgegnete Hannah.

»Wie meinen Sie das?«

»Das wissen Sie sehr genau. Wer ist Sascha Biltner?«

Er zuckte zusammen. Hannah beugte sich vor. »Doktor, Sie müssen reden, wenn wir etwas für Sie tun sollen.«

»Vergessen Sie es.«

»Sie werden bedroht?«

Schade deutete ein winziges Nicken an. »Mir sind die Hände gebunden«, flüsterte er.

»Warum wurde Caroline getötet?«

»Ich habe keine Ahnung.«

»Dr. Schade …«

»Sie bringen meine Familie in Gefahr, wenn Sie mich nicht in Ruhe lassen, verstehen Sie das?«, beschwor er sie. »Ich habe keine Wahl!«

»Was haben Sie in Sankt Petersburg gemacht?«

Er starrte sie wortlos an.

»Wie lange wollen Sie so leben?«

»Ich habe keine Wahl.«

»Doch, haben Sie.«

»Sie wissen nicht, worum es geht und welche Macht diese Leute haben.«

Hannah hielt seinen Blick fest. Draußen waren eilige Schritte zu hören, ein Lachen, zwei Menschen, die sich unterhielten. Die Schritte verklangen, das Lachen auch. »Rufen Sie mich an – von einem Handy, das nicht Ihnen gehört.« Sie schob eine Visitenkarte über den Tisch. »Wir können uns treffen, an einem sicheren Ort. Sie wollen doch nicht den Rest Ihres Leben so verbringen, oder? Ich kann nichts für Sie tun, wenn Sie nicht offen mit mir sprechen.«

»Ihre Ermittlungen gefährden meine Familie.«

»Das habe ich inzwischen verstanden, aber wir können so ermitteln, dass auch Profis nichts davon mitbekommen«, erwiderte Hannah. »Doch dazu müssen Sie deutlicher werden.«

»Ich werde darüber nachdenken.«

»Nicht zu lange.«

Die ersten, oberflächlichen Recherchen hatten nichts ergeben. Die Kongress-Managementfirma war völlig sauber – ein junges Unternehmen mit guter Auftragslage, das sich bei der Organisation von medizinischen Fachtagungen einen Namen gemacht hatte und bislang in keiner Weise negativ auffällig geworden war. Das Gleiche galt für den Geschäftsführer und seine Mitarbeiter. Sascha Biltner war Mitte dreißig; die Porträtfotos zeigten einen dunkelblonden Mann mit blauen Augen und kantigen Gesichtszügen, der sich im gut geschnittenen Anzug selbstbewusst präsentierte. Biltner hatte Betriebswirtschaft und Eventmanagement studiert, in der Messebranche gearbeitet und war vor sechs Jahren zum Unternehmen gestoßen. Zwei Jahre später war er in die Geschäftsführung aufgestiegen, und wiederum zwei Jahre später hatte er die Firma übernommen. Seine Vita gab ansonsten kaum etwas her, und auch ein Bezug zu Russland war nicht erkennbar.

»Natürlich gibt es neben den Festangestellten einen Kreis von Aushilfskräften, aber so weit sind wir noch nicht vorgedrungen, zumal wir ja im Moment zurückhaltend recherchieren müssen«, berichtete Stefanie Hobrecht, als Hannah ins Präsidium zurückgekehrt war. »Auch die OK-Abteilung hat nichts vorliegen.«

»Was ist mit Michael Folk?«, fragte Hannah.

Kommissarin Hobrecht schüttelte den Kopf. »Wenn wir das genauer wissen wollen, müssen wir offiziell werden …«

Hannah winkte ab. »Auf keinen Fall. Doktor Schade steht kurz vor dem Zusammenbruch, und ich glaube nicht, dass der grundlos in Panik geraten ist. Da läuft eine ganz miese Geschichte, die offensichtlich hervorragend organisiert ist.« Sie biss sich auf die Unterlippe. »Wenn der Doktor nicht auspackt … Gibt oder gab es eigentlich im UKE-Transplantationszentrum verstärkt Überprüfungen hinsichtlich der Organvergaben?«

»Nein. Es läuft lediglich die nach den aufgedeckten Skandalen in allen Zentren angesetzte Nachprüfung, und bislang ist nichts Negatives bekannt geworden. Aber das muss nichts heißen. Falls wir diesbezüglich mehr erfahren wollen, ohne mit großen Geschützen aufzufahren, ginge das nur unter der Hand über einen direkten Kontakt.«

Hannah goss sich einen Kaffee ein und stellte sich ans Fenster. Sie hatte noch im Auto mit Krüger telefoniert und um Unterstützung des BKA bei den Nachforschungen gebeten, insbesondere was Sankt Petersburg anbelangte. Ihr Chef hatte zugesagt, aber wissen wollen, ob das tatsächlich noch ihr Fall war. Keine Ahnung, dachte Hannah, doch inzwischen steckte sie so tief mit drin, dass sie nicht einfach abreisen konnte. So etwas Ähnliches hatte sie auch Achim gesagt.

Sie drehte sich um, als Jan Pochna zur Tür hereinkam. Er tätschelte Kotti und blickte dann hoch. »Bezüglich der PCs sollten wir uns keine Hoffnungen machen. Die sind auf anderen Wegen miteinander in Kontakt getreten.« Er lächelte Hannah zu. »Man kann ja auch ganz schlicht telefonieren, oder?«

»Stimmt.« Sie erwiderte das Lächeln. »Sind Sie gut im Bluffen?«

»Wie darf ich das verstehen?«

»Rufen Sie doch mal in der Kongressfirma an und erkundigen sich nach Michael Folk. Wir vermuten, dass er hin und wieder als Aushilfe dort tätig ist.«

»Ernsthaft?«

»Ja. Wahrscheinlich wird man sie zunächst abwimmeln wollen. Geben Sie sich als Kumpel aus. Vielleicht verplappert sich jemand.«

»Ich bin der geborene Kumpel.« Pochna griff sich ein Telefon und stellte den Lautsprecher an. Stefanie Hobrecht gab die Nummer ein. Nach zweimaligem Klingeln meldete sich eine Frau mit professionell wohlklingender Stimme. »Kongress-Management Hamburg, guten Tag, mein Name ist Marina Tulheim. Was kann ich für Sie tun?«

Jan Pochna hob kurz den Blick zur Decke, dann räusperte er sich.

»Ja, hallo, ich … ähm, also Micha hat mir die Nummer für den Notfall gegeben und …«

»Wie kann ich Ihnen weiterhelfen?«, wiederholte Marina Tulheim gleichbleibend freundlich.

»Ich bin ein Kumpel von Micha Folk, Michael, meine ich. Der arbeitet bei Ihnen, ich glaube, als Aushilfe.«

»Ich sehe gerne mal nach«, entgegnete Marina Tulheim. »Wie lautet Ihr Name?«

»Bernd. Bernd Matties. Micha meinte, dass ich nur im Notfall in der Firma anrufen darf … und, ja, es ist sehr dringend.«

»Bitte warten Sie einen Moment.« Die Leitung war plötzlich still. Pochna grinste. Hannah hob einen Daumen.

Einige Sekunden später knackte es. »Hören Sie bitte, Herr Matties? Wir beschäftigen keinen Mitarbeiter mit dem Namen. Sie müssen sich irren.«

»Ach? Das ist aber merkwürdig. Micha hat mir doch die Nummer gegeben, nur für den Notfall allerdings.«

»Ich kann Ihnen nicht weiterhelfen, es tut mir leid. Ich wünsche Ihnen noch einen schönen Tag.« Damit legte sie auf.

Pochna warf einen bedauernden Blick in die Runde. »Ich hab mein Bestes gegeben, normalerweise erliegen die Damen schnell meinem Charme …«

Hannah beschlich plötzlich ein ungutes Gefühl.

Kuse mochte die Observationsarbeit, nicht nur, weil er dabei aufgrund von Personalmangel meistens allein unterwegs war und seine Ruhe hatte. Ihm sah selten jemand den Bullen an, und er hatte ein Gespür dafür, wann er sich mit ganzer Aufmerksamkeit auf seine Aufgabe konzentrieren musste und zu welchen Zeiten er dösen und abschalten konnte. Marie Schade fuhr am späten Mittag in die Uni, und Kuse folgte ihr unauffällig und fuhr dann nach Fuhlsbüttel weiter, kaum dass sie in ihrem Institut verschwunden war.

Michael Folk stand hinterm Tresen und flirtete mit einer Kollegin. Er schenkte Kuse so gut wie keine Beachtung, als der sich einen Cappuccino bestellte und in die hinterste Ecke des Shops verkroch. Interessant wurde der Job erst zwei Stunden später, als Folk Feierabend machte. Zu dem Zeitpunkt hatte Kuse seinen Posten draußen in der Sonne bezogen, wo er Burger aß und Zeitung las und sich hin und wieder vergewisserte, dass der Mann noch im Dienst war. Michael Folk hatte das Handy am Ohr und schlenderte an Kuse vorbei zu seinem Wagen. »Alles klar, ja, hab ich verstanden, bin schon unterwegs. Jaja, ich überzeug mich noch mal. Bis später.«

Kuse hängte sich an Folks Wagen, der über die A7 in Richtung Süden fuhr und schließlich vor einem Studentenwohnheim in Groß Flottbek hielt. Dort blieb er im Auto sitzen und tat das Gleiche wie Kuse: Er wartete. Nach über einer Stunde verließ ein junger Mann das Studentenwohnheim, und kurz darauf stieg Folk aus dem Auto, um ihm zu folgen.

Kuse wartete zwei Minuten, dann setzte er sich ebenfalls in Bewegung. Der junge Mann, dem Folk auf den Fersen blieb, betrat nach einem flotten Spaziergang drei Straßen weiter ein Bistro, und Folk tat es ihm gleich, wobei er sich Mühe gab, möglichst unauffällig zu wirken. Er machte seine Sache gar nicht mal schlecht. Der Verfolgte sah sich zwar hin und wieder aufmerksam um, würdigte Folk aber keines Blickes.

Kuse rauchte eine Zigarette und ging dann ebenfalls ins Lokal. Er bestellte ein Bier und zog sein Handy aus der Tasche, um die Kamera zu aktivieren. Auf dem Weg zum Klo fotografierte er den jungen Mann. Als er zwei Minuten später zurückkehrte, hatten beide das Bistro verlassen.

13

Es ging auf Mitternacht zu, als ihr Handy mit eindringlichem Piep den Eingang einer SMS signalisierte. Hannah schreckte hoch und griff nach ihrem Telefon: »Bar im Parkhotel hinterm Tierpark Hagenbeck, in dreißig Minuten.«

Sie rieb sich die Augen und stand sofort auf. Kotti warf ihr einen verwunderten Blick zu, zögerte aber keine Sekunde, seinen gemütlichen Schlafplatz zu verlassen. Wenige Minuten später saß Hannah im Wagen und schickte vor ihrem Aufbruch sicherheitshalber eine Nachricht an Stefanie Hobrechts Dienstmailadresse. Falls Dr. Schade nicht unter Verfolgungswahn litt oder die Situation in hysterischer Weise überbewertete, waren seine Ängste ernst zu nehmen, und sie hatten es mit Leuten zu tun, die nicht lange fackelten.

Der Tierpark befand sich nur wenige Kilometer vom Klinikgelände entfernt. Hannah parkte gut zwanzig Minuten später im schummrigen Halbdunkel einer Nebenstraße und entschloss sich, Kotti diesmal nicht zurückzulassen. Die Bar war noch gut besucht. Gedämpftes Licht, leise Hintergrundmusik, Gläserklirren; einige Augenpaare folgten ihr und dem Hund, als Hannah den Raum betrat. Doktor Schade entdeckte sie erst, als sie die Theke erreicht hatte und einen Blick in die Runde warf. Er saß an einem abgelegenen Zweiertisch, sah ihr entgegen und trank Espresso. Hannah nickte ihm zu und bestellte ebenfalls Kaffee, bevor sie sich zu ihm setzte.

»Guten Abend«, grüßte sie halblaut. Kotti kroch unter den Tisch.

Der Arzt erwiderte den Gruß. Er sah völlig erschöpft aus.

»Haben Sie Nachtdienst?«

»Bereitschaft. Wahrscheinlich habe ich ein, zwei Stunden Ruhe. Manchmal mache ich einen langen Spaziergang und trinke hier einen Espresso«, erläuterte er. »Ich mag die Gegend um den Tierpark. Früher wollte ich hier wohnen, um die Tiergeräusche Tag und Nacht hören zu können. Fast wäre ich Tierarzt geworden … Hätte ich mich nicht anders entschieden, säße ich heute nicht hier.« Er schüttelte den Kopf, als wäre ihm der Gedanke erst in diesem Moment gekommen. Der Barkeeper servierte Hannah Espresso und eine Schale mit köstlich duftendem italienischem Gebäck.

»Was ist passiert, Dr. Schade?« Hannah rührte zwei Löffel Zucker in ihren Kaffee. Sie fühlte sich hellwach.

»Tragen Sie ein Mikro an Ihrem Körper?«

»Nein.« Sie hob eine Hand. »Sie müssen mir vertrauen. Es bleibt Ihnen gar nichts anderes übrig.«

Er starrte einen Moment ins Leere. »Schlimmer kann es immer noch kommen, aber …« Er trank einen Schluck und setzte sich dann gerade auf. »Wie dem auch sei, vielleicht haben Sie recht.« Er atmete tief aus. »Alles begann mit der Einladung nach Finnland. Im Juli bin ich zu einer Tagung nach Helsinki eingeladen worden. Der Kongress war weder besonders hochkarätig besetzt, noch entsprach er hundertprozentig meinem Fachgebiet, aber die Einladung schmeichelte mir, und das Thema interessierte mich dennoch – es ging um neue OP-Techniken in der Gefäßchirurgie …«

Na bitte, dachte Hannah. »Wer hat Sie eingeladen?«

»Die ausrichtende Organsisationsfirma nennt sich Kongress-Management Hamburg …«

»Und Sascha Biltner ist der Geschäftsführer«, ergänzte Hannah.

»Richtig. Wie sind Sie eigentlich auf den Namen gestoßen?«, fragte Dr. Schade.

»Reiner Zufall, mit einer Portion Ermittlerspürsinn gemixt.« Hannah lächelte. »Das ist die Wahrheit. Über Details kann ich aber nicht sprechen.«

»Nun gut. Biltner war hocherfreut, dass ich die Einladung annahm, und sehr bemüht, mir den Aufenthalt so angenehm wie möglich zu gestalten«, fuhr Schade fort. »Ein hochintelligenter Mann, charmant, gebildet … Am zweiten Tag lud er mich zu einem Ausflug nach Sankt Petersburg ein.«

Hannah spürte, wie sich ihr Puls beschleunigte. Sie kostete von dem italienischen Gebäck.

»Dort hat er mir ein Angebot gemacht – das können Sie nicht ablehnen, hat er noch hinzugefügt.« Schade verzog das Gesicht. »Was zunächst wie eine Floskel klang, sollte sich später als bittere Wahrheit herausstellen. Ich sollte in einer Privatklinik in Sankt Petersburg eine OP vornehmen. Ein schwer herzkrankes Kind benötigte meine Hilfe, so erläuterte er mir, und mir wurde in dem Augenblick natürlich schlagartig klar, dass die Einladung nach Helsinki nur ein Vorwand gewesen war.«

Hannah lehnte sich zurück. »Man brauchte einen Spezialisten. Und wo genau war der Haken?«

Dr. Schade legte die Hände auf den Tisch. »Ganz einfach: Das Kind benötigte keine übliche Operation, sondern ein Spenderherz – nur damit hatte es eine Überlebenschance – und einen Chirurgen, der Erfahrung und spezielle Kenntnisse auf dem Gebiet der Transplantationstechniken bei Kindern hat.«

Hannah nickte langsam. Schade sah ihr offen ins Gesicht.

»Ich bin an das Transplantationsgesetz gebunden, wie Ihnen vielleicht bekannt ist«, erklärte er. »Es regelt die Zulässigkeit von Organspenden, und entsprechende Eingriffe dürfen ausschließlich in den Transplantationszentren vorgenommen werden, um jeglichen Missbrauch auszuschließen. Es gibt Wartelisten und strenge Vorgaben.«

»Trotz eindeutiger Gesetze und Regelungen hat es in den letzten Monaten jedoch Unregelmäßigkeiten an einigen Zentren gegeben«, wandte Hannah ein. »Oder anders ausgedrückt: Unregelmäßigkeiten wurden aufgedeckt, die sich zu Skandalen ausweiteten, und nun werden alle Zentren sehr intensiv durchleuchtet.«

»So ist es. Es hat sehr viel Wirbel gegeben – zu Recht. In mehreren Fällen wurden medizinische Daten und Untersuchungsergebnisse gefälscht, um Patienten in der Warteliste nach vorne rücken zu lassen, und für einige Ärzte werden die Überprüfungen böse enden, auch zu Recht. Die Bundesärztekammer hat sich eingeschaltet, und man erwägt einschneidende Veränderungen und Kontrollmechanismen.« Schade zögerte. »Ich musste das Angebot ablehnen, in Sankt Petersburg tätig zu werden«, fuhr er fort. »Mein Vorschlag, das Kind nach Deutschland zu bringen, klang aber selbst in meinen Ohren wie eine abwiegelnde Floskel, die wenig Trost bietet – die Wartelisten sind lang, zu lang in manchen Fällen, das ist mir bewusst. Das Kind war nach verschiedenen Therapien sehr schwach, und die Klinik suchte nach dem Ausfall von zwei Medizinern händeringend nach einem Transplantationsspezialisten, erklärte mir Biltner und gab mir deutlich zu verstehen, dass mein Honorar hervorragend sein würde und ich mich bei der Organisation meiner Reise ganz auf die Dienste seiner Firma verlassen könnte – auf gut Deutsch: Man würde dafür sorgen, dass niemand etwas von meinem Ausflug nach Russland mitbekommen würde, und für die Familie des Kindes spielte Geld keine Rolle.«

»Sie haben also mit großer Bestimmtheit abgelehnt?«

»Ja, natürlich! Die Umstände sprachen für eine unklare Herkunft des Spenderherzes, um es mal ganz sachlich zu formulieren – das ist schlicht und ergreifend illegal«, erklärte Schade nachdrücklich. »Und außerdem gewann ich zunehmend den Eindruck, dass Leute auf mich aufmerksam geworden waren, deren Bekanntschaft ich ganz und gar nicht machen wollte. Man hatte sich offensichtlich sehr viel Mühe gegeben, alles Mögliche über mich und meine Arbeit und sogar meine Familie, meine Lebenssituation in Erfahrung zu bringen – sogar Details zur momentanen Lage in deutschen Kliniken nach Bekanntwerden der angesprochenen Unregelmäßigkeiten bei der Vergabe von Spenderorganen sowie Einzelheiten zu den Befugnissen der eingesetzten Prüfungskommissionen waren bekannt. In Russland und in Obhut seiner Firma müsste ich mich mit derlei Problemen und Problemchen nicht herumärgern und könnte darüber hinaus meine Transplantationstechniken vertiefen sowie obendrauf noch üppige Honorare kassieren, hat Biltner beispielsweise in süffisantem Ton erläutert. Und meine Befürchtungen sollten sich auf eindringliche Weise bestätigen.«

Hannah atmete tief durch. »Fahren Sie bitte fort. Was passierte dann?«

»Er versuchte mich umzustimmen, bot mir mehr Geld, redete auf mich ein, aber ich blieb bei meiner Haltung und distanzierte mich von ihm. Wenige Tage nach meiner Rückkehr verschwand Caroline, und mir wurde ein USB-Stick zugespielt, auf dem sich mehrere Videos befanden. Eines zeigte sie in der Gewalt von maskierten Männern – bevor Sie fragen: Nein, der Stick existiert nicht mehr, ich wurde aufgefordert, ihn zu vernichten«, fügte Schade schnell hinzu. »Weitere Dateien enthielten Aufnahmen von meiner Frau, meiner Tochter, mir selbst. Die Botschaft war unmissverständlich.«

Caroline wurde also doch entführt?, dachte Hannah. Oder sie hatte Schade ein überzeugendes Schauspiel geboten, musste jedoch sterben, weil der Arzt sich geweigert hatte …

»Anfang August bin ich ein zweites Mal nach Helsinki geflogen«, fuhr Schade fort. Er hatte seine Stimme so herabgesenkt, dass sie ihn kaum verstand. »Von dort aus ging es per Bahn weiter nach Sankt Petersburg. Man brachte mich in eine Klinik, aber während der Fahrt dorthin waren meine Augen verbunden. Ich habe das Kind operiert. Es war höchste Zeit. Man signalisierte mir, auch wieder per Videodatei und ergänzt durch entsprechende Drohungen gegen meine Familie, dass Caroline freikommen würde, sobald das Kind stabil sei. Natürlich hatte ich Stillschweigen zu bewahren und durfte mich zu den tatsächlichen Umständen ihres Verschwindens genauso wenig äußern wie zu den Hintergründen des Mordes, wenn ich meine Frau und meine Tochter schützen wollte.« Er blickte kurz zur Seite und fuhr sich mit der Hand über den Mund.

»Was ist passiert, nachdem Caroline wieder aufgetaucht ist?«, setzte Hannah nach.

»Tja, das war irgendwie merkwürdig …« Der Arzt sah in Richtung Theke und bestellte zwei weitere Espresso. »Sie wollte auf keinen Fall, dass ich sie sofort besuchte – es sei besser so, sagte sie, die Polizei würde noch herumschnüffeln, und die Entführer hätten darauf bestanden, dass wir ein paar Tage Distanz hielten.« Schade schüttelte den Kopf. »Aber ich war natürlich sehr beunruhigt, und am Samstag bin ich schließlich zu ihr gefahren, um zu sehen, wie es ihr geht.«

»Welchen Eindruck hatten Sie von ihr?«

»Sie wirkte eigenartig gefasst«, meinte Schade. »Allerdings kenne ich sie auch so – unnahbar, sachlich, abgeklärt. Dennoch war ich beunruhigt und schloss nicht aus, dass sie unter Schock stand. Sie hatte sich fast zwei Wochen in der Gewalt dieser Leute befunden, das steckt niemand einfach so weg, und manchmal tritt eine Reaktion auf ein derartiges Trauma erst Tage später ein.«

»Hat sie erzählt, wo sie war?«

»Nein. Als ich sie danach fragte, erwiderte sie, dass sie nichts erzählen dürfe, nur eines habe sie mir mitzuteilen: Das sei der erste Auftrag gewesen, dem Kind gehe es sehr gut, die nächsten Aufträge würden bald folgen.« Schade wartete, bis der Barkeeper die Tassen serviert hatte, während Hannah kurz die Luft anhielt.

»Ich war völlig fassungslos und bin fast zusammengebrochen«, fuhr er fort. »Unmöglich, habe ich ihr gesagt – das kann ich nicht, und das werde ich nicht tun. Ich bin kein Krimineller! Du weißt nicht, mit wem du dich anlegst, hat sie erwidert, die machen ihre Gesetze selbst, und sie hat mich beschworen, ihren Anordnungen Folge zu leisten, um niemanden in Gefahr zu bringen. Ich bin für den Rest meines Lebens in Gefahr, wenn ich darauf eingehe, entgegnete ich ihr. So kann ich nicht leben. Daraufhin ist sie … ja, auf ihre kühle Art nahezu wütend geworden. Du gefährdest alles, hat sie gemeint.

Ein merkwürdiger Satz, oder? Er ist mir stundenlang nachgegangen. Was bedeutet ›alles‹? Am nächsten Tag wird sie tot aufgefunden. Können Sie sich vorstellen, wie ich mich fühle? Und dann geraten meine Frau und ich zu allem Überfluss auch noch in den Verdacht, sie ermordet zu haben. Die machen mich und meine Familie fertig, wenn ich nicht spure, und dazu sind ihnen alle Mittel recht – das ist die unmissverständliche Botschaft.«

Hannah sah ihn unverwandt an.

»Was denken Sie?«, fragte er.

»Haben die Leute inzwischen noch einmal Kontakt mit Ihnen aufgenommen?«

»Nein. Im Moment herrscht absolute Sendepause, aber ich vermute, nein, ich spüre, dass ich beobachtet werde.« Er sah sie eindringlich an. »Und ich glaube nicht, dass meine Ängste übertrieben oder aus der Luft gegriffen sind, Frau Kommissarin.«

Er hat recht, dachte Hannah. Wir müssen Interpol einschalten und diese Familie schützen, aber wenn wir den Mörder schnappen und die Organisation aufbrechen wollen, muss das völlig unauffällig geschehen.

»Sie haben Caroline erstochen«, fuhr Schade leise fort, und seine Stimme zitterte. »Ein Dolch steckte in ihrem Herzen. Ich kann das immer noch nicht glauben. Wie skrupellos muss man sein, um so etwas zu tun? Sie hat ihnen nichts getan …«

Hannah beugte sich über den Tisch vor. »Dr. Schade, es kristallisiert sich immer stärker heraus, dass Ihre Geliebte für diese Leute arbeitete.«

Schades Augen weiteten sich entsetzt. »Was? Aber …«

»Sie hat Sie und Ihr gesamtes Umfeld ausspioniert, und vielleicht sind Sie nicht mal der Einzige. Es war ihr Auftrag, einen geeigneten Mediziner ausfindig zu machen und eine Beziehung mit ihm einzugehen.«

»Woher wollen Sie …«

»Sie wurde fürstlich entlohnt, das wissen wir inzwischen

sehr genau. Caroline hat keine Erbschaft gemacht, wie sie Ihnen weismachte, sie hat Schwarzgeld gebunkert, sehr viel Schwarzgeld«, berichtete Hannah weiter. »Und sie musste vielleicht sterben, weil der Plan nicht aufgegangen war, Sie mit der Entführungsnummer kleinzukriegen, sprich: davon zu überzeugen, weitere Aufträge widerspruchslos anzunehmen und zukünftig regelmäßig Transplantationen durchzuführen, idealerweise, ohne sich um ethische und juristische Fragen zu kümmern. Carolines wütende Reaktion auf Ihr Nein zu weiteren OPs würde dazu passen. Damit war ein stärkeres Druckmittel nötig. Möglicherweise hat sie aber auch einen gravierenden Fehler gemacht, und man nutzte die Gelegenheit, zwei Fliegen mit einer Klappe zu schlagen: Caroline loszuwerden, auch als Zeugin, und Ihnen unmissverständlich vor Augen zu führen, dass diesen Leuten jedes Mittel recht ist, um ihren Willen durchzusetzen und Sie für ihre Zwecke einzuspannen. Auch Ihre Frau erhielt einen USB-Stick und geriet sogar unter Mordverdacht, nachdem ein Sexvideo von Ihnen und Caroline auf ihrem PC nachgewiesen werden konnte.«

Doktor Schade schwieg.

»Caroline Meisner kennt Sascha Biltner«, fuhr Hannah nach kurzem Überlegen fort. »Bislang spricht jedoch nur ein einziges, noch dazu schwaches Indiz für diese Annahme – ein weiterer Beweis dafür, dass wir es in der Tat mit Profis zu tun haben, die sehr genau wissen, was sie tun. Mit den üblichen Mitteln werden wir ihnen nicht beikommen.« Und voreilige Vernehmungen dürften eher Schaden anrichten, setzte sie im Stillen ihre Überlegungen fort.

»Das ist ja unglaublich. Sie hat mir die ganze Zeit etwas vorgespielt, um …«, flüsterte der Arzt. »Was werden Sie tun?«

»Sie und Ihre Familie erhalten Personenschutz – durch absolute Profis. Niemand wird etwas bemerken. Ich setze mich sofort morgen früh dafür ein«, versprach Hannah. Sie sah auf die Uhr. »Heute früh, meine ich natürlich. Telefonieren Sie nicht mit Ihrem Handy oder über Ihr Festnetztelefon, wenn

Sie mit der Polizei Kontakt aufnehmen. Fällt Ihnen noch etwas ein, was für die polizeilichen Vorbereitungen wichtig sein könnte? Hat Caroline vielleicht doch einen Namen fallenlassen oder einen Ort genannt?«

»Nein.« Schade schüttelte den Kopf. »Kurz bevor ich ging, hörte ich, dass sie telefonierte. Ich war gerade im Bad … Sie war ungehalten, aber das war sie schon die ganze Zeit.«

»Können Sie sich an einzelne Worte erinnern?«

»Nein, es klang nur so, als wollte sie irgendetwas zurückhaben, ja, ich will es wieder, meinte sie, so schnell wie möglich. Mehr kann ich leider nicht dazu sagen. Als ich aus dem Bad kam, hatte sie das Telefonat bereits beendet.«

»Wie spät war es?«

»Kurz vor halb acht, schätze ich.«

»Hat sie übers Festnetz oder per Handy telefoniert?«

»Keine Ahnung.«

Ein Blick in die Telefonverbindungen kann nicht schaden, überlegte Hannah, auch wenn dieser Aspekt vergleichsweise nebensächlich wirkte. Sie spürte, dass ihr Energielevel absank. Es war mittlerweile zwei Uhr nachts.

»Caroline hat übrigens mindestens zwei verschiedene Handys benutzt«, fügte Schade hinzu. »Und häufiger ihre Nummer gewechselt.«

»Auch das noch. Können Sie die verschiedenen Nummern zurückverfolgen?«

Er schüttelte den Kopf. »Ich war ja ähnlich vorsichtig und habe mir nichts notiert, sondern die neue Nummer einfach jeweils ersetzt.«

Sie hat nichts dem Zufall überlassen, überlegte Hannah.

Kurz darauf bezahlte Dr. Schade und verließ nach hastiger Verabschiedung zuerst die Bar. Hannah wartete einige Minuten, bis sie es ihm gleichtat und durch die Sommernacht nach Blankenese fuhr. Bevor sie den Wecker stellte und ins Bett fiel, notierte sie die wesentlichen Passagen der Unterredung und schickte eine Mail ins Präsidium sowie ins BKA nach Berlin.

Siebzig Leute wohnten zurzeit in dem Studentenwohnheim in Groß Flottbek. Kommissar Kuse hielt es für unangemessen, ohne jeglichen weiteren Hinweis mit einem Handyfoto durch die Flure zu laufen und den jungen Mann ausfindig zu machen, für den Michael Folk sich am Abend zuvor interessiert hatte. Darüber hinaus konnte er noch nicht einmal mit allerletzter Gewissheit behaupten, dass Folk dem Jungen lediglich auf den Fersen geblieben war, um ihn unbemerkt zu observieren. Kuse hielt es zwar für unwahrscheinlich, konnte aber nicht ausschließen, dass die beiden miteinander verabredet gewesen waren und allerhöchste Vorsicht hatten walten lassen. Wer weiß – vielleicht hatte man ihn sogar bemerkt. Das würde ihn zwar verblüffen und nachdenklich stimmen und sogar frustrieren, war aber nicht von der Hand zu weisen. Wenn die aktuellen Vermutungen zutrafen und der Fall sich in Richtung OK bewegte, war höchste Vorsicht geboten und mit allem zu rechnen.

Diesmal war Kuse der Erste im Präsidium, nach Stefanie Hobrecht selbstverständlich. Sie recherchierten gemeinsam die Meldedaten des Studentenwohnheims. Von siebzig Bewohnern konnten dreißig junge Frauen sofort aussortiert werden; blieben vierzig Studenten, deren Passfotos der Kommissar kurze Zeit später durchging. Das ist er, dachte Kuse, als er auf das Porträt von Roman Söhler stieß. Er bat seine Kollegin, den Zwanzigjährigen zu überprüfen, und besorgte sich einen frischen Kaffee. Als er ins Büro zurückkehrte, checkte die Kollegin gerade die Mails und pfiff leise durch die Zähne. »Guck dir das mal an, Gerd.«

Kuse sah ihr über die Schulter und las die Nachricht von Hannah Jakob mit wachsendem Unbehagen. »Ach du Scheiße.«

»Ganz meine Meinung. Jetzt kriegen wir richtig was zu tun.« Sie griff zum Telefon, um Schaubert zu informieren.

14

Der Mann aus der OK-Abteilung hatte eine skeptisch-verblüffte Miene aufgesetzt, was Hannah nicht besonders verwunderte. Die Tatsache, dass die Kongressfirma und ihr Geschäftsführer bislang in keiner Weise auffällig geworden waren, lag sicherlich nicht daran, dass das Unternehmen erst kürzlich kriminelle Machenschaften in seinen Aufgabenbereich eingebunden hatte. Hinzu kam, dass die Organisation illegaler Organtransplantationen möglicherweise lediglich ein Geschäftszweig war und die Vorgehensweise ein professionelles Netzwerk mit zumindest mafiaähnlichen Strukturen befürchten ließ. Biltner und seine Leute waren im wahrsten Sinne des Wortes bisher schlauer gewesen, als die Polizei erlaubte, und so fühlte sich Hauptkommissar Rüdiger Grismann angesichts der aktuellen Entwicklung im Meisner-Fall kalt erwischt. Blieb zu hoffen, dass er seine persönlichen Gefühle zügig überwinden würde und keine Zeit damit vergeudete, nach Rechtfertigungen zu suchen, dachte sie, während Schaubert die Arbeit des Teams und Hannahs spezielle Rolle erklärte.

Grismann warf ihr einen langen Blick zu, als schließlich Stille eintrat. »BKA, interessant, Kollegin Jakob. Und Sie wollen mir allen Ernstes weismachen, dass Sie nicht den blassesten Schimmer hatten, worum es hier geht?«

Kotti hob den Kopf und fixierte Grismann mit gespitzten Ohren. »Ich muss und will Ihnen gar nichts weismachen«, erwiderte Hannah in lakonischem Tonfall. »Mein Spezialgebiet sind Vermisstenfälle, und zwar seit Jahren. Ich bin nach Hamburg gekommen, um erstmals auch persönlich und vor Ort den Ursachen auf den Grund zu gehen, die zum Verschwinden von Caroline Meisner geführt hatten – eines Allerweltsfalles, wie es anfänglich schien. Reiner Zufall, dass ich mich ausgerechnet für ihn interessierte. Welche Brisanz und tieferliegenden Zusammenhänge sich herauskristallisieren würden, konnte ich nicht ahnen, konnte niemand ahnen.«

»Tatsächlich?« Grismann, ein Mann um die fünfzig, mit eckigen Gesichtszügen und kühlen, eisblauen Augen, verschränkte die Arme vor der Brust.

»Ja, tatsächlich«, ergriff Jan Pochna das Wort. Sein Ton war schneidend. »Als die Kollegin ihre Ermittlungen aufnahm, gab es nicht den Hauch eines Verdachts auf kriminelle Zusammenhänge, und nach dem Mord wiesen alle Indizien auf eine Beziehungstat hin.«

Hannah verkniff sich ein Lächeln, das ihr Grismann mit Sicherheit übelgenommen hätte.

»Nun gut, lassen wir das im Moment einfach mal so stehen«, meinte der OK-Mann schließlich. »Die Polizeischutzmaßnahmen sind eingeleitet. Es sind zwei Leute abgestellt, nachts kommen zwei weitere dazu, meine besten übrigens. Nach außen hin wird es so wirken, als ob die Familie Besuch hätte.« Er sah auf die Uhr. »In einer Stunde habe ich eine Besprechung mit Interpol – wir haken natürlich nach. Die Firma wird durchleuchtet, im ersten Schritt so unauffällig wie möglich, Biltner und Folk auch. Sollten die in Russland operieren, werden wir etwas finden, da bin ich sicher.«

Ich nicht, dachte Hannah. »Was ist mit dem Aspekt der illegalen Transplantationen? Müssen wir die diesbezüglich bereits ermittelnden Stellen informieren?« Ich hoffe nicht, dachte sie. Das Risiko, die falschen Leute zu warnen und dabei Schade zu früh ins Spiel zu bringen, war viel zu groß.

»Damit warten wir, bis eindeutige und offizielle Aussagen vorliegen«, entschied Grismann nach kurzem Überlegen. »Im Moment haben wir einen Arzt, der sich inoffiziell geäußert und uns wertvolle Hinweise geliefert hat. Gibt es noch weitere neue Aspekte, über die wir reden müssen?« Erneut blickte er auf die Uhr.

Gerd Kuse nickte erst ihm zu und dann in die Runde. »Wir sind auf einen weiteren Namen gestoßen. Folk hat gestern Abend einen jungen Mann observiert, einen Studenten, der in einem Wohnheim in Groß Flottbek wohnt, möglicherweise hat er sich aber auch nur mit ihm getroffen, und die beiden waren zunächst bemüht, nicht zusammen gesehen zu werden. Das kann ich zumindest nicht ausschließen. Wir haben heute Morgen schon mal ein bisschen recherchiert – der Junge heißt Roman Söhler, ist gerade mal zwanzig Jahre alt, fängt in wenigen Wochen mit dem Studium an …«

»Und wo ist der Zusammenhang?«, drängte Florian Decker.

Kuse lächelte. »Er hat bis vor kurzem ein freiwilliges soziales Jahr absolviert – ihr dürft genau einmal raten, wo.«

»In Sankt Petersburg«, sagte Stefanie Hobrecht. »Einzelheiten erfahre ich in Kürze. An einen Zufall mag ich nicht glauben.«

Hannah runzelte die Stirn. »Ein Zwanzigjähriger?« Sie schüttelte den Kopf. Ben war genauso alt und machte sein freiwilliges soziales Jahr in Brasilien.

Grismann stand auf und ging zur Tür. »Ich melde mich, sobald es etwas zu berichten gibt. Auf gute Zusammenarbeit.« Er sah Florian Decker an und warf dann Schaubert einen fragenden Blick zu. »Ich könnte Verstärkung gebrauchen.«

»Hm, gut, warum nicht? Haben wir auch gleich jemanden, der zwischen unseren Abteilungen koordiniert. Flo?«

Decker stand sofort auf. »Gern.«

Als sich die Tür hinter den beiden geschlossen hatte, setzte Pochna ein breites Grinsen auf. »Die Entwicklung des Falls geht dem Grismann aber so richtig auf die Klötze, oder?«

Schaubert zuckte die Achseln. »Sein Problem.«

»Das finde ich auch.« Pochna kraulte Kotti die Ohren und behielt sein Grinsen bei.

Hannah war zufrieden, dass die Dinge zügig ins Rollen kamen, ohne dass Grismann darauf bestand, Dr. Schade zunächst noch einmal zu vernehmen und sich höchstpersönlich davon zu überzeugen, wie brisant seine Informationen waren. Möglicherweise hatte der OK-Mann beim BKA nachgefragt und dann entschieden, dass ihrer Einschätzung ohne Nachprüfung vertraut werden konnte.

»Übrigens erwähnte Schade noch, dass Caroline Meisner mehrere Handys in Benutzung hatte, auch einen häufigen SIM-Kartenwechsel hat er bemerkt«, berichtete sie. »Insofern schätze ich, dass die Auswertung der Verbindungen keine fallrelevanten Hinweise zutage fördern wird.«

Stefanie Hobrecht griff nach einem Hefter, der hinter ihr auf dem Tisch lag. »Die ausgelesenen Daten des Handys, das sie dabeihatte, und die Überprüfung haben in der Tat nichts Auffälliges ergeben«, warf sie ein. »Auffällig ist höchstens, wie unauffällig die Daten sind und wie wenig Kontakte sie abgespeichert hatte – einige dienstliche Nummern, Familie, ein paar Geburtstage und langweilige Kurznachrichten.«

»Ein Telefonat würde mich noch interessieren«, blieb Hannah beim Thema. »Schade erwähnte ein Gespräch am Samstagabend um kurz vor halb acht. Geben die Verbindungsdaten dazu etwas her?«

Stefanie Hobrecht beugte sich über ihre Liste und nickte dann. »Ja, sie hat zu dieser Zeit mit ihrem Schwager gesprochen, per Handy.«

Hannah lehnte sich zurück. Der Grillabend, dachte sie. Der Großvater hatte noch gehofft, dass Caroline dazustoßen würde. Wahrscheinlich war es darum gegangen.

»Sie hat ihn angerufen«, fügte Stefanie hinzu. »Das Gespräch dauerte knapp fünf Minuten. Eine halbe Stunde später ist sie vom Fahrradladen aus auf dem Festnetz angerufen worden. Dieses Telefonat dauerte gut sieben Minuten.«

»Warum hat sie ihn angerufen?«

»Warum nicht? Er ist ihr Schwager«, erwiderte Kuse.

»Ich gehe davon aus, dass die Familie sie bei einem Sommerfest, das der Fahrradladen veranstaltete, dabeihaben wollte«, erläuterte Hannah. »Zu diesem Thema passen aber Schades Schilderungen von dem Telefonat nicht, auch wenn er es nur von weitem mitbekommen hat.«

»Und wie stellt er es dar?«

»Ich zitiere den Doktor: ›*Kurz bevor ich ging, hörte ich, dass sie telefonierte. Ich war gerade im Bad' … Sie war ungehalten, aber das war sie schon die ganze Zeit‹«*, gab Hannah die Worte des Arztes wieder. »›*Es klang nur so, als wollte sie irgendetwas zurückhaben, ja, ich will es wieder, meinte sie, so schnell wie möglich. Mehr kann ich leider nicht dazu sagen. Als ich aus dem Bad kam, hatte sie das Telefonat bereits beendet.*‹« Hannah unterbrach kurz. »Ich finde nicht, dass das nach Sommerfest oder Grillparty klingt«, mutmaßte sie. »Und warum eine halbe Stunde später ein zweites Telefonat?«

»Vielleicht hat das eine Gespräch mit dem anderen gar nichts zu tun«, schlug Schaubert vor. »Möglicherweise hat sie mit dem Schwager über etwas ganz anderes gesprochen, Alltagsärger, Familienkram, und später haben die Eltern oder der Großvater noch einmal angerufen, um wegen der Fete nachzuhaken.«

Ich will es wieder, so schnell wie möglich. »Ja, nicht auszuschließen. Aber ich fasse da noch mal nach«, entschied Hannah. »Sicher ist sicher. Vielleicht führt das Telefonat doch noch zu einem Hinweis, der für die Überführung des Mörders wichtig werden könnte.«

»Meinetwegen. Jan kann Sie begleiten, und Gerd sollte noch mal zum Studentenwohnheim rausfahren.« Er sah Kuse an. »Hör dich da einfach mal ein bisschen um, ohne dass der Junge etwas davon mitbekommt.«

»Mach ich.«

Daniel Gruber war gerade dabei, seinen Servicewagen zu überprüfen, als Hannah und Jan Pochna eintrafen. Er stutzte und sah von einem zum anderen, bevor er sich die Hände abwischte, aus dem Wagen stieg und die Seitentür zuschob.

»Neuigkeiten?«, fragte er nach knapper Begrüßung. »Oder vielleicht sogar eine Spur?« Sein Shirt war durchgeschwitzt, und er sah aus, als hätte er bereits etliche Stunden körperlich gearbeitet.

»Wir überprüfen im Detail Carolines Telefongespräche am

Samstagabend«, erläuterte Hannah. »So gegen halb acht hat sie mit Ihnen gesprochen, nicht wahr?«

»Stimmt.« Gruber wischte sich den Schweiß von der Stirn. »Ich erinnere mich dunkel.«

»Worum ging es?«

Grubers Blick huschte zur Seite. »Warum ist das wichtig?«

»Wenn es nicht wichtig wäre, würden wir nicht fragen«, erklärte Pochna flapsig.

Hannah räusperte sich leise. »Herr Gruber, eine Mordaufklärung ist manchmal nichts anderes als ein Puzzle mit unzähligen Teilen, und eins für sich genommen bleibt oftmals ohne jegliche Aussagekraft. Aber wir kommen nicht weiter, wenn wir nicht jedes einzelne prüfen. Unter Umständen erhalten wir Hinweise, die sich für die späteren Geschehnisse als bedeutsam erweisen könnten.«

»Genau das wollte ich sagen«, fügte Pochna mit breitem Grinsen hinzu. »Ich kann mich nur nicht so schön ausdrücken wie meine Kollegin.«

Du bist ganz schön frech, dachte Hannah, und Daniel Gruber warf dem Kommissar einen übellaunigen Blick zu. »Na gut – ich denke, ich habe sie gefragt, ob sie nicht doch noch zur Fete kommen will. Wir haben ein Sommerfest veranstaltet, wie Sie, glaube ich, wissen.«

»Sie haben Caroline angerufen?«

»Ja.«

»Sind Sie sicher?«

»Warum fragen Sie? Was ist daran ungewöhnlich?«

»Eigentlich nichts, abgesehen von der Tatsache, dass Caroline diejenige gewesen war, die Sie angerufen hat – das jedenfalls hat die Überprüfung der Verbindungsnachweise ergeben.«

»Ach?« Gruber verzog den Mund. »Na gut – dann war es eben so. Ist doch auch egal.«

»Ist es nicht«, warf Pochna ein.

»Und wieso nicht?«

»Weil es unlogisch ist, dass Ihre Schwägerin Sie anruft, damit Sie sie an die Fete erinnern können.«

Gruber verdrehte die Augen. »Meine Güte, dann war es eben anders, und sie hat angerufen, um sich ganz allgemein noch mal zu melden, und im Verlauf des Gesprächs kam die Rede auf die Fete. Ich verstehe nicht, warum Sie da jetzt so drauf herumreiten! Das ist doch die reinste Erbsenzählerei.«

Hannah behielt ihn im Blick. »Aus zwei Gründen: Es gab eine halbe Stunde später noch ein weiteres Telefonat – diesmal über den Festnetzanschluss des Bikerladens –, und es ging nicht um die Grillparty.«

»Aha.«

»Sie hatten Streit.«

»Merkwürdig, dass ich davon gar nichts weiß.« Gruber lachte humorlos auf. »Und woher wollen Sie das eigentlich so genau wissen?«

»Hat vielleicht jemand anderes mit ihr gesprochen? Martina zum Beispiel?«, fragte Hannah.

»Nein. Und noch einmal: Ich habe keine Ahnung, worauf Sie anspielen.«

»Caroline wollte etwas wiederhaben. Was könnte das gewesen sein?«, beharrte Hannah.

»Wie oft denn noch? Ich weiß nicht, wovon Sie reden, und woher wollen Sie wissen …«

»Ganz einfach: Es gibt einen Zeugen für das Telefonat«, entgegnete Hannah. »Und dieser Zeuge beschreibt das Gespräch als barsch, es herrschte ein gereizter Ton, und es ging garantiert nicht um gemeinsames Grillen im Familienkreis. Also, warum haben Sie um acht Uhr vom Laden aus noch einmal angerufen?«

»Meine Güte, ich weiß es nicht mehr …«

Pochna gähnte und strich sich das Haar aus der Stirn zurück. Dann lächelte er Hannah verschmitzt an. »Wenn das so ist, frage ich einfach mal die anderen Familienangehörigen. Vielleicht erinnert sich ja jemand …«

»Schon gut, lassen Sie das!«, fuhr Gruber ihn an. »Ja, ich habe auch noch ein zweites Mal mit ihr gesprochen. Und ja: Wir hatten uns gestritten, und ich wollte die Wogen wieder glätten. Ende, aus, der Rest geht Sie nichts an.«

»Das sehe ich aber ganz anders.«

»Ich auch«, meinte Pochna.

Gruber schnaufte wütend und rieb sich die Hände an der Hose ab. »Na schön. Sie hat mir vor ein paar Wochen Geld geliehen, wovon aber niemand aus der Familie etwas mitbekommen hat oder erfahren soll. Sie wissen ja selbst, dass sie auf großem Fuß lebte und viel Knete hatte. Aber nun wollte sie es wiederhaben, einfach so, ohne Notwendigkeit, aus einer gehässigen Laune heraus. Ich fand das ziemlich daneben und wollte sie überreden, mir noch etwas Zeit zu lassen …«

»Um welchen Betrag geht es?«

»Um fünftausend Euro.«

Das war nicht die Welt, aber auch kein Pappenstiel, dachte Hannah. »Wie sollte die Rückgabe erfolgen?«

»In bar am Anfang der Woche.«

»Hätten Sie die Summe aufbringen können?«

Gruber nickte. »Ja, schon, aber …«

»Ihre Familie sollte nichts davon bemerken«, vermutete Hannah.

»Es war mir unangenehm.«

»Wozu brauchten Sie das Geld?«

»Ein vorübergehender Engpass.«

»Dann ist es ja ganz praktisch, dass Ihre Schwägerin inzwischen nicht mehr unter den Lebenden weilt«, warf Pochna ein und betrachtete eingehend seine nicht sonderlich gepflegten Fingernägel.

»Was reden Sie da für einen Scheiß?«, herrschte Gruber ihn an.

»Was mein Kollege auf seine zugegebenermaßen etwas unkonventionelle Art sagen möchte, ist Folgendes: Sie haben ein Motiv, Herr Gruber.«

»Tatsächlich? Und? Ich war hier – schon vergessen: Wir hatten eine Party!«

»Mein Gedächtnis ist ganz gut. Wir werden Ihr Alibi genauer prüfen müssen, und wir fangen jetzt damit an.«

Eine halbe Stunde später machten sich Hannah und Pochna auf den Rückweg. Die Familienangehörigen sowie zwei Gäste, die sie telefonisch erreicht hatten, sagten einhellig aus, dass das Fest sich bis Mitternacht hingezogen hätte. Danach wären sie schlafen gegangen, hatte Martina Meisner mit schmalen Lippen betont. Sie machte keinerlei Hehl aus ihrer Ansicht, dass sie die polizeilichen Ermittlungen im Umkreis der Familie für eine bodenlose Unverschämtheit hielt.

»Ein absolut wasserdichtes Alibi ist das aber nicht«, meinte Pochna, als sie aus Bergedorf hinausfuhren. »Der Schwager könnte in der Nacht noch mal aufgebrochen sein. Die Rechtsmedizin hält auch einen Todeszeitpunkt gegen halb zwei für möglich. Vielleicht bestand sie darauf, dass er ihr das Geld sofort brachte, und vielleicht war die Summe viel größer, als er uns weismachen will.«

»Durchaus interessanter Ansatz, aber ...« Hannah schüttelte den Kopf. »Die Tötungsart passt nicht, die Waffe erst recht nicht. Dennoch sollten wir die Finanzen von Daniel Gruber und auch die des Ladens überprüfen.«

»Gute Idee. Ich klemme mich da gleich hinter.«

Aber hundertprozentig will mir nicht in den Kopf, dass Caroline ihrem Schwager Geld geliehen hat, überlegte Hannah. So freundlich, großzügig und fürsorglich wird sie von niemandem beschrieben.

Kommissar Florian Decker war beeindruckt, wie schnell Bilanzen und andere Firmeninterna des Kongress-Managementunternehmens vorlagen, wenn sich die Kollegen von der OK-Abteilung einschalteten, obwohl noch kein offizieller Beschluss vorlag, und Grismann reagierte höchst erfreut, als Florian auf seine betriebswirtschaftlichen Kenntnisse verwies.

»Na bestens, Kollege – dann hast du jetzt gleich deinen ersten Job bei uns«, meinte er. »Guck dir mal an, woher die Aufträge stammen und wohin das Geld fließt, wer Kredite gibt, Gewinnentwicklung, Mitarbeiter und so weiter. Traust du dir das zu?«

»Nun, zumindest für einen ersten Überblick dürfte es wohl reichen.«

Florian, obgleich selbstbewusst und forsch, würde sich nicht als ausgefuchsten Wirtschaftsprofi bezeichnen, dazu agierte er zu selten in diesem Bereich, aber dass die Firma seit dem Eintritt von Sascha Biltner stetig mehr Umsatz und Gewinn auswies, erschloss sich auch ihm auf den ersten Blick. Dabei hatte sich der Anteil der Auftraggeber, die Veranstaltungen im skandinavischen Raum buchten oder dort sogar Zweigstellen betrieben, deutlich erhöht – es handelte sich durchweg um Firmen aus dem pharmazeutischen und medizintechnischen Bereich, die die Ausrichtung von Tagungen, Workshops und Kongressen in jeder Größe und Preisklasse in Auftrag gaben.

Die Überprüfung würde früher oder später die eine oder andere Briefkastenfirma entlarven, mit deren Scheinaufträgen lediglich Geld ins Unternehmen geschleust wurde, um den eigentlichen Geschäftszweck zu finanzieren und Gewinne abzuschöpfen – das Gleiche galt für Veranstaltungen, die nur als Abrechnungsmöglichkeit genutzt wurden, davon war Decker jedenfalls überzeugt. Das Geschäft mit Organen für illegale Transplantationen brachte sehr viel Geld ein, und zugleich war es kostenintensiv und organisatorisch anspruchsvoll, wenn es derart professionell betrieben wurde, wie es Doktor Schades Schilderungen befürchten ließen.

Ebenso würden die Bilanzen, im Detail von erfahrenen Fachleuten auseinandergepflückt und durchforstet, früher oder später Geldwege aufzeigen, die dicht miteinander verflochtene Unternehmen und kriminelle Aktivitäten zutage fördern dürften – ein aufwendiges und zeitintensives Verfahren, ein Prozess, der unter Umständen Wochen, Monate oder sogar Jahre in Anspruch nehmen und Dienststellen und Behörden in mehreren Ländern beschäftigen würde, sollten sich die vorliegenden Verdachtsmomente erhärten und entsprechende Ermittlungen eingeleitet werden. Interessant dürften sich auch die Nachforschungen im Bereich der Gästelisten gestalten – Mediziner, die wiederholt Tagungen besuchten und deren Spezialgebiet Transplantationen waren, müssten überprüft werden. Ein erfolgversprechender Ansatz, der unzählige Ermittlungen nach sich ziehen würde, natürlich nur sofern die Listen vollständig geführt wurden.

Wenn es allerdings darum ging, auf die Schnelle erste Erkenntnisse zu gewinnen und einen Ansatzpunkt zu finden, der die aktuellen Recherchen vorantrieb, musste es einen anderen Weg geben, an Informationen zu gelangen. Decker nahm sich zunächst die Ausgaben für Reisen und Werbemaßnahmen vor und fand heraus, dass mit keiner Rechnung ein Bezug zu Russland hergestellt werden konnte, zumindest was die Zahlen der vergangenen zwei Jahre anbetraf. Und da es, wie Gerd Kuse richtig bemerkt hatte, überhaupt kein Problem darstellte, von Helsinki aus nach Sankt Petersburg einzureisen, waren die Möglichkeiten, Spuren zu verfolgen, eingeschränkt; dafür gab es zahlreiche Varianten, sie zu verwischen. Hinzu kam, dass ein Mann wie Biltner garantiert mit verschiedenen Ausweisen unterwegs war.

Die Personaldaten der im Unternehmen angemeldeten Mitarbeiter und Aushilfskräfte waren hochinteressant. Michael Folk gehörte dazu, Roman Söhler jedoch nicht, doch ein anderer Aspekt schien Decker bedeutsamer. Seitdem Sascha Biltner vor vier Jahren in die Geschäftsführung aufgestiegen war, hatte es eine deutliche Fluktuation gegeben, und als er die Firma schließlich ganz übernahm – finanziert war der Kaufpreis durch einen banalen Bankkredit, dessen Modalitäten keine Erwähnung fanden –, wurden innerhalb der folgenden anderthalb Jahre zahlreiche Stellen neu besetzt. Die gekündigten Mitarbeiter waren mit großzügigen Abfindungen bedacht worden, und in keinem einzigen Fall hatte das Ausscheiden zu arbeitsrechtlichen Maßnahmen geführt.

Kommissar Decker notierte vier Namen, zwei Frauen, zwei Männer, die aus Hamburg und Umgebung stammten und im Laufe eines Jahres gekündigt worden waren, und besprach den Aspekt mit OK-Leiter Grismann. Der teilte seine Ansicht, dass es sich lohnte, Kontakt mit den Leuten aufzunehmen.

15

Gerd Kuse saß fast zwei Stunden in seinem von der Augustsonne aufgeheizten Wagen und döste bei offenem Fenster vor sich hin, ohne dass sich etwas tat. Weder Roman Söhler noch Michael Folk ließen sich blicken. Als er sich gerade entschieden hatte, einen Rundgang im Studentenwohnheim zu machen, rief Stefanie Hobrecht an. »Der Junge hat in einem Kinderheim in Sankt Petersburg gearbeitet«, sagte sie schlicht. »Die Info ist gerade hereingekommen.«

»Und nun? Was fangen wir damit an?«

»Kollegin Jakob meint, dass du versuchen sollst, Kontakt mit ihm aufzunehmen – behutsam. Vielleicht hat er was zu sagen.«

»Vielleicht. Und wenn er …«

»Guck ihn dir an. Wenn er Angst hat, wirst du das merken.«

Da war was dran. »Okay.«

Kuse stieg aus und schlenderte ins Hauptgebäude. Am Schwarzen Brett hing ein Zimmerplan, auf dem Söhler eingetragen war – Apartment zwölf. Aber dort rührte sich nichts, als er klopfte. Kuse wartete zwei Minuten und ging dann in den Gemeinschaftsraum, wo einige Leute bei lauter Musik Billard spielten, andere im Netz surften oder sich unterhielten. Die Tür zum Garten stand auf.

Kuse warf einen raschen Blick durch den Raum und entdeckte Söhler, der in ein offensichtlich angeregtes Gespräch mit einer langbeinigen Studentin vertieft war, aber sofort aufsah und den Kommissar registrierte. Er stellte sich so, dass er Kuse im Auge behalten konnte. Der spazierte langsam näher. Mit jedem Schritt in seine Richtung verstärkte sich Söhlers Aufmerksamkeit, wandelte sich in Wachsamkeit und schließlich in deutliche Unruhe. Kuse hielt seinen Blick fest und nickte ihm zu, als würden sie sich kennen. Söhler runzelte die Stirn und trat eilig einen Schritt zurück, während die junge Frau ihn verwundert ansah.

»Herr Söhler?«, sprach Kuse den Studenten freundlich an.

»Wer will das wissen?« Das klang pampig, aber in Söhlers Stimme schwang ein deutlich hörbares Zittern mit.

»Gerd Kuse. Kann ich Sie einen Moment sprechen?«

»Ich wüsste nicht …«

»He, sei doch nicht so unfreundlich, Roman«, empfahl die junge Frau. »Entspann dich, wir können auch nachher weiterreden.« Sie legte ihm kurz die Hand auf den Arm, nickte Kuse zu und ging hinaus in den Garten. Ein zarter Parfumduft blieb zurück – Orange und Kiwi, schätzte Kuse, ohne sicher zu sein. Er hatte schon lange kein schönes Frauenparfum mehr in der Nase gehabt.

Söhler schluckte. »Was wollen Sie?« Tiefe Ringe hatten sich unter seinen Augen eingegraben, das dunkle Haar ließ ihn zusätzlich blass erscheinen. Der Junge wirkte schmal, abgezehrt und übernächtigt.

Und ob der Angst hat, dachte Kuse, und zwar nicht erst seit gestern. »Ich kann Ihnen helfen«, sagte er leise.

Er starrte ihn abwartend an. »Aha.«

»Sie werden verfolgt, oder?«

»Wie kommen Sie darauf?«

»Ich bin vom LKA, lassen Sie uns draußen weiterreden. Ich zeige Ihnen dort auch gerne meinen Ausweis. Ich warte fünf Minuten auf Sie.« Damit drehte Kuse sich um und verließ den Raum, um draußen im Schatten einer Buche stehen zu bleiben.

Roman Söhler trat drei Minuten später aus dem Gebäude, wobei er sich vorsichtig nach allen Seiten umsah. Sein Gang war staksig.

»Er ist nicht da«, meinte Kuse und zückte seinen Ausweis, als Söhler zwei Schritte vor ihm verharrte, die Arme vor der Brust verschränkte und das Kinn hob.

»Er?«

»Ihr Verfolger. Er hat sich gestern an Ihre Fersen geheftet, als Sie abends einen Spaziergang machten. In der Kneipe war er auch.«

»Und warum …«

»Das erfahren Sie im Präsidium. Mein Wagen steht um die Ecke. Bitte begleiten Sie mich, bevor der Typ hier auftaucht.«

Söhler atmete tief durch. »Sie sind wirklich vom LKA?«

»Bin ich, auch wenn ich auf den ersten Blick nicht so aussehe. Das tun allerdings die wenigsten. Kommen Sie.«

Hannah konnte sich nicht daran erinnern, jemals mit einem Zeugen gesprochen zu haben, der derart erleichtert gewesen war, dass die Polizei den Kontakt zu ihm gesucht hatte. Kuse besorgte dem jungen Mann Kaffee und ein dick belegtes Brötchen, das Söhler innerhalb kürzester Zeit vertilgte, als hätte er seit Tagen nichts Vernünftiges in den Magen bekommen. Schließlich atmete er tief durch und wischte sich seufzend den Mund ab. »Wie sind Sie auf mich gekommen?«, fragte er und blickte von Kuse zu Hannah.

»Wir haben den Typen im Auge behalten, der Sie verfolgt hat«, entgegnete Kuse und legte ihm ein Foto von Michael Folk vor. »Kennen Sie den?«

Söhler musterte das Porträt und schüttelte den Kopf. »Nein.«

»Sie werden also verfolgt«, hob Hannah an. »Haben Sie eine Ahnung, warum?«

»Ja. Ich vermute, dass es mit dem Gespräch zusammenhängt,

das ich vor einiger Zeit während meines FSJ in Sankt Petersburg aufgeschnappt habe.« Er brach ab, als erwartete er Zwischenfragen. »Ich habe dort in einem Kinderheim gearbeitet«, setzte er schließlich seinen Bericht fort. »Um es kurz zu machen: Mir ist aufgefallen, dass zwei Kinder auf höchst merkwürdige Weise in die Adoption vermittelt wurden …«

»Sie müssen es nicht kurz machen. Wir haben Zeit«, unterbrach Hannah und beugte sich vor. Sie war alarmiert. »Was haben Sie aufgeschnappt?«

»Einer der Mitarbeiter des Heims unterhielt sich mit einem Mann, den ich nicht kannte und auch während des Gesprächs nicht gesehen habe, nur die Stimme …«

»Wann war das?«

»Ungefähr Ende Mai, Anfang Juni, ich hatte noch einige Wochen vor mir und war mit Renovierungsarbeiten beschäftigt. Die beiden hatten sich zurückgezogen und wollten ganz offensichtlich nicht, dass ihre Unterredung bemerkt wurde – von niemandem. Sie haben einfach nicht mitbekommen, dass ich nebenan im Bad war. Es ging um Papiere für zwei Kinder zwischen sechs und acht Jahren, die jemand besorgt hatte oder dabei war zu besorgen. Die Namen der Kinder sollten merkwürdigerweise erst nach einem gesundheitlichen Check eingetragen werden. Das hat mich stutzig gemacht. Es war gar nicht die Rede von den Eltern, die sich die Kinder ausgesucht hatten, im Vordergrund stand der Check, dem sich die Auswahl der Kinder anschließen würde, und die Tatsache, dass alles seinen Preis hat.«

Hannah wechselte einen schnellen Blick mit Kuse. Wie es aussah, war dem Kollegen der gleiche Gedanke durch den Kopf geschossen.

»Zwei Kinder?«, fragte sie nach. »Sind Sie sicher?«

»Ja. Mein Russisch war und ist natürlich nicht perfekt, aber ich bin sicher, mich nicht verhört zu haben. Außerdem wurden Anfang Juli dann tatsächlich zwei Jungs abgeholt, Pawel und Jakow, und der Gesundheitscheck hatte eine gute Woche zuvor stattgefunden, wie ich im Nachhinein mitbekam. Als mich der Heimleiter Ende Juli verabschiedete, erhielt ich zufälligerweise die Möglichkeit, einen kurzen Blick in die Mappe mit den Adoptionspapieren zu werfen …« Er kratzte sich verlegen am Hinterkopf. »Die Sache hat mir keine Ruhe gelassen, und ich habe rasch ein paar Fotos mit dem Handy gemacht.«

Hannah hob die Brauen.

»Einige Zeit nach meiner Rückkehr nach Deutschland, ich hatte gerade mein Zimmer im Studentenwohnheim bezogen, fiel mir beim Fotosortieren auf, dass die angegebenen Vermittlungsadressen in den Adoptionspapieren falsch waren.«

»Was heißt das?«

»Die Straßennamen gibt es nicht.«

Hannah nickte nachdenklich.

»Mir kam das alles ziemlich seltsam vor. Auf der anderen Seite«, Söhler schüttelte den Kopf, »was sollte das bedeuten? Und was konnte ich unternehmen, um Genaueres zu erfahren? War das überhaupt meine Aufgabe? Wie kam ich dazu, mich einzumischen und Fotos von Dokumenten zu machen? Schließlich habe ich dem Heimleiter eine Mail geschrieben und ihn gebeten, mir die Adressen der Adoptiveltern der Jungs zu mailen, weil ich den beiden versprochen hätte, ihnen Postkarten aus Hamburg zu schicken. Ich fand, dass das harmlos klang. Immerhin kannte ich die beiden gut und habe Monate mit denen verbracht.«

Kuse wischte sich über die Nase.

»Er antwortete mir zügig, aber die Adressen stimmten wieder nicht … Tja, und dann hatte ich plötzlich das Gefühl, verfolgt zu werden. Außerdem hat sich jemand in meinem Zimmer zu schaffen gemacht und Fotos von meinem Rechner gelöscht.« Der Student lächelte plötzlich. »Aber die Bilder von den Adoptionspapieren habe ich noch. Es waren Handyfotos. Ich habe sie gut gesichert …«

Einen Moment herrschte Stille. »Sie haben sich in Gefahr begeben«, sagte Hannah schließlich.

»Ich weiß. Die Situation war vertrackt, aber wer hätte sich schon mit mir befasst, wenn ich mit diesen Infos zur Polizei gegangen wäre? Und selbst wenn ein Beamter sich gekümmert hätte – dabei wäre doch niemals etwas herausgekommen.«

Hannah teilte seine Ansicht. Wenn Roman Söhler nicht zufälligerweise in den Fokus der Ermittlungen geraten wäre, hätte das Ganze auch böse für ihn enden können. Sie sah zur Seite, als Kuse ein Foto von Sascha Biltner aus der Akte zog. »Ist Ihnen der schon mal über den Weg gelaufen?«

»Ehrlich – keine Ahnung. Wie gesagt, ich habe den Mann, mit dem der Mitarbeiter des Kinderheims sprach, ja gar nicht zu Gesicht bekommen …«

»Wir brauchen seine Stimme«, meinte Hannah plötzlich. »Ob man den Mann ans Telefon bekommt, wenn man ihm in Aussicht stellt, einen größeren Auftrag an Land zu ziehen?«

Kuse spitzte die Lippen. »Das müsste aber Hand und Fuß haben.«

»Unbedingt.«

Kuse stand plötzlich auf. »Ich habe noch eine andere Idee. Wir sollten uns die Website genauer ansehen. Vielleicht gibt es einen Videoeinspieler, den der Chef persönlich besprochen hat. Ich hole uns einen Laptop. Bin gleich wieder da.«

»Okay.« Hannah wandte sich wieder Söhler zu. »Dann können Sie uns auch gleich Ihre Fotos herunterladen.« Sie schob ihm Block und Stift zu. »Bitte notieren Sie die Namen der Kinderheimleute, mit denen Sie zu tun hatten.«

Als Gerd Kuse eine Viertelstunde später zurückkehrte, war er zwar nicht auf der Website fündig geworden, aber beim Googeln auf eine Tagungsaufzeichnung gestoßen. Sascha Biltner begrüßte die Gäste anlässlich einer Veranstaltung in Helsinki auf Englisch. Viermal spielte Kuse die Ansprache ab, und Roman Söhler ließ sich Zeit mit seiner Einschätzung. Er war nicht hundertprozentig sicher, das war ihm an der Nasenspitze anzusehen. »Aber das könnte die Stimme sein«, meinte er.

»Und wie hoch schätzen Sie die Wahrscheinlichkeit ein?«

»Neunzig Prozent. Das kann an der Sprache liegen. Russisch klingt einfach ganz anders, eine Videowiedergabe erst recht.«

»Gut, das lassen wir einfach mal so stehen.« Kuse musterte den jungen Mann einen Moment eindringlich. »Ich bin dafür, dass Sie während der laufenden Ermittlungen nicht in ihrem Studentenwohnheim bleiben.«

»Aber ich habe keine andere Möglichkeit …«

»Und ob. Wir bringen Sie solange woanders unter.«

»Und was ist mit meinem Job? Ich habe den Eindruck, dass man mir auch dorthin gefolgt ist.«

Kuse hob die Hände. »Suchen Sie sich einen anderen Job.«

Hannah nickte. »Das sehe ich genauso.«

»So einfach ist das aber nicht.«

»Sie sind intelligent, Sie werden etwas anderes finden, da bin ich ziemlich sicher.«

Kurz darauf hatte Söhler die Fotos heruntergeladen, und Kuse fuhr den Studenten in eine Pension, in der das LKA manchmal Zeugen unterbrachte. Währenddessen unternahm Hannah einen Spaziergang mit Kotti und ließ die neueste Entwicklung sacken. Waisenkinder, nach denen im Anschluss an die Vermittlung niemand mehr fragte. Nach den Gesundheitschecks, die Aufschluss über die Blutgruppe und den allgemeinen Zustand gaben, konnten die passenden Spender ausgewählt werden, und sie verschwanden einfach – mit offiziellen Papieren ausgestattet, für die an den richtigen Stellen Schmiergeld gezahlt worden war. Was für ein perfides System! Das zweite Kind, durchfuhr es sie. Was ist mit dem zweiten Kind passiert? Hatte es eine weitere Transplantation gegeben, von der Schade nichts berichtet hatte? Warum nicht? Weil es noch einen anderen Arzt gab, der Kinder operierte?

Als sie ins Büro zurückkehrte, rief sie in der Klinik an und bat um seinen Rückruf. Während sie wartete, schrieb sie ein Memo für die anderen Ermittler und die OK-Leute und besorgte sich in der Kantine ein spätes Mittagessen – Würstchen und Kartoffelsalat. Sie war gerade beim Nachtisch angelangt, rote Grütze mit Vanillesoße, als Dr. Schade sich meldete.

»Alles in Ordnung bei Ihnen?«

»Ja, danke.« Er räusperte sich. »Die Leute sind sehr gut. Ich fühle mich tatsächlich sicherer.«

»Das freut mich. Ich habe eine Frage zu dem Wochenende, an dem Sie … dort operierten«, formulierte sie allgemein.

»Ja?«

»Ein Kind, sagten Sie.«

»So ist es. Ein Junge, sieben Jahre alt.«

»Erfolgte irgendein Hinweis auf das Spenderorgan?«

»Ich habe angesichts der Umstände erst gar nicht gefragt«, erwiderte Schade.

»Wir haben inzwischen weitere Nachforschungen angestellt. Vieles weist darauf hin, dass in einem passenden Zeitfenster zwei Kinder verschwanden. Dr. Schade, haben Sie an jenem Wochenende ein oder zwei Transplantationen vorgenommen?«

Schweigen.

»Doktor? Bitte, verstehen Sie mich nicht falsch – es geht mir ausschließlich um den Abgleich von Informationen«, beteuerte Hannah.

»Ich habe ein Kind operiert«, entgegnete Schade. »Aber …«

»Ja?«

»Ein Assistenzarzt ließ eine merkwürdige Bemerkung fallen, die ich nur halb verstand. Es ging um die Möglichkeit, bei einer akuten Abstoßungsreaktion noch ein Pfand in der Hinterhand zu haben. Ich habe nicht nachgefragt, was damit gemeint war. Vielleicht wollte ich es auch gar nicht wissen«, schob er nach.

»Glauben Sie, dass außer Ihnen noch ein Spezialist für Kinder dort tätig ist?«

»Ehrlich gesagt, nein. Sonst hätten die mich wohl kaum so unter Druck gesetzt.«

»Da ist was dran. Sie hatten berichtet, dass die Klinik nach dem Ausfall von zwei Medizinern händeringend nach einem

Transplantationsspezialisten suchte – so stellte es Biltner Ihnen gegenüber jedenfalls dar. Vielleicht hat er in diesem Punkt sogar die Wahrheit gesagt.«

»Oder die Mediziner waren krank oder aus anderen Gründen nicht fähig, in einem derart kniffligen Fall zu operieren. Das war in der Tat eine spezielle Aufgabe, die viele Risiken barg.«

Die Organisation baut seit Jahren ein perfektes Netzwerk auf, überlegte Hannah, aber solche Spezialisten gibt es nun mal nicht wie Sand am Meer, und wer weiß, wessen Kind Schade operieren musste. Es durfte auf gar keinen Fall irgendwas schiefgehen. Ein Pfand in der Hinterhand. Vielleicht lebte das zweite Kind noch.

»Dr. Schade, Sie beschrieben, dass Sie nicht wüssten, wo sich die Klinik befindet«, fuhr Hannah fort. *Man brachte mich in eine Klinik, aber während der Fahrt dorthin waren meine Augen verbunden. Ich habe das Kind operiert. Es war höchste Zeit.* »Es war Ihnen lediglich klar, dass Sie in Sankt Petersburg waren. Können Sie sich dennoch an etwas erinnern, was uns weiterhelfen würde? Geräusche, Gerüche und Ähnliches. Welchen Eindruck hatten Sie von den Räumlichkeiten und der Ausstattung des OPs?«

»Wir waren eine ganze Weile unterwegs, aber Sankt Petersburg ist groß«, erwiderte Schade. »Ich glaube, dass wir im Gebäude selbst einen Fahrstuhl benutzten, der nach unten fuhr. Die Räume, die ich zu sehen bekam, waren technisch gut ausgestattet – nicht perfekt und kein hochmoderner Wissenschaftsstandard, aber es ließ sich damit arbeiten.«

»Was ist mit dem Assistenzteam?«

»Vier, fünf Leute – alle mit Atemschutz und in voller OP-Kleidung. Ich würde niemanden wiedererkennen.«

Das hatte Hannah befürchtet. Sie beendete das Telefonat und ergänzte ihren Bericht, als Florian Decker anrief. »Haben Sie Zeit und Lust, mich zu begleiten? Es geht nach Pinneberg.«

»Natürlich. Haben Sie was entdeckt?«

»Mal sehen. Ich habe geraume Zeit über den Bilanzen und anderen Geschäftsinterna gesessen – damit kann man Monate verbringen und wird garantiert fündig, wenn man sich die Mühe macht, allen Geschäftsbewegungen, Aufträgen und so weiter nachzugehen. Aber Monate haben wir nicht.«

»In der Tat nicht, nein.«

»Dann habe ich mich mit dem Personal beschäftigt und einige Mitarbeiter herausgesucht, die in letzter Zeit ihren Job bei Biltner verloren haben – davon gibt es nämlich auffällig viele. Sieht ganz so aus, als hätte der Mann, je mehr Macht er ausübte, immer mehr wichtige Stellen neu besetzt, aber ausgeschiedene Mitarbeiter wurden mit ordentlichen Abfindungen ruhiggestellt.«

»Interessant.«

»Denke ich auch. Kein einziger ist vor's Arbeitsgericht gezogen, und nur eine Frau ist bereit, mit uns zu reden, sofern wir ihr Diskretion zusichern. Auch sie war sehr zurückhaltend. Ich halte es für eine gute Idee, wenn Sie mitkommen und das Gespräch führen.«

»Selbstverständlich gerne.«

Katja Wohle war Anfang dreißig und wohnte am Ortsrand von Pinneberg in einem unscheinbaren, auf den ersten Blick bieder wirkenden Bungalow, der sich hinter dichten Hecken und Tannen und einer wuchtigen Mauer aus Natursteinen verbarg, auf der sich zwei Katzen räkelten – eine davon, ein roter Kater mit imposantem Kopf, dürfte mehr auf die Waage bringen als Kotti. Vor der Garage stand ein Mountainbike, Sonnenblumen reckten sich gen Himmel, eine Gießkanne mit rostigem Griff stand bereit. Bis auf das Fahrrad schien alles in ein lauschiges Sechziger-Jahre-Ambiente getaucht. Vielleicht hat sie das Häuschen von der Großmutter geerbt, dachte Hannah.

Im Inneren ertönte eine sanfte Glocke. Die Frau, die ihnen kurz darauf öffnete, trug bequeme Shorts und ein dünnes

Shirt, das den Blick auf ihren flachen Bauch freigab. Sie hatte dunkelgrüne Augen, kastanienrotes Haar und wirkte durchtrainiert. Hannah spürte, dass Decker sie kurz, aber intensiv taxierte, bevor er mit ausgesuchter Freundlichkeit grüßte und Hannah vorstellte.

»Kommen Sie herein«, sagte Wohle und lächelte, als sie Kotti entdeckte. Dann ging sie voraus. »Mögen Sie etwas trinken?«

»Bei der Wärme keine schlechte Idee«, stimmte Decker zu.

Küche, Wohn- und Esszimmer bildeten eine farbenfrohe Einheit, die erstaunlich großzügig wirkte. Sie nahmen auf Bistrostühlen neben der offenen Verandatür Platz. Die beiden Katzen hatten ihren Mauerplatz verlassen und stolzierten mittlerweile durch den Garten – die Schwänze wie zitternde Antennen hochgereckt. Kotti legte den Kopf auf die Vorderpfoten und behielt sie aufmerksam im Auge. Benimm dich, der Rote hält bestimmt nichts von einem Jagdspiel und reagiert garantiert humorfrei, dachte Hannah.

Katja Wohle goß drei Gläser Wasser ein. Falls sie neugierig oder erstaunt war, dass gleich zwei Beamte bei ihr aufkreuzten, ließ sie sich kaum etwas anmerken. Sie trank einen Schluck und wandte sich, Hannah ignorierend, an Kommissar Decker. »Sie sprachen am Telefon von einer allgemeinen Überprüfung, bei der sich einige Fragen ergeben hätten. Was darf ich mir darunter vorstellen?«, ergriff sie die Initiative.

Decker lächelte irritiert. »Ich würde gerne mit einer Gegenfrage antworten, wenn Sie …«

»Das ist keine gute Idee.«

Decker hielt inne. »Nun gut. Biltners Kongressfirma hat im Zusammenhang mit einer Ermittlung unsere Aufmerksamkeit erregt – Einzelheiten dazu kann ich Ihnen nicht sagen. Mich und meine Kollegin würde interessieren, wie es zu der auffälligen Personalfluktuation kam, seit Biltner im Geschäft ist.«

»Er hat seine Vorstellungen durchgesetzt«, entgegnete Wohle ohne Umschweife.

»Die da wären?«, ergriff Hannah spontan das Wort. Sie war

verblüfft, dass Decker derart kleinlaut auf die forsche junge Frau reagierte.

Katja Wohle wandte ihr langsam das Gesicht zu. »Sascha hat die Firma umstrukturiert. Manche Posten wurden neu geschaffen, andere fielen weg. Was genau interessiert die Polizei in diesem Zusammenhang?«

Sie redet nicht, solange sie nicht weiß, worum es geht, dachte Hannah, und wir können nicht deutlicher werden, solange wir nicht wissen, auf welcher Seite sie steht. Immerhin nennt sie ihn beim Vornamen. »Wir recherchieren zurzeit ausgesprochen behutsam, auf sehr leisen Sohlen, wenn ich das mal so sagen darf«, erläuterte Hannah und hielt ihren Blick fest. »Wir vermuten Vorkommnisse, die weitere polizeiliche Maßnahmen erforderlich machen, doch ohne Hinweise tappen wir im Dunkeln. Es wäre schön, etwas Licht in die Geschäfte von Herrn Biltner zu bringen. Mehr kann ich Ihnen nicht sagen, wofür Sie hoffentlich Verständnis aufbringen.« Sie lächelte. »Warum sind Sie ausgestiegen, Frau Wohle?«

»Interessante Formulierung.«

Interessante Bewertung, dachte Hannah. »Sie haben in der Buchhaltung gearbeitet, wenn ich richtig informiert bin.«

»Sind Sie.«

»Warum muss eine Buchhalterin gehen?«

»Ich musste nicht gehen, ich wollte, und er hat gut bezahlt«, widersprach sie energisch.

Also doch ein aktiver Ausstieg. »Damit Sie den Mund halten?«

Katja Wohle setzte sich ruckartig auf und blickte von Hannah zu Decker und wieder zurück. »Sagen Sie mal, worüber reden wir hier eigentlich? Sie müssen schon etwas konkreter werden.«

»Wir reden über den Geschäftsführer Sascha Biltner. Erzählen Sie uns von ihm. Was ist er für ein Typ?«, fragte Hannah.

»Ein Macher, ein Gewinner, einer, der sich durchsetzt.« Sie zögerte einen Moment. »Na schön … Ich habe Unregelmäßigkeiten bei einigen Geschäftsvorgängen festgestellt, denen ich nachzugehen beabsichtigte. Das wollte er aber nicht. Daraufhin haben wir uns geeinigt, meinen Arbeitsvertrag zum Ende letzten Jahres aufzulösen – in gegenseitigem Einvernehmen. Es gab eine passable Abfindung, mittlerweile arbeite ich als Buchhalterin in Pinneberg, und alles läuft bestens.«

»Was für Unregelmäßigkeiten?«

»Lassen Sie es mich bitte so ausdrücken: Es gab Geschäftsvorfälle, die nicht zu den gebuchten Veranstaltungen passten.«

»Das ist aber mehr als allgemein ausgedrückt«, bemerkte Decker.

»Konkreter möchte ich nicht werden ohne …«

»Was genau hat Sie eigentlich dazu bewogen, einer Unterredung mit uns zuzustimmen?«, fiel Hannah ihr ins Wort.

»Ich bin von Natur aus neugierig.«

»Haben Sie Angst?«

»Ich sprach von Neugier!«, betonte Wohle energisch.

»Und zugleich bestehen Sie auf Diskretion?«

»Ich möchte nicht hinterhertreten – wie gesagt, ich bin großzügig abgefunden worden und …«

Hannah stand abrupt auf. »Gut, lassen wir das. So kommen wir nicht weiter. Ihre Neugier mag ich nicht befriedigen, und unter Diskrektion verstehe ich jedenfalls etwas anderes. Aber einen Versuch war es wert. Wir brauchen zumindest dezente Hinweise, um weiterzukommen. Ich denke, Sie wissen sehr genau, dass in der Firma etwas im Argen liegt, trauen sich aber nicht, deutlicher zu werden, oder spielen mit uns – in der Hoffnung, mehr über ihren Exchef zu erfahren. Dafür ist mir meine Zeit aber entschieden zu schade.« Damit drehte sie sich um und ging mit eiligen Schritten zur Tür, gefolgt von Kotti und dem verblüfften Decker. Sie streckte die Hand zur Klinke aus.

»Warten Sie!«, rief Wohle von weitem und folgte ihnen in die Diele. »Es gab Fake-Buchungen zu Veranstaltungen, die gar nicht stattgefunden hatten«, sagte sie. »Ich bin mehrfach darüber gestolpert. Er meinte, ich solle mich nicht darum kümmern, und war ziemlich sauer, als ich mich nicht daran hielt, sondern immer wieder nachfragte.«

»Das war alles?«

»Nein.« Sie biss sich auf die Unterlippe. »Bei einer Tagung in Helsinki vor knapp einem Jahr wurde ich Zeugin einer Schlägerei, besser gesagt: Sascha hat sich auf eine Prügelei eingelassen. Ein junger Mediziner aus Stuttgart hat ihn provoziert und …« Sie stockte und wandte das Gesicht ab. »Sascha hat ihn niedergeschlagen und unter Umständen tödlich verletzt.«

Hannah atmete scharf ein. »Wie bitte?«

»Das haben Sie nicht von mir«, fuhr Katja Wohle fort. »Halten Sie da meinen Namen unbedingt heraus.« Sie war bleich, und von ihrer Selbstsicherheit war kaum noch etwas übrig geblieben. »Ich würde diese Aussage nicht vor Gericht wiederholen.«

»Gab es eine Untersuchung?«

»Nein. Jemand hat die Leiche wohl verschwinden lassen, und ich dachte eigentlich, Sie würden deswegen …«

»Jemand?«

»Sascha beauftragte jemanden und …«

»Wollen wir uns nicht wieder hineinsetzen?«, schlug Decker vor, und sie gingen zurück in den Wohnraum, um ihre Plätze einzunehmen.

Katja Wohle sah auf ihre Hände und schwieg eine ganze Weile. »Sascha hat früher regelmäßig bei Ultimate-Fighting-Kämpfen mitgemacht«, begann sie stockend zu berichten. »Ein höchst umstrittener Kampfsport, bei dem es kaum Regeln gibt und die Kämpfer mit fast allen Mitteln aufeinander eindreschen, treten, stoßen, bis einer aufgibt, bewusstlos wird …«

»Oder stirbt?«, wandte Hannah ein.

»Ja. Das passiert selten, zumindest bei offiziellen Kämpfen, aber es passiert natürlich«, erzählte Katja Wohle. »Sascha meinte mal, dass er bei einigen dieser Veranstaltungen hochinteressante und wichtige Leute kennengelernt hätte. In den letzten Jahren ist er selbst nicht mehr in den Ring gestiegen, hat aber weiterhin regelmäßig trainiert und ist ziemlich fit.«

»Waren Sie ein Paar?«

»Das nicht, wir hatten zwischenzeitlich eher so etwas wie eine Affäre.«

»Gut, dann also noch mal von vorne. Was genau ist passiert?«

Katja Wohle goss Wasser nach. »Wir waren spätabends noch was trinken – Sascha und ich und der Stuttgarter Arzt …«

»Name?«

»Paul Möller oder so ähnlich.«

»In einer Bar verfolgte eine Gruppe von Männern im Fernsehen eine Boxkampfübertragung, und Sascha und Möller fingen an zu diskutieren, welche Kampfsportart die effektivste sei. Der Typ war Kickboxer, wie sich herausstellte, und auf einmal war der schönste Streit im Gange. Die beiden schaukelten sich immer mehr hoch, provozierten einander, während einige Barbesucher den Disput verfolgten. Der Stuttgarter meinte dann zu Sascha, er würde ihn mit zwei gezielten Tritten zu Boden befördern, worauf Sascha antwortete, dass schon der erste danebengehen würde, weil er bedeutend schneller sei und ihn innerhalb von Sekunden ausknocken könne, worauf Möller ihn einfach auslachte und so weiter und so fort. Einer der anderen Gäste machte schließlich den Vorschlag, woanders hinzugehen und die Diskussion im Ring auszufechten, wie bei einem richtigen Kampf. Dann würde man schon sehen, wer von den beiden recht hatte.«

Katja Wohle trank einen Schluck. »Der Vorschlag wurde mit Begeisterung aufgenommen – meine Einwände hat Sascha einfach weggefegt. Komm mit und guck dir an, wie ich das Großmaul fertigmache, oder nerv nicht und geh zurück ins Hotel, meinte er. Wenig später sind die beiden in irgendeinem dunklen Hinterhof unweit der Bar übereinander hergefallen, und zehn Minuten nach Kampfbeginn ging der Stuttgarter zu Boden und rührte sich plötzlich nicht mehr. Die großmäuligen Zuschauer machten sich ziemlich eilig davon, auf einmal war es sehr still und leise. Damit wollte niemand mehr etwas zu tun haben. Sascha rief jemanden an, der Möller ins Krankenhaus bringen sollte. Mich schickte er zurück ins Hotel. Als er später nachkam, sagte er nur, ich solle keine Fragen stellen und die ganze Sache sofort vergessen. Ich denke, sie haben ihn weggefahren, ich weiß nicht, wohin, und vielleicht irgendwo verschwinden lassen …«

»Wie kommen Sie darauf?«, unterbrach Decker den Bericht.

»Möller gilt seit damals als vermisst, und es gab keinerlei Hinweise auf das Geschehen, soweit ich weiß. Im Krankenhaus ist der jedenfalls nie eingetroffen. Das hätte die Polizei ja wohl herausgefunden.« Sie schluckte. »Es ist nie etwas hinterher gekommen, nichts Bedeutsames jedenfalls. Nur ein paar oberflächliche Fragen.«

Es kommt immer etwas hinterher, dachte Hannah. Früher oder später.

»Bis jetzt«, fügte Wohle hinzu. »Ich dachte, Sie wären deswegen hier. Mir ist die Geschichte sehr nahegegangen, und darum habe ich die Firma verlassen. Ich muss wohl kaum erwähnen, dass sich Sascha bei entsprechenden Ermittlungen die Frage stellen wird, ob die Hinweise von mir stammen könnten.«

»Das ist mir klar, Frau Wohle. Wir werden entsprechend behutsam mit Ihren Informationen umgehen. Wann war der Kongress?«

»Mitte Oktober, und soweit ich es mitbekam, gab es lediglich eine schriftliche Anfrage aus Helsinki und ein Telefonat mit der Stuttgarter Polizei. Ob die Behörden unter Umständen im neuen Jahr noch mal nachhakten, als ich nicht mehr dort war, kann ich natürlich nicht sagen. Das werden Sie besser wissen.«

Einen Moment blieb es still. »Frau Wohle, haben Sie je bemerkt, dass Sascha Biltner in Sankt Petersburg war oder Geschäfte in der Stadt erwähnte?«, hob Hannah wieder an.

»Das ist nur ein Katzensprung von Helsinki«, entgegnete sie erstaunt. »Wir haben mal gemeinsam einen Ausflug dorthin gemacht. Schöne Stadt. Wieso fragen Sie?«

»Ist Ihnen dabei irgendetwas aufgefallen? Haben Sie Freunde oder Bekannte von Biltner besucht? Hat er Bemerkungen gemacht, die Ihnen jetzt zu denken geben?«

»Nein«, erwiderte Wohle überrascht. »Er hat mir die Stadt gezeigt, das war alles. Er kannte sich sehr gut aus, das ist mir noch aufgefallen. Er spricht sogar Russisch. Darüber habe ich mich noch ziemlich gewundert.«

»Haben Sie fotografiert?«

»Komisch, dass Sie danach fragen«, meinte Wohle nachdenklich. »Ja, ich hatte meine Kamera dabei, aber irgendwas stimmte mit dem Speicherstick nicht. Als ich mir die Bilder zu Hause ansehen wollte, waren sämtliche Fotos gelöscht. Keine Ahnung, wie das passiert ist. Ich habe mich total geärgert.«

Na, so ein Zufall, dachte Hannah. Zehn Minuten später beendeten sie die Unterredung und machten sich auf den Weg ins Präsidium. Decker hatte Wohle noch einmal eindringlich darauf hingewiesen, dass sie sich unbedingt melden solle, falls ihr noch etwas einfiele. Jede Kleinigkeit sei wichtig. Hannah telefonierte mit Stefanie Hobrecht, um die neuesten Infos durchzugeben, und rief dann im BKA Berlin an, um detaillierte Auskünfte zum Vermisstenfall Paul Möller anzufordern und die Kollegen zu bitten, Kontakt zu den finnischen Behörden aufzunehmen.

»Was machen wir damit?«, fragte Decker, als sie ihr Handy beiseitelegte.

»Damit haben wir einen Grund, Biltner zu befragen, ohne dass die Transplantationen thematisiert werden – er wird sich diesbezüglich auf der sicheren Seite wähnen und keinen Verdacht schöpfen. Immerhin sind Vermisstenfälle mein Spezialgebiet.«

Vielleicht gewinnen wir Zeit, dachte Hannah. Zeit, die die Kollegen in Sankt Petersburg nutzen können. Sie sah auf die

Uhr und nahm sich vor, nach der Abschlussbesprechung Feierabend zu machen und in die Pension zu fahren. Ihr Kopf fühlte sich zum Bersten voll an. Sie mochte nicht mehr reden und vor allen Dingen nicht mehr zuhören.

16

Doktor Paul Möller war Hautarzt gewesen und einfach verschwunden, wie es so schön hieß. Der BKA-Bericht, den ihr eine Berliner BKA-Kollegin per Mail geschickt hatte und den sie beim Frühstück las, fasste die Ergebnisse aus Helsinki und Stuttgart zusammen und hinterließ einen schalen Nachgeschmack, den Hannah mit einem zweiten Kaffee hinunterzuspülen versuchte. Von manchem Leben blieb nichts anderes übrig als einige Vermerke in einer dünnen Akte. Das stellte sie nicht zum ersten Mal fest.

Die Nachforschungen vor Ort waren nahezu ergebnislos geblieben – alles lief auf die Vermutung hinaus, dass der Mann den Tagungsort, ein großes Hotel in Hafennähe, am Abend verlassen hatte, um frische Luft zu schnappen, vielleicht noch etwas trinken zu gehen und einen Spaziergang zu machen, von dem er nicht wieder zurückgekehrt war. Es gab keine Zeugen, die ihn außerhalb des Hotels oder des Veranstaltungsprogramms gesehen hatten, zumindest waren keine ausfindig gemacht worden, und von den anderen Teilnehmern war auch niemandem etwas aufgefallen; keiner hatte auch nur eine vage Idee geäußert, wohin der Arzt nach dem letzten Vortrag gegangen sein könnte. Und abgesehen davon, dass die Fachtagung und die ausrichtende Eventfirma erwähnt wurden, fanden sich keinerlei Anmerkungen zu Sascha Biltner oder Katja Wohle.

Aus dem Familien- und Freundeskreis war auch nichts zu erfahren gewesen, was die Nachforschungen hätte voranbringen können, und zwar aus dem schlichten Grund, weil Möllers Familie klein war und er nicht besonders viele Freunde gehabt hatte. Er sei ganz auf seine Arbeit konzentriert gewesen und habe sich darüber hinaus für Sport und gute Filme interessiert, hatte ein Kollege bemerkt; ein anderer hielt es nicht einmal für ausgeschlossen, dass er irgendwo im Ausland ein neues Leben angefangen hatte. Seine Praxis sei nicht sonderlich gut gelaufen, sein Bankkonto erheblich überzogen, eine Beziehung gerade zerbrochen. Die Exfreundin beschrieb ihn als egozentrisch, herablassend und besserwisserisch. Den vermisst niemand, dachte Hannah. So banal war das manchmal.

Blieb nur die Frage, warum Sascha Biltner, ein Mann mit klaren Zielen und Plänen, Geschäftsführer eines florierenden Eventunternehmens sowie Kopf einer illegalen Organisation mit ausgetüfteltem Netzwerk, sich dazu hinreißen ließ, auf die Provokation eines jungen Arztes einzugehen und dabei derart in Rage zu geraten, dass er ihn im Kampf tödlich verletzte, noch dazu vor Zeugen. Das Erste, was ein Kampfsportler zu lernen hatte – egal, in welcher Disziplin er antrat –, war die Selbstkontrolle, die Beherrschung von Aggressionen.

Es könnte ein Unfall gewesen sein, den er meinte vertuschen zu müssen, weil er es sich in seiner Position – in offizieller wie inoffizieller – nicht leisten konnte, die Polizei einzuschalten und eine Untersuchung zuzulassen. Dafür ging er lieber das Risiko einer Mitwisserin ein, die, fürstlich entlohnt oder notfalls unter Druck gesetzt, schon den Mund halten würde.

Und genau in diesem Punkt hatte er sich verschätzt. Nach Paul Möller krähte längst kein Hahn mehr und hätte nie einer gekräht, wenn die Ermittler nicht in einem anderen Zusammenhang auf Biltner aufmerksam geworden wären, aber auf Katja Wohle war kein Verlass gewesen. Neugierig oder schlicht beunruhigt, wonach die Polizei suchte, war sie nach anfänglicher Zurückhaltung bemerkenswert schnell bereit gewesen auszupacken – möglicherweise drückten sie ein schlechtes Gewissen und die Befürchtung, in den Sog dieser alten Geschichte zu geraten, in der immerhin ein Mensch sein Leben verloren hatte.

Hannah hatte sich die Morgenbesprechung im Präsidium gespart, um stattdessen in aller Frühe eine lange Joggingrunde mit Kotti zu unternehmen und den Waschkeller der Pension aufzusuchen – nach anderthalb Wochen Hamburg gingen ihre Klamotten inzwischen deutlich zur Neige.

Sie leitete die Mail umgehend ans LKA Hamburg weiter und rief kurz darauf Florian Decker an, um die weitere Vorgehensweise zu besprechen. »Ich möchte den Mann heute noch kennenlernen«, meinte sie. »Da wir aber nicht wissen, ob er am Verschwinden der Leiche aktiv beteiligt gewesen war oder jemanden damit beauftragte, müssen wir vorsichtig sein mit der Behauptung, es gebe angeblich neue Ermittlungsansätze, sonst riecht er ganz schnell den Braten und gibt Alarm, bevor wir eine Chance haben, der Organisation näher zu kommen.«

»Ich find's interessant, dass dieser Möller offenbar nicht sonderlich beliebt gewesen war und finanzielle Probleme hatte. Vielleicht lässt sich an dieser Stelle ein Ansatz finden«, schlug Decker vor.

»Ja, wir könnten so tun, als würden wir aufgrund von entsprechenden Hinweisen aus der Familie noch mal nachfragen, ob Biltner Konflikte zwischen ihm und anderen Tagungsgästen bemerkt hätte, und daraus eine Überleitung zu einer tätlichen Auseinandersetzung formulieren, zu der vage Hinweise vorlägen«, überlegte Hannah. »Mal sehen, wie er darauf reagiert.«

»Ja, hm, klingt nicht schlecht, aber …«

»Ich weiß, worauf Sie hinauswollen: Katja Wohle wird nicht aussagen. Doch, wie gesagt – ich möchte Biltner kennenlernen und ein bisschen beschäftigen.«

»Gut, treffen wir uns vor der Firma?«

»Einverstanden.«

»In einer halben Stunde, Nähe Landungsbrücken«, entgegnete Decker. »Ich bringe Kuse mit, da wir vielleicht jemanden brauchen, der anschließend observiert. Er ist einfach der Beste in diesem Job. Ach, bevor ich es vergesse – Jan berichtete gerade, dass Daniel Gruber einige Schulden an der Backe hat. Er will dem Mann noch mal auf den Pelz rücken und Fingerabdrücke sichern. Man kann nie wissen. Das ist auch Schauberts Ansicht.«

»Der schließe ich mich natürlich an. Apropos Schaubert – hat sich Interpol schon gemeldet?«

»Bislang nicht. Die Adresse vom Kinderheim und die Infos von dem Studenten haben wir allerdings auch erst seit gestern. Die Zusammenarbeit hat bislang immer gut geklappt. Ich bin sicher, dass die russischen Kollegen so schnell wie möglich eine unauffällige Überprüfung einleiten werden.«

So schnell wie möglich, was immer das heißen mag. *Ein Pfand in der Hinterhand*, dachte Hannah. Das zweite Kind.

Katja war von Anfang an fasziniert gewesen von Sascha Biltner. Als er die Geschäftsführung übernommen hatte, war richtig Schwung in den Laden gekommen – neue Partner, neue Aufträge. Plötzlich herrschte eine agile Atmosphäre, Aufbruchsstimmung und ein Gefühl von Gemeinsamkeit, Teamgeist. Dass der Mann die Zügel in die Hand nahm und mit aggressiver Zielstrebigkeit und Autorität die Geschäfte führte, fand sie völlig in Ordnung. Einer musste letztlich die Entscheidungen treffen und auch verantworten. Dafür zog Biltner lukrative Aufträge an Land und vergrößerte das Geschäftsvolumen. Die Ausrichtung zahlreicher Veranstaltungen im skandinavischen Raum entwickelte sich zum Schwerpunkt des Unternehmens. Außerdem fand sie den Mann faszinierend, und Biltners Ausstrahlung ließ sie nicht kalt.

Es war ein schlichter Zufall, dass sie eines Tages im Zuge einer Auftragsbearbeitung eine Honorarzahlung entdeckte, die nicht mit der erbrachten Leistung übereinstimmen konnte, weil es terminliche Überschneidungen gab – zu dem angegebenen Zeitpunkt konnte der aufgeführte Workshop gar nicht stattgefunden haben, weil Biltner und sein Team in Stockholm gewesen waren. Als sie die Eingangszahlung überprüfte, war der leitende Finanzbuchhalter seit einiger Zeit krank, und sie kümmerte sich vertretungsweise um zahlreiche zusätzliche Aufgaben.

Katja gab sich nach kurzem Zögern einen Ruck. Sie war nicht nur hellhörig geworden, sondern auch ehrgeizig, und so machte sie sich auf die Suche nach weiteren Ungereimtheiten, mit denen sie beim Geschäftsführer punkten konnte. Schließlich entdeckte sie zwei Konten, auf denen regelmäßig unspezifische Leistungen abgerechnet wurden sowie Überweisungen von einem Unternehmen eingingen, das zwar im Handelsregister eingetragen war, sich aber bei eingehenderen Recherchen als Briefkastenfirma herausstellte. Katja konnte nicht ausschließen, dass der Buchhalter in seine eigene Tasche wirtschaftete, möglicherweise gemeinsam mit ein, zwei anderen Kollegen, und entschied, ihn beim Chef anzuschwärzen, sobald sie genug eindeutiges Material zusammenhatte.

Sascha Biltner reagierte bemerkenswert, als sie ihm an einem Freitagabend nach einer Teamsitzung unter vier Augen die Ergebnisse ihrer Recherchen darlegte. Als sie geendet hatte und ihn abwartend ansah, sagte er sekundenlang kein einziges Wort. Dann nickte er plötzlich, ein flüchtiges Lächeln flog über sein kantiges Gesicht. »Sie sind sehr aufmerksam, Katja, und ziemlich pfiffig.«

»Danke.« Ein wohliges Gefühl durchströmte sie.

Dann stand er auf und trat ans Fenster, um den Blick über die Elbe zu genießen. »Verraten Sie mir doch mal, warum genau Sie nachgeforscht haben«, forderte er sie auf und drehte sich wieder zu ihr um. Das Lächeln war wie weggewischt, seine blauen Augen musterten sie scharf. »Und bitte – seien Sie ehrlich und verschonen Sie mich mit irgendwelchem Schmu, dass Ihnen das Wohl der Firma am Herzen läge oder Ähnliches.«

Katja dachte zuerst, sich verhört zu haben, dann errötete sie. »Ich verstehe nicht …«

»Sie verstehen sehr gut. Ihr Handeln hat einen Grund, und ich will wissen, welchen.«

Katja atmete tief ein. Ihr Herz klopfte stürmisch. Vielleicht war es doch keine so gute Idee gewesen, mit ihren Erkenntnissen zu protzen. Möglicherweise waren der Chef und sein Buchhalter dicke Freunde und machten sogar gemeinsame Sache. Dann wäre der Schuss nach hinten losgegangen, und sie hätte jetzt ein großes Problem.

»Nur zu!«, schob er nach und verschränkte die Arme vor der Brust.

»Ich wollte Ihnen beweisen, dass ich meinen Job ernst nehme.«

»Davon gehe ich aus, dafür bezahle ich Sie, und zwar gut. Das ist nicht der wahre Grund. Weiter!«

»Ich möchte zeigen, was ich kann.«

»Warum?«

»Um voranzukommen.«

»Aha.« Biltner nickte und setzte sich wieder hinter seinen Schreibtisch. »Damit kommen wir der Sache schon deutlich näher. Sie wollen vorankommen, Ihre Stärken zeigen, Karriere machen und so weiter. Und dafür sind Sie auch bereit, einen Kollegen oder Vorgesetzten, der möglicherweise Mist gebaut hat, auflaufen zu lassen, nicht wahr?«

»Wenn Sie es so ausdrücken, klingt es irgendwie …«

»Mies, richtig. Ich stimme Ihnen zu. Oder nach einem Wettbewerb, bei dem mit allen möglichen Mitteln gekämpft wird.« Er beugte sich über den Tisch und fixierte sie. »Ich sag Ihnen jetzt mal was, Katja – die Überprüfung einzelner Konten und Geschäftsvorfälle gehört nicht in Ihren Aufgabenbereich, es sei denn, ich fordere Sie ausdrücklich dazu auf, ein Auge darauf zu haben. Habe ich mich klar ausgedrückt?«

»Natürlich.«

»Darüber hinaus können Sie jedoch davon ausgehen, dass ich Ihren Ehrgeiz honorieren werde, früher oder später.«

Keine Minute später erklärte er die Unterredung in kühlem Ton für beendet, und Katja war davon überzeugt, dass sie einen großen Fehler gemacht hatte, womöglich den größten in ihrer bisherigen beruflichen Laufbahn. Der Chefbuchhalter wird mich mobben, wenn er von der Sache erfährt, und früher oder später kann ich gehen.

Aber es kam anders. Biltner ließ sie zwei Wochen schmoren, dann erteilte er ihr im Rahmen eines kaufmännischen Gutachtens zu einer Firma, von der er Gesellschaftsanteile erwerben wollte, einen Sonderauftrag. Katja sollte sich die Gewinn- und Verlustrechnung ansehen, überprüfen und eine Bewertung schreiben. Biltner bezahlte sie hervorragend für einige Stunden Arbeit am Wochenende, und er lud sie zum Essen ein. Katja war hellauf begeistert – der Mann war ein charmanter Gastgeber mit vollendeten Manieren. Sie genoss jede Minute seiner Gegenwart und nutzte fortan in der Firma jede Chance, Zeit in seiner Nähe zu verbringen.

Es folgten weitere kleine Zusatzaufträge und Essenseinladungen. Biltner blieb bei aller Freundlichkeit höflich und zurückhaltend, fast spröde, obwohl Katja ihm mehrfach signalisierte, dass sie ihn mochte und auch nicht abgeneigt war, mit ihm ins Bett zu gehen. Doch Biltner übersah ihre Avancen geflissentlich, und körperliche Nähe entstand zum ersten Mal ausgerechnet in einem Moment der Wut.

Als er sie dabei erwischte, wie sie erneut unaufgefordert einzelne Konten und Geschäftsfälle prüfte, starrte er sie mit eisigen Augen an, und für den Bruchteil einer Sekunde befürchtete Katja, dass er sie packen und zuschlagen würde. Der Augenblick verstrich in atemloser Stille. »Wenn Sie das noch einmal tun, sind Sie Ihren Job los«, sagte er leise. »Verstanden?«

»Ja.«

»Angst?«

»Ja.«

»Gut so. Agieren Sie niemals wieder hinter meinem Rücken. Das verzeihe ich nicht.« Er lächelte plötzlich und strich mit einer Hand zart über ihr Gesicht. Ihre Knie wurden weich, Erregung stieg in ihr auf. Sie schloss die Augen. Er senkte die Hand, drehte sich um und ließ sie stehen.

Zwei Wochen später nahm er sie mit in sein Kampfsportstudio, und sie war völlig hingerissen, wie er im Ring agierte, seinen Gegner umtänzelte und beherrschte, seinen drahtigen Körper einsetzte. Katja stellte sich vor, wie sie ihn berührte, wie er sie in den Arm nahm und küsste, und sie betete, dass sie an diesem Abend nicht alleine nach Hause fahren musste. Ihr Gebet wurde erhört.

Sie gingen essen und im Anschluss in einen Club tanzen. Biltner war ein Fan des Electro-Swing-Pioniers Parov Stelar, und er tanzte göttlich. Sie konnte sich kaum sattsehen an ihm, an der unbeschwerten Fröhlichkeit und vibrierenden Erotik, die er plötzlich ausstrahlte. Als sie den Club verließen, bestand er darauf, sie nach Hause zu bringen. Endlich, dachte sie.

In dieser Nacht erlebte Katja eine große Überraschung – Sascha Biltner, erfolgreicher Geschäftsmann, schillernd dominante Persönlichkeit, energiegeladener Kampfsportler und geschmeidiger Tänzer, war im Bett eine Niete. Anders konnte sie es nicht ausdrücken. Innerhalb von fünf Minuten war alles vorbei, oder waren es drei? Hinterher ging er unter die Dusche und fuhr kommentarlos nach Hause.

Er braucht Zeit, dachte sie, nicht alle Paare erleben automatisch und auf Anhieb eine erfüllte Sexualität. Doch diese Überlegung enthielt gleich mehrere schwere Irrtümer in einem Satz: Sascha legte weder Wert auf eine erfüllte Sexualität noch auf eine Beziehung mit ihr. Hin und wieder verbrachten sie privat Zeit miteinander, und ab und zu endete ein Abend im Bett – immer in ähnlicher Weise frustrierend für Katja. Jegliche Bemühungen von ihrer Seite, die Erlebnisse zu vertiefen und ihren Status als seine Freundin zu festigen, ignorierte er. Als sie im Oktober gemeinsam nach Helsinki reisten, machte er ihr unmissverständlich klar, dass es nie anders sein würde zwischen ihnen, weil er nicht an einer Bindung oder auch nur losen Beziehung interessiert sei, und sie die Wahl hätte, die Situation entweder so hinzunehmen, wie sie war, oder aber zu gehen. Ihm sei beides recht.

In dieser Nacht konnte sie lange nicht einschlafen und starrte Löcher in die Decke ihres Hotelzimmers. Sie war verwundert, wie heftig sie reagierte. Na warte, dachte sie, so einfach servierst du mich nicht ab. So einfach serviert mich niemand ab. Mal sehen, wie cool du bleibst, wenn ich mir einen anderen Typen anlache. Am nächsten Tag begann sie kurz nach Veranstaltungsbeginn mit Paul Möller zu flirten, und zwar aus einem einzigen Grund: Sascha und der junge Stuttgarter Arzt konnten sich vom ersten Augenblick an nicht ausstehen.

Irinas Stuhl wackelte schon eine ganze Weile, das wunderte sie kaum noch. Dafür gab es keinen bestimmten Grund, nur viele kleine Anlässe. Sie schwieg an den falschen Stellen und redete, wenn sie besser den Mund gehalten hätte, traf selbständige Entscheidungen, obwohl sie niemand dazu aufgefordert hatte und jeder andere an ihrer Stelle mit Zurückhaltung geglänzt hätte. So war sie schon als Kind gewesen, zu Hause und in der Schule, als Polizistin fanden sich noch mehr Möglichkeiten, in Fettnäpfe zu treten. Irgendwann war sie trotz allem bei Interpol gelandet, aber zufrieden war man nicht mit ihr, besser gesagt, man schätzte ihre Fähigkeiten, stand aber ihrer Haltung und ihrer Persönlichkeit kritisch gegenüber. Doch damit konnte sie leben, besser gesagt: Sie hatte nie anders gelebt, und das barg einen großen Vorteil: Sie war mit sich im Reinen. Konflikte brachte jedes Leben mit sich, manchmal haarsträubende und unerträglich zehrende, aber der Einklang mit sich selbst ersparte ihr wenigstens den Kampf, ständig gegen ihre innere Wahrheit anrennen oder sich vor ihr verstecken zu müssen.

Den Auftrag, den Boris ihr am frühen Morgen erteilte, als ihr Team längst unterwegs war, sollte sie als Chance begreifen. So ähnlich äußerte sich Boris jedenfalls, aber sie nahm diesen

Hinweis nicht mehr ernst, weil er ihn im Verlauf eines Jahres ungefähr ein Dutzend Mal anbrachte. Außerdem war sie davon überzeugt, dass ohnehin niemand sonst für die Aufgabe in Frage kam, verdeckt in dem Kinderheim zu ermitteln: Sie war eine Frau, nicht mehr jung, höchst unscheinbar, und sie konnte kochen und putzen und würde als Aushilfe nicht auffallen. Dass sie wehrhafter war als manch männlicher Kollege, wusste nur Boris, der miterlebt hatte, als Irina vor zwei Jahren bei einem Sondereinsatzkommando, ohne mit der Wimper zu zucken, zwei bullige Typen niedergestreckt hatte, die mit Messern auf sie losgehen wollten. Einem hatte sie mit einem gezielten Tritt das Schienbein gebrochen, der andere dürfte noch sechs Monate nach der Begegnung mit ihrer Faust Kieferprobleme gehabt haben. Wahrscheinlich bestand Boris deswegen darauf, dass sie in seinem Team blieb, auch wenn es schwierig mit ihr war – niemand war so vielseitig einsetzbar wie Irina.

Eine Anfrage aus Deutschland, Hamburg. Kinder, die angeblich adoptiert worden waren, sollten als Organspender missbraucht worden sein. Die Klinik befand sich irgendwo in Sankt Petersburg, niemand wusste wo, und das war das Problem. Es gab nichts, was es nicht gab. Irina wusste von Obdachlosen und Straßenkindern, die getötet wurden, um ihre Organe zu verkaufen. Skrupel gab es nicht, wenn es um Geld ging – die einen hatten zu wenig, die anderen zu viel, Letztere meinten, sich alles dafür kaufen zu dürfen, und der Markt bot ihnen genau das an. Wer immer der Markt war oder unter welchem Namen er gerade agierte. So einfach war das.

Sie band sich Kopftuch und Schürze um, bevor sie sich, wie verabredet, bei der Köchin meldete.

17

Sascha Biltner reagierte bemerkenswert souverän, nachdem es seiner Sekretärin nicht gelungen war, die Kommissare mit den üblichen Ausreden abzuwimmeln. Er stand plötzlich in der offenen Tür und lächelte einladend.

»Natürlich habe ich ein paar Minuten Zeit«, beschwichtigte er seine Mitarbeiterin und nickte ihr beruhigend zu. »Treten Sie doch bitte ein.«

»Danke für Ihr Verständnis«, erwiderte Hannah und ging an ihm vorbei in sein Büro.

Der Blick auf die Elbe war hinreißend. Sie setzte sich dennoch mit dem Rücken zum Fenster, nachdem Sascha Biltner sie nach kurzer Vorstellungsrunde aufgefordert hatte, in der Sitzecke vor dem Panoramafenster Platz zu nehmen. Er selbst blieb stehen und bot Getränke an, aber sowohl Decker als auch Hannah lehnten ab. Biltner konnte als attraktiv bezeichnet werden, und er machte eine gute Figur im Anzug, doch für einen Kampfsportler hätte Hannah ihn keineswegs gehalten. Er geht nicht damit hausieren, dachte sie, Ultimate-Fighting galt ja auch nicht unbedingt als salonfähiger Sport.

Biltner goss sich ein Glas Wasser ein, trank einen Schluck und setzte sich zu ihnen. »Was kann ich für Sie tun?«

Hannah fing seinen Blick ein. »Es geht um eine Tagung oder einen Kongress, den Sie beziehungsweise Ihre Firma im letzten Herbst in Helsinki ausgerichtet haben. Seinerzeit ist ein junger Arzt, der die Veranstaltung besuchte, spurlos verschwunden. Vielleicht erinnern Sie sich daran.«

Biltner nickte sofort. »Ja, natürlich – Möller hieß der Mann, nicht wahr?«

»Richtig. Dr. Paul Möller, ein Hautarzt aus Stuttgart.«

»Die Behörden haben mich in dem Zusammenhang bereits befragt, aber ich konnte leider keine Hinweise geben.« Er hob mit bedauernder Geste die Hände. Sein Blick war abwartend, aber offen, und er wirkte entspannt. Falls er irritiert oder beunruhigt war, verstand er es perfekt, seine Gefühlsregung zu verstecken.

»Das ist uns bekannt. Ihre Aussage dazu liegt vor. Die Stuttgarter Kollegen haben uns in der Zwischenzeit um Amtshilfe gebeten, da sich herausgestellt hat, dass Möllers private Situation in mehrfacher Hinsicht angespannt war«, erläuterte Hannah in beiläufigem Ton, während Decker mit ernster Miene nickte und die Beine übereinanderschlug. »Der Arzt wird darüber hinaus als nicht besonders umgänglicher Typ beschrieben, er galt wohl als streitlustig. Angehörige haben eine entsprechende Aussage nachgereicht, und nun ist es an uns, den Fall zu überprüfen.«

Biltner hatte aufmerksam zugehört, er hob wieder die Hände. »Ich verstehe. Darüber weiß ich allerdings nichts – wie denn auch? Ich richte die Veranstaltungen aus, ich kümmere mich nicht um persönliche Belange oder charakterliche Besonderheiten der Teilnehmer und Gäste. So viel Zeit habe ich gar nicht.«

»Das kann ich mir gut vorstellen«, stimmte Hannah zu. »Aber ich denke, Sie sind darüber hinaus geübt, die Teilnehmer im Blick zu behalten, und haben sicherlich im Laufe der Jahre ein Gespür für Konfliktpotential entwickelt. Sicherlich bekommen Sie schnell mit, ob die Leute sich beispielsweise mögen oder einander unsympathisch sind, ob die Gruppe harmonisch wirkt oder eben auch nicht.«

»Bei den Veranstaltungen, die ich beauftragt bin durchzuführen, geht es in der Regel nicht um persönliche Befindlichkeiten oder harmonische Gruppenerlebnisse«, gab er zurück und warf ihr ein dezent amüsiertes Lächeln zu. »Es geht um medizinische Themen, um Austausch, Forschung und Weiterbildung, und es wird natürlich häufig fachlich engagiert diskutiert. Aber selbst wenn mal Streit entsteht oder sich Probleme abzeichnen, das kann ich ja nicht vollends ausschließen – die Teilnehmer kommen damit in der Regel nicht zu mir, und ich mische mich natürlich auch nicht ein. Vergessen Sie bitte nicht, dass mein Team und ich die Veranstaltungen organisieren, für den technischen Background, die Logistik und so weiter sorgen, uns aber ansonsten im Hintergrund halten. Je weniger wir in Erscheinung treten müssen, umso perfekter ist uns die Gestaltung des Events gelungen.«

»Das kann ich gut nachvollziehen, aber wie gesagt, es heißt, dass Möller kein einfacher Typ war beziehungsweise ist, denn wir gehen ja bislang lediglich von einem Vermisstenfall aus. Er wird als streitbar und angriffslustig beschrieben. Außerdem ist er aktiver Kickboxer und hat damit durchaus geprahlt – heißt es. Fällt Ihnen dazu nicht vielleicht doch irgendetwas ein?« Hannahs Ton war ruhig und sachlich. Sie gab sich Mühe, den Eindruck zu erwecken, lediglich eine Liste von Fragen abzuhaken.

»Kickboxer?« Er machte eine wegwerfende Handbewegung. »Davon habe ich nichts mitbekommen.«

»Na ja, mein Sport ist das ja auch nicht.« Hannah schüttelte den Kopf. »Aber das nur so nebenbei. Im Zusammenhang mit einem spurlos Verschwundenen, der sich womöglich nicht besonders gut unter Kontrolle hatte, weil ihn private Probleme belasteten und der ohnehin ganz gerne mal auftrumpfte, ergibt sich natürlich die eine oder andere Nachfrage, finden Sie nicht?«

Biltner faltete die Hände und wiegte nachdenklich den Kopf. »Womöglich würde ich das an Ihrer Stelle genauso sehen, aber ich kann Ihnen leider überhaupt nicht weiterhelfen. Ich erinnere mich gerade so an den Namen, und während der Tagung hatte ich nur am Rande mit ihm zu tun – wie mit den anderen Ärzten auch. Wenn Sie also keine weiteren Fragen mehr haben …«

Hannah lächelte verständnisvoll. »Wie kommt es dann, dass man Sie zusammen in einer Bar gesehen hat?«

Biltner zuckte mit keiner Wimper. »Wer hat wen gesehen?«, erwiderte er ruhig.

»Jemand hat Sie und Möller wiedererkannt.«

»Wirklich? Das muss ein Irrtum sein.« Er winkte lässig ab.

»Ist es nicht.«

»Nun, vielleicht wurden sowohl Möller als auch ich unabhängig voneinander in der Bar gesehen«, wandte er ein. »Das kann ich natürlich nicht ausschließen.«

Hannah seufzte. »Der Zeuge behauptet, dass es zwischen Möller und Ihnen gekracht hätte.«

»Dann irrt der Zeuge – ich habe mich mit niemandem gestritten, weder mit Möller noch mit sonst wem«, entgegnete Biltner. Sein Ton war eine Spur schärfer geworden.

Langsam nervt ihn mein Insistieren, dachte Hannah. »Der Zeuge meint, dass Möller ein ziemliches Fass aufgemacht und seine Qualitäten als Kickboxer vollmundig angepriesen hat.«

Biltner zog die Schultern hoch. »Und? Worauf wollen Sie eigentlich hinaus?«

»Vielleicht wissen Sie ja doch ein bisschen mehr über Möllers Verschwinden. Und es wäre ein zwar später, aber doch immer noch guter Zeitpunkt, jetzt damit herauszurücken.«

»Es gibt nichts herauszurücken, Frau Kommissarin – das habe ich inzwischen mehrfach betont. Und falls Sie nicht mehr haben als die obskure Aussage eines Besuchers einer finnischen Bar, der mich und einen prahlenden Möller dort gesehen haben will, möchte ich Sie bitten, jetzt zu gehen.« Er reckte das Kinn und stand auf.

Decker tat es ihm gleich, Hannah wartete noch einen Moment und überlegte kurz, ob der richtige Zeitpunkt gekommen war, Caroline Meisner ins Spiel bringen. Dann entschied sie sich dagegen und stand ebenfalls auf, um an Biltner vorbei das Büro zu verlassen. Der schloss nach knappem Gruß die Tür hinter ihnen.

»Besonders beeindruckt schien er von unserem Auftritt nicht zu sein«, meinte Decker, als sie das Gebäude verließen und zu den Autos gingen. Er klang enttäuscht.

Kotti starrte Hannah aus dem Seitenfenster entgegen. Sie hatte ihn diesmal im Wagen zurückgelassen.

»So schnell lässt der Mann sich nicht beeindrucken, schon gar nicht von der Polizei«, meinte sie und kramte ihren Schlüssel aus der Tasche. »Ich hoffe dennoch, dass wir ihn ein bisschen zum Grübeln angeregt haben.«

»Hm, meinen Sie in dem Zusammenhang, dass eine Gefahr für Katja Wohle besteht?«

Hannah schüttelte den Kopf. »Das denke ich nicht. Unter Umständen wird er nachhaken und sie daran erinnern, den Mund zu halten, falls sie von uns befragt wird. Aber unsere Hinweise waren nicht speziell genug – die können tatsächlich von jemandem stammen, der seinerzeit in der Bar war. Ich denke, das wird der Wohle auch klar sein.«

»Er könnte trotzdem jemanden vorbeischicken, um sich zu vergewissern, dass die Frau nicht allzu gesprächig wird – jemanden wie Folk.«

»Michael Folk hatte den Studenten im Auge zu behalten, Fotos zu löschen, die auf die Kinder hinwiesen, ihn einzuschüchtern, was ganz hervorragend gelungen ist«, erwiderte Hannah. »Von alleine wäre der nicht zu uns gekommen. Ich denke nicht, dass Biltner sich großartig mit einer ehemaligen Mitarbeiterin befassen wird, die von einer Prügelei in einer Bar berichten könnte – die Spur ist kalt, und einen Mord hat sie ja gar nicht beobachtet, sondern eine Schlägerei, bei der ein Mann verletzt zu Boden ging. Es gibt nicht mal eine Leiche. Es braucht ein bisschen mehr, um ein weitreichendes Ermittlungsverfahren einzuleiten, das dürfte dem Mann klar sein. Im Übrigen ist der Zusammenhang viel zu offensichtlich, falls der Frau etwas zustößt.«

»Er könnte sich ein paar Wochen Zeit lassen«, gab Decker zu bedenken.

»In ein paar Wochen hat Biltner ganz andere Probleme, als sich um eine ehemalige Buchhalterin zu kümmern.«

Hannah ließ ihre Worte nachklingen und hoffte, dass sie mit ihrer Einschätzung richtiglag. Immerhin waren diese Leute für den grausamen Mord an Caroline verantwortlich, der noch dazu perfide inszeniert war und dazu diente, zwei Fliegen mit einer Klappe zu schlagen, nämlich die Operationskünste eines erfahrenen Transplantationsspezialisten zu erpressen und eine Mitstreiterin loszuwerden. Katja Wohle hatte mit all dem nichts zu tun, auch wenn es ihr möglicherweise gelungen war, ein paar schiefe Buchungen zu entlarven. Das allein dürfte Biltner nicht in derart große Unruhe versetzen, dass er das Risiko einging, sich allzu weit aus dem Fenster zu lehnen.

»Was ist mit Kuse?«, fragte Decker und warf einen prüfenden Blick in die Runde. »Der Kollege steht hier irgendwo. Soll er trotzdem ein bisschen am Ball bleiben?«

»Ja, fände ich gut.«

Decker griff zu seinem Handy und informierte den Kollegen. »Wir sehen uns gleich im Präsidium?«, fragte er Hannah. Die nickte und setzte sich hinters Steuer, während Decker vor ihr losfuhr. Kottis warme Schnauze stupste an ihr Ohr.

Das Problem war, dass Sascha sich von den Avancen, die sie Möller machte, überhaupt nicht beeindrucken ließ. Obwohl er den Mann nur mit Mühe ertrug und offensichtlich nicht nachvollziehen konnte, was sie ausgerechnet an diesem arroganten Schnösel fand, schien es ihm völlig egal, dass sie mit ihm flirtete. Katja würde niemals vergessen, wie der Hass in ihr hochloderte, als ihr klar wurde, dass es Sascha schlicht nicht interessierte, mit wem sie schlief oder vorhatte zu schlafen. Ich will nichts von dir, ich habe, abgesehen von einigen amüsanten Stunden, die wir hin und wieder zusammen verbringen, nie etwas von dir gewollt, schien sein Blick zu sagen, als sie mit Möller die Bar betrat, in der er mit einer attraktiven Blondine an der Seite den Boxkampf im Fernsehen verfolgte.

Katja und Möller gesellten sich zu ihnen, und es dauerte kaum zehn Minuten, und die beiden Männer waren in eine lebhafte Diskussion um die effektivste Kampfsportart verwickelt, wobei Möller zunehmend aggressiver wurde und Biltner seine Argumente mit großer Gelassenheit vortrug, während die Blondine zunächst gelangweilt lächelnd zuhörte und sich schließlich mit einem vertraut wirkenden Gruß von Sascha verabschiedete, den der ebenso vertraut erwiderte. Katja stieg die Galle hoch, sie ignorierte die Frau und hatte Mühe, ihre Regungen zu verbergen. Möller nutzte die kurze Unterbrechung, um tief Luft zu holen und dann seine Argumente zu wiederholen. Sascha schüttelte den Kopf. Es schien ihm nicht mal wichtig, den Arzt zu überzeugen, er konterte lediglich mit kühlem Blick und wandte sich dann achselzuckend ab. Die Idee, die Diskussion an der Stelle abzubrechen und ihr Taten folgen zu lassen, stammte von Katja. »Seid doch nicht so langweilig, Jungs! Zeigt doch einfach mal, was ihr so draufhabt.«

Möller reagierte sofort begeistert, aber Sascha starrte Katja perplex an. »Was soll das denn? Wir sind hier doch nicht im Zirkus.«

»Nun hab dich doch nicht so!« Sie lächelte kokett. »Führ uns doch einfach mal ein paar deiner Griffe vor. Ich fand die durchaus beeindruckend. Mal sehen, wie ein Kickboxer sie zu parieren versteht.«

Möller grinste. »Unbedingt. Ich bin schon sehr gespannt auf Ihre Künste.« Die Ironie war nicht zu überhören.

»Ich nicht.«

Der Arzt lachte auf. »Damit dürfte ja wohl alles klar sein.«

»Tatsächlich?«

»Und ob.« Möller grinste noch breiter, ließ sich von seinem Barhocker rutschen und begann, vor Sascha hin und her zu tänzeln, was ziemlich albern aussah, wie Katja zugeben musste, und sie war froh, dass die Blondine sich verabschiedet hatte.

»Lassen Sie das bitte«, forderte Biltner ihn auf.

»Ich hab's doch gewusst – wenn es drauf ankommt, ziehen Sie den Schwanz ein.«

Katja hüstelte leise. Sie fand den Spruch mehr als treffend, und wenn sie nicht alles täuschte, war Sascha kurz zusammengezuckt.

»Vielleicht bin ich einfach anders gestrickt als Sie, Dr. Möller«, gab er nach kurzem Überlegen zurück. »Ich muss nichts beweisen – niemandem –, und ich prügele mich nicht.«

»Meine Güte, nun mal halblang – wer spricht denn von Prügeln? Es geht lediglich um eine kleine Demonstration Ihrer Künste und meiner.«

»Danke – nein.«

»Haben Sie Angst, sich zu blamieren?«

Sascha hob das Kinn. »Umgekehrt wird ein Schuh daraus: Ich möchte Sie weder blamieren noch verletzen.«

Möller brach in schallendes Gelächter aus. »Biltner, machen Sie sich doch um Gottes willen keine Sorgen um mich!«, meinte er schließlich. »Und hören Sie endlich auf, sich hinter artigen und gut klingenden Argumenten zu verstecken. Lassen Sie uns rausgehen und ein paar Tricks und Kniffe ausprobieren – nicht mehr, aber auch nicht weniger.«

Sascha schüttelte den Kopf. »Sie kapieren es nicht, oder? Lassen Sie mich mit diesen kindischen …«

Möller drehte ansatzlos seine Hüfte nach hinten, verlagerte sein Gewicht und schwang sein rechtes Bein in die Höhe, so dass sein Fuß Saschas Schulter streifte – kaum spürbar, aber deutlich zu sehen. Einige der umstehenden Barbesucher wandten sich den beiden zu und beobachteten die Szene zunehmend aufmerksamer. Katja spürte, dass ihr Puls stieg, und sie sah, dass Sascha wütend wurde und Mühe hatte, sich zu beherrschen.

»Immer noch keine Lust, mir zu beweisen, was Sie draufhaben?«, fragte Möller, und sein Grinsen war unverschämt. »Oder auch nicht draufhaben.«

»Lassen Sie mich einfach in Ruhe, Möller«, wiederholte Sascha unbeirrt. »Dass Sie Ihr Bein heben können, haben Sie ja nun eindrucksvoll bewiesen – das kann übrigens jeder x-beliebige Straßenköter.«

Möller lachte und hob plötzlich die Fäuste, um einen Schlag in Saschas Richtung anzudeuten. Der wich blitzschnell aus, so dass Möller das Gleichgewicht verlor und alles andere als eine gute Figur machte – viel hätte nicht gefehlt, und er wäre gestürzt. Sascha beobachtete sein Bemühen achselzuckend, während mehrere andere Gäste keinerlei Hehl aus ihrer Belustigung machten. Der Arzt wurde feuerrot, und Sascha tippte sich an die Stirn. »Das reicht jetzt, oder?«

Sascha wartete keine Antwort ab, sondern bezahlte und wandte sich in Richtung Ausgang. In Möllers Augen sprühte Wut. Er zögerte nur einen Moment, dann folgte er Sascha ins Freie. Katja schloss sich an. Draußen ging dann alles sehr schnell. Möller versuchte, Sascha von hinten zu attackieren, der ließ ihn jedoch erneut ins Leere laufen, verpasste ihm aber diesmal einen kräftigen Stoß, so dass Möller stürzte und heftig mit dem Kopf auf dem Pflaster aufschlug. Einen Augenblick blieb er benommen liegen, doch als Sascha ihm hochhelfen wollte, stieß er seine Hand weg und rappelte sich mühsam hoch. »Leck mich am Arsch, Biltner.« Damit drehte er sich um und eilte in die entgegengesetzte Richtung davon, ohne sich noch ein einziges Mal umzusehen.

Sascha sah ihm einen Moment hinterher, dann warf er Katja einen langen eisigen Blick zu, bevor er schließlich ebenfalls grußlos davonstapfte. Katja blieb wie erstarrt zurück und wusste nicht, was sie mehr erzürnte und beschämte – die glanzlose, lächerliche Vorstellung von Möller oder Saschas souveräne Haltung.

Möller verschwand in dieser Nacht. Niemand sah ihn nach der Auseinandersetzung mit Sascha je wieder. Katja spielte eine ganze Weile mit dem Gedanken, dass Sascha und er sich doch noch einmal begegnet waren und ihre Auseinandersetzung tödliche Folgen nach sich gezogen hatte, doch wirklich überzeugt war sie von dieser Darstellung nicht, auch wenn ihr klar war, dass Biltner kein Mann war, der sich die Butter vom Brot nehmen ließ. Ein herumhampelnder Möller, der sich vor einer Frau aufblasen wollte, war kein Gegner für ihn, so einfach war das.

Wieder zurück in Hamburg, forderte Sascha sie auf, Stillschweigen zu bewahren und den Streit in der Bar zu vergessen, damit kein schlechtes Licht auf die Firma fiel.

»Und was krieg ich dafür?«, fragte sie mit kokettem Lächeln.

»Du wirst die Firma zum Jahresende verlassen«, erwiderte er ruhig. »Ich zahle dir eine vernünftige Abfindung und beurlaube dich mit sofortiger Wirkung. Ich will dich hier nie wieder sehen, und ich rate dir, keinen Mist über mich zu verbreiten, sonst lernst du mich von einer Seite kennen, die du nie vergessen wirst.« Mit den letzten Worten war er dicht an sie herangetreten. »Du kotzt mich an. Verschwinde!«, zischte er und gab ihr einen Stoß, der sie taumeln ließ. »Lauf mir nie wieder über den Weg.«

Das wirst du bereuen, dachte Katja, während sie ihren Schreibtisch mit zitternden Händen ausräumte. Irgendwann bietet sich die Gelegenheit, dir eins auszuwischen. Als sich die Polizei meldete, wusste sie, dass die Zeit reif war, aber ihr war auch klar, dass sie sehr geschickt agieren musste, um punktgenau und doch gut versteckt einen Stachel zu setzen. Die Rolle der wissbegierigen und ein wenig sensationslüsternen Exmitarbeiterin, die auf der einen Seite ein schlechtes Gewissen plagte, doch auf der anderen zögerte, den großzügigen Exchef, mit dem sie zwar auch mal im Bett war und vor dem sie dennoch einen gehörigen Bammel hatte, in die Pfanne zu hauen, gelang ihr ganz gut. Zumindest hatte sie diesen Eindruck. Nun musste sie ein, vielleicht zwei Tage abwarten und dann ein weiteres Detail nachschieben, damit die Beamten nachdenklich blieben. Man musste das Süppchen am Kochen halten, hatte ihre Großmutter immer gesagt. Wenn Katja Glück hatte, würde die Polizei sehr bald bei Sascha auf der Matte stehen, herumschnüffeln und jede Menge Fragen stellen. Die Vorstellung wärmte ihr Herz.

18

Niemand kümmerte sich um sie. So lief es meist bei verdeckten Einsätzen ab – Irina agierte so unauffällig, dass sie mit der jeweiligen Umgebung zu verschmelzen schien. Mimese. Sie putzte, schälte Kartoffeln, fegte, hängte Wäsche auf, schrubbte die Klos und arbeitete sich mit offenen Augen und Ohren durch alle Räume, wobei sie sich dem Rhythmus der sie umgebenden Menschen anpasste. Sie bekam die Gespräche der Kinder genauso mit wie die der Küchenfrauen und der Betreuer, und wenn im Büro des Heimleiters das Telefon klingelte, spitzte sie die Ohren. Am späten Mittag schickte sie von der Toilette aus eine Nachricht an Boris: »Nichts bisher.« Sie hatte vor, sich über Nacht einschließen zu lassen und das Büro des Heimleiters zu durchsuchen. Falls sie erwischt wurde, dürfte das böse für sie enden. Sie hatte dann nur eine Chance – sich überzeugend als Diebin auszugeben, in der Hoffnung, dass man die Polizei rief.

Am späten Nachmittag traf ein Mann ein, der von zwei Kindern mit »Igor« angesprochen wurde, und Irina, die den Flur zum dritten Mal fegte und dabei leise und abwesend vor sich hin summte, hatte das Gefühl, dass er sie einen Augenblick lang abschätzig fixierte. Dann öffnete er nach einmaligem Klopfen die Tür zu Iljas Büro. Was die beiden zu besprechen hatten, konnte sie nicht verstehen. Zehn Minuten später tauchte Igor wieder auf und eilte an ihr vorbei zum Hinterausgang. Irina folgte ihm mit ihrem Besen und fegte bedächtig weiter. Durch den offenen Türspalt konnte sie zwar hören, dass er mit dem Handy telefonierte, aber er sprach unverständlich leise, und Irina hielt es für zu riskant, näher an ihn heranzuschleichen. Später fuhr er mit einem alten Lada zum Einkaufen.

Irina gähnte und fand, dass es Zeit für einen Tee war. Die beiden Küchenfrauen lästerten über ihre Ehemänner, während draußen ein kräftiger Sommerregen niederprasselte. Irina bot sich an, die Kinder vom Spielplatz in die Waschräume zu begleiten. Man winkte ihr zu, und sie trat zur Tür hinaus. Innerhalb von Sekunden war sie bis auf die Haut durchweicht. Auf dem Spielplatz tobten drei Kinder, und sie scheuchte sie hinein. »Schnell, schnell, sonst holt ihr euch was weg!«

»Wir müssen gesund bleiben«, bemerkte ein kleines Mädchen mit ernsten Augen, als sie im Waschraum angelangt waren. »Niemand will kranke Kinder adoptieren, stimmt's?«

Irina rubbelte dem Mädchen das Haar trocken. »Da mag was dran sein.«

»Quatsch! Jakow hatte Schnupfen, und sie haben ihn trotzdem genommen!«, widersprach ein ungefähr zehnjähriger Junge mit bleichen Lippen und schniefte laut. »Schnupfen ist scheißegal.«

»Es war nur ein klitzekleiner Schnupfen, und Pawel hatte nichts«, beharrte das Mädchen. »Ich hab genau gehört, dass der Arzt sagte, sie müssten gesund sein.«

»Na und? Andere waren auch nicht krank, und sie sind trotzdem noch hier, oder?«, warf der Junge ein.

»Weil es nicht genug Eltern gibt – so einfach ist das!«

»Bald gibt es wieder eine Untersuchung, das hat Igor versprochen«, mischte der zweite Junge sich ein. Sein strähniges Haar hing ihm in die Stirn. Er hatte sanfte braune Augen und einen mageren Hals.

»Kommt extra ein Arzt hierher, um euch zu untersuchen?«, fragte Irina leise.

»Mal so, mal so«, antwortete das Mädchen.

»Wie meinst du das?«

»Er war hier, und einige wurden später auch noch einmal in der Praxis untersucht.«

»Wisst ihr den Namen des Arztes?« Irina sah in die Runde.

»Warum willst du das wissen?«, fragte der Junge mit den sanften Augen.

»Meine Schwester hat zwei kleine Kinder, und der Arzt, zu dem sie immer geht, ist nicht besonders gut. Sie sollte sich mal einen neuen suchen, finde ich. Vielleicht ist euer Doktor besser.«

Der Junge nickte verständnisvoll. »Ich glaub, Alexander oder so.«

»Beljajew«, fügte das Mädchen hinzu. »Ein schöner Name.«

Irina hörte ein Geräusch im Flur. Die Tür wurde aufgezogen. Sie summte mit leiser Stimme und räumte die benutzten Handtücher beiseite. Als sie sich umdrehte, stand Igor hinter ihr und musterte sie mit wachem Blick. Der Junge mit den sanften Augen nieste.

Schaubert ließ sich Bericht erstatten. Seine Miene drückte Unzufriedenheit aus. »Damit kriegen wir ihn nicht mal zu einer weiteren Vernehmung«, grummelte er, und Hannah schätzte, dass es nicht lange dauern würde, bis er zu einer Zigarette greifen würde. »Er wird sich weigern, überhaupt noch einmal mit uns zu reden, sofern keine eindeutigen Beweise vorliegen. Und das ist sein gutes Recht, wie ich kaum zu erläutern brauche.«

Hannah setzte sich. »Vielleicht macht er einen Fehler, indem er überaktiv wird.«

»Glauben Sie das wirklich?«

»Nein, um ehrlich zu sein. Der Mann wirkt völlig souverän. Der weiß, was er sagt und tut. Wir müssen darauf hoffen, andere Verbindungen zu entdecken, bei denen sein Name wieder auftaucht.«

Schaubert zog die Brauen hoch. Hannah lächelte. »Die werden sich finden, da bin ich ganz sicher. Gibt es schon eine Rückmeldung von den Personenschützern der Schades?«

»Alles ruhig. Keine Auffälligkeiten«, entgegnete Schaubert. »Wissen Sie, das Problem ist, dass wir aktiv werden müssen, und zwar in nächster Zeit …«

Die Tür schwang auf, und Stefanie Hobrecht stürmte herein. Sie trug ihren Laptop unter dem Arm und lächelte. »Ich habe mir die Fotos vom Handy auch noch einmal sehr genau angesehen«, meinte sie mit einem Seitenblick auf Hannah und klappte den Rechner auf. »Ein Technikkollege war so freundlich, mir einige Vergrößerungen zu machen, und das Ergebnis ist interessant.«

Der Wagen mit der Kongress-Management-Aufschrift füllte den Monitor aus. Die Aufnahme war grobkörnig und verschwommen. Die Kommissarin wies auf den Beifahrersitz, über dem eine Jacke hing. Hannah folgte ihrem Finger und begann ebenfalls zu lächeln.

»Man erkennt es nur mühsam, aber man erkennt es«, meinte Hobrecht und warf Schaubert einen Blick zu.

»Worauf willst du hinaus?«

»Die Jacke trägt das Logo des Coffeeshops, in dem der Folk arbeitet.«

Schaubert lehnte sich zurück. »Interessant, durchaus.« Er nickte anerkennend. »Aber wie weit kommen wir damit? Folk ist offenbar als Schnüffler und Wadenbeißer für Biltner unterwegs, das wissen wir bereits. Er hatte ein Auge auf den Studenten, durchwühlte seine Bude und war also auch derjenige, der aufpasste, was sich bei der Meisner tat, als sie von ihrer angeblichen Entführung zurückkehrte.«

»Er steht auf Biltners Lohnliste – sein Name taucht in den Personalunterlagen auf, die Florian sich angesehen hat«, ergänzte Hobrecht. »Aber der direkte Zusammenhang mit Caroline Meisner kann erst jetzt hergestellt werden.«

»Man könnte dazu beide befragen, Biltner und Folk …«, überlegte Hannah, als ihr Handy klingelte. Das Display kündigte mit großen Lettern einen unbekannten Anrufer an. »Ja?«, nahm sie das Gespräch nach einem entschuldigenden Blick in die Runde an.

»Wohle, Katja Wohle – wir haben gestern miteinander gesprochen, und mir ist noch etwas eingefallen. Sie sagten doch, ich solle mich auf jeden Fall melden, falls ich noch etwas hinzufügen könnte. Den anderen Kommissar erreiche ich gerade nicht und …«

»Frau Wohle, es ist schön, dass Sie sich noch einmal melden«, fiel Hannah ihr ins Wort und stellte ihr Handy auf Lautsprecher. »Wir sind für jedes Detail und jeden zusätzlichen Hinweis dankbar.«

»Ja, also, ich habe vergessen zu erwähnen, dass in dieser Bar noch eine Frau war, eine Deutsche, die Sascha Biltner kannte. Sie gehörte aber nicht zu den Tagungsleuten und auch nicht zum Team. Ich weiß nicht, ob das für Sie wichtig ist …«

»Ist ein Name gefallen?«

»Nun, ich bekam mit, dass er sie mit einem Spitznamen ansprach, Cari oder Caro, wenn ich mich recht erinnere.«

Hannah schwieg verblüfft. »Caro? Sind Sie sicher?«, schob sie dann nach.

»Ja, oder Cari, ich glaube schon – nicht hundertprozentig, aber sagen wir: achtundneunzigprozentig.«

»Caro wie Caroline?«

»Das weiß ich nicht, wie gesagt, es fiel nur diese Kurzform.«

»Können Sie die Frau beschreiben?«

»Blond, zierlich …«

»Ich schicke Ihnen ein Foto aufs Handy – würden Sie mir bitte umgehend Bescheid geben, ob es sich um diese Frau handelt?«

»Ähm, ja, klar.«

Katja Wohle meldete sich wenig später und erklärte halbherzig, dass sie nicht sicher war, es aber für möglich hielt, dass die Abgebildete vom Foto die Frau aus der Bar war. »Achtzig Prozent«, fügte sie zögerlich hinzu. »Mehr nicht, denn das Ganze liegt ja nun auch schon einige Monate zurück, fast ein Jahr.«

Das war ein bisschen wenig, aber besser als gar nichts, zumal der Spitzname ein wichtiges Indiz darstellte, dachte Hannah. »Haben Sie einen blassen Schimmer, in welcher Eigenschaft die Frau dort war?«

»Wie meinen Sie das?«

»Nun, sie gehörte nicht zum Team, wie Sie sagten, aber Sascha Biltner nannte sie offensichtlich bei ihrem Spitznamen.

Das lässt nicht unbedingt auf eine spontane Zufallsbekanntschaft schließen.«

»Tja, keine Ahnung – wissen Sie, so eng war ich mit Biltner auch wieder nicht. Vielleicht hatte er mal was mit ihr, oder sie gehörte früher mal zur Firma und war zufällig in Helsinki«, wiegelte Wohle ab. »Das ist ja durchaus möglich.«

»Sie haben Biltner nicht danach gefragt?«

»Nein, warum sollte ich?«

»Und mit der Frau sind Sie auch nicht ins Gespräch gekommen?«

»Nein.«

Hannah lehnte sich zurück. Die Blicke von Schaubert und Hobrecht waren gespannt. »Gestern haben Sie den Abend in der Bar und die anschließenden Geschehnisse erfrischend detailliert beschrieben …«

»Habe ich?«

»Durchaus.«

»Wenn Sie meinen.«

»Ja, ich zitiere, wenn Sie erlauben«, schlug Hannah vor.

»Sie wollen mich zitieren?«

»Genau, ich gebe Ihre Worte wieder: ›*Wir waren spätabends noch was trinken – Sascha und ich und der Stuttgarter Arzt, Paul Möller oder so ähnlich. In einer Bar verfolgte eine Gruppe von Männern im Fernsehen eine Boxkampfübertragung, und Sascha und Möller fingen an zu diskutieren, welche Kampfsportart die effektivste sei. Der Typ war Kickboxer, wie sich herausstellte*‹ …«

»Was soll das denn?«, ging Katja Wohle dazwischen. Ihre Stimme klang empört. »Sie haben unser Gespräch aufgenommen! Das dürfen Sie gar nicht, ohne mich zu fragen!«

»Ich weiß, und ich versichere Ihnen, dass nichts aufgenommen wurde, zumindest nicht mit technischen Mitteln. Ich habe lediglich ein sehr gutes Gedächtnis und kann mich an jedes einzelne Wort unseres Gesprächs erinnern«, erklärte Hannah geduldig.

»Tatsächlich? Und das soll ich Ihnen glauben?«

»Ja. Es gibt Leute, die können fünf Stunden lang ihr Jojo in Bewegung halten oder sind blitzschnell im Kopfrechnen, merken sich alle Autokennzeichen oder können Stadtansichten fehlerlos zeichnen, nachdem sie einen Rundflug absolviert haben. Ich erinnere mich an Gespräche.«

»Das tue ich auch, aber Sie merken sich jedes Wort?«

Hannah seufzte. »Ja.« Und zwar für immer, fügte sie im Stillen hinzu.

»Toll, und wie ging es weiter, Frau Kommissarin? Was habe ich dann gesagt?« Das klang ziemlich pampig.

»›*Und auf einmal war der schönste Streit im Gange*‹«, fuhr Hannah nach kurzem Nachdenken ungerührt fort. »›*Die beiden schaukelten sich immer mehr hoch, provozierten einander, während einige Barbesucher den Disput verfolgten. Der Stuttgarter meinte dann zu Sascha, er würde ihn mit zwei gezielten Tritten zu Boden befördern, worauf Sascha antwortete, dass schon der erste danebengehen würde, weil er bedeutend schneller sei und ihn innerhalb von Sekunden ausknocken könne, worauf Möller ihn einfach auslachte und so weiter und so fort. Einer der anderen Gäste machte schließlich den Vorschlag, woanders hinzugehen und die Diskussion im Ring auszufechten, wie bei einem richtigen Kampf. Dann würde man schon sehen, wer von den beiden recht hatte. Der Vorschlag wurde mit Begeisterung aufgenommen – meine Einwände hat Sascha einfach weggefegt. Komm mit und guck dir an, wie ich das Großmaul fertigmache, oder nerv nicht und geh zurück ins Hotel, meinte er. Wenig später sind die beiden in irgendeinem dunklen Hinterhof unweit der Bar übereinander hergefallen, und zehn Minuten nach Kampfbeginn ging der Stuttgarter zu Boden und rührte sich plötzlich nicht mehr. Die großmäuligen Zuschauer machten sich ziemlich eilig davon, auf einmal war es sehr still und leise. Damit wollte niemand mehr etwas zu tun haben. Sascha rief jemanden an, der Möller ins Krankenhaus bringen sollte. Mich schickte er zurück ins Hotel. Als er später nachkam, sagte er nur, ich solle keine Fragen stellen und die ganze Sache sofort vergessen. Ich denke, sie haben ihn weggefahren, ich weiß nicht, wohin, und vielleicht irgendwo verschwinden lassen.‹«*

Einen Augenblick blieb es still. Schaubert hatte runde Augen bekommen. Dann raschelte es in der Leitung. »Vielleicht haben Sie den Text gerade abgelesen«, meinte Wohle schließlich, aber ihrem Zögern war anzuhören, dass sie ihrem eigenen Einwand nicht traute und ziemlich beeindruckt war.

»Habe ich nicht.«

»Nun gut, und was soll das jetzt alles? Worauf wollen Sie eigentlich hinaus? Immerhin habe ich Sie angerufen, um …«

»Richtig, und ich frage mich, warum Ihnen ein so wichtiges Detail wie eine weitere Person, die noch dazu mit Sascha Biltner sprach, gestern nicht eingefallen ist«, erwiderte Hannah. Eine Nebenbuhlerin, dachte sie, die sie mit Nichtachtung strafen wollte und deren Rolle Katja Wohle heruntergespielt hatte. Eine durchaus verständliche Reaktion, und interessant war in dem Zusammenhang lediglich, dass es sich bei der Frau um Caroline Meisner gehandelt haben könnte.

»Meine Güte, das kann doch passieren! Möller verschwand an dem Abend, und ich habe die Blonde, die von der ganzen Aktion ohnehin kaum etwas mitbekommen hatte, weil sie sich mitten in der Diskussion verabschiedete, schlicht vergessen. Warum machen Sie jetzt so ein Fass auf?«

»Ganz einfach – die Frau, von der wir gerade mit großer Wahrscheinlichkeit annehmen, dass sie Ihnen aufgefallen ist, lebt nicht mehr. Sie ist ermordet worden.«

Wohle schwieg diesmal mindestens eine halbe Minute. »Das wusste ich nicht. Um Gottes willen, aber …«

»Also noch einmal – in welcher Funktion war diese Frau dort?«, fragte Hannah erneut.

»Sascha kannte sie. Sie unterhielten sich. Mehr weiß ich wirklich nicht. Ich habe sie weder vorher noch später je wiedergesehen und kein einziges Wort mit ihr gewechselt. Ich dachte damals, dass das seine neue Flamme ist oder vielleicht werden könnte. Besonders verliebt taten die beiden allerdings nicht, aber das muss bei Sascha nichts heißen …«

»Sie wohnte nicht in dem Hotel, in dem Sie und Biltner untergebracht waren?«

»Nein, ich glaube nicht, jedenfalls habe ich sie dort nicht gesehen, und Sascha hat die Frau auch nie erwähnt – weder vorher noch nachher. Wie gesagt, sie war auch in der Bar und machte sich dünne, als die Auseinandersetzung gerade hitziger wurde, und Sascha sprach sie mit Caro oder Cari an.«

Hannah bemerkte aus den Augenwinkeln, dass Stefanie Hobrecht sich eine Notiz machte und Schaubert seine Zigarette holte, um am Fenster zu rauchen.

»Wir werden Sie zu diesem Aspekt noch einmal vorladen müssen, Frau Wohle«, fügte Hannah hinzu.

»Aber …«

»Es geht um Mord.«

»Eine Aussage, mit der ich Biltner belaste, könnte durchaus gefährlich für mich werden«, beeilte sich Wohle zu versichern. »Er hat mir gedroht, als ich die Firma verließ, und ich glaube nicht, dass es sich dabei um leeres Gerede handelte.«

Das glaube ich auch nicht, dachte Hannah. »Über all das reden wir, wenn es so weit ist.« Sie beendete das Gespräch und goss sich einen Kaffee ein. Kotti, der entspannt unterm Tisch lag, hob den Kopf und musterte sie einen Moment.

Schaubert inhalierte gierig, und Hobrecht eilte ins Nebenzimmer, um zu überprüfen, ob Caroline Meisner im letzten Oktober in Helsinki gewesen sein könnte. Hannah lächelte. »Damit kriegen wir ihn zur Vernehmung«, sagte sie leise. »Der Kreis schließt sich. Wir könnten die Wohle zunächst mal raushalten, indem wir erneut den Zeugen aus der Bar zitieren, der eben nachträglich eine entsprechende Aussage gemacht hat, und berufen uns darüber hinaus auf die Überprüfung von Meisners Reiseaktivitäten, bei denen ein Zusammenhang hergestellt wurde, dem wir nun nachgehen.«

»Klingt nachvollziehbar. Er wird dennoch darüber nachdenken, ob seine Exmitarbeiterin den Mund nicht halten konnte, solange es um Möller geht«, wandte Schaubert ein.

»Soll er nachdenken. Er weiß nicht, was wir aufgrund welcher Quellen in Erfahrung gebracht haben, und das dürfte ihn ziemlich ärgern. Eine gute Ausgangsposition, finde ich.«

Schaubert nickte und griff zu seinem Handy, um Kuse und Decker Bescheid zu sagen und sowohl Folk als auch Biltner ins Präsidium bringen zu lassen.

Irgendwas stimmte nicht. Folk hatte die Spur zu dem Jungen verloren, und die Familie des Arztes war plötzlich ständig von Leuten umgeben. Gleichzeitig tauchte die Polizei auf, um diesen alten Fall in Helsinki zu recherchieren. Zufall? Vielleicht, vielleicht auch nicht. Sascha holte sein zweites Handy aus dem Tresor, um Folk anzurufen. »Diese BKA-Tante, die dich letztens genervt hat, wie hieß die?«, fragte er, ohne sich mit einer Begrüßung und einleitenden Worten aufzuhalten.

»Ach du liebe Güte … keine Ahnung, ehrlich gesagt. Hab ich wieder vergessen. Schlimm?«

Sascha biss die Zähne aufeinander. »Wie sah sie aus?«

»Klein, brünett, nicht mein Typ, um ehrlich zu sein, hatte einen dürren Köter dabei …«

»Alter?«

»Vom Hund?« Folk räusperte sich, als Sascha schwieg. »Schon gut, sollte ein Witz sein.«

»Spar dir deine Witze.«

»Okay, ja, keine Ahnung«, beschwichtigte Folk. »Taufrisch ist sie jedenfalls nicht mehr. Ist das wichtig?«

»Würde ich danach fragen, wenn es nicht wichtig wäre?«

»Schon gut. Ist denn was Besonderes los?« Unruhe vibrierte in Folks Stimme. »Ich meine …«

»Halt einfach Augen und Ohren auf, lass dich nicht irritieren und denk an unsere Absprachen, verstanden?«

»Na klar, aber …«

»Mehr gibt es im Moment nicht zu sagen. Ich melde mich in Kürze wieder.«

Ein zweites Telefonat führte Sascha sofort im Anschluss mit Igor. »Alles in Ordnung?«

»Ja. Gut, dass du anrufst«, freute sich sein russischer Partner. »Es gibt einen Interessenten – einen sehr vertrauenswürdigen Mann, wie wir uns vergewissert haben, der sich um seinen Enkel sorgt und bereit ist, viel für dessen Gesundheit zu investieren.«

»Er muss warten.«

»Warum?«

»Die Lage ist hier im Moment zu unsicher.«

»Wie meinst du das?«

»Wie ich es sage«, betonte Sascha. »Unser Spezialist braucht noch etwas Zeit. Er hat Probleme in der Familie. Ich bin der Meinung, dass er im Vollbesitz seiner Kräfte und Fähigkeiten sein sollte, bevor er wieder für uns tätig wird.« Mehr musste Igor nicht wissen.

»Nun gut, aber es sollte nicht zu lange dauern.«

»Ich tue, was ich kann.«

»Das ist mir klar. Muss ich mir Sorgen machen?«

»Nein. Behalt alles im Blick, wie immer, und achte auf Veränderungen, auch auf Kleinigkeiten.«

»Kleinigkeiten?«

»Ja, achte auf alles, was anders ist als sonst.«

»Gut.« Damit legte Igor auf.

Sascha verstaute das Handy im Tresor und kehrte zurück an seinen Schreibtisch. Irgendwas lag in der Luft. Er war zwar durchaus in der Lage, spontan zu agieren, auf plötzliche Veränderungen und Herausforderungen einzugehen, aber er hasste es, wenn er nicht wusste, aus welcher Ecke der Wind wehte. Und für seinen Geschmack ging ein bisschen viel schief in letzter Zeit, oder anders ausgedrückt: Manche Dinge entzogen sich auf erstaunliche Weise seiner Kontrolle. Das passierte nicht einmal in seinen Träumen, nein, dort nie. Sascha mochte keine Überraschungen, schon gar nicht in der Mehrzahl. Sein System funktionierte, weil es perfekt organisiert und jedes noch so kleine Detail mit professioneller Sorgfalt bedacht war, so dass er auf jede Abweichung reagieren konnte.

Caroline hatte hervorragend recherchiert und den in fachlicher Hinsicht idealen Kandidaten ausgesucht, nachdem die Geschäfte mit zwei anderen Ärzten weniger gut gelaufen waren als erwartet – der eine war nicht halb so gut, wie er behauptet oder tatsächlich von sich angenommen hatte, der andere war zu gierig, zu aufmüpfig geworden und musste später sogar einen tödlichen Unfall erleiden, um das Risiko einer Gefährdung der Organisation auszuschließen. Die Kontaktaufnahme zu Schade war perfekt gelaufen. Er hatte sich von Caroline einwickeln lassen und nicht das Geringste geahnt, während sie ihm eine ebenso heiße wie unkomplizierte Affäre vorspielte und zugleich sein Umfeld ausleuchtete, um die richtigen Hebel zu finden, die ihm die Kooperation erleichtern dürften, sofern er sich zieren würde. Dass er sich tatsächlich derart sträuben würde, hatte allerdings niemand angenommen, auch Caroline nicht, und sie hatte Fehler gemacht. Der größte war, dass sie sich und ihren Einfluss auf den Arzt überschätzt hatte; fast ebenso schwer hatte der Umstand gewogen, dass sie die Macht, die sie Männern gegenüber gerne ausspielte, missbraucht hatte, obendrein zu einem völlig ungeeigneten Zeitpunkt. Das war ganz fürchterlich schiefgegangen – für sie. Sascha hatte es verstanden, die Situation blitzschnell aufzugreifen und das Beste daraus zu machen.

Immerhin ging es dem Kind gut, es hatte die OP überstanden und wurde von Tag zu Tag kräftiger, wie man ihm berichtete. Schade war ein hochbegabter Spezialist, der seine Fähigkeiten in vollem Umfang ausgeschöpft hatte – nur so hatte das Kind eine Chance gehabt. Die Eltern würden ein Leben lang dankbar sein. Geld hatte nicht die geringste Rolle gespielt. Ethische Überlegungen auch nicht. Wenn dein Kind zu sterben droht, tust du alles, um sein Leben zu retten, andere Leben oder die Herkunft von Spenderorganen spielen keine Rolle, dachte Sascha. Warum? Weil niemand sein Kind loslassen kann. So sind Menschen nun mal.

Bis vor wenigen Stunden war er davon überzeugt gewesen, dass Oliver Schade nunmehr ohne großartige Komplikationen zu weiteren OPs bereit sein würde. Die mögliche Bedrohung seiner Familie hatte ihn klein und schwach gemacht und seinen Widerstand gebrochen. Nun dachte Sascha zum ersten Mal darüber nach, ob er den Mann und die Umstände falsch eingeschätzt und somit einen ähnlichen Fehler wie Caro gemacht haben könnte. Es war in jedem Fall ratsam, auf der Hut zu sein. Aber das war er eigentlich immer.

19

Hannah hatte Kotti einen langen Rundgang versprochen und war erst ins Präsidium zurückgekehrt, als Folk und Biltner unabhängig voneinander abgeholt worden waren. Beide hatten überrascht reagiert, wie Kuse Hannah berichtete, wobei Folk empört gewesen war und Biltner zunächst seine Verärgerung zum Ausdruck brachte, danach spielte er relativ schnell wieder den Gelassenen.

»Wollten sie ihre Anwälte sprechen?«, fragte Hannah nach, während sie dem Hund eine Schale Wasser und zwei Würstchen aus der Cafeteria spendierte.

»Nö. Sie haben beide im Moment Zeugenstatus. Telefonate haben wir verhindert«, erklärte Gerd Kuse und goss sich einen Kaffee ein. »Wie wollen Sie vorgehen?«

»Das muss Ihr Chef entscheiden.«

»Der wartet bereits vor den Vernehmungsräumen.«

Hannah versorgte sich ebenfalls mit Kaffee und ging mit Kuse den langen Gang hinunter. Schaubert war nervös. Er nickte ihr zu, als sie den Vorraum betraten. »Ich habe die OK-

Leute informiert. Unter Umständen müssen wir schnell handeln.«

»Egal, wie diese Befragung ausgeht und ob sie zehn Minuten dauert oder fünf Stunden – wir dürfen den Mann nicht mehr aus den Augen lassen«, erklärte Hannah.

»Ist mir klar.«

»Was sagt der Staatsanwalt?«

»Er riecht ein großes Ding und hat sich relativ schnell darauf eingelassen, dass der Arzt erst mal außen vor bleibt.« Schaubert griente. »OK-Fälle machen sich gut auf der Karriereleiter. Stefanie hat übrigens herausgekriegt, dass die Meisner an jenem Wochenende in Helsinki war – in einem anderen Hotel.«

»Das klingt sehr gut. Damit haben wir einen nahezu perfekten Einstieg.« Hannah blickte durch die verspiegelte Scheibe, als Biltner den Vernehmungsraum betrat und sich lässig auf den Stuhl setzte. Der Beamte stellte ein Glas Wasser für ihn bereit.

»Ich möchte, dass Sie ihn befragen«, schob Schaubert hinterher. »Alleine. Das wirkt harmlos. Außerdem kennt er Sie bereits. Wir betrachten das Ganze von hier aus, der Rest des Teams trifft auch gleich ein. Aktuelle Infos bekommen Sie sofort aufs Handy. Fotos von Möller und Caroline Meisner liegen in der Akte. Was halten Sie davon?«

»Danke für Ihr Vertrauen.« Hannah lächelte. Sie teilte seine Einschätzung bezüglich des harmlosen Eindrucks, den sie auf Biltner machte, keineswegs. Der Mann war alarmiert, seit die Polizei ein zweites Mal vor der Tür gestanden hatte, und seine Gesprächsbereitschaft war zielgerichtetes Kalkül – er wollte wissen, was die Ermittler in der Hand hatten. Es würde schwer werden, ihn zu unbedachten Äußerungen zu verleiten oder in ein Gespräch zu verwickeln, aber unmöglich war es nicht. Außerdem gab es noch Michael Folk, dessen Nervenkostüm deutlich dünner sein dürfte.

»Vielleicht sollte Folk gleichzeitig befragt werden, ohne die Katze aus dem Sack zu lassen«, schlug sie vor. »Ich könnte mir vorstellen, dass der Mann schnell nervös wird, und entsprechende Äußerungen könnte ich dann bei Biltner verwenden und umgekehrt. Zumindest Folk dürfte erstaunt sein, wenn er mitgekriegt, dass wir seinen Chef vernehmen, und wahrscheinlich verunsichert reagieren.«

»Gut, Jan macht das. Er scheint mir der Richtige für einen Typen wie Folk.«

In dem Punkt teilte Hannah seine Ansicht. Kurz darauf betrat sie den Vernehmungsraum mit leisen Schritten. Sie mochte die intensive Atmosphäre dieser Räume – in der Regel herrschten Anspannung, Unruhe, manchmal Erleichterung, Wut, Angst, Trauer, Fassungslosigkeit. Nicht selten gelang es ihr, den Gesprächspartner vergessen zu lassen, wo er sich befand. Viele Verdächtige waren erleichtert, wenn man ihnen die Möglichkeit bot, zu reden, ohne ihr Gesicht zu verlieren. Manche suchten eine Bühne und badeten selbstverliebt in der Aufmerksamkeit der Beamten, andere waren verdutzt, dass man ihnen zuhörte – vielleicht zum ersten Mal in ihrem Leben. Hin und wieder gab es etwas zu lachen, aber das war die Ausnahme.

Hannah setzte sich, stellte ihren Kaffee ab und legte die Akte bereit. Biltner lehnte sich zurück und warf ihr einen gleichgültigen Blick zu.

»Danke, dass Sie ins Präsidium gekommen sind, Herr Biltner«, sagte sie höflich. »Wir müssen noch einmal auf Dr. Möller zurückkommen, und ich würde unser Gespräch gerne aufzeichnen.«

»Nur zu – ich habe meinen Anmerkungen von heute Vormittag nichts hinzuzufügen, und natürlich unterschreibe ich gerne ein entsprechendes Protokoll. Dann hätten wir das endlich erledigt.«

»Prima. Sie bleiben also bei Ihrer Aussage, den Tagungsteilnehmer Dr. Paul Möller am Abend seines Verschwindens nicht gesehen zu haben?«

»Ich hätte es nicht besser ausdrücken können.« Biltner lächelte zuvorkommend.

»Und Sie bleiben dabei, dass es keinen Streit gab?«

»Jedenfalls nicht zwischen mir und Möller. Wer etwas anderes behauptet, irrt sich«, bekräftigte Biltner. »Das dürfen Sie dem Zeugen ausrichten, den Sie heute Vormittag erwähnten.«

Hannah nickte, als hätte sie keine andere Antwort von ihm erwartet. Es ist ihm völlig egal, ob es den Zeugen tatsächlich gibt oder nicht, dachte sie. »Aber es entspricht den Tatsachen, dass Sie an jenem Abend nach dem Tagungsprogramm eine Bar besucht haben?«

»Ja, das ist gut möglich, aber ich weiß weder den Namen noch den genauen Zeitpunkt.«

»Und Sie waren allein dort?«

Er lächelte amüsiert. »Ganz und gar nicht. Es war garantiert ziemlich voll – diese Bars sind in der Regel gut besucht.« Das Ganze machte ihm inzwischen sichtlich Spaß.

»Eine Menge Leute standen um den Fernseher herum, um eine Boxübertragung zu verfolgen«, führte Hannah weiter aus.

»Stimmt, daran erinnere ich mich.«

»Es war niemand dort, den Sie näher kannten oder mit dem Sie ins Gespräch kamen?«

Biltner beugte sich vor und legte seine Hände auf den Tisch. »Das weiß ich nicht, weil ich mir nicht jeden einzelnen Gast genauer angesehen und einzelne Gespräche oder Plaudereien gemerkt habe. Insofern kann ich Ihre Frage nicht eindeutig beantworten.«

Er fühlt sich überlegen, dachte Hannah. »Gut, dann formuliere ich meine Frage anders: Könnte es sein, dass Sie an jenem Abend in Begleitung unterwegs waren?«

Er runzelte die Stirn. »Ich kann mich nicht erinnern, Frau Kommissarin, tut mir leid, und ich will natürlich nichts Falsches sagen, denn das bringt Sie und Ihre Kollegen keinen einzigen Schritt weiter.« Diesmal mischte er seinem Lächeln eine verständnisvolle Note bei.

»Ich finde es bemerkenswert, dass Sie sich daran erinnern, in einer gut besuchten Bar gewesen zu sein, in der sich viele

Gäste um einen Fernseher versammelten, aber nicht mehr wissen, ob eine Frau an Ihrer Seite war«, bemerkte Hannah erstaunt.

»Wie gesagt – auch wenn Sie noch eine halbe Stunde darauf herumreiten, ich kann mich einfach nicht mehr an irgendwelche Einzelheiten erinnern und finde das alles andere als bemerkenswert.« Er blickte kurz auf seine Hände. »So was kommt vor, erst recht nach so langer Zeit.«

»Ja, schade. Vielleicht hätte eine Begleiterin Erhellendes zu diesem Abend beitragen können.«

Biltner seufzte. »Ich nehme an, Sie spielen auf Möller und sein spurloses Verschwinden an?«

»Genau.«

»Wenn es diese Begleiterin tatsächlich gegeben hätte, würde sie Ihnen nichts anderes erzählen können, als ich es tue und bereits getan habe.«

Hannah nickte nachdenklich. Wenn es ausschließlich um Möller ginge, hätten sie keine Chance, selbst wenn Wohle zu einer Aussage vor Gericht bereit wäre. Es stünde Aussage gegen Aussage, Ende. Aber es ging nicht um Möller, obwohl sehr viel dafür sprach, dass auch in seinem Fall ein Verbrechen zugrunde lag. Sie öffnete langsam ihre Akte. »Möglicherweise, doch ich befürchte, dass diese Frau gar nichts mehr zu welchem Geschehen auch immer beitragen kann.«

Biltner stutzte. »Wie darf ich das verstehen?«

Hannah zog zwei Fotos aus der Akte und schob sie ihm hinüber. »Kennen Sie diese junge Frau?«

Er hatte sich erstaunlich gut unter Kontrolle, aber die Irritation war ihm dennoch anzumerken. Er überspielte sie, indem er die Aufnahmen betont sorgfältig studierte. »Ist sie das? Ich meine, ist das die Frau, von der Sie annehmen, dass sie mich an dem Abend begleitete?«

Hannah nickte. »Ja, das ist sie. Haben Sie gar keine Idee dazu? Kommt sie Ihnen irgendwie bekannt vor?«

»Tja, ich weiß nicht ... Sie ist hübsch.« Er hatte sich schnell gefangen und lächelte wieder. »Ganz ehrlich, ich wünschte, ich könnte mich besser erinnern. Vielleicht habe ich mich eine Weile mit ihr unterhalten. Das möchte ich nicht ausschließen, aber konkret kann ich mich nicht festlegen.«

»Das ist sehr schade, ausgesprochen schade sogar. Das Schicksal dieser Frau beschäftigt die Polizei bereits eine ganze Weile. Erst war sie fast zwei Wochen spurlos verschwunden, und kaum tauchte sie wieder auf, wurde sie auf grausige Art ermordet.« Hannah schüttelte den Kopf und trank von ihrem Kaffee. »Die Polizei tappt völlig im Dunkeln.«

»Das ist ja fürchterlich«, sagte Biltner und schloss sich ihrem Kopfschütteln an.

»Ich bin übrigens Spezialistin für Vermisstenfälle«, erklärte sie beiläufig. »Und natürlich interessiert es mich, wenn sich die Schnittpunkte zweier Menschen, die beide von einer Stunde auf die andere verschwunden sind, auf derart bemerkenswerte Weise kreuzen. Nun ist eine Person tot, und was Möller angeht …« Sie hob die Hände. »Nach so langer Zeit ist mit dem Schlimmsten zu rechnen, wie ich aus meiner langjährigen Erfahrung zu berichten weiß.«

»Ich verstehe, aber wie kommen Sie eigentlich darauf, dass diese Frau in Helsinki war, in derselben Bar wie ich?«, fragte Biltner in gleichmütigem Ton.

»Wir haben ihre Reisetätigkeit untersucht und sind auf entsprechende Daten gestoßen.«

»Sie meinen, die Frau war zum selben Zeitpunkt wie ich in Helsinki?« Biltner machte plötzlich einen ausgesprochen erheiterten Eindruck. »Und das reicht Ihnen für die Schlussfolgerung, es könnte ein Zusammenhang zu Möllers Verschwinden und zu mir bestehen? Das ist ja wohl ein bisschen sehr weit hergeholt.«

Hannah trank einen weiteren Schluck Kaffee und blätterte wie abwesend in ihrer Akte. »Bitte?« Sie sah wieder hoch. »Ach so, nein, das allein reichte natürlich nicht, um eine Verbindung zu Möller zu ziehen und daraufhin Sie zu befragen. Der

Zeuge in der Bar, der mitbekam, dass Möller mit seinen Qualitäten als Kickboxer herumprotzte, hat darüber hinaus zufälligerweise gehört, dass Sie mit einer Frau sprachen …«

Biltner nickte ungeduldig. »Toll, und?«

»Er hat die Frau nach dem Ihnen vorliegenden Foto identifiziert.«

»Aha. Und weiter?«

»Sie sprachen sie mit ihrem Spitznamen an – Caro.«

Biltner nahm die Hände vom Tisch. »Ach? Das will der Zeuge gehört haben?«

»Ja.«

»Nun, vielleicht habe ich die Frau mit dem Spitznamen Caro an dem Abend kennengelernt.«

»Ohne die Bekanntschaft zu vertiefen?«

»Warum nicht?«

»Das ist eine berechtigte Gegenfrage«, stimmte Hannah zu. »Zufälligerweise stammt die Frau aus Hamburg. War Ihnen das klar, als Sie sich kennenlernten?«

Biltner hob die Hände. »Nein. Hamburg ist groß.«

»Sie lebte in Altona.«

»Und?«

»Sie bleiben dabei – Sie kennen die Frau nicht? Sie heißt Caroline Meisner.«

Biltner verzog den Mund, überlegte kurz und zuckte dann mit den Achseln. »Sagt mir erst mal nichts.«

Hannah nickte verständnisvoll und erhob sich langsam. »Würden Sie mich einen Moment entschuldigen? Ich möchte ein paar Kleinigkeiten überprüfen, bevor ich weitere Fragen stelle.« Sie schob ein bedauerndes Lächeln nach.

»Nur zu. Der Tag ist ohnehin gelaufen.«

»Danke für Ihre Geduld.« Hannah schlüpfte aus dem Raum und gesellte sich zu den Kollegen im Vorraum. Decker sah noch genauso schnieke aus wie am Vormittag. »Bis jetzt hält er mich für ziemlich beschränkt, und das ist gut so. Wie geht es bei Folk voran?«

Schaubert wies mit dem Daumen über die Schulter. »Zwei Räume weiter vergnügt sich Jan mit ihm. Sie können gerne einen Blick hineinwerfen.«

Jan Pochna hatte sich auf seinen Stuhl gefläzt und gähnte herzhaft, er machte sich nicht mal die Mühe, die Hand vor den Mund zu halten. Sein T-Shirt wies Schweißflecke auf, und das Haar bedurfte dringend einer Wäsche, von einem neuen Schnitt mal ganz abgesehen. »Okay, dann noch mal zum Mitschreiben. Sie arbeiten im Coffeeshop am Flughafen und hin und wieder als Aushilfe für Sascha Biltner. So weit können wir uns inzwischen einigen, oder?«

»Ja, das sagte ich bereits zweimal, vielleicht sogar dreimal. Und genauso oft habe ich auch erklärt, dass heutzutage kaum noch jemand von einem Job leben kann«, entgegnete Folk genervt. »Abgesehen von Beamten.«

»Okay, das habe ich verstanden. Und was machen Sie so aushilfsweise für den Biltner?«

Folk rutschte auf seinem Stuhl hin und her. »Was wollen Sie überhaupt von mir?«

»Ein paar Auskünfte und Fragen, die sich im Laufe eines Ermittlungsverfahrens ergeben haben«, leierte Pochna die Entgegnung herunter.

»Geht das ein bisschen deutlicher?«

»Klar.« Pochna grinste und strich sich das Haar zurück. »Ich komme etwas später darauf zurück, aus ermittlungstaktischen Erwägungen, wenn Sie verstehen. Also – was machen Sie für Biltner und seine Firma?«

Folk starrte ihn missmutig an und gab sich dann einen Ruck. »Botendienste, Aushilfstätigkeiten, so was in der Art, hier und dort einen Hunderter dazuverdienen.«

»Genauer. Ich hätte es gerne genauer.«

»Ich hab's aber nicht genauer, Mann!«

»Sie waren schon mal auskunftsfreudiger und hilfsbereiter. Woher kommt dieser plötzliche Stimmungswandel?«

»Häh?«

»Kürzlich haben Sie der Polizei mit einer sehr guten Personen- und Ortsbeschreibung weitergeholfen«, erläuterte Pochna. »Wir haben nach einer Vermissten gesucht.«

»Ach, die Frau aus Blankenese – ja«, meinte Folk zögernd. »Wie kommen Sie denn jetzt auf die?«

»Nun, die Frau ist inzwischen tot, ermordet, um genau zu sein, und wir haben berechtigte Zweifel, dass Ihr damaliger Hinweis den Tatsachen entsprach.«

»Was? Warum das denn?«

»Nun, wie gesagt, es liegt ein ziemlich mieses Verbrechen vor, was die eine oder andere Nachfrage erforderlich macht. Logisch, finden Sie nicht?«

»Ja, klar, aber ich verstehe nicht, was Sie dabei von mir wollen.« Folk wischte sich über die Nase. »Ich habe die Frau an dem Freitag am Elbufer gesehen und die Polizei informiert, als die Vermisstenmeldung in der Zeitung stand. Zwei Tage später gab es dann eine erneute Meldung mit meinem Hinweis. Das war's auch schon.«

Pochna gähnte erneut und räkelte sich. »Genau das bezweifle ich. Waren Sie scharf auf die Frau?«

»Was?« Folk fuhr hoch.

»Drücke ich mich so unklar aus? Waren Sie scharf auf die Frau? Sie war eine attraktive junge Lady, da kommt man schon mal auf andere Gedanken. Vielleicht haben Sie sie ja tatsächlich gesehen und sind ihr gefolgt und seitdem auf den Fersen geblieben«, schlug Pochna vor. »Wie klingt das in Ihren Ohren?«

»Behämmert, um ehrlich zu sein, zumal ich aus eigener Initiative mit der Polizei gesprochen habe. Wie bescheuert ist das denn, und wie soll die Story weitergehen?«

»Gute Frage und gar nicht bescheuert, um den Harmlosen zu markieren, denn ein paar Tage später ist sie plötzlich tot. Erzählen Sie doch mal – was ist passiert? Hat sie Sie abblitzen lassen, und das hat Sie dann erst so richtig wild gemacht?«

»Mann!« Folk schlug mit der flachen Hand auf den Tisch. »Was soll denn die Scheiße? Was versuchen Sie hier mir einzureden? Ich kenne die gar nicht!«

»Ach nein?« Pochna hielt ihm ein Foto unter die Nase. »Und was sollte das dann? Warum standen Sie stundenlang vor ihrer Wohnung herum? Nur Stalker machen so was.«

»Wie …«

»Versuchen Sie erst gar nicht länger, mich zu verarschen – Sie sitzen dort in einem Firmenwagen von Biltner, und Ihre Dienstjacke ist gut zu erkennen. Also, was haben Sie in der Nacht, an dem Wochenende dort gemacht?«

Folk wurde plötzlich blass. »Keine Ahnung«, sagte er deutlich ruhiger. »Ich habe niemanden beobachtet, wenn Sie das meinen.«

»Natürlich haben Sie das«, fuhr der Kommissar ihn an. »Und wenn ich Ihnen einen guten Rat geben darf, dann packen Sie jetzt aus! Hatten Sie den Auftrag, Caroline Meisner zu beobachten? Vielleicht sogar in ihre Wohnung einzudringen? Wir werden DNA-Spuren von Ihnen finden – übrigens nicht nur dort –, da bin ich ziemlich sicher. Wenige Hautschuppen reichen dazu aus, und dann sind Sie wirklich in Erklärungsnot und sitzen schneller in Untersuchungshaft, als Sie gucken oder Scheiße schreien können.«

»Ich sage jetzt gar nichts mehr.«

»Das sollten Sie unbedingt überdenken, wenn Sie noch so was wie eine Zukunft vor Augen haben möchten. Ich gebe Ihnen eine Viertelstunde. Soll ich Ihnen einen Kaffee mitbringen? Der ist übrigens ganz prima hier. Ach, noch was – gleich wird ein Kollege Fingerabdrücke und eine DNA-Probe nehmen. Wenn Sie der Frau zu nahe gekommen sind, werden wir das sehr bald wissen. Bis gleich.«

Pochna stand auf und verließ den Raum, ohne noch einen Blick zurückzuwerfen. Er gähnte erneut.

»Guter Abgang«, meinte Hannah, als Pochna die Tür hinter sich geschlossen hatte und sie ansah.

»Er ist keine besonders harte Nuss, aber wenn es eng wird, macht er zu – und sei es nur aus Angst vor Biltner«, entgegnete er. »Die Jungs verstehen keinen Spaß, wenn es darum geht, einen Verräter zur Rechenschaft zu ziehen.«

»Davon habe ich auch schon gehört, aber vielleicht können wir ihm ein Angebot machen«, überlegte Hannah.

Pochna zuckte mit den Achseln. »Ich denke, er ist ein Feigling.«

»Zu feige für einen Auftragsmord? Noch dazu so einen Mord?«

»Gute Frage.«

Hannah ließ den Gedanken sacken. »Ach, nur so nebenbei – ich habe gehört, Sie sind beim Daniel Gruber auf Schulden gestoßen?«, fragte sie.

»Ja. Er hat sein Konto kräftig überzogen – brauchte das Geld angeblich, um einen Unfallschaden ohne Polizei zu regulieren, weil er sonst seinen Führerschein hätte abgeben müssen. Und dann war er so knapp bei Kasse, dass er kurz entschlossen seine Schwägerin angehauen hat.«

»Und was für ein Unfall war das?«

»Er hat beim Rückwärtseinparken mit dem Servicewagen ein Motorrad zerschrottet. Die Familie weiß nichts davon, und Gruber hat mich händeringend bekniet, den Mund zu halten.« Pochna zuckte mit den Achseln. »Falls wir das noch mal genauer brauchen, müsste ich mich erneut dahinterklemmen. Aber ich denke, im Moment ist anderes wichtiger.«

»Das denke ich auch.«

Irina brachte den Müll raus. Die Tonnen quollen bereits über, und sie nahm sich eine Schaufel, um den Unrat zusammenzustampfen und für Platz zu sorgen. In Kürze gab es Abendbrot für die Kinder. Der Heimleiter hatte angekündigt, dass er demnächst nach Hause fahren würde. Irina musste nur noch einen günstigen Augenblick abwarten, um sich zu verabschieden und dann unbemerkt ins Haus zurückzuschlüpfen. Eine abgeschlossene Bürotür würde sie vor keine größeren Probleme stellen. Den Namen des Arztes hatte sie bereits weitergeleitet.

Als die Betreuer für die Spätschicht eintrudelten, nutzte Irina die Unruhe und kehrte durch den Hintereingang ins Haus zurück. Sie brauchte zwölf Sekunden, um die Tür zu knacken. Ihr Herz schlug gleichmäßig schnell und kräftig, während sie in der Stille des abgedunkelten Raumes verharrte und auf verdächtige Geräusche wartete. Nach fünf Minuten schlich sie auf Zehenspitzen zum Schreibtisch. Die Vorhänge waren zugezogen, und so benutzte sie ihre Taschenlampe, um sich mit der Umgebung vertraut zu machen. Die Schubladen waren unverschlossen, enthielten aber nur allgemeinen Bürokram. Der wuchtige Schrank an der rückwärtigen Wand war mit einem massiven Riegelschloss ausgestattet und widerstand ihren Bemühungen. Irina fing an zu schwitzen. Plötzlich spürte sie, dass der Riegel sich lockerte und zur Seite glitt. Sie lächelte und öffnete die Tür. Die vorschießende Faust nahm sie für den Bruchteil einer Sekunde wahr, ihre Verblüffung dauerte ähnlich lange, den Schmerz spürte sie gar nicht. Dann wurde alles schwarz.

20

»Doktor Paul Möller verschwand im vergangenen Oktober, sehr wahrscheinlich im Anschluss an den Besuch einer Bar in Helsinki, in der unter anderem auch Sie und eine Frau gesehen wurden, die inzwischen als Caroline Meisner identifiziert werden konnte«, fasste Hannah die Fakten zusammen, nachdem sie sich wieder zu Biltner gesetzt hatte. Zwanzig Minuten hatte sie ihn schmoren lassen, doch in seiner Miene spiegelte sich lediglich Gleichgültigkeit wider, begleitet allenfalls von einer Prise Überdruss.

»Vor kurzem verschwand Frau Meisner für knapp zwei Wochen, und wenige Tage nach ihrem Auftauchen wurde sie brutal ermordet«, fuhr Hannah fort.

Biltner seufzte. »Das erwähnten Sie bereits, und ich habe zum Ausdruck gebracht, wie fürchterlich ich das alles finde. Dennoch kann ich mich nach wie vor nicht an diese Frau erinnern, auch nicht an den Namen.«

»Der Zeuge aus Helsinki behauptet, dass es eine Schlägerei mit Möller gegeben hätte«, wechselte Hannah abrupt das Thema.

Biltner atmete scharf ein. »Langsam nervt es, Frau Kommissarin. Ich schlage mich nicht!«

»Sind Sie auch Kickboxer?«

»Nein.«

Hannah öffnete die Akte und blätterte eine Weile in den Papieren. »Ach, stimmt ja – Sie betreiben Ultimate-Fighting.«

Zum ersten Mal blitzte Verblüffung in seinen Augen auf, und er fixierte sie einen Moment mit unangenehmer Schärfe, bevor er ein sanftes Lächeln darüberdeckte. Hannah lächelte zurück. »Es hat sich doch herumgesprochen, dass Sie diesen nicht alltäglichen Kampfsport betreiben.«

Er hob kurz die Hände. »Nun gut, zugegeben: Ich war früher aktiver Fighter, jetzt betreibe ich den Sport lediglich aus Fitnessgründen«, gab er in leutseligem Ton zu.

»Möller hat Sie genervt.«

»Sagt das Ihr Zeuge?«

Hannah deutete ein Nicken an. »Sie haben sich auf einen Kampf mit ihm eingelassen, um ihm zu beweisen, dass er als Kickboxer keine Chance gegen Sie hat.«

»Ich bin doch nicht bescheuert!« Das war die erste heftige Reaktion, die Biltner sich gestattete. Er beugte sich vor. »Der Mann war Tagungsteilnehmer einer Veranstaltung, die ich mit meiner Firma ausgerichtet habe. Ich lasse mich doch auf keine Schlägerei mit dem ein …« Er setzte sich wieder gerade auf. »Aber gut – ja, es stimmt, der Typ wollte mich herausfordern, aber ich habe mich eben nicht darauf eingelassen, sondern ihn ins Leere laufen lassen. Dabei ist er gestolpert und sogar gestürzt. Das war ihm so peinlich, dass er es anschließend vorzog, den Abend alleine zu verbringen. Er verschwand, und ich habe ihn nie wiedergesehen – und anscheinend sonst auch niemand. War es das jetzt?«

Hannah blätterte erneut in ihrer Akte, bevor sie hochsah. »Warum haben Sie das nicht gleich gesagt, Herr Biltner?«, fragte sie sanft. »Wir hätten einiges an Zeit sparen können.«

»Na warum wohl? Ich wollte mit der Geschichte nichts zu tun haben, ganz einfach. Ich bin Geschäftsmann. Darüber hinaus schlage ich mich nicht, sondern kämpfe im Ring, und mit Kickboxern, die unbedingt beweisen wollen, wie toll sie sind, lasse ich mich schon mal gar nicht ein.«

Das klang durchaus plausibel, fand Hannah, unter Umständen sogar plausibler als die Darstellung von Katja Wohle. Mit dieser Erklärung würde Biltner jeden Staatsanwalt verunsichern, und vor Gericht käme die Angelegenheit erst gar nicht. Sofern Möller nicht mehr auftauchte und sich kein weiterer Zeuge fand, der etwas zum Ablauf der Geschehnisse beitragen konnte, würden die tatsächlichen Ereignisse niemals herauskommen, schon gar nicht im Zuge anderer Ermittlungen.

»Und was bringt Ihnen nun die Erörterung dieser alten Geschichte?«, hob Biltner an. »Sie sind jetzt vermutlich genauso schlau wie vorher, oder?«

»Wahrscheinlich haben Sie recht – immerhin kann ich meine Kollegen in Stuttgart entsprechend informieren, die dann ihrerseits sehr wahrscheinlich den Fall zu den Akten legen werden. Es sei denn natürlich, es tauchen weitere Details auf, die den Schluss nahelegen, dass es doch eine heftige Schlägerei gegeben hat, möglicherweise außerhalb der Bar, in deren Verlauf Möller stark verletzt wurde.«

Biltner runzelte die Stirn. »Schwer verletzt? Quatsch! Er ist hingefallen, wieder aufgestanden, hat sich den Schmutz von der Hose gewischt und ist auf und davon, weil ihm die Sache peinlich war – mit Recht. Das war es dann. Und ich wollte mit dem ganzen Mist nichts mehr zu tun haben.«

Hannah fand ihn sehr überzeugend. Er schmunzelte und nickte, während er die Hände auf den Tisch stützte, um aufzustehen. »Na dann …«

»Bleibt noch Caroline Meisner.«

»Das ist jetzt nicht Ihr Ernst!«

»Aber ja.« Sie lächelte entschuldigend. »Es geht um Mord, Herr Biltner.«

Er ließ sich in den Stuhl zurückfallen. »Wie oft wollen Sie das eigentlich noch betonen? Und wie oft muss ich Ihnen daraufhin erzählen, dass ich die Frau nicht kenne und keine Ahnung habe, wer sie warum getötet hat?«

Hannah atmete laut aus. »Wissen Sie – ich kann mir das überhaupt nicht vorstellen, dass Sie sich so gar nicht an die Frau erinnern«, sagte sie langsam.

Er hob das Kinn. Seine Augen verengten sich. »Vielleicht mangelt es Ihnen an der nötigen Phantasie?«, schlug er schließlich vor und gab sich Mühe, locker zu klingen, aber die Schärfe war unüberhörbar.

»Ja, vielleicht. Das möchte ich nicht ausschließen. Phantasie ist nicht durchweg gefragt in meinem Beruf, manchmal steht sie mir sogar im Weg.« Sie wiegte bedächtig den Kopf. »Andererseits kann es natürlich sein, dass Sie immer erst dann einen Tatbestand zugeben, wenn es gar keine andere Erklärungsmöglichkeit mehr gibt, auf der Sie beharren können. Dieser Eindruck drängt sich mir zumindest gerade auf.«

Jetzt war er hellwach. »Wie meinen Sie das?«

»Wenn Sie Caroline Meisner nicht kennen und sich nicht an sie erinnern, wie kommt es dann, dass Sie sie am letzten Wochenende zu Hause besucht haben?«

Er starrte sie an. »Wie kommen Sie darauf?«

»Ganz einfach – es gibt einen Zeugen, der Sie gesehen hat und einen Wagen Ihrer Firma identifizieren konnte, der vor Meisners Haus stand, und zwar Freitag- und Samstagabend.«

Der Geschäftsführer war nachweislich am späten Freitagabend im Wohnhaus der Meisner unterwegs. Das Foto von ihm ist etwas unscharf, aber es ist eindeutig der Mann von der Website, der das Haus betritt – Sascha Biltner, ein sehr erfolgreicher Organisator von Tagungen, Kongressen, Events mit dem Schwerpunkt Medizin. So hatte Jan Pochna zu Beginn der Recherchen berichtet, nachdem er sich die Handyfotos vorgenommen hatte, rief Hannah sich in Erinnerung. Sie hielt es für wichtig, ihre vorwitzige Observation zumindest anfangs herauszuhalten. Dass Biltner beeindruckt war, ließ sich unschwer erkennen. Die unvorhersehbare Wendung der Befragung hatte ihm erst einmal die Sprache verschlagen. Er beobachtete sie mit schmalen Lippen.

»Was wollen Sie mir eigentlich anhängen?«, flüsterte er plötzlich.

»Nichts, was Sie nicht getan haben. Was wollten Sie von Frau Meisner?«

»Das geht Sie nichts an. Ich muss mit der Polizei nicht über meine persönlichen Beziehungen reden.«

Geschickt, dachte Hannah, er versucht einen Haken zu schlagen. »Und warum streiten Sie die Bekanntschaft zu Caroline trotz wiederholten Nachfragens ab?«

Er zuckte mit den Achseln. »Ganz einfach – weil sie niemanden etwas angeht.«

»Grundsätzlich stimme ich Ihnen zu, aber in direktem Zusammenhang mit einem Kapitalverbrechen sieht die Lage etwas anders aus, Herr Biltner.«

»Das ist Ihr Problem«, entgegnete er kühl. »Ich hatte etwas mit ihr zu besprechen, und auch das geht Sie nichts an.«

»Was haben Sie am letzten Wochenende am Samstagabend und in der Nacht zum Sonntag gemacht?«

»Wahrscheinlich war ich zu Hause«, entgegnete er achselzuckend. »Und erzählen Sie mir jetzt bitte nicht, dass ich ein Alibi benötige.«

Hannah schlug ein Bein über das andere, blätterte erneut in

ihrer Akte. »Sehr wahrscheinlich benötigen Sie das, denn wir werden Ihre DNA-Spuren an der Leiche identifizieren.«

»Gut möglich, wenn wir uns vorher gesehen haben.«

»Wann genau waren Sie bei Caroline?«

»Keine Ahnung. Fragen Sie Ihren Zeugen.«

»Caroline wurde erdolcht und am Aussichtspunkt Bismarckstein in Blankenese abgelegt, und zwar auf eine Art und Weise, dass man sie nicht übersehen konnte.«

»Das ist schrecklich.«

»Warum musste sie sterben? Hat sie in Helsinki zu viel mitbekommen?«

Biltner stutzte und lächelte plötzlich. »Ach, darauf wollen Sie hinaus.« Sein Lächeln wurde noch breiter.

»Ist das so abwegig? Vielleicht hat sie Ihnen sogar geholfen, den schwerverletzten oder sogar toten Möller zu beseitigen. Was halten Sie von der Variante?«

»Interessanter Aspekt, aber so war es nicht. Möller war nicht schwerverletzt und schon gar nicht tot, und von dem ganzen Affentheater hat sie nicht mal die Hälfte mitbekommen, weil sie längst gegangen war.«

»Das behaupten Sie. Caroline könnte Sie mit ihrem Wissen erpresst haben.«

»Mich erpresst niemand.«

Hannah tat so, als betrachtete sie diesen Gedanken von allen Seiten. »Dann bleibt ja nur noch ein Motiv.«

Er verschränkte die Arme vor der Brust. »Ich bin gespannt, Frau Kommissarin.«

»Eifersucht.«

Er lachte amüsiert auf. »Ich bin nicht eifersüchtig. Beziehungen bedeuten mir nichts.«

»Nun, Sie haben auch behauptet, Möller am Abend seines Verschwindens nicht gesehen zu haben, dann haben Sie schließlich doch zugegeben, dass zumindest ein Streitgespräch zwischen Ihnen stattgefunden hatte – unmittelbar danach verliert sich jede Spur zu ihm; er ward nie wieder gesehen. Und

Sie waren an dem Wochenende, an dem Caroline starb, bei ihr zu Hause, obwohl Sie noch vor wenigen Minuten darauf beharrten, die Frau nicht zu kennen und sich an keine Begegnung mit ihr zu erinnern. Inzwischen reden Sie im Zusammenhang mit der Ermordeten von einer Beziehung. Sie müssen zugeben, Herr Biltner – es ist durchaus angemessen, dass mich Ihre Antworten ein wenig nachdenklich stimmen.«

»Denken Sie nach, soviel Sie wollen. Ich habe Caroline Meisner nicht ermordet.«

Hannah seufzte. »Möchten Sie noch etwas trinken oder essen?«

»Nein, danke.«

»Sie erlauben, dass ich mich kurz frisch mache?«

Er zuckte mit den Achseln, und Hannah verließ den Raum. Im Gegensatz zu Biltner war sie hungrig. Schaubert begleitete sie in die Cafeteria. Hannah bestellte einen Krabbensalat und trank Orangensaft. Sie war erschöpft.

»Die Wohle hat Mist erzählt, oder?«, meinte Schaubert plötzlich, der sich mit einer Bockwurst begnügt hatte.

»Nicht auszuschließen. Aber ohne sie hätten wir Biltner nicht zu Caroline befragen können.«

»Auch wieder wahr.« Schaubert tauchte seine Wurst in den Senf und biss herzhaft ab. »Dennoch sollten wir sie noch mal befragen – falls Biltner bezüglich Möller die Wahrheit sagt, möchte ich wissen, was sie veranlasst, ihren Ex derart in die Pfanne zu hauen …«

»Rache?«

»Bisschen heftig, finde ich. Aber unter Umständen könnte sie zu anderen Themen doch noch mehr sagen, als sie uns weismachen möchte. Decker soll sich da noch mal hinterklemmen. Ich werde ihn entsprechend instruieren.«

Hannah nickte halbherzig. Sie war der Meinung, dass die Frau sich herausreden würde, wollte Schaubert aber nicht dazwischenfunken. »Irgendwelche Neuigkeiten aus Sankt Petersburg?«

Er schüttelte den Kopf und sah auf die Uhr. »Ich schätze, dass uns eine lange Nacht bevorsteht.«

»Je länger wir Biltner festhalten können, umso besser.«

»Ich bin gespannt, wann er anfängt, nach einem Anwalt zu schreien.«

»Er wird nicht schreien«, meinte Hannah. Sie beendete ihre Mahlzeit und machte sich auf den Weg zu dem Vernehmungsraum, in dem Pochna mit Folk beschäftigt war.

Das Erste, was sie spürte, war Kälte, als Nächstes nahm sie Nässe war. Es roch modrig, und es war dunkel. Sie zitterte und konnte Arme und Beine nicht bewegen. Sie lag gefesselt auf dem Steinfußboden, ihr Kopf dröhnte. Die Erinnerung kehrte stückweise zurück und mit ihr die Gewissheit, dass sie nicht mehr lange zu leben hatte und die letzten Stunden die mit Abstand grausigsten werden würden. Sie war auffällig geworden, was nichts anderes bedeutete, als dass die Leute, mit denen sie es zu tun hatte, ausgesprochen vorsichtig agierten und auf jede Veränderung in ihrem Umfeld reagierten. Vielleicht gab es auch einen Maulwurf, und sie hatte von Anfang an keine Chance gehabt, aber was spielte das jetzt noch für eine Rolle?

Irina wusste nicht, wie tapfer sie unter der Folter sein würde. Darauf war sie nicht vorbereitet, weil man sich darauf nicht vorbereiten konnte. Wie viel Schmerzen würde sie aushalten müssen? Und was war sie bereit zu geben, damit der Schmerz aufhörte – und sei es nur für einige Minuten?

Sie drehte den Kopf zur Tür, als sie das Geräusch eines zurückschnappenden Riegels hörte. Ein schmaler Lichtstreifen fiel in den Raum, und zwei Männer traten ein, die sich nicht mal die Mühe gemacht hatten, eine Maske überzustreifen. Einer von ihnen war Igor, den anderen hatte sie noch nie gesehen. Er war groß und bullig.

»Das ist Mischka«, sagte Igor und griff hinter sich nach einem Stuhl. »Er wird dir wehtun, wenn du uns anlügst.« Er lächelte. »Verstanden?«

Irina nickte. Ihr Herz hämmerte. Sie werden mir so oder so wehtun, dachte sie. Hatte sie die letzte Nachricht an Boris aus dem Handy gelöscht? Sie war sicher, aber nicht hundertprozentig sicher, und das war in ihrer Situation verdammt schlecht. Mischka zog sich ebenfalls einen Stuhl heran, er würdigte sie keines Blickes, sondern betrachtete seine Fingernägel und rülpste.

»Wonach hast du gesucht?«, fragte Igor.

»Nach Geld.«

Igor warf Mischka einen Blick zu. Der stand auf, löste ihre Handfessel und brach, ohne jegliche Anstrengung und ohne eine Miene zu verziehen, ihren Zeigefinger.

»Du machst es dir unnötig schwer«, meinte Igor, als ihr Schrei verklungen war.

»Mischka wird dir alle Finger brechen, dann die Kniescheiben zerschmettern, er wird dich auf höchst unerfreuliche Weise vergewaltigen, ich werde ihn dabei unterstützen, und schließlich wirst du darum flehen, dass wir dich töten. Ist es das, was du willst?« Er schüttelte mit leisem Schnalzen den Kopf. »Nein, oder? Niemand will das.«

Irina versuchte gleichmäßig zu atmen. Ihr Finger schwoll an. Sie war kurz davor, sich zu übergeben. Ich bin nicht gut im Aushalten der Folter, dachte sie. Eigentlich hatte sie mehr Widerstandskraft, mehr Mut und innere Stärke von sich erwartet, aber Schmerz und Angst machen klein und schwach.

»Also – wonach hast du gesucht?«

»Unterlagen«, flüsterte sie. »Irgendwelche auffälligen Unterlagen.«

»Genauer.«

Ein letzter Versuch, dachte sie. Ein oder zwei gebrochene Finger spielten keine Rolle. Der Schmerz des ersten Bruchs loderte noch so stark, dass sie den zweiten weniger spüren würde. War es nicht so? Man konnte nicht zwei Schmerzquellen zugleich spüren. Darüber hatte sie mal etwas gelesen. Außerdem würde sie sich nicht vergeben, wenn sie sofort nachgab, selbst wenn ihr für das Verzeihen bei näherer Überlegung kaum noch Zeit bleiben würde. »Geldwäsche«, schob sie mühsam hinterher. »Ilja wird verdächtigt, aber wir haben nichts Konkretes in der Hand. Darum sollte ich nachforschen.«

Ilja starrte sie sekundenlang an, dann der Seitenblick zu Mischka. Der zweite Finger. Sie übergab sich. Die Sache mit der zweiten Schmerzquelle war falsch gewesen. Sei tapfer, flüsterte sie lautlos, sie töten dich sowieso. Wer Kinder tötet, schreckt vor nichts zurück. Sie nahmen sich eine Stunde Zeit, ihr alle erdenklichen Qualen zu bereiten. Ihre Kniescheiben verschonten sie, wie auch die Finger ihrer rechten Hand, warum auch immer. Sie war kurz davor, sich mit dem Tod anzufreunden, als sie endlich von ihr abließen.

»Vielleicht sagt sie die Wahrheit«, meinte Mischka, und Irina hörte, wie er den Reißverschluss seiner Hose hochzog.

»Vielleicht ist zu wenig, aber besser als gar nichts. Wir bringen sie rüber. Ich will mehr von ihr hören. Außerdem können wir später noch einiges von ihr verwenden. Man kann ja nie wissen.« Er lachte. »Fahr den Wagen an die Rampe.«

Irina hielt die Augen fest geschlossen. Lieber Gott, was muss ich tun, damit du mir die Gelegenheit gibst, die beiden zu töten?

Hannah klopfte und trat ein. Sie hatte das Verhör einige Minuten konzentriert verfolgt, während sie einen Espresso trank, und spontan beschlossen, sich dazuzusetzen, während Schaubert in der Zwischenzeit ein weiteres Mal mit Biltner sprach und ihn mit belanglosen Fragen zu zermürben versuchte. So hatte der LKA-Mann es ausgedrückt. Hannah war der Ansicht, dass er sich glücklich schätzen konnte, wenn es ihm in der jetzigen Situation gelang, Biltner schlicht auf die Nerven zu gehen.

Folk wirkte angeschlagen und unruhig. Jan Pochna lächelte ihr herzlich entgegen und machte eine einladende Handbewegung. »Das ist Kommissarin Hannah Jakob, unsere Spezialistin für Vermisstenfälle und außerdem Kriminalpsychologin«, erklärte er vollmundig. »Sie haben sich ja bereits kennengelernt, wenn ich richtig informiert bin, oder?«

Folk war alles andere als begeistert. »Haben wir, ja. Wollen Sie mir jetzt alle Fragen auch noch einmal stellen?«

Hannah erwiderte seinen Blick mit Gleichmut. »Mal sehen, wie weit wir kommen. Diverse Botendienste und Aushilfstätigkeiten erledigen Sie also für Biltner.«

»Ist ja nicht verboten.«

»Wenn dazu Einbruch gehört, schon. Wie wollen Sie eigentlich DNA-Spuren von sich an der Leiche von Caroline Meisner und sicherlich auch in ihrer Wohnung erklären?«

»Ich muss Ihnen gar nichts erklären …«

Hannah beugte sich vor. »Doch, das müssen Sie sehr wohl. Wachen Sie endlich auf, Herr Folk – wir ermitteln in einem Mordfall, und Sie sollten sich gut überlegen, wie weit Ihre Loyalität angesichts eines schwerwiegenden Kapitalverbrechens geht. Warum musste Caroline sterben? Welchen Fehler hat sie gemacht?«

»Keine Ahnung.«

»Ihr Chef hat übrigens längst zugegeben, dass er sie kannte und an jenem Wochenende besucht hat.«

Er zwinkerte. »Sie können mir ja viel erzählen.«

»Könnte ich. Ich habe aber gar keine Lust, Ihnen mehr zu erzählen, als unbedingt nötig ist. Sascha Biltner ist inzwischen sogar damit herausgerückt, dass er mit Caroline Meisner in Helsinki war, wofür es ebenso Zeugen gibt wie für den Besuch bei ihr am Wochenende ihres Todes. Also?«

Folk zögerte. »Na schön – ich sollte sie ein bisschen im Auge behalten.«

»Warum?«

»Keine Ahnung.«

»Warum sollten Sie der Polizei zwei Wochen zuvor erzählen, dass Sie Caroline in Blankenese gesehen haben?«

Folk strich sich das Haar zurück und schwieg. Hannah

suchte seinen Blick. »Sie tun sich keinen Gefallen, wenn Sie weiterhin schweigen, und Sie können Ihre Chancen nur noch verbessern, indem Sie mit uns kooperieren.«

Er starrte sie an.

»Seit wann kennen Sie Biltner eigentlich?«, wechselte Hannah schließlich das Thema.

»Hm, ungefähr zwei Jahre. Er hat Aushilfen gesucht, und ich habe mich beworben.«

»Der Mann hat was, oder?« Hannah lächelte. »Immer souverän, energisch, vom Erfolg getragen. Wussten Sie, dass er Ultimate-Fighting betreibt?«

Folk machte runde Augen. »Na ja …«

»Ein Sport, der zum Beispiel in den Staaten viele Anhänger hat. Es gibt Kämpfe und Ranglisten, und die Männer, die dort antreten, müssen richtig gut sein.«

Folk nickte langsam.

»Hat er Sie mal in sein Studio mitgenommen?«

Er zog die Brauen zusammen. »Was hat das jetzt eigentlich alles mit Caroline zu tun?«

»Ich weiß es noch nicht.« Hannah hob die Schultern. »Warum sollten Sie bei dem Studenten einbrechen?«

Folk zuckte zusammen.

»Nun? Was hat Biltner gegen den jungen Mann? Oder haben Sie was gegen ihn?«

»Ich will meinen Anwalt sprechen.«

Hannah sah auf die Uhr. »Heute nicht mehr. Es ist spät.« Sie stand langsam auf. »Kommissar Pochna geht alle Fragen noch einmal mit Ihnen durch, während ich jetzt Sascha Biltner vernehme. Falls Sie ein Geständnis ablegen möchten, bevor er auf die Idee kommt, alles Ihnen in die Schuhe zu schieben, wäre das eine richtig gute Idee … Hatte ich schon erwähnt, dass wir die Ergebnisse der kriminaltechnischen Analysen morgen früh vorliegen haben?« Das war sehr optimistisch, klang aber gut, fand Hannah.

Er wandte das Gesicht ab. Pochna verschränkte die Arme

hinterm Nacken und gähnte mal wieder, während Hannah zur Tür ging. Sie holte sich einen weiteren Espresso, sah nach Kotti und machte sich auf den Weg zu Biltner. Am Ende des Flurs wäre sie beinahe mit dem OK-Mann Rüdiger Grismann zusammengestoßen, der um die Ecke eilte.

»Petersburg hat sich gemeldet«, erklärte er knapp, während Hannah die Hälfte ihres Kaffees verschüttete und mit Mühe ihren Blazer rettete. »Tut mir leid«, schob er hinterher, aber eine ehrliche Entschuldigung klang anders.

»Schon gut. Und?«

»Wir haben den Namen eines Kinderarztes. Vielleicht nützt Ihnen der im Verhör was: Alexander Beljajew. Er untersucht die Kinder in dem Heim, und zwar auffällig sorgfältig.«

»Woher stammt die Info?«

»Sie haben jemanden eingeschleust.«

Hannah war beeindruckt. »Das ging aber schnell.«

»Ja, das ging sogar rasend schnell.« Grismann sah an ihr vorbei den Flur hinunter. »Der Preis ist unter Umständen sehr hoch.«

»Wie darf ich das verstehen?«

»Die verdeckte Ermittlerin ist seit heute Abend verschwunden und kann auch nicht geortet werden. Ihr Vorgesetzter meint, dass mit dem Schlimmsten zu rechnen sei. Sie wollen sich allerdings noch heute Nacht den Arzt vorknöpfen und hoffen, dass der Informationen preisgibt, wenn er entsprechend unter Druck gesetzt wird. Ich bin gespannt, ob er zum Beispiel Biltner identifiziert.«

Hannah biss sich auf die Unterlippe. »Was ist mit den Heimmitarbeitern?«

»Keine Ahnung. Interpol meldet sich, sobald es Neues gibt. Wie weit sind Sie mit Biltner?«

»Er denkt immer noch, es geht ausschließlich um den Mord an der Meisner, ist allerdings zunehmend erstaunt, wie viel wir über ihn in Erfahrung gebracht haben.«

»Geben Sie Gas«, sagte Grismann.

21

Katja Wohle hatte zunächst abwehrend reagiert. Erst als Decker ankündigte, dass er trotz der späten Stunde keine Mühe scheuen und ihr einen Polizeiwagen vorbeischicken würde, um sie ins Präsidium abzuholen, wurde sie zugänglicher. »Schon gut, das ist nicht nötig. Was wollen Sie denn eigentlich noch wissen?«

»Alles Mögliche über Ihren Exchef«, entgegnete Decker forsch. »Und wie gerade erwähnt, Sie haben die Wahl – wir können uns ganz gemütlich am Telefon unterhalten, und ich zeichne das Gespräch auf, oder wir treffen uns im Dienstgebäude. Das verfügt zwar auch über durchaus behagliche Räume, finde ich jedenfalls, aber …«

»Sie wiederholen sich, das habe ich schon beim ersten Mal verstanden«, unterbrach sie ihn genervt.

»Klasse. Dann legen Sie mal los.«

»Ich habe Ihnen bereits alles zu ihm gesagt, was mir wichtig schien, und sogar extra noch mal angerufen, um …«

»Was die Auseinandersetzung mit Möller angeht, haben Sie gewaltig übertrieben, das ist jedenfalls inzwischen unser Eindruck«, fiel Decker ihr beherzt ins Wort. »Warum eigentlich?«

»Wie? Was meinen Sie …«

»Ach, hören Sie schon auf, Theater zu spielen! Sie haben die Story gewaltig aufgebauscht, um es mal ganz milde auszudrücken, und wollen Biltner als gefährlichen Totschläger hinstellen. Aber ob er das wirklich ist, wird zumindest diese Geschichte in Ihrer Version nicht beweisen können. Es gibt inzwischen berechtigte Zweifel an Ihrer Darstellung.«

»Dann eben nicht«, entgegnete Wohle schnippisch. »Wenn Sie plötzlich alles besser wissen … Sie sind zu mir gekommen, schon vergessen? Ich dachte, ich tue Ihnen einen Gefallen, wenn ich die Situation wiedergebe. Aber wenn Sie mir ohnehin nicht glauben, was wollen Sie dann überhaupt noch von mir? Ich kann Ihnen ja viel erzählen – wenn Sie am nächsten Tag berechtigte Zweifel haben, kann ich es aber auch lassen.«

Decker verdrehte die Augen. »Versuchen Sie es einfach noch mal, und bleiben Sie sachlich. Ich will wissen, was Biltner für ein Typ ist! Nicht mehr, aber auch nicht weniger.«

Schweigen. Leises Räuspern. »Na schön – er ist ein ziemliches Arschloch: arrogant, herablassend, tritt auf den Gefühlen anderer herum. Glauben Sie das oder lassen Sie es.«

»Sie waren verliebt in ihn?«

»Ein wenig.«

»Er hat sie abblitzen lassen?« Und dafür hast du ihm gewaltig einen eingeschenkt, dachte er.

»Ja und nein.«

»Können Sie das erläutern?«

Wohle überlegte lange. »Wissen Sie, der Mann ist ein absoluter Profi in seinem Job, er sieht gut aus, er weiß sich zu benehmen, kann überaus charmant sein, verfügt über sportliche Qualitäten, tanzt, dass einem ganz warm ums Herz wird …«

»Und?«

»Ob Sie es glauben oder nicht oder mich für befangen halten oder sonst was, aber … im Bett ist er eine Niete.«

Decker war verblüfft.

»Und ich erwähne das nur, weil es so gar nicht zu diesem Typen passt und kein Mensch auf die Idee käme, dass der Mann Potenzprobleme haben könnte.«

Den Hinweis, dass zu einem erfüllten sexuellen Erlebnis meistens zwei Menschen gehörten, sparte Decker sich. Die Frau wäre nicht auf diesen Aspekt eingegangen, wenn es sich um einen Paarkonflikt gehandelt hätte, weil es sie selbst in einem ungünstigen Licht gezeigt hätte. Darüber hinaus war er ziemlich sicher, dass sie diese Schwäche nicht erfand, um dem Exchef und –Lover in einem hochsensiblen Bereich eins auszuwischen. Im Verhör mit Biltner könnte dieser Punkt aber sicherlich für einen wichtigen Impuls sorgen.

»Ja, das ist interessant«, entgegnete Decker schließlich. »Fällt

Ihnen sonst noch etwas ein – im Hinblick auf seine geschäftlichen Aktivitäten zum Beispiel.«

»Nun, ich denke, dass hier und da Gelder reinfließen, die nicht dem angegebenen Geschäftsvorfall entsprechen. Das habe ich schon erwähnt.«

»Wir sprechen von Geldwäsche?«

»Würde ich nicht ausschließen«, stimmte sie zu. »Aber konkrete Anhaltspunkte kann ich Ihnen nicht liefern. Die Konten, die ich mal entdeckt habe, dürfte er längst aufgelöst oder anderweitig versteckt haben.«

»Russische Geschäftspartner?«

»Er spricht Russisch, und er kennt sich gut in Sankt Petersburg aus«, erwiderte Wohle. »Ich glaube, er hat mal erwähnt, dass er an Ultimate-Figthing-Kämpfen in Russland oder der Ukraine teilgenommen hat. Das liegt aber schon ein paar Jahre zurück. Inzwischen steigt er nicht mehr in den Ring beziehungsweise in den Käfig, wie er bei diesen Kämpfen benutzt wird. Er trainiert nur noch, um fit zu bleiben. Aber das sagte ich schon.«

»Ja. Kennen Sie die Adresse seines Hamburger Studios?«

Wohle zögerte einen Moment, dann nannte sie ihm die Anschrift. Decker bedankte sich und legte kurz danach auf. Er gab die Infos sofort weiter, bevor er im Netz recherchierte und das Kampfsportstudio entdeckte, das mit Öffnungszeiten rund um die Uhr warb. Zehn Minuten später machte er sich gemeinsam mit Kollege Kuse auf den Weg, während Stefanie Hobrecht sich anbot, den Laden mal genauer unter die Lupe zu nehmen.

Hannah blickte eine Weile konsterniert auf ihr Handy-Display und las Deckers Kurznachricht ein zweites Mal, bevor sie wieder hochsah.

»Wir gehen von einer Beziehungstat aus«, sagte sie und schüttelte den Kopf, bevor Sascha Biltner das Wort ergreifen konnte. »Ich weiß, Sie behaupten, dass Sie nicht eifersüchtig sind und Beziehungen Ihnen nichts bedeuten. Auf der anderen Seite ließen Sie Caroline beschatten …«

»Tatsächlich?«

»Ja, das wissen wir von Folk.« Hannah winkte lässig ab und tat, als würde sie seine Reaktion nicht im Mindesten interessieren. »Sie wollten wissen, was Caroline vorhatte, nachdem sie nach zwei Wochen plötzlich wieder aufgetaucht war. Ich könnte mir übrigens gut vorstellen, dass sie sich ein paar Tage dünne gemacht hat, um Ihnen und Ihren möglicherweise aufdringlichen Avancen zu entkommen.« Die Variante klingt gar nicht schlecht, dachte sie und hoffte, dass er ihr Spiel, ihn aufs Glatteis zu locken, nicht durchschaute.

Biltner lachte kurz auf. »So ein Blödsinn.«

»Im Zuge dieser Beschattung stellte sich dann heraus, dass Caroline einen Liebhaber hat – einen verheirateten, sehr erfolgreichen Mann, dessen Namen wir Ihnen aus naheliegenden Gründen nicht sagen dürfen. Das konnten Sie nicht einfach so hinnehmen. Sie fühlten sich, gelinde ausgedrückt, vorgeführt«, erläuterte Hannah ihre Überlegungen.

Er verschränkte die Arme vor der Brust. »Ein verheirateter Typ? Na und? Meine Güte – vielleicht hat der sie umgebracht oder besser noch: seine Frau. Ehefrauen sind ja häufig eifersüchtig. Haben Sie das schon mal überprüft?«

»Und ob, aber danke für den Hinweis. Die ersten Indizien sprachen in der Tat sehr stark für einen solchen Verdacht, inzwischen sind wir jedoch zu anderen Erkenntnissen gelangt. So hat es uns doch sehr verwundert, als wir feststellten, dass der Zeuge, der sich nach dem Verschwinden von Caroline bei der Polizei meldete, um zu berichten, dass er sie in Blankenese gesehen hatte und die Frau auffallend gut beschreiben konnte, jener gerade erwähnte Michael Folk war, der aushilfsweise für Sie tätig ist. Merkwürdig, oder?«

»Ja? Wieso?«

»Wir halten das nicht für einen Zufall, sondern vermuten, dass eine falsche Spur gelegt werden sollte.«

Biltner atmete tief durch und setzte eine gelangweilte Miene auf. »Und? Können Sie das beweisen?«

»Caroline ist erdolcht worden.«

»Sie wiederholen sich.«

»Mit einem russischen Dolch.«

»Vielleicht hatte der Mörder gerade nichts anderes zur Hand.«

Hannah öffnete die Akte und zog zwei Fotos heraus, auf denen Carolines Leiche abgebildet war. Biltner betrachtete sie schweigend.

»Welchen unverzeihlichen Fehler hat sie begangen?«

»Ich weiß nicht, wovon Sie sprechen.«

»Hat Caroline Sie verletzt?«

»Ich sagte schon, dass Beziehungen mir nichts bedeuten, insofern bin ich unverletzbar.«

»Interessante Einstellung, aber warum lassen Sie die Frau, die Ihnen wie alle anderen Beziehungen auch nichts bedeutet, dann beschatten?«, entgegnete Hannah. »Das passt doch vorne und hinten nicht zusammen.«

»Nicht mein Problem.«

»Da wäre ich an Ihrer Stelle nicht so sicher. Folk ist ziemlich nervös und wird bald einiges zu erzählen haben.«

Biltner lächelte, aber sein Unterkiefer wirkte plötzlich verhärtet. »Alte Polizeitaktik, damit erschrecken Sie mich nicht.«

»Ich will Sie gar nicht erschrecken, schon gar nicht mit alter Polizeitaktik. Sie sollten einfach reden, dann können wir alle Feierabend machen … Ach, nur so nebenbei, warum schleicht Folk eigentlich hinter einem Studenten her? Wissen Sie dazu vielleicht etwas mehr?«

Darauf antwortete Biltner nicht. Sein Gesicht blieb ausdruckslos.

»Nein?« Sie griff erneut in die Akte und präsentierte Biltner eine Aufnahme von dem Studenten Roman Söhler. »Kennen Sie den jungen Mann?«

»Nein.«

»Was will Folk von ihm?«

»Keine Ahnung. Das müssen Sie Folk fragen oder den Studenten selbst. Vielleicht haben die beiden ein Hühnchen miteinander zu rupfen. Dafür können Sie schlechterdings nicht mich verantwortlich machen.«

Hannah winkte ab. »Es existiert übrigens ein recht frivoles Video, das die Affäre zwischen Caroline und ihrem Liebhaber auf anschaulichste Art beweist. Vielleicht haben Sie Kenntnis davon erhalten oder sind sogar verantwortlich für die Aufnahmen – wie auch immer –, und das hat das Fass dann endgültig zum Überlaufen gebracht.«

»Welches Fass? Es interessierte mich nicht, mit wem Caroline geschlafen hat.«

»Nein? Warum nicht?«

Biltner lachte auf.

»Sind Sie nicht interessiert an Sex?«

Für den Bruchteil einer Sekunde war Hannah davon überzeugt, dass der Mann aufspringen und ihr an die Gurgel gehen würde. Sein Blick sprach Bände. Dann hatte er sich wieder unter Kontrolle. »Hätten Sie noch ein Glas Wasser für mich?«, fragte er.

»Natürlich.« Zwei Minuten später brachte ein Beamter das Getränk. Biltner trank in aller Ruhe und leerte das Glas in wenigen Zügen. Seine Hände waren ruhig. »Ich habe die Frau nicht umgebracht, genauso wenig war Michael Folk der Täter«, erklärte er schließlich sachlich. »Ich habe die Bekanntschaft zu ihr geleugnet, um nicht mit einem Mordfall in Verbindung gebracht zu werden, aus naheliegenden geschäftlichen Gründen. Was vorher zwischen uns war, geht Sie, geht niemanden etwas an. So einfach ist das. Sie haben nichts gegen mich in der Hand, und das wissen Sie auch.«

»Das sehe ich anders. Die Verdachtsmomente reichen aus, um morgen Ihre Geschäfts- und Privaträume unter die Lupe zu nehmen und eine Menge Unruhe zu verbreiten«, behauptete Hannah. Sie ließ sich ebenfalls ein Glas Wasser bringen.

»Sie bluffen«, meinte Biltner. »Mit haltlosen Verdächtigungen und ohne jegliche Beweise kriegen Sie keinen Beschluss. Außerdem würde ich dieses Theater jetzt gerne beenden und meinen Anwalt anrufen, wenn Sie nichts dagegen haben.«

»Gute Idee. Sie werden ihn brauchen.« Hannah reichte ihm Zettel und Stift. »Schreiben Sie die Nummer auf, unter der wir ihn erreichen können, aber vergessen Sie nicht, dass es bereits sehr spät ist. Die Kanzlei dürfte längst Feierabend gemacht haben.«

»Ich möchte selbst telefonieren. Das können Sie mir nicht verwehren.«

»Wenn wir vermuten, dass es um weit mehr geht als um haltlose Beschuldigungen und zu befürchten ist, dass Sie ein Gespräch nutzen wollen, um jemanden zu warnen, dürfen wir das sehr wohl«, entgegnete Hannah.

»Wen sollte ich warnen?«

»Einen Mitwisser.«

Biltner umklammerte die Tischkante mit beiden Händen. »Sie machen sich lächerlich, Frau Kommissarin. Noch einmal – wen sollte ich warnen, wenn Sie mich im Verdacht haben, eine Frau ermordet zu haben?«

Hannah sah ihm direkt in die Augen. »Igor.«

Das »Fight-Studio« befand sich im Souterrain eines Sportcenters in der Mendelssohnstraße. Trotz der vorgerückten Stunde waren alle Fenster hell erleuchtet. Decker verriegelte den Wagen und schlüpfte in sein Sakko, als Kuses Handy klingelte. Er sparte sich eine langatmige Begrüßung. »Na, schon was herausgefunden?«

»Ja, hat zwar nichts mit unserem Fall zu tun, könnte euch aber vielleicht im Gespräch weiterhelfen«, erwiderte Stefanie Hobrecht. Sie klang verblüffend munter.

Kuse wusste, dass ihr zusätzliche Nachtschichten nicht das Geringste ausmachten, ganz im Gegenteil – sie lief dann zu

Höchstform auf und hatte anschließend Mühe, wieder herunterzukommen. »Nur zu, ich bin ganz Ohr.«

»Der Besitzer ist ein Typ namens Otto Schubert. Der war früher mal ganz erfolgreich im Boxgeschäft, vorwiegend als Trainer und Berater. Vor einigen Jahren gab es Ärger wegen des Vertriebs von unerlaubten Mitteln. Otto kam mit einem blauen Auge davon, weil er sich kooperativ zeigte.«

»Verstehe. Und wenn Otto schon Feierabend hat und zu Hause auf der Couch sitzt?«

»Tut er nicht. Ich habe gerade angerufen und mich vergewissert.«

»Gut.«

»Noch was: In seinem Studio ist mal jemand übel zusammengeschlagen worden. Das Ganze liegt auch schon ein paar Jahre zurück, und die Ermittlungen mussten eingestellt werden, weil niemand zu einer Aussage bereit war. Vielleicht hakt ihr mal nach, was da los war.«

»Gute Arbeit, danke«, lobte Kuse und informierte Decker, bevor sie das Studio betraten.

Mit Schweiß und Testosteron getränkte Luft schwallte ihnen entgegen. Der Laden war voll – Männer fast jeden Alters und jeder Gewichtsklasse arbeiteten sich an Sandsäcken ab, stemmten Gewichte, droschen auf Punchingbälle ein oder umtänzelten einander im Ring. Die Einrichtung war alles andere als modern, dafür verströmte die Kulisse den Charme eines eingesessenen Boxclubs, in dem der soziale Status nebensächlich war. »Gleich kommt Rocky um die Ecke«, witzelte Decker.

Kuse grinste. Rocky Balboa, der italienische Hengst. Er hatte diese herrlichen Boxkitschstreifen geliebt und alle Filme mehrfach gesehen.

Otto Schubert stand hinter einer Erfrischungsbar und war sofort zu erkennen – ganz einfach, weil auf seinem T-Shirt der Name prangte. Außerdem war Kuse davon überzeugt, dass niemand sonst in seiner unmittelbare Nähe es wagen würde,

Otto auf sein Shirt zu schreiben, und zwar nicht einmal, falls er tatsächlich denselben Namen trug. Der Mann wog mindestens hundertzwanzig Kilo, die sich auf imposante eins neunzig verteilten – an den richtigen Stellen und hauptsächlich in Form von Muskeln. Otto hatte die fünfzig deutlich überschritten, aber Kuse ging jede Wette ein, dass der Mann in keiner U-Bahn der Welt zu keiner Tages- oder Nachtzeit mit irgendwelchen Jugendlichen Probleme hatte. Umgekehrt wurde eher ein Schuh daraus. Er blickte ihnen fragend entgegen. »Was gibt's?«, fragte er, als sie an die abgewetzte Theke traten.

»Wir haben ein paar Fragen.« Kuse nickte in Deckers Richtung, der freundlich grüßte, und nestelte seinen Ausweis hervor.

»Lass stecken. Gibt es Ärger?«

»Nö.« Er griff in seine Gesäßtasche und zog ein Foto von Biltner hervor. »Wir brauchen Infos zu dem Mann.«

Otto warf einen kurzen Blick, bevor er einem schweißüberströmten Typen eine Flasche Wasser reichte.

»Hat er was ausgefressen?«

»Das wissen wir noch nicht.«

»Er trainiert hier manchmal«, meinte Otto nach einer Weile. Er musterte Florian Decker und wirkte nicht sonderlich überzeugt von dem, was er sah. Dann wandte er sich wieder an Kuse. »Ist in Ordnung, der Mann.«

»Wie oft ist der hier?«

»Hm, schwer zu sagen – manchmal zweimal die Woche, dann wieder jeden Tag, und plötzlich lässt er sich vier Wochen nicht blicken. Oder auch länger.«

»Verstehe. Er ist ein Ultimate-Fighter, nicht wahr?«

Otto hielt kurz inne, dann spülte er zwei Gläser ab, in denen irgendeine schmierige Fitnessbrühe unappetitliche Streifen hinterlassen hatte.

»Die Jungs langen ganz schön hin«, ergänzte Kuse.

»Wem's gefällt …« Otto zuckte mit den Achseln.

Kuse ließ Otto ein paar Minuten Zeit, Gläser abzuwaschen

und die Theke zu polieren. »Ihr hattet mal Ärger hier, oder?«, meinte er schließlich.

»Welchen Ärger meinst du?«

»Aufputschmittel, Muskeltuner – was der Mann als Kämpfer so braucht, wenn er richtig vorwärtskommen will.« Kuse grinste, obwohl Ottos düsterer Blick nicht gerade erheiternd auf ihn wirkte. Es war schon eine ganze Weile her, seit er als Polizist eine Tracht Prügel bezogen hatte, und er sehnte sich nicht danach, das Erlebnis zu wiederholen. Andererseits kam man in so einem Schuppen mit Höflichkeitsfloskeln und bescheidener Zurückhaltung nicht sehr weit. Dann hätten sie auch im Büro bleiben können. Und heute Abend fühlte er sich erstaunlich stark und sicher, ohne genau zu wissen, warum. Vielleicht verzog sich die alte Geschichte endlich, ein wenig zumindest.

»Wir sind sauber«, dröhnte Otto ihm ins Ohr.

»Und der Laden läuft gut, nicht wahr?« Kuse warf einen Blick in die Runde. »Andere Leute hängen vor dem Fernseher ab oder pennen längst, und hier wird noch richtig geschuftet. Die Männer sehen aus, als würde es ihnen bei dir gefallen. Gut für die Kasse.«

»Was willst du?« Ottos Kopf schoss vor, und seine Nase berührte fast die von Kuse, der sich Mühe geben musste, nicht zurückzuzucken. Decker pfiff leise die Erkennungsmelodie vom ersten Rocky-Film und rückte etwas näher an seinen Kollegen heran.

»Eine Einschätzung zu dem Mann auf dem Foto.«

»Und dann haut ihr wieder ab und lasst mich in Ruhe?«

»Worauf du einen lassen kannst.«

»Ich komme bei Gelegenheit darauf zurück, und sag nicht, dass ich dich nicht gewarnt hätte«, knurrte Otto und ließ Kuse nicht aus den Augen. »Gefährlich. Der Typ ist gefährlich.«

»Als Kämpfer?«

»Das auch.«

»Geht das etwas genauer?«

»Nein. Ich will keinen Ärger mit dem. Der kennt die richtigen Leute, wenn du verstehst, was ich meine.«

»Durchaus.« Kuse nickte verständnisvoll und schwieg volle zwei Minuten.

»Er hat mal einen Russen fertiggemacht«, fügte Otto plötzlich leise hinzu. »Das hat seinen Freunden mächtig imponiert – also den Freunden des Russen. Die waren begeistert. Der Russe hat mindestens zehn Kilo mehr gehabt. Die haben ihm nichts eingebracht, weil der Typ die richtigen Hebel benutzte und ihm dann gewaltig einen einschenkte.«

»Verstehe.«

»Mehr sag ich nicht.«

»Schon klar.«

»Wär 'ne prima Idee, wenn ihr jetzt gehen würdet.«

»Machen wir. Danke.«

Kuse wischte sich den Schweiß von der Stirn, als sich die Tür des Studios hinter ihnen schloss. Seine Hände zitterten ein wenig, aber er hatte alles im Griff. Ein gutes Gefühl. Decker tippte die Infos in sein Smartphone, während sie zurückfuhren. Leichter Nebel stieg über der Elbe auf.

22

Ein stetiges Auf und Ab von Stimmen, die leiser und lauter wurden und wieder verstummten; das Summen eines Generators in der kühlen Dunkelheit. Sie lag wieder auf dem Boden, der diesmal nicht aus Stein war, aber es war nicht nötig gewesen, sie zu fesseln. Irina war erstaunt, dass sie etwas riechen konnte, obwohl ihre Nase mehrfach gebrochen sein dürfte und Blut ihr Gesicht verkrustete. Dennoch roch sie, dass eine eigentümlich intensive Note in der Luft lag. Oder sie bildete sich den Geruch ein.

Jede noch so winzige Bewegung tat weh, dennoch versuchte sie, den Kopf zu drehen und ihre Umgebung zu erforschen. Sie wusste nicht, wie lange sie durch Sankt Petersburg gefahren waren – zwanzig Minuten, eine Stunde oder auch länger. Als man sie aus dem Wagen zerrte, war sie ohnmächtig geworden, und nun lag sie in irgendeiner dunklen Kammer. Sie war davon überzeugt, dass sie in Kürze weitere Schmerzen ertragen musste, vielleicht sparten sich die Männer auch die Arbeit und spritzten ihr irgendein Zeug in die Venen, das ihr jegliche Kraft rauben würde, die Wahrheit zu leugnen. Spielte das noch eine Rolle? Was würde sie ihnen sagen können?

Sie stöhnte leise auf, als sie die Finger der linken Hand zu bewegen versuchte. Beljajew, dachte sie, Alexander Beljajew. Falls Boris schnell war, hatte er mit der Nachricht etwas anfangen können, und der Arzt musste bereits Rede und Antwort stehen. Falls er vorher gewarnt worden war, hatte sie nicht den Hauch einer Chance. Und für den Fall, dass der Arzt tatsächlich lediglich ein sorgfältiger Mediziner war, der die Betreuung der Waisenhauskinder besonders wichtig nahm, war an der Stelle ebenfalls Schluss.

Wo bin ich?, dachte sie, und Entsetzen kroch durch ihre Eingeweide, als sie draußen Schritte vernahm, die sich stetig näherten. Irina fing an zu wimmern. Chloroform, dachte sie plötzlich, es riecht nach Chloroform.

Hannah legte ihr Handy beiseite, nachdem sie die neuesten Informationen überflogen hatte, und blätterte interessiert in ihrer Akte. Seitdem sie Igor erwähnt hatte, schwieg Biltner, und die Minuten tröpfelten leise dahin. Sie spürte, dass er intensiv nachdachte und sich eine Strategie zurechtlegte, nachdem er den Schreck überwunden hatte, in eine Situation geraten zu sein, die er gefährlich falsch eingeschätzt hatte. Schadensbegrenzung dürfte das richtige Stichwort sein. Und das wird er mir nie verzeihen, dachte sie, als sein kühler blauer Blick sie streifte.

»Ich mache Ihnen einen Vorschlag«, ergriff er plötzlich das

Wort. »Die Geschichte mit Caroline hat mehrere Hintergründe, verschiedene Seiten, so könnte man sagen. Ich schildere Ihnen eine davon und liefere Ihnen sogar den Mörder. Dafür unterlassen Sie weitergehende Recherchen zu meiner Person und Firma, und ich gehe nach Hause. Wie klingt das?«

Hannah war perplex. »Wenn Sie einen Ihrer Leute ans Messer liefern wollen – das verstehen Sie bitte nicht als geschmacklose Wortspielerei –, werden wir natürlich froh sein, den Täter dingfest machen zu können«, erwiderte sie. »Das ist gar keine Frage. Andererseits …«

»Es gibt kein andererseits«, unterbrach Biltner sie unwirsch. »Ich erzähle Ihnen keinen Mist, und es war niemand von meinen Leuten. Das werden Sie schnell überprüft haben. Damit können Sie Ihren Fall abschließen.«

Hannah ließ ihn nicht aus den Augen. Die überraschende Wendung hatte sie hellwach gemacht. »Ich bin ganz Ohr«, sagte sie.

Er nickte. »Das kann ich mir denken, aber ich will einen Deal mit dem Staatsanwalt und nicht mit Ihnen.«

»Ach so, nun gut, wie Sie meinen. Ich werde Ihre Aussage weiterleiten, und dann entscheidet der Staatsanwalt über die Möglichkeit eines Deals.«

»So läuft das nicht, Frau Kommissarin.«

Hannah lächelte. »Nur so läuft es, Herr Biltner. Wenn Sie ohne Mordanklage und dementsprechende Ermittlungen davonkommen wollen, müssen Sie zunächst mit mir vorliebnehmen und jetzt eine Aussage machen, auf deren Grundlage wir dann abschätzen können, wie es weitergeht.«

»Und wenn ich das nicht tue?«

Sie zog die Schultern hoch. »Befragen wir weiter – Sie und Folk, Mitarbeiter und Geschäftspartner Ihrer Firma, wieder Sie und so weiter und so fort. Und irgendwann decken wir die ganze Wahrheit auf. Sie haben die Wahl.«

Wenn Blicke töten könnten … Hannah lehnte sich zurück und schlug ein Bein über das andere.

»Ich habe sie nicht ermordet«, sagte Biltner schließlich leise. »Und auch niemand von meinen Leuten. Wir haben nichts mit ihrem Tod zu tun. Sie war eine Geschäftspartnerin, und es wäre dumm gewesen, sie zu töten …«

»Welchen Geschäftszweig meinen Sie?«

»Genau darüber werde ich nicht sprechen.«

»Liefern Sie wenigstens ein Stichwort«, beharrte Hannah. »Darauf wird jeder Staatsanwalt bestehen, auch wenn Sie noch so viel zur Aufklärung des Falles beitragen sollten.«

Biltner atmete tief ein. »Ich bin stets daran interessiert, Gesellschaftsanteile vielversprechender Firmen zu erwerben, Neugründungen in lukrativen Geschäftszweigen zu unterstützen und Kooperationen in vielfältigster Weise einzugehen.«

Getarnte Darlehen, Geld aus unbekannten Kanälen floss hin und her, kurzum: hübsche Umschreibung für Geldwäsche, dachte Hannah. Vielleicht stimmte das sogar, denn das eine schloss das andere ja nicht aus. Biltner hatte sich offenbar entschlossen, ebenso allgemeine wie zögerliche Zugeständnisse in einem Bereich seiner kriminellen Machenschaften anzubieten, um von den Transplantationen abzulenken, und legte gleichzeitig einen Köder aus – in der irrigen Annahme, der Fokus der Polizei sei ausschließlich auf den Mord gerichtet –, fasste Hannah die offensive Kehrtwendung zusammen. Wenn er den wahren Mörder tatsächlich kannte und in diesem Punkt die Wahrheit sagte, war die Situation allerdings tatsächlich vielversprechend – für die Ermittler. »Welche Aufgabe hatte Caroline?«

»Kontaktpflege.«

»Allgemeiner geht es nicht?«

»Kontaktpflege und Recherche«, ergänzte Biltner. »Sie war gut, professionell und sehr begabt. Der Job machte ihr Spaß, und sie verdiente nicht schlecht dabei.«

»Ihre hohe Meinung verwundert aber einigermaßen, denn falls Caroline tatsächlich so gut und erfolgreich war, wie Sie es gerade vollmundig beschreiben, warum haben Sie sie dann beschatten lassen?«

»Weil sie bei den letzten Kontakten gepatzt und sich nicht an die Vereinbarungen gehalten hatte«, entgegnete er prompt. »Sie ist übermütig und gierig geworden, neigte seit einiger Zeit zu Arroganz und wollte sich nichts mehr sagen lassen. Wahrscheinlich ist ihr der Erfolg zu Kopf gestiegen. Ich musste mich vergewissern, ob sie noch vertrauenswürdig war und meine Anweisungen umsetzte. Außerdem war die Beziehung mit dem verheirateten Typen ein Fehler, den ich sie bat wiedergutzumachen – sprich: Sie sollte die Affäre schnellstmöglich beenden …«

»Warum? Ist ihr Liebesleben nicht ihre persönliche Sache gewesen?«, wandte Hannah ein.

»Weil der Typ eine hohe Stellung hat und verheiratet ist, wie Sie ja längst selbst wissen, und das bedeutet über kurz oder lang Ärger, der sich auch auf unsere Geschäfte auswirken könnte. Das wollte ich nicht riskieren, oder um es auf den Punkt zu bringen: So etwas darf ich nicht riskieren. Aus dem Grund ist sie auch zwei Wochen abgetaucht und war für niemanden erreichbar.«

So wie er davon überzeugt ist, dass die Polizei keinerlei Kenntnis von Oliver Schade und seiner spezifischen Rolle hat, geht Biltner natürlich auch davon aus, dass wir nichts von dem Video wissen, in dem Carolines Entführung vorgegaukelt wurde, um den Arzt unter Druck zu setzen, überlegte Hannah. Allerdings hatte die Geschichte einen Haken.

»Caroline Meisner verschwand von einem Tag auf den anderen spurlos, und ausgerechnet Michael Folk liefert der Polizei ebenso detaillierte wie gefakte Hinweise auf ihren möglicherweise letzten Aufenthaltsort in Blankenese am Elbufer«, wandte Hannah ein. »Wie passt das zu Ihrer Darstellung, sie sei abgetaucht, womöglich auf Ihren Vorschlag oder Ihr Drängen hin, um sich aus der Beziehung zu lösen beziehungsweise dem Mann in aller Deutlichkeit zu signalisieren, dass es vorbei ist?«

Biltner zögerte kurz, dann winkte er ab. »Na ja, wir haben ein bisschen gepokert. Er sollte die Zeitungsmeldung als Warnung auffassen und auf keinen Fall auf die Idee kommen, nach Caro zu suchen oder ihre Entscheidung zu hinterfragen. Verheiratete Männer, die einiges zu verlieren haben, kneifen, wenn es ernst wird. Das wollten wir forcieren.«

»Sie haben es tatsächlich billigend in Kauf genommen, dass der Eindruck entstand, Caroline könnte Opfer eines Verbrechens geworden zu sein, nur um den heimlichen Geliebten, den Sie für geschäftsschädigend hielten, davon zu überzeugen, dass er …«

»Glauben Sie es, oder lassen Sie es sein!«, unterbrach er sie schroff. »Das ist jetzt ohnehin vollkommen unwichtig – sie ist ja wieder aufgetaucht.«

War es im Hinblick auf die weiteren Geschehnisse ganz und gar nicht, aber abgesehen davon klangen Biltners spontane Bemühungen, eine Story zu stricken, die zumindest in groben Zügen mit den tatsächlichen Ereignissen übereinstimmte, in der Tat nicht schlecht. Er agierte mit großem Geschick, gewichtete Motive und Zusammenhänge, wie es gerade nötig war, und blieb auch nach stundenlangen Befragungen noch vergleichsweise gelassen, das musste sie zugeben.

Sie setzte eine interessierte Miene auf. »Nun gut. Und am letzten Wochenende haben Sie mit Caroline erneut über das Thema gesprochen?«

»Ja, ich war bei ihr. Wir sind alles noch einmal in Ruhe durchgegangen, aber ich war nicht sicher …« Er hob die Hände. »Ich bin ein vorsichtiger und vorausschauender Mensch, in jeder Hinsicht – bei unseren Geschäften geht es um viel Geld und Diskretion in jeder Hinsicht –, und so habe ich Folk angewiesen, aufzupassen, sie im Auge zu behalten und ihr zu folgen.«

»Und was ist dann passiert?«

»In der Nacht zu Sonntag erhielt ich einen Anruf von Folk. Es war nach Mitternacht. Er berichtete, dass Caroline das Haus verlassen habe und zwei Straßen weiter in einen Wagen gestiegen sei. Er folgte dem Fahrzeug, das nach Blankenese fuhr. Ich wies ihn an dranzubleiben. Auf dem Weg hoch zum Bismarckstein stoppte der Wagen plötzlich. Folk blieb ebenfalls in sicherem Abstand stehen und wartete einige Minuten, dann stieg er aus und schlich im Schutz der Dunkelheit näher. Auf einmal verließ jemand den Wagen, lief um ihn herum und öffnete die Beifahrertür: Caroline fiel heraus – ein Dolch steckte in ihrer Brust. Folk war zwar in Deckung gegangen, aber das hat er sehr genau gesehen. Der Typ war zuerst wie erstarrt, dann zerrte er die Leiche abseits in den Wald und begann schließlich, sie zum Aussichtspunkt hochzuschleppen, so berichtete Folk es mir …«

Hannah hielt kurz die Luft an. »Warum?«, fiel sie ihm dann ins Wort.

»Was meinen Sie?«

»Warum macht der Mann sich die Mühe, die Leiche nach oben zu transportieren? Warum lässt er sie nicht einfach liegen und haut sofort ab? Und was wollten die beiden dort?«

»Das müssen Sie ihn fragen«, entgegnete Biltner. »Ich weiß nur, dass sie die Gegend mochte und dort häufig unterwegs war. Vielleicht hat sie auch eine Bedeutung für den Mörder. Aber das ist jetzt reine Spekulation.«

Hannah deutete ein Kopfschütteln an. Blankenese hatte eine Bedeutung für Schade und Caroline, und nur Biltner wusste das und hatte schon einmal mit dem örtlichen Bezug gespielt. Sie seufzte. »Warum sollte ich Ihnen diese Geschichte glauben, die an mehreren Stellen ziemlich unlogisch klingt?«

»Weil sie stimmt. Durchgängige Logik ist nicht alles«, erwiderte er lässig. »Sie können Folk fragen. Und den Mörder natürlich. Ich bin sicher, dass Sie in Kürze wissen, um wen es sich handelt, und dann liegt es an Ihnen, eins und eins zusammenzuzählen.« Er lächelte leise. »Ach, noch was: Wenn mich nicht alles täuscht, gehörte die Waffe Caroline. Ich habe ihr vor gut einem Jahr einen wertvollen Dolch geschenkt – nach einem sehr lukrativen Geschäftsabschluss.«

Hannah spitzte die Lippen. Wahrscheinlich in Sankt Petersburg, überlegte sie. Sie griff nach ihrem Handy und rief Pochna an. »Kommen Sie gemeinsam mit Folk zu mir rüber – bitte.«

Michael Folk sah mitgenommen aus und wirkte irritiert. Er suchte Biltners Blick, aber der begrüßte ihn lediglich mit einem gleichmütigen Nicken. Pochna hatte inzwischen Ringe unter den Augen. Er setzte sich neben Hannah, trank Kaffee und biss in ein Brötchen.

»Erzählen Sie mal, was Samstagnacht passiert ist. Ihr Chef hat es bereits getan«, ergriff Hannah das Wort.

Folk warf den Kopf herum und starrte Biltner an. Der zuckte mit den Achseln. »Ja, red schon.«

»Aber …«

»Sie sind Caroline gefolgt, als sie Samstagnacht das Haus verließ, um sich mit jemandem zu treffen«, begann Hannah. »Weiter bitte!«

Er kratzte sich im Nacken, suchte noch einmal Biltners Blick und nickte schließlich. »Na schön. Ja, ich bin dem Wagen hinterhergefahren, in den die Meisner gestiegen ist«, berichtete er schließlich zögernd und schilderte die Szene auf ähnliche Weise wie Biltner. Auffällig abgesprochen wirkte seine Darstellung zwar nicht, aber das musste nichts heißen. Die beiden konnten sich natürlich für den Notfall eine überzeugend klingende Version überlegt haben, mit der sie bei der Polizei punkten würden, wenn nichts anderes mehr ging. Zuzutrauen war Biltner eine solche Maßnahme unbedingt.

»Und warum musste die Leiche nach oben?«, fragte Hannah, kaum dass Folk geendet hatte.

»Ich weiß nicht …« Er zögerte, sah Biltner an, der gleichmütig ins Leere blickte. »Vielleicht hat er was gehört oder mich bemerkt oder befürchtet, dass jemand kommt. Ich dachte erst, der will die verbuddeln, aber dann hat er es sich wohl anders überlegt und ist nach oben mit ihr.«

»Er hätte sie einfach in ein Gebüsch ziehen und dort liegenlassen können, um sich ganz schnell aus dem Staub zu machen. Das wäre am unauffälligsten, einfachsten und effektivsten gewesen«, entgegnete Hannah. »Finden Sie nicht?«

»Ja, schon … Hat er aber nicht. War vielleicht nicht sein Stil.«

Hannah beugte sich vor. »Wir hatten bereits betont, dass wir Ihre DNA an der Leiche feststellen können, oder?«

»Ja, hatten Sie«, giftete Folk sie an. »Ist doch jetzt scheißegal, wo die Leiche abgelegt wurde! Die beiden hatten Stress im Auto – das vermute ich jedenfalls –, er ist mit dem Messer auf sie los und Ende. Der Typ wollte die Leiche loswerden und hat sie nach oben gehievt, nachdem er die Idee mit dem Buddeln verworfen hatte, und ist dann abgehauen. Ist doch nicht mein Problem, wenn der sich die Mühe macht oder irgendwie durchdreht.«

»Warum haben Sie nicht die Polizei gerufen?«

»Ist nicht mein Stil.«

»Nein?«

Wieder suchte Folk Biltners Blick. Der hob eine Braue. »Sag ihr, was für ein T-Shirt der Mann trug. Vielleicht lässt sie dich und mich dann endlich mit diesen kleinlichen Details in Ruhe.«

»Ernsthaft?«

»Ja.«

Folk wandte Hannah das Gesicht zu. »Sein Shirt trug das Logo von einem Bikergeschäft in Bergedorf.«

Pochna sah mit offenem Mund nicht gerade hochintelligent aus. Hannah erfasste mit einem Seitenblick, dass Biltner ihn einen Moment angewidert betrachtete, bevor er ein siegessicheres Lächeln aufsetzte. »Können Sie damit etwas anfangen, Frau Kommissarin?«

»Ich denke schon. Wir werden das überprüfen.« Hannah blickte Pochna an. »Gehen Sie das Ganze nebenan noch einmal mit Michael Folk durch?«, fragte sie freundlich. Sie musste Zeit gewinnen, um diese Mitteilung zu verdauen.

»Klar. Kommen Sie, Folk.« Er sprang auf. »Wir müssen noch ein bisschen reden. Wollen Sie vielleicht auch ein Brötchen? Die sind ganz lecker …«

»Das ist jetzt nicht Ihr Ernst, oder? Wissen Sie, wie spät es ist? Ich bin …«

»Ich auch. Schlafen können wir auch morgen noch. Los, kommen Sie! Sie dürfen mir alles noch einmal erzählen.«

Biltner sah sie abwartend an, als die Tür hinter den beiden ins Schloss gefallen war. Er wirkte auf einmal ausgesprochen entspannt. »Das ist ein entscheidender Hinweis, wenn ich Ihre Reaktion richtig zu deuten verstehe. Sie wissen, wer das ist, oder?«

»Möglicherweise«, gab Hannah zu. »Aber es gibt noch einige Kleinigkeiten, die auch wir besprechen müssen – wie sagten Sie eben so schön: kleinliche Details. Manchmal besteht die gesamte Polizeiarbeit aus kleinlichen Details, die ein unglaubliches Gewicht bekommen können, erst recht, wenn man sie vernachlässigt. Ganze Verfahren scheitern dann möglicherweise. Und das wäre doch schade, oder? Sehr schade sogar.«

»Wir haben eine Abmachung. Ihre Detailverliebtheit interessiert mich herzlich wenig.«

»Schade. Aber die Geschichte hinkt gleich an mehreren Stellen«, entgegnete Hannah. »Sie werden verstehen, dass ich dem nachgehen muss. Das ist mein Job.«

»Mir ist es egal, was da wo hinkt und wie Sie Ihren Job definieren. Sie haben Ihren Mörder, weil Folk und ich Ihnen weitergeholfen haben und …«

»Sie haben Kontakte nach Russland, nicht wahr?«

»Ich habe Geschäftspartner in allen möglichen Ländern, aber dazu werde ich Ihnen nichts sagen.«

»Wir werden sehen.« Hannah reichte ihm die Abbildung von den Adoptionspapieren aus der Akte. »Kommen wir zurück zu Igor. Er ist auch ein Geschäftspartner, oder?«

Diesmal hatte er sichtlich Mühe, sein Erschrecken und die

unmittelbar einsetzende Wut zu kontrollieren. Hannah war froh, dass ein Beamter direkt hinter der Tür saß.

»Ich werde nichts mehr sagen«, flüsterte er.

»Nun gut, möchten Sie, dass ich Ihnen sage, worum es hier geht? Oder wollen wir eine Pause machen, bis die Befragung des von Ihnen bezichtigten Mordverdächtigen beendet ist?«

Er starrte sie blicklos an. Sie erhob sich langsam. Als sie an ihm vorbeiging, lächelte Biltner unvermutet und wandte ihr ruckartig das Gesicht zu. »Wie geht es eigentlich Ihrem Hund, Frau Kommissarin?«, zischte er.

Sie setzte sich zu Kotti, kraulte seinen Hals und schloss einen Moment die Augen. Ihr Puls war merklich gestiegen. Kotti lehnte sich an sie. Hannah hörte, dass Schaubert hinter ihr eintrat. »Kuse und Decker sind bereits unterwegs und holen Gruber ab. Halten Sie es tatsächlich für möglich, dass der Mann seine Schwägerin getötet hat?« Er nahm neben ihr Platz.

Hannah schlug die Augen wieder auf. »Warum sollten Biltner und Folk in diesem Punkt lügen? Sie können sich für den Fall der Fälle abgesprochen haben, das ist nicht auszuschließen, und natürlich kennt Biltner Carolines Familie, aber die Geschichte muss in diesem Punkt Hand und Fuß haben, sonst nützt sie ihm gar nichts, und wir fangen wieder von vorne an, ihm den Mord anzuhängen und dort herumzuschnüffeln, wo er es auf keinen Fall will – nämlich in seiner Firma.«

»Gruber hatte Geldprobleme«, meinte Schaubert nachdenklich.

Schwestern sind sich häufig nicht grün – das zumindest ist meine Erfahrung, und ich weiß, wovon ich spreche, denn ich habe auch zwei Schwestern, die sich immer wieder in den Haaren liegen, seit ihrer Kindheit. Caroline ist eine attraktive, selbstbewusste Frau, und Martina macht sich oftmals kleiner, als sie ist … Hannah ließ das Gespräch mit Gruber in Carolines Wohnung Revue passieren, als sie Schauberts Blick auf sich ruhen spürte. »Mögen Sie auch noch einen Kaffee?«

»Sehr gerne. Und gegen einen Imbiss hätte ich ebenfalls nichts einzuwenden. Jan Pochna meint, die Brötchen seien ganz gut.«

»Er hat recht.«

Igor hatte ein mattes Dämmerlicht eingeschaltet, Mischka war in der Tür stehengeblieben und zündete sich eine Zigarette an. Irina riskierte einen vorsichtigen Blick und stellte fest, dass sie sich in einer kleinen Kammer befand, die lediglich mit einem schmalen vergitterten Fenster versehen war, durch das Dunkelheit in den Raum sickerte. Auf Stahlregalen stapelten sich medizinische Gerätschaften, Verbandsmaterial und anderes Zubehör. In einer Ecke lehnten zwei Besen; eine alte Kehrmaschine hielt neben der Tür Wache.

Irina lag auf dem Boden neben einer Untersuchungsliege. Ihr linker Arm war taub vor Schmerz, und der Rest ihres Körpers brannte vor Erschöpfung und Qual. Die Angst hatte sich in dumpfe Todesgewissheit verwandelt, vielleicht wurde sie auch nur von ihr verdeckt. Das machte es etwas leichter.

Igor kam langsam näher und begutachtete sie scheinbar interessiert. »Du siehst ziemlich scheußlich aus. Wie wäre es, wenn du noch einmal darüber nachdenkst, wonach du im Büro gesucht hast und wer dich schickt? Keine schlechte Idee, oder?«

»Nein, keine schlechte Idee.«

»Ich bin froh, dass du das so siehst. Und?«

»Mein Auftrag lautete …«

»Ja?«

Sie hob den Kopf und setzte sich Stück für Stück auf, um sich schließlich mit dem Rücken an die Wand zu lehnen. Schweiß rann ihr den Rücken hinab. »Ich sollte nach Aufzeichnungen suchen«, begann sie langsam und mühsam zu sprechen, während sie stoßweise atmete und nach jedem Wort eine Pause einlegte. Ihr Gesicht war angeschwollen. Sie hatte Mühe, korrekt zu formulieren, aber sie hätte durchaus deutlicher und schneller sprechen können, wenn sie unbedingt gewollt hätte. Was sie zum Zögern veranlasste, war nicht nur der innige Wunsch, die beiden Männer vom Schlagen abzuhalten und die Distanz zu ihnen zu wahren, sondern ein Geräusch, das sie bereits zum zweiten Mal vernahm, seit sich die Tür geöffnet hatte und die Silhouetten der beiden Männer aufgetaucht waren. Beim ersten Mal hatte sie den leisen Schrei des Käuzchens nur registriert – ein fernes, hohes Geräusch, das sie an ihre Kindheit erinnerte, an die endlos scheinenden und heißen Sommer beim Großvater; beim zweiten Mal klang der Schrei etwas lauter und langgezogener. Als wäre der Kauz näher gekommen. Sie zwinkerte. Ihr Atem beschleunigte sich. Ihr Herz machte einen kleinen Hüpfer.

»Nun?« Igor war stehengeblieben, ging nun in die Hocke und starrte sie an. »Red schon!«

»Unterlagen«, flüsterte sie. »Sie suchen nach auffälligen Unterlagen, alle möglichen Akten.«

»Das sagtest du bereits. Wie viel Schmerzen willst du noch ertragen?« Igor erhob sich wieder und trat nach ihr. Sein Fuß stieß an ihren Oberschenkel, und Irina stöhnte auf. Der Kauz schrie zum dritten Mal. Irgendwo tief in ihrer Kehle löste sich ein Krampf. Tränen, dachte sie fast erstaunt. Ich muss weinen. Wann habe ich das letzte Mal geweint? »Gib mir etwas zu trinken«, krächzte sie. »Bitte. Mein Hals ist wie ausgedörrt.«

»Na schön.« Igor drehte sich zu Mischka um. »Bring ein Glas Wasser.«

Mischka warf die Zigarette auf den Boden, zertrat sie und wandte sich wortlos um. Seine Schritte verhallten im Flur, irgendwo krachte eine Tür ins Schloss. Der Kauz wiederholte seinen Schrei. Irina hustete und würgte laut, als sie über sich Schritte hörte. Leise Schritte von vielen Stiefeln. Igor drehte sich stirnrunzelnd um. Als Mischka mit dem Wasser zurückkam, nahm Igor es an sich. »Geh mal gucken, ob oben alles ruhig ist.«

»Natürlich ist da alles ruhig. Wieso …«

»Geh und vergewissere dich.«

Mischka drehte sich um und verschwand. Igor sah ihm einen Moment hinterher, dann trat er wieder zu ihr, hockte sich vor sie und reichte ihr das Glas – ein schmuddliges Wasserglas mit dunklen Rändern. Irinas rechte Hand zitterte, als sie es ergriff. Sie trank einen Schluck. Und plötzlich ging alles sehr schnell. Schritte, ein Türkrachen, Mischkas Schrei. Igor sprang auf, im nächsten Moment zerschlug Irina das Wasserglas auf dem Boden. Es wurde still und kühl in ihr, als Igor herumfuhr und eine Waffe zog. Zu spät, dachte sie.

23

Daniel Gruber saß still und zusammengekrümmt auf seinem Stuhl. Sein Gesicht wirkte hager. Er drehte unablässig seine Tasse zwischen den Händen. Würziger Teegeruch durchströmte plötzlich den Raum. Schaubert hatte neben Hannah Platz genommen, zu ihren Füßen lag Kotti und schlief friedlich. Einen Moment lang waren nur Grubers gleichmäßig tiefes Atmen zu hören und das leise Schnaufen des Hundes.

»Ich bin froh, dass es vorbei ist«, sagte er plötzlich und blickte kurz hoch. »Ich dachte, solange tatsächlich niemand auf die Idee kommt, mich in Betracht zu ziehen … Aber dann sind Sie ja doch aufmerksam geworden, und es wurde immer enger.« Er verzog den Mund und stellte die Tasse ab. »Mir war klar, dass es irgendwann keinen Ausweg mehr geben würde.«

»Hat Caroline Ihnen tatsächlich Geld geliehen?«, hob Hannah an.

»Nein, hat sie nicht.« Er schüttelte den Kopf. »Caroline war ein Miststück, geizig, eiskalt und berechnend in jeder Hinsicht. Sie hat ihren Großvater um den Finger gewickelt, der eine seltsame Schwäche für sie hatte, ihre Schwester verachtet, die Eltern waren ihr egal, und über mich hat sie sich lustig gemacht, aber zugleich war sie scharf auf mich.« Wieder Kopfschütteln. »Warum auch immer … Vielleicht nur um ihrer Schwester einen Stich zu verpassen. Das wäre eine Erklärung. Die hat das nämlich genau gespürt, und Caroline hat sich die Hände gerieben.« Er blickte kurz in die Ferne. Niemand unterbrach sein Schweigen.

»Ich habe geahnt, dass sie in unsaubere Geschäfte verwickelt war, bei denen es um viel Geld ging«, fuhr er schließlich fort. »Die schicke Wohnung, ihr Lebensstil, so manche Andeutung, dazu diese Geheimniskrämerei, die sie immer wieder an den Tag legte – die Erklärung, dass ein reicher Lover sie finanzierte, habe ich nicht geglaubt. Als sie verschwand und auch nach Tagen nicht wieder auftauchte, bin ich davon ausgegangen, dass ihr tatsächlich etwas zugestoßen ist, und ich habe angefangen, ihre Wohnung systematisch zu durchsuchen.« Er deutete ein Lächeln an. »Schließlich fand ich den Schlüssel, und ich entdeckte auch das Geldversteck. Ein paar Tausender habe ich mir herausgenommen und … das Messer, diesen Dolch – ein wunderschönes Stück … Meine Güte, hätte ich den nur liegen gelassen.« Gruber schluckte. »Aber ich konnte nicht widerstehen. Eigentlich wollte ich ihn mir nur mal genauer ansehen, dann dachte ich, dass sie ihn ohnehin nicht mehr braucht.«

»Als die Techniker das Versteck fanden, war noch jede Menge Geld in der Kassette«, bemerkte Hannah.

Gruber nickte. »Ich war vorsichtig und wollte noch ein paar Tage warten, um mir dann noch mal etwas zu holen, aber dann tauchte sie ja plötzlich wieder auf.«

»Und stellte fest, dass der Dolch und Geld fehlte.«

Daniel Gruber atmete laut aus und griff wieder zu seiner Tasse. »Natürlich, und sie hatte sofort mich in Verdacht.«

»Warum?«, schaltete Schaubert sich ein.

»Nur ein Idiot wie ich hätte so viel Geld zurückgelassen, verhöhnte sie mich, und sie bestand darauf, dass wir uns noch Samstagnacht treffen«, berichtete Gruber weiter. »Sie wollte das Geld zurück und den Dolch, und sie war nicht bereit, mir einen Aufschub zu gewähren, sondern drohte mir, die Familie einzuweihen, wenn ich nicht nach ihrer Pfeife tanzte. Sie genoss die Situation, auch wenn sie ansonsten sehr gereizt wirkte. Irgendwas schien schiefgelaufen zu sein oder beschäftigte sie.«

Gruber trank wieder und stellte die Tasse ab. »Wie dem auch sei – ich musste sie nach der Grillparty abholen. Martina dachte, ich würde beim Aufräumen helfen, und war schon schlafen gegangen, aber ich habe mich unbemerkt davongeschlichen. Caroline ist in einer Seitenstraße zu mir in den Wagen gestiegen. Lass uns noch einen kleinen Ausflug machen, forderte sie mich auf.«

»Warum haben Sie sich darauf eingelassen?«, wollte Hannah wissen.

Gruber lächelte leise. »Ich hatte nur noch einen kleinen Teil des Geldes. Das ahnte sie natürlich längst, sie wusste, dass ich knapp bei Kasse war … Sie spielte mit mir. Lass uns hoch zum Bismarckstein fahren, meinte sie plötzlich. Die nächtliche Aussicht ist wunderbar, und ich habe da oben schon so einiges erlebt. Vielleicht wird das ja doch noch ein rundum schöner und befriedigender Abend.«

Hannah lehnte sich zurück.

»Sie war verdammt aufdringlich und vulgär bis zum Abwinken. Ihr Lover hatte an dem Abend nicht zur Verfügung gestanden, ihr Chef wollte nichts von ihr, also könnte ich doch was für sie tun, nachdem sie doch als Geldgeberin zur Verfügung gestanden hatte … Sie war einfach nur eklig«, erklärte Gruber angewidert und mit zittriger Stimme. »Irgendwann hielt ich an, wir stritten uns, ich zog den Dolch aus der Tasche, sie provozierte, bedrängte und beschimpfte mich und … Es war so einfach«, schob er leise nach. »Ich habe zugestochen, und sie war fast augenblicklich tot. Der Dolch durchdrang sie nahezu mühelos. Ich war wie gelähmt.« Gruber brach ab und schlug die Hände vors Gesicht.

»Was ist dann passiert?«, fragte Hannah leise.

Er ließ die Hände wieder sinken. »Ich habe sie aus dem Auto gezogen und in den Wald gebracht, um die Leiche so schnell wie möglich loszuwerden. Eigentlich wollte ich sie in einer Senke unter einem Busch verbuddeln, aber kaum hatte ich sie da hingelegt, hörte ich plötzlich einen Ast knacken und hatte das Gefühl, dass da jemand war … Jemand war mir gefolgt.« Er schüttelte den Kopf. »Ich war völlig außer mir und wusste nicht, was ich tun sollte. Ich habe mich geduckt und abgewartet, und dann sah ich auf einmal einen Typen auf mich zukommen. Ich wollte nichts wie weg, aber der Typ war schnell, und ich konnte vor lauter Angst und Panik kaum richtig laufen. Ich bin gestolpert und gestürzt, und plötzlich stand er vor mir, mit einer Knarre in der Hand und dem Handy am Ohr … Das war völlig irre, er besprach sich mit jemandem, und Sie werden nicht glauben, was er dann von mir verlangte.«

»Doch«, sagte Hannah ruhig. »Wir glauben Ihnen, dass der Mann Sie aufforderte, die Leiche nach oben zu schleppen.«

Gruber öffnete den Mund und schloss ihn wieder. Er nickte. »Ja, genau. Sie braucht ein richtig schönes Plätzchen, an dem sie bewundert werden kann, flüsterte er mir zu – auf gar keinen Fall wird sie irgendwo versteckt. Wäre doch schade um sie, findest du nicht? Ich war zwischenzeitlich felsenfest davon überzeugt, in einem irrwitzigen Alptraum gefangen zu sein.«

»Was ist mit dem Dolch passiert?«

Gruber schluckte. »Er hat ihn herausgezogen, damit ich die Leiche besser tragen konnte«, wisperte er entsetzt. »Das war am gruseligsten. Hau ab, meinte der Typ, als wir oben angelangt waren, schmeiß deine Klamotten in den Müll, mach den Wagen sauber und halt einfach die Fresse. Die Schlampe hat es ohnehin nicht besser verdient.«

»Würden Sie den Mann wiedererkennen?«

»Es war dunkel, und er trug eine Mütze, die er tief ins Gesicht gezogen hatte, aber …«

Hannah legte ihm ein Foto von Michael Folk vor. »Könnte er das gewesen sein?«

Gruber nickte. »Gut möglich.«

»Kennen Sie diesen Mann auch?«

Doch bei der Aufnahme von Biltner schüttelte Gruber sofort den Kopf.

»Herr Gruber, es ist Ihnen klar, dass Sie hierbleiben müssen«, erklärte Schaubert nach einigen Momenten des Schweigens.

»Natürlich.«

»Wir sorgen dafür, dass Sie gleich morgen früh einen Anwalt zur Seite gestellt bekommen.«

Wenige Minuten später holte ein Beamter Gruber ab.

»Tötung im Affekt«, sagte Hannah. »Ich hoffe auf einen milde gestimmten Richter.«

Schaubert nickte und stand auf. »Ich brauche sofort eine Zigarette.«

»Und ich spreche noch einmal mit Biltner.« Hannah hörte, dass Schauberts Handy klingelte und seine Schritte verharrten. Plötzlich stand er wieder in der Tür – ein Lächeln auf den Lippen.

»Der Mann hat ein umfassendes Geständnis abgelegt«, berichtete Hannah. Ihr Herz war leicht, die Müdigkeit verflogen. »Das sollten Sie auch tun.«

Biltner reagierte nicht.

»Dr. Schade hat nicht so funktioniert, wie Sie sich das dachten«, fuhr sie fort. »Und Caroline hatte ihn längst nicht so gut im Griff, wie Sie sich das erhofft hatten. Sie mussten schwere Geschütze auffahren, um den Arzt unter Druck zu setzen – dazu gehörten Carolines vorgetäuschte Entführung, Videos, Drohungen und so weiter. Der Auftrag in Sankt Petersburg hatte große Bedeutung für Sie und Ihre Organisation. Wo haben Sie die Leute erstmals kennengelernt? In Ihrem Sportstudio? Als Sie sich bei einem Kampf auszeichneten?«

Biltner verzog immer noch keine Miene.

»Caroline war ohnehin zum Problem geworden, und dass sie bei einer Auseinandersetzung getötet wurde, die lediglich am Rande mit ihren Nebengeschäften zu tun hatte, passte Ihnen daher hervorragend ins Konzept. Die unmissverständliche Inszenierung auf dem Bismarckstein, für die Folk in Ihrem Auftrag als Handlanger fungierte, sollte den Arzt bis ins Mark erschüttern und mithilfe der grausamen Botschaft zurück an den OP-Tisch bringen. Sie gingen davon aus, dass Schade nie wieder versuchen würde, aus dem Geschäft auszusteigen. Obendrein schickten Sie der Ehefrau noch ein Sexvideo, das sorgte nicht nur für Unruhe in der Ehe, sondern lieferte gleich auch noch ein Mordmotiv – für den Fall, dass die Polizei bei ihren Recherchen im Umfeld von Caroline auch auf Oliver Schade stoßen und entsprechend ermitteln würde, was ja auch eintraf. Ich gebe zu, Sie haben fast alle Möglichkeiten bedacht und perfide Vorbereitungen getroffen, und es hätte durchaus klappen können.«

Hannah nickte. »Sie haben Spaß an Inszenierungen, nicht wahr? Aber die Polizei ist nicht so einfältig und agiert nicht so eindimensional und unreflektiert, wie Sie gehofft hatten. Hinzu kommt der glückliche Umstand, dass einige Menschen ausgesprochen mutige Entscheidungen getroffen haben und mit traumwandlerischer Sicherheit über ihren Schatten gesprungen sind, den Schatten der Angst und Einschüchterung. Manchmal wachsen Menschen unvermutet über sich hinaus. Ist das nicht wundervoll?«

Biltner verzog den Mund. »Wie lange wollen Sie mich hier noch zulabern? Werden Sie dafür wirklich bezahlt?«

»Apropos Mut: In genau diesem Zusammenhang erfuhren wir übrigens von dem Waisenhaus in Sankt Petersburg und den gefälschten Adoptionspapieren«, setzte Hannah ihre Erläuterungen ungerührt fort.

»Aha.«

»Lassen Sie uns zum Punkt kommen: Sie haben Dr. Schade gezwungen, bei einem Kind eine Herztransplantation vorzunehmen. Das Spenderherz stammte von einem Jungen aus dem Kinderheim, der eigens für diesen Zweck ermordet worden war – körperliche Verfassung und Blutgruppe passten hervorragend.«

»Und das können Sie alles beweisen?«

»Können wir. Wie viele Transplantationen haben Sie bereits vornehmen lassen? Wie viele Menschen mussten sterben, weil jemand für ein Organ gut bezahlen konnte?«

Biltners Augen zogen sich zu schmalen Schlitzen zusammen. »Würden Sie für Ihr Kind oder einen Angehörigen kein Organ kaufen wollen, wenn es keinen anderen Weg gäbe, der sein Überleben sicherte, und Sie das Geld und die Möglichkeiten dazu hätten?«

»Diese Frage stellt sich nicht.«

»Doch, Frau Kommissarin, genau diese Frage stellt sich«, widersprach Biltner kalt. »Jeder Mensch tut für sein Kind, für seine Liebsten alles! Und auch in Deutschland war es viele Jahre lang gang und gäbe, dass bei der Vergabe von Organen getrickst wurde. Am Ende geht es immer um Geld, und am Ende stirbt immer jemand. Wo ist, rein ethisch gesehen, der Unterschied?«

Hannah beugte sich über den Tisch. »Sie lassen Kinder ermorden, um ihre Organe zu verkaufen, und wagen es, über Ethik zu sprechen?«

»Warum nicht? Wissen Sie – ich glaube an die Wiedergeburt, insofern haben wir alle immer wieder eine Chance …«

Er widert mich an, dachte Hannah und rang um ihre Fassung. Sie konnte noch zwanzig Jahre bei der Polizei arbeiten – niemals würde sie sich an solche Menschen und ihre grausame Logik gewöhnen. »Wie schön für Igor«, bemerkte sie dann leise.

Biltner hob das Kinn. »Was meinen Sie?«

»Ein Einsatzkommando von Interpol in Sankt Petersburg hat vor ungefähr einer Stunde die Klinik gestürmt, in der die illegalen Operationen durchgeführt wurden. Sie haben ein Kind entdeckt – das Pfand in der Hinterhand, falls es zu einer Abstoßungsreaktion bei dem Kind mit den zahlungskräftigen

Eltern kommen würde – und sie haben eine schwerverletzte Polizistin befreit, aber Igor hat die Aktion nicht überlebt, wie mir vorhin berichtet wurde. Wollen Sie immer noch kein Geständnis ablegen?«

»Das ist nicht mein Stil.«

Hannah erhob sich abrupt. »Na, dann wünsche ich Ihnen viel Spaß im nächsten Leben.«

Schaubert und Pochna hatten sie und Kotti höchstpersönlich zu ihrem Wagen gebracht und winkten ihr nach, als sie vom Parkplatz fuhr. Die mühsame Detailarbeit, die zu ihren Fällen noch nötig war, würde die Kollegen Wochen und Monate beschäftigen und viele Akten füllen, in Hamburg und Sankt Petersburg. Hannah lächelte. Arbeit, mit der sie nichts mehr zu tun haben würde – ein großer Vorteil, den sie als Externe durchaus zu schätzen wusste.

Sie fuhr über Winterhude, aber niemand saß auf der Terrasse. Sie hatte auch nicht damit gerechnet.